The Columbo Collection

William Link

論創海外ミステリ
Ronso Kaigai MYSTERY
108

刑事コロンボ 13の事件簿
黒衣のリハーサル

ウィリアム・リンク

町田暁雄 訳

論創社

The Columbo Collection
by William Link

刑事コロンボ　13の事件簿

目次

ロサンゼルスMAP
●丸数字は、地名・道路名等が登場する話数です。
至 ウッドランドヒルズ⑨
ヴァントーラ大通り⑨
シャーマンオークス⑤
スタジオシティ⑤⑧
ユニバーサルスタジオ⑦
グレンデール⑤⑬
サンセット大通り①⑦
ベルエア⑦
ストーンキャニオン通り⑦
ビバリーヒルズ①②⑨⑩⑫
サンタモニカ大通り⑤
サンセット大通り①⑦
エルム通り②
ラ・シェネガ大通り①⑪
ウォルト・ディズニー・ホール⑪
ウェスタン通り⑥
UCLA①
ロデオドライブ①
ウィルシャー大通り①③⑦⑩⑫
サン・ヴィンセント大通り⑩
ブレントウッド①⑥
ウェストウッド③⑩
スポルティング通り①
ウェストレイク⑧
26番街②
センチュリーシティ①③⑩
ロス市警本部
メイプル通り⑦
サンタモニカ⑦⑩⑬
サンタモニカ・フリーウェイ⑦
カルヴァーシティ⑧
オリンピック通り②
ウェストウッド大通り⑩
サウスセントラル通り⑥
1km
至 ノースリンウッド⑩

©Douglas Kirkland

わが共作者にして、ジュニア・ハイスクールの初日に出会って以来の親友、リチャード・レヴィンソン（一九三四〜一九八七）の思い出に。

マージェリーに。いつものように愛をこめて。

姪のエイミー・サルコ・ロバートソンに、心からの感謝を。

西海岸と東海岸の両方にいる、私の家族たちに。

新しい世代の、アナベル、ジェシカ、レイチェル、レヴィ、ハリー、ヨナ、アッシャー、そしてジョーダンに。

ロザンナ、クリッシー、アントニー、そして、新たに加わった幼いレオに。

親愛なる友人、ジェイ・ベンソンに。

そのユーモアと、かけてくる電話は、いつだって一日を明るいものにしてくれた。

よき友人、マーヴィン・ミラーに。
魔術師マーリンのごとく、彼は奇跡を起した。

真のミセス・コロンボ、
才能に溢れ、そして美しいシェラ・フォークに。
彼女は、並外れた存在である男性の傍らには常にすばらしい女性がいることを実証した。

そして、比類なきピーター・フォークに。
その錬金術が、紙の上のキャラクターに血肉を与え、
世界中の、無数の人々が忘れ得ないほどの存在にしたのだ。
それは、テレビ界という天国で実現した幸せな結婚だった。
ピーター、君のすべてに「ありがとう」を——。

まえがき

驚くべきことだが、「コロンボ警部について書いてほしい」という依頼を受けたのは、これが初めてである。コロンボは、私が、親友であり共作者だった故ディック・レヴィンソンとともに創り出したキャラクターだ。オーケイ。では、どこから始めようか……そう、そもそもの発端から、というのはどうだろう。一九六〇年の春のことだ。

コロンボは、もし脚本家たちのストライキがなかったら、生まれてこなかったに違いない。ディックと私は、その前年、ロサンゼルスに居を移し、すぐにフォー・スター・テレビ（一九五二年に、四名の〝スター〟＝ディック・パウエル、デヴィッド・ニーヴン、ジョエル・マクリー、シャルル・ボワイエによって設立された制作プロダクション）と契約していた。そしてその春、脚本家組合と、映画会社の集まりである〈連合〉の間の新しい協定に関する交渉が暗礁に乗り上げたため、突然、オフィスの灯りを消して出ていくよう告げられたのである。

ストライキはどうやら長引きそうな気配だったので、我々は、お気に入りの街ニューヨークへと戻り、スチュアート・ローゼンバーグからアパートを又借りして住むことになった。ローゼンバーグは、後年、『暴力脱獄』（一九六七年のアメリカ映画。ポール・ニューマン主演。ジョージ・ケネディがアカデミー賞助演男優賞を受賞）をはじめとする数々の映画やTVドラマで監督を務めることになる人物だ。当時まだ独身だったディックと私は、七十二番街とブロードウェイの交差点にあるそのアパートをひと目見て、恐れおののいてしまった。とてつもなく広く、部屋数も多い、まさしく家賃統制法（一九四〇年代、戦時下の住宅問題を解消するために制定された、賃貸料を低額に抑制する法律）が適用されているに違いない豪華なアパートだったのだ。広々として快適な書斎には、すばらしい文学作品がずらりと並んでおり、しかも家賃はさほど高くない。失業中の脚本家コンビが、これ以上いったい何を望めるだろう。後に知ったのだが、ローゼンバーグは、元文学教師という、ショービジネスとは無関係な経歴の持ち主であった。また、これも数年後に知ったことだが、偶然にも、彼とピーター・フォークは友人同士だった。ちょうどその年、ローゼンバーグは、初めてメガホンをとった劇場映画『殺人会社』にフォークを起用、彼はその演技でアカデミー賞にノミネートされたのである。

我々は、そのアパートに腰を落ち着けるやいなや、〝脚本家にとっての永遠のジレンマ〟とでもいうべきものに直面した――何を書けばいいだろう？　幸いにも我々は、契約書に記された型通りの文面を、顕微鏡で覗くように細かく、ときには詐欺師のように狡猾に読み解くことができた。脚本家組合は、ストライキの期間中、フィルム撮りのテレビ番組を書くことを禁止していた。が、生放送の番組は、その規制外だったのである。

リンク＆レヴィンソンにとって幸運なことに、当時、歌手のダイナ・ショアが夏季に自分の番組を休む間、代わりに放映される、『チェヴィー・ミステリ・ショー』という生放送のアンソロジー・ドラマ番組があった。ミステリなら我々の十八番《おはこ》だ。すでに数多くの短編小説が〈エラリー・クイーンズ・ミステリマガジン〉や〈アルフレッド・ヒッチコック・マガジン〉に掲載されていたし、その後、六〇年代後半には、私立探偵物のＴＶシリーズ『マニックス特捜網』を生み出すことにもなる。我々の最初の大ヒット番組となり、ＣＢＳで八年間にわたって放映されたシリーズだ。二人は、デスクの前に陣取ると、プルーストやトーマス・マンで埋まった書棚が咎めるような目つきで見下ろす中、『イナフ・ロープ』というタイトルの売り込み用脚本を叩き出した。エージェントは、『チェヴィー・ミステリ・ショー』が買うはずがないと決めつけたが、我々は「いいから持っていってくれ」と譲らなかった。三日経つか経たないうちに、脚本は買い取られた。

　我々は西海岸へと舞い戻り、ＮＢＣのバーバンク・スタジオで、自分たちの脚本が生放送で演じられるのを見た。そしてストライキが収束に向かうと、フォー・スターのオフィスに戻ったのだった。

　ある考えが、その後も二人の頭の隅から離れずにいた――『イナフ・ロープ』は、簡単に舞台劇へと変換できるのではないだろうか。そして、劇場こそ、我々が子供のころから情熱を傾けてきた対象のひとつであった。母が、『ライフ・ウィズ・ファーザー』（一九三九年にブロードウェイで初演され大ヒット、七年にわたる超ロングランとなった。これは、ミュージカル以外の芝居では現在でも最長記録である。一九四七年にマイケル・カーティス監督により映画化された）という生まれて初めての芝居に連れていってくれたときのことは、今でもよく憶えている。私のいでたちは、日曜に教会へ行くときと同じ正装だった――紺のブレザー、白いシャツにネクタイ、そしてフランネルのズボン。還らざる愛しきその時代、劇場へ行くことは一大イベントであり、観客は皆、それにふさわしい装いをしたのである。それから私は、数多くの芝居やミュージカルを、家族や友人たちと観ることになった。私たちの住むフィラデルフィアは、舞台公演がブロードウェイで評論家たちの気まぐれな銃剣と一戦を交える前に試演《トライアウト》を行う町のひとつだったからだ。

フォー・スターを離れた我々は、脚本を舞台用作品へと変身させ、まもなくそれは、当時ブロードウェイで大成功していたプロデューサー、ポール・グレゴリーの目に留まった。我々の戯曲は、ジョゼフ・コットン、アグネス・ムーアヘッド、それに偉大な性格俳優トーマス・ミッチェルという破格の豪華キャストを擁し、全米とカナダで一年半にわたって上演されることになったのである（実際のツアーは、一九六二年一月のサンフランシスコ公演から同年五月のボストン公演まで、約半年間行われたと思われる）。

サンフランシスコ公演で芝居が幕を開けると（この時点でタイトルは『殺人処方箋』に変わっていた）、驚くべき事件が持ち上がった。カーテンコールで最も熱烈な拍手を受けたのは、主演スターであり映画俳優としても人気の高かったジョゼフ・コットンではなく、刑事役を演じたミッチェルの方だったのである。それは、何とも不可解な現象であった。

我々は、コロンボ警部を、それまでに生み出してきた何人ものキャラクターと同様の、聡明という以外には特筆すべきことのない、単なる殺人課の刑事としか見ていなかった。もちろんミッチェルはすばらしい俳優であるし、彼の台詞や動作に観客は爆笑もしていた。が、それにしてもである！　つまり、主役は確かにジョゼフ・コットンだったが、この刑事には、〝特別な平凡人〟とでもいうべき否定し難い魅力があったのだ。明晰さを巧みに隠し持った男――その魅力が観客を強く惹きつけたのである。

ずっと後、あるパーティの席上で俳優のバート・フリードと顔を合わせた。「あなたが、ＮＢ

Cの生番組で最初にコロンボを演じたんですよ」と私が言うと、彼は目を丸くした。「ピーター・フォークが出て大ヒットしたあのシリーズのことかい？」バートは唖然としていた。性格俳優として成功を収め、無数の作品に出演してきた彼は、コロンボを演じたあの日曜の夜のことなど、すっかり忘れていたのだ。このような現象を、我々は〝俳優特有の記憶喪失《アクターズ・アムネジア》〟と呼んでいる。

我々は、『殺人処方箋』をユニバーサルに売った。そして、それを機に七年間の契約を結ぶと、契約期間が過ぎたあとも同社に留まった。ユニバーサルで過ごした年月は、我々の人生の中でも最も創造性に富んだ時期だったといえるだろう。一九八七年のディックの早すぎる死のあとも私はユニバーサルに籍を置き、合わせて二十五年間、ほとんど社に常駐して脚本の執筆やプロデューサーとしての業務に勤《いそ》しんだのである。そして、その間に我々が成し遂げたあれこれの中で、最も大きな成功を収めた仕事こそ、『刑事コロンボ』シリーズを創造し、世に送り出したことであった。主演はもちろん、無限の魅力を持つミスター・フォークである。

これまで数多くのインタビューで、ピーターを選んだ経緯について質問を受けてきた。そして、我々の第一候補が彼ではなかったことを知ると、インタビュアーは決まって仰天したものだ。最初に頭に浮かんだのはビング・クロスビーだった。私とディックは、揃いも揃ってどうかしていたのだろうか？　ではここで、クロスビーの人物像について考えてみよう。クール、知的（映画『珍道中』シリーズでボブ・ホープとともに〝お馬鹿キャラ〟を演じているときは除く）、パイプ党（葉巻ではなく）、そしてユーモア。しかし、丁重な手紙一通で脚本は却下され、我々は途方に暮れてしまった――次は誰に当たるべきだろう？

そして、まさにそのとき、ピーター・フォークからの一本の電話という形で、運命は訪れたのである。我々とピーターは、同じエージェントと契約したのが縁で、一九五八年の終わりごろにニューヨークで知り合っていた。当時の彼は、舞台やテレビの俳優として最初の一歩を踏み出したばかり。我々の方も、除隊した後、新たな道を歩み始めたところだった。時折、ブロードウェイのドラッグストアで一緒に朝食をとることがあったが、ピーターは、すこぶる好感の持てる、気取りのない賢い男だった。

あの朝、ユニバーサルのオフィスで電話を取ったときのことは忘れられない。「たった今、君たちの脚本を読んだんだけどね」今では有名になったガラガラ声でピーターは切り出した。「何としても、あの刑事の役が欲しいんだよ（「何としても〜」は原文では〝I'll kill to play that cop〟。直訳すれば「誰かを殺してでも〜」である）」

彼がどうやって脚本を手に入れたのかは分からない。しかし、考えれば考えるほど、ピーターは完璧だった。極めてニューヨーク的な、二枚目ではない主演俳優。我々は二枚目を求めていなかった。彼はとびきりの俳優だ――知的で、スクリーン上でも実生活でもさほど身なりに気を遣わず、すばらしい、そしてオフビートなユーモアのセンスも持ち合わせている。これほど完璧な人物が、いったいどうして候補にすら挙がっていなかったのだろう？

試写室の椅子でTV版『殺人処方箋』のラッシュフィルムを観たときのことも、よく憶えている。我々ハリウッドの住人が好む言い回しを使うなら、ピーター・フォークは〝スクリーンからはみ出して〟いた。控えめで、ぶっきらぼうで、ユーモラスだが、本質的な部分では極めて人間性豊かなそのキャラクターは、まさしく我々がコロンボに求めていたものであった。レインコートを着込み、葉巻をくわえた、どこにでもいそうな男――。

我々は、ピーターとともに、新作ＴＶムーヴィーを放映する『ワールド・プレミア』枠用に、二時間物の作品を二本撮った。『殺人処方箋』と『死者の身代金』である。どちらも視聴率一位を獲得し、ＮＢＣは狂喜乱舞した。ＴＶ局の連中が狂喜するのは、ゴーストライターを使わない恋愛小説のベストセラー作家に出会うのと同じくらい稀なことである。あるいは、映画会社がまともな財務会計を行うのと同じくらいに珍しい。

ある日突然、当時ＮＢＣの制作部長だったハーブ・シュロッサーが「コロンボ物をシリーズ化したい」と言い出したが、フォークは興味を示さなかった。彼は以前、あるテレビシリーズ〈Trials of O'brien〉で失敗を経験しており、年に数本だけ九十分枠のＴＶムーヴィーに出演する方がずっといいと思っていたのだ。もちろん、その無関心さはギャラを釣り上げるための作戦だった、という可能性もなくはないのだが。

Ｎｏ．１の俳優は、常に、まさにＮｏ．１が望むものを手に入れる。というわけで、『刑事コロンボ』は〈リミテッド・シリーズ〉（一年間に九十分枠用の作品を七本放映）となり、たちまち人気を獲得。〈ＴＶガイド〉誌の表紙に、コロンブス提督になぞらえたこんな文字が躍るまでになった――〝アメリカはコロンボを発見した〟。そして、その数ヵ月後には、アメリカ以外の世界中の国々も同じ発見をすることになったのである。

ウィンストン・チャーチルはかつて、〝成功は、決してそれで終わりではない〟と言った。『刑事コロンボ』に当てはめれば、その言は的を射たものといえるだろう。ユニバーサルから最近知らされたことだが、テレビ放送のあるほとんどすべての国々で、あのシリーズは断続的に放映されているという。ある時期など、フランスでは毎日、モナコでは日に二回、放映があったそうだ。

さて、ここで、いくつかの通説に関して真実を明かしておこう。まず、ピーター・フォークは葉巻が好きではない。彼は、もう十年以上前に禁煙したのだが、それまで吸っていたのは普通の紙巻き煙草だった。それから、あのレインコートは、撮影所の衣装部が準備したものではなく、ピーターの私物だった。ニューヨークの五十七丁目でひどいにわか雨に遭ったとき、駆け込んだ衣料品店で買ったものだそうである。いつだったかスミソニアン博物館から展示用に提供を求められたこともあった。コロンボにはファーストネームはないのだが、カナダ製の、ある有名なボードゲームでは、〝フィリップ〟がその答え（！）となっている。ピーター自身は、尋ねられると、いつもこう切り返している。「コロンボのファーストネームは〝警部補《ルテナント》〟さ」

ファンからよく手紙で質問をもらう――コロンボがいつも会話に出す〝カミさん〟に会えるのはいつでしょう？　答えは一言――決して会えません。シリーズが始まるまさに最初の時点で、ディックと私は〝カミさん〟を決して画面に登場させない旨の協定をピーターと結んでいる。なぜかって？　もちろん、視聴者にいつまでも好奇心を持ち続けてもらうためだ。

当時ＮＢＣの社長だったフレッド・シルバーマンは、不幸な運命をたどることになるＴＶシリーズ『ミセス・コロンボ』を放映した。制作に参加するよう要請されたが、我々は丁重にご辞退申し上げた。

「コロンボという名前はどこで見つけたのですか？」ディックと私が、長年の間におそらく百回は受けた質問である。ところが、我々はそれがどこだったのかをすっかり忘れてしまい、一度も答えることができなかった。その昔、フィラデルフィアに〈パルンボ〉（Palumbo's）というナイトクラブがあったそうだ。それから、ニューヨークのある犯罪組織のトップはジョー・コロンボ（Joe Colombo）という名前だった。けれど、当時の我々は、そのクラブのこともギャングのボスのことも、まったく知らなかったのだ。

ディックが亡くなった数年後、サンタバーバラにある〈モーリス・ネヴィル〉という書店をぶらついていた私は、『A・J・リーブリング全集』の一冊を手に取った。リーブリングは、〈ニューヨーカー〉誌の一流記者で、生涯愛した二つの対象――食とボクシング――についてエッセイを書き残している。ぱらぱらとページをめくっていると、この目に突然、コロンボの名前が飛び込んできた。みぞおちにパンチを食らったような衝撃だった。

そのエッセイは、私の好きなボクサーの一人である、無敗のまま引退した世界ヘビー級チャンピオン、ロッキー・マルシアノについて書かれたものだった。マルシアノの隣人で幼馴染みだった男が、後に彼のトレーナーになったらしい。男の名は、アリー・コロンボ（Allie Colombo）といった。我々のコロンボ（Columbo）とスペルは違うが、ディックも私も、アリーの名前を文字で読んだことは一度もなかったのだ。

我々は、彼の名前を拝借したのだろうか？　そういえば、スチュアート・ローゼンバーグのアパートに住んでいたあの年の春、テレビでマルシアノの試合の再放送を観たことがあった。試合中、アナウンサーは何度かアリー・コロンボの名前を口にしていた。しかし、それから半世紀が経った今、「あれこそがコロンボという名前の起源だ」、と言い切ってもいいものだろうか？

どうしてこの作品集を書くことにしたのか、と尋ねる方があるかもしれない。いい質問だが、答えは至って簡単である。コロンボは、ディックと私が生み出した最も人気のあるキャラクターなのだ。ならば、本の中で彼の冒険を続けない理由があるだろうか。これは初の試みとなるわけだし、まだ誰も手がけていないものを書くことは、いつだって我々の誇りだった。最初に『殺人処方箋』を書いたとき、あの芝居や、そこから生まれるシリーズが何百万もの視聴者を楽しませることになるとは、我々は夢にも思わなかったのである。

あなたがいま手にしているのは、まったく初めての『刑事コロンボ』物の短編集である。お気に入りの椅子にゆったりと坐り、ぜひとも名探偵気分になって、あの、葉巻をくわえたレインコート姿の刑事が捜査現場に戻ってきた姿を楽しんでいただきたい。


二〇一〇年二月カリフォルニア州ロサンゼルスにて

ウィリアム・リンク

著者からのメモ

これからお読みいただく物語では、ロサンゼルス市警察本部のコロンボ警部が殺人事件を捜査するのだが、現実の法律に従って行われるべき彼の行動のいくつかは、それをまったく無視していると指摘されるに違いない。何しろ、著者である私自身が、〝著者の都合〟と冗談まじりに呼んでいるほどなのだから。あの腕利きの刑事は、そうすることによって、どこでも望むところで捜査を行うことができる。親愛なる読者の皆さんがお考えの通り、これはあまりに特別な待遇と言えるだろう。しかし、これも併せてお考えいただきたい——そもそもコロンボ警部自身が、何よりも特別な存在なのである。であれば、警部が卑劣な殺人犯たちを法廷へ送り込めるよう、彼をつなぐ鎖は、十分に長くしておこうではないか。

第1話　緋色の判決

これは、ぜひとも祝杯を挙げるべきだろう。

法廷を出た二人は、飢えた猛獣のような報道陣を振り払いながら、まっすぐサンドフォード・バックマン弁護士事務所へと戻った。到着すると、ビルの警備員がロビーで記者連中を足止めし、バックマンと彼の依頼人は、その隙に上の階へと上がっていった。勝利を確信していた弁護士は、冷えた年代物のシャンパンを一本、秘書のいる待合室に用意させていた。バックマンは五十代前半、ナイフのようにすらりとしたハンサムな男性で、身なりにも非の打ちどころがない。「来客は断ってくれ」彼は、秘書のルヴィアにそう命じた。

「やりましたね！」ルヴィアは、バックマンの傍らの青年――ケニー・サントロに目をやりながら声をかけた。彼女は恰幅のいいラテン系の女性で、髪型もファッションも、いつもすばらしい。

「ま、常に君のボスに賭けることだ」バックマンは、ケニーを自分のオフィスに招き入れながら言った。「ああ、ルヴィア、シャンパンを持ってきてくれないか。それにフルートグラスも二つ。君も飲んでくれよ。今日は皆で祝おうじゃないか」

オフィスに入ったケニーは、倒れ込むように椅子に腰を下ろすと、ポマードで光るオールバックの黒い髪を両手でなでつけた。その顔には、貼りつけたような笑みが浮かんでいる。

「親父が謝礼をはずんでくれるよ、サンディ」ケニーは言った。「ニューモデルのアルファロメオが欲しいとか言ってたよな」

「そいつは何とも豪勢なボーナスだね」バックマンは紺のスーツの上着を脱ぐと、デスクの奥に回り、椅子の背にかけた。ケニーは上着を脱ごうともしない。

ルヴィアが入ってきて、シャンパンとグラスをデスクに置くと、栓を抜き始めた。その間に、バックマンは受話器を取り、妻の携帯電話を呼び出した。ルヴィアが部屋を出ていくのを待って、ケニーにも聞こえるようスピーカーでの通話に切り替える。

「もしもし、私だよ」

「すごいわ、彼を救ったのね！」妻の声は興奮していた。「ちょうどテレビで見たところよ。ケニーにおめでとうって伝えてちょうだい」

「伝わってるよ。ケニーもここにいるんだ」

「どうも、奥さん」ケニーが薄笑いを浮かべたまま応じた。

「今は話している時間がなくてね」バックマンはスピーカーに向かって言った。

「じゃあ、今晩聞かせて」

二人は同時に電話を切った。

ケニーが立ち上がり、デスクの上のシャンパンに手を伸ばした。バックマンも立って、二人はグラスを合わせた。「未来に」バックマンが音頭を取る。「約束してくれ、ケニー。二度とこんな真似はしないとな」

ケニーの顔には、筋肉がこわばったように薄笑いが張りついたままだった。「またやっちまったときには、どこに来ればいいか分かってるさ」

誕生日の豪華なプレゼントを前にしたときにしか笑わないかと思われたバックマンの顔にも、ようやく笑みが浮かんだ。「救いようのない坊やだ」だが、その笑顔の裏には何か別のものがあった。

二人は腰を下ろし、シャンパンを飲んだ。

「で、計画は？」とバックマン。

「この先どうするかを訊いているんなら、大学には戻らないよ。今や俺の悪名は知れ渡っちまったからな。だろ？」

バックマンの顔に、再び仮面のような笑みが浮かんだ。「きれいなお嬢さんたちの中には、怖いもの知らずも少なくないだろう」

ケニーもそっくりの笑顔を浮かべる。「ああ、だといいな」

「面倒はごめんだぞ、ケニー。これは父親風の小言だ」

「それなら、本物の父親から嫌というほど聞かされてるよ。『あんただって似たようなものだろう』って言い返してやるけどな。親父の弁護は何回やったんだい？」

バックマンは自分のグラスにシャンパンのお代わりを注いだ。「三回だよ。全部勝った」言いながら、さりげなくデスクの上のデジタル時計に目を向ける。そろそろ頃合いだ。バックマンは引き出しを開け、ナイフを見下ろした。

ケニー・サントロの弁護をすることは二度とあるまい。

バックマンは、再び上着を着た姿でオフィスを出ると、肩越しに振り返り、「ゆっくりしていっていいぞ、ケニー」と声をかけた。「シャンパンを空にしてくれ」

ドアを閉め、秘書のデスクの前に立つ。「ケニーはもう少し残って電話を何本かかけるそうだ。邪魔をしないようにな。用があれば、向こうから声をかけてくるだろう」

ルヴィアは、デスクの傍らにある小さなテレビから顔を上げ、うなずいた。「さすがにもう速報は流れなくなりましたけれど、本当にこれは大ニュースですわ」

「だろうな」バックマンは言った。「そうだ、いいことを思いついた。今日はもう上がったらどうだい？　送っていくよ」

ルヴィアの顔がほころんだ。「あら、よろしいんですか。ルイスが難しい試験を控えていまして、できるだけ勉強を手伝ってやりたいんです。助かりますわ」

二人は、バックマンが車を駐めている地下駐車場へと降りていった。

「あの人、さぞいい気分でしょうね」運転するバックマンに、ルヴィアは話しかけた。

「そうだな。本当にシャンパンを一滴残らず飲んでしまっているだろうが、それも仕方あるまい。そうやって全部忘れてしまわないと――悪い夢としてね」

ルヴィアを家まで送り、ガソリンスタンドに寄ったあと、バックマンは〈アルマンド〉で妻と落ち合った。

静かな、落ち着いた雰囲気のレストランで、席に着くと支配人がやって来て握手を求めた。

「先生にお越しいただけるとは光栄です。今日はまた見事な勝利でしたね」

だが、バックマンは自分の心に問いかけていた――マフィアのボスの放蕩息子を無罪にするのは、果たして勝利といえるだろうか。

二人は、シャンパンカクテルでこの日を祝った。妻のミシェルは四十代初めで、髪はダークブラウン、気品のある美しい女性だ。今夜は、タイムマシンで新婚時代に戻ったかのように、目をきらきらと輝かせている。バックマンが携帯電話の電源を切っておいたので、二人だけのロマンチックなディナーを楽しむことができた。

「ケニーは有頂天でしょうね」ミシェルは言った。

「すっかり浮かれているよ」バックマンはため息をもらした。「長い一日だった」


ブレントウッドに建つ自宅まで戻ってきたバックマンは、歩道の脇に古ぼけた車が駐められているのに気づいた。玄関へと歩いていくと、暗がりに、背を丸めた小柄な男が佇んでいた。

「コロンボ警部です」男はしゃがれ気味の声で名乗り、身分証とバッジを示した。「びっくりさせてしまい、申し訳ありません。メイドさんに外で待つようにと言われたものですから」

「まあ。こちらこそ失礼しました、警部さん」とミシェル。

「お詫びしますよ」バックマンも言葉を重ねた。「マルタにはよく言っておかないとな。どうぞ、お入りください」

邸内は、まるで夜の海に浮かぶ豪華客船のように煌々としていた。クリスタルのシャンデリアに壁の燭台――すべてが、かがり火のように輝いている。広々としたリビングにコロンボを案内したバックマンは、布張りの椅子に目をやり、どうぞ、とうなずいてみせた。

コロンボは腰を下ろすと、おそるおそる脚を組み、話を切り出した。「もうニュースはご存じかと思うんですが、バックマンさん」

「ニュースとは？　私は車でラジオを聴かないもので。どんなニュースです？」

「それがですね……先生の依頼人、ケニー・サントロ氏が殺害されました。あなたのオフィスでです」

坐りかけていたバックマンは足許をふらつかせ、椅子に手をついた。「まさか。まさかそんな……」あとの言葉は出てこなかった。

「夕方、先生と秘書の方が出られたあとの犯行のようで――」コロンボは、そこでいったん言葉を切った。「確認ですが、お帰りのとき、サントロさんに変わりはなかったですね？」

バックマンはまだ椅子に寄りかかっていた。「ケニーは、それは上機嫌でした。二人で祝いのシャンパンを飲んでいたんです。私もまあ、浮かれていたというか……ああ、警部さん、まだ信じられませんよ。まさかこんなことが起きるとは」

「二人でおられる間に、オフィスに誰か来ましたか？」

バックマンは両手で顔を覆った。「いや、誰も。今日はロビーで特に厳重な警備体制をとっていましたから、こちらに確認せず人を寄こすことなどあり得ません。マスコミが入れないよう、ロビーの警備は元々とても厳しいのです」手を下ろし、コロンボを見つめる。「撃たれたんですか？　銃声を聞いた人は？」

「いえ、刺殺です。心臓を一突き。たぶん即死だったでしょう」

バックマンは、再び顔を覆った。「ケニー、かわいそうに。何てことだ」言いながら椅子から立ち上がる。

「現場の血はそれほど多くありませんでした。サントロさんは上着を着たままだったんで、あらかた吸収されたんですな」

バックマンは自分も着たままなのに気づき、上着を脱いで椅子の背に放った。

「すばらしいワイシャツですなあ」コロンボが言った。

「何ですと？」

「襟がぴしっと決まってるじゃないですか。カミさんがそんな風にアイロンをかけてくれたことなんか一度もありませんよ」

バックマンは口許を歪ませた。「シャツの襟談義などしている場合ですか？」

コロンボはきまり悪そうに両手を上げた。「いや、そんな場合じゃありませんな。こいつはあたしの悪い癖でして、ときどき脱線しちまうんです。自分でも分かっちゃいるんですが」

バックマンは答えず、考え込んでいた。「親父さんのジョーは？　ご両親には連絡したんですか」

「そこらへんは手配済みです、はい」コロンボはそこで話題を戻した。「では、先生はケニーさんを残してオフィスを出られ、まっすぐ帰宅されたわけですか?」

「いいえ、レストランで家内と落ち合って夕食を――その前に秘書を家まで送りました」

「そうですか」コロンボは片手を頬のあたりにやった。「こんなことをする人物に心あたりは?」

バックマンはついにぐったりと坐り込み、まぶたを指で揉んだ。「ねえ警部さん、よく考えてみてください。世間の人間の半数はケニー・サントロがあの娘をレイプしたと思っていて、私は今日、そのケニーを無罪にしたんですよ。歪んだ方法で評決を覆そうとするいかれた連中が、それこそ山のようにいても不思議じゃない。あなたの捜査もかなり面倒になりそうですな」

コロンボは真顔でうなずいた。「容疑者多数――仰る通りですな」椅子からゆっくりと体を起こした警部は、そこで一瞬、困惑した表情を浮かべると、投げ出してあるベージュの上着に手を触れた。「この生地もすばらしいですなあ。ちょっと皺が寄ってますが」

バックマンはかぶりを振った。面食らうのを通り越し、おかしさがこみ上げていた。「法廷では汗をかくのでね」そう言うと、コロンボの服装を吟味する。「あなたも着るものにそれほど気を遣っているようには見えませんな、警部さん」

コロンボは、気まずそうな笑みを浮かべた。「これでも努力はしてるんです。一応はね。甥っ子がずっと前から、ビバリーヒルズにある、値の張る店が並んでいるエリアにあたしを連れていきたがってましてね。ロデオドライブっていいましたっけ? あそこで上から下まで一式揃えてもらおうかなんて――」そこで言葉は突然とぎれ、コロンボは後頭部の髪を指でくしゃくしゃにかき回した。「実は、ちょっとばかり引っかかることがありまして」

やはりおかしさがこみ上げてくる。「どんなことです？」

「もし、いかれた連中のことを気にされていたんでしたら、何だってケニーさんを一人きりでオフィスに残して帰られたんです？」

バックマンはこのとき、目の前の男が厄介な存在に——非常に厄介な存在になることを悟った。

「ロビーの警備は厳重だとお話ししなかったかな？」

「はい、伺いました。でも、現に誰かがそこを通り抜けているわけですから。こいつは警備担当者に話を聞いてみないと。ぜひともね」

コロンボは立ち上がると椅子を回り、帰るそぶりを見せた。

「もういいですか？」バックマンは促した。「長く大変な一日だった上に、この悲劇だ。今夜は、そろそろ休ませてもらいたいんですが」

「ごもっともです。夜分に長々と申し訳ありませんでした」そこで、ふと気づいたらしい。「お宅の電話がじゃんじゃん鳴らないのは、どういうわけでしょう」

「わが家の決め事でね、裁判の間は電話がつながらないようにしておくんです。こんな恐ろしい事件があっては、当分はつながない方がよさそうだ」

やれやれ。ようやく刑事がドアまでたどり着いてくれた。

「お祭しします。それでは、お休みなさい」

「運転に気をつけて」

一時間後、バックマンは妻に声をかけた。ちょっと車を走らせて、頭をすっきりさせてくるよ。

頬に触れキスをすると、ミシェルは「気持ちはよく分かるわ」と答えた。

ビバリーヒルズの繁華街には、この時間、人影はほとんどなく、パトカーに行き合うこともなかった。

バックマンは、コロンボに聞かされた、ロデオドライブの〝値の張る〟店の話を思い出していた。滑稽で、しかも皮肉な話だ。ちょうど今、その裏手を走っているじゃないか。バックマンは、急に車を止めると、封をしたマニラ封筒を手に路地へと降り立った。中には、血と指紋をきれいに拭き取ったナイフが入っている。並んだゴミ容器の一つを覗き込み、小さなゴミの山の下に封筒を突っ込むと、奇妙にも、まるで生まれ変わったような爽快な気分になった。バックマンはベンツに戻り、その場から走り去った。


翌日の昼近く。捜査員たちが片づけを済ませて出ていったあと、ルヴィアが郵便物の整理をしていると、警備員から、ロサンゼルス市警の警部がバックマンに面会を求めているが通していいか、と電話があった。しばらくして、眺めていたテレビから目を上げると、レインコートを着た小柄な男がにこにこ笑いながら身分証とバッジをかざしていた。「コロンボ警部と申します。あなたのお名前は？」

「ルヴィア……オルテガです」テレビの音を消し、映像はそのままにしておいた。

「あなたにも、ほんの一つ二つだけ伺わせていただきたいんです、オルテガさん。あなたとバックマン先生は、昨日の夕方、ケニーさんを残してここを出られたんですね。時間は、五時か五時半ごろ」

「はい」ルヴィアは、マグカップのコーヒーで口を湿らせてから答えた。

「で、バックマン先生はあなたを車で家に送っていった？」

「ええ、その通りですわ」窓があれば外が見えるのに、とルヴィアは考えた。雨が降ってるのかしら？　新聞の予報では晴れのはずだったけれど。変ね、この刑事さんのコートは全然濡れていないわ。

「バックマン先生はそのとき、車からケニーさんに電話をかけませんでしたか？　大丈夫か、とか何とか」

「いいえ」

「二人はシャンパンを飲んでいた。そうですね？」

「はい。ケニーさんはシャンパンを一滴残らず飲んでしまうだろうと、先生は仰っていました。何しろ、ああいう日でしたから」

「ケニーさんが一緒にここを出ない理由を、先生は仰いましたか？」

ルヴィアは少し考えた。「たしか、ケニーさんは何本か電話をかけるんだ、と」

コロンボは、少し眠そうな目で、ルヴィアの向こうの、音が消えたテレビを見つめていた。

「他に何か憶えていることはありませんか？」

ああ、どうか雨が降っていませんように。ファニータと、ちょっと遠出のランチを約束しているんだから。「いいえ、特にありません」

「先生とここを出る前ですが、あなたはケニーさんの姿を？」

「いいえ、見ていません。先生がオフィスから出ていらして、そのまま駐車場に降りましたので」

コロンボは、手帳の開いたページをじっと見ていた。「駐車場に降りていった、と。なるほど」視線を落としたまま質問を続ける。「ケニーさんのことはお好きでしたか？」

ルヴィアは唇をきつく結び、オフィスへのドアが閉まっているのを確認すると、低い声で答えた。「いいえ。そうでもありませんでした」

コロンボは興味を覚えたらしく顔を上げた。「なぜですか？　本当は彼があの娘さんを暴行したと思っていたから？」

ルヴィアは唇を閉じたままでうなずいた。

「こちらの先生はたくさんの犯罪者を弁護してるでしょう？　マフィアの連中も含め。それが仕事ですからね。あなたがケニーさんを疑うのは、彼もその一人だと思うからですか？」

やはり低い声で答える。「先生とは関係ありません。私はバックマン先生を尊敬していますし、雇い主としても最高の方だと思っています。毎年、クリスマスと誕生日に、千ドルずつプレゼントしてくださるんですよ。これ以上のボスは決して見つかりませんわ」

コロンボはうなずいた。ポケットから吸いさしの葉巻を取り出したものの、吸えないことは分かっている。警察官は、何とか特例にしてもらえないものだろうか。「そりゃ、本当にすばらしい方ですねえ。クリスマスと誕生日にそんなに気前のいいボーナスをくださるなんて。でも、あの青年のことは、あなた、よく思っていなかったんですね」

ルヴィアは、もう一度ドアの方をちらりと見た。「あの人……私に迫ってきたことがあるんです。バックマン先生がお留守のときでした。あんまりですわ。私には夫がいますし、子供も二人いるんです。お分かりいただけます？　警部さん」

結局、吸いさしはポケットに戻された。「ああ、もちろんです。分かりますとも。そいつは、さぞショックだったでしょう。それで、すぐそこの部屋で、誰かがケニーさんを刺したと知ったときには、どんなお気持ちでしたか？」

「何も。何も感じませんでした。こんなことを言ってはいけないかしら」

「いや、そんなことはありません」コロンボは手帳を閉じ、吸いさしを入れたポケットに突っ込んだ。「それでも犯人は捕まえてもらいたいですか？」

ルヴィアの声は、思わず大きくなっていた。「どうしてそんなことを訊くんです？　捕まえてほしいに決まってますわ」大きく息をついて、落ち着きを取り戻す。「外は雨ですか？」

「いいえ」

「じゃあ、なぜレインコートを？」

コロンボはにっこり笑った。「万一に備えて、ですかな」

受話器を取り、バックマンにコロンボ警部が来ていることを伝えると、「通してくれ」と返事があった。

コロンボが入ってきたとき、バックマンは電話の最中だった。見れば、この刑事は昨夜とまったく同じ恰好をしている。レインコートに、よれよれのグリーン系のスーツ。ワイシャツすら替えていないように見える。

電話を切ると、ルヴィアに内線をかけた。「電話があってもつながないでくれ。我々は、いま当局に追われている身だからね」

バックマンは立ち上がり、客をじっと観察した。「ようこそ、警部さん。コーヒーはいかがです？」

「ありがとうございます。でも、今日はもう飲みすぎてましてーーここはまた、きれいなオフィスですなあ」

「警察の人たちが新品同様に磨き上げていってくれたんですよ。さて、今日のご用件は？」

またしても手帳のお出ましだ。「まずは……先生が昨日、オルテガさんを家の前で降ろしたあと、どちらに行かれたのかを確認したいんです。まっすぐレストランに向われましたか？」

「途中でガソリンを入れました。そんなことが本当に重要なんですか？」

「なにね、不明な点をいくつか埋めさせていただければと。時間の流れをはっきりさせたいたちでして」コロンボは、そう言うと遠慮がちに笑ってみせた。「ガソリンを入れたのは、どちらのスタンドでしたか？」

「ウィルシャー大通りにある店です。ラ・シェネガ大通りに近いところだったな。たぶん〈クラウン〉のスタンドだと思いますよ。よくあるでしょう、何年も使っているガソリンスタンドなのに、気づいたら店の名も知らなかったとか」

「ええ、確かに。カミさんのいとこの店がヴァレーにあってときどき寄るんですが、そういや、どこの会社のスタンドかは憶えてません。驚いたな、こりゃ。考えたこともありませんでしたよ」

「まさに、そういうことです。他にも何かありますか？　今日は朝からずっと忙しいんですが」

「被害者のお友だちにお会いになったことは？」

バックマンはブラインドの角度を丁寧に調節した。太陽は、センチュリーシティ地区のビルが描き出す、ぎざぎざの地平線のずっと上まで昇っている。「一人だけ、ジョーイという名前の女性と。とてもかわいい娘《こ》でしたよ。ケニーとは、別につき合っていたわけじゃなく、ただの友だちでした。彼の家族ならきっと、もう少し詳しく知っているでしょう」

「男性はどうです？」

「同性の友人も、もちろんいたはずですが、紹介されたことはありません。どうしてそんなことを？」

コロンボは立ち上がり、昨夜と同じように頭の後ろを掻いた。「つまりですね、被害者はそこに坐っていたと思われます。とすれば、犯人はすぐ近くにいたはずなんです。傷はとても深かったですし、刺した位置もずばり正確でしたから」

「すると？　どういうことになるんです？」

「先生は腕利きの刑事弁護士でいらっしゃるから、当然、これと似た状況を扱われたことがおありでしょう。そこまで近づけたのは、犯人がケニーさんの知り合いだったってことです――友人だったかもしれない」

「〝異議あり〟、警部。殺人者はナイフを振りかざして彼を脅したのかもしれないでしょう。それなら近づいて刺すことも可能だ」

「少なくともあたしの経験じゃ、大概の人間はナイフを見たら逃げようとするもんです。両手をやみくもに振り回しながら後ずさりすれば、狙いをつけるのはかなり難しくなります。特に心臓を狙うのはね」

バックマンはデスクの椅子に腰を下ろした。「あなたの長年の経験には敬意を払いますよ、警部さん。それで、ケニーの上着の袖に、ナイフで切られたり裂かれたりした箇所がありましたか？」

「一つもありませんでした。それから、他にも気になることがありまして――」

「ほう、何が気になるんです？」

コロンボはまた頭を掻いた。「ついさっき、検死解剖の予備報告をもらったんですがね。秘書の方のお話では、あなたは『ケニーさんはシャンパンを一滴残らず飲んでしまうだろう』と仰っていたそうですが、検死ではアルコールはほとんど検出されなかったんです」

「それは言葉のあやというものですよ。ケニーが実際にどれくらい飲むつもりだったかなど分かるはずがない。私は自分の分を飲んでしまいましたけれどね」バックマンは午前中にかける予定の電話のリストに目を落とした。「できれば、あとはまた次の機会にしてもらえませんか」

「もう一つあるんです。ケニーさんはオフィスに残って何本か電話をかける、と、あなたはオルテガさんに言われましたね？」

こいつはいったい何を狙っているんだ？　「それが？」

「通話記録を確認したところですね、四時四十五分ごろにあなたが奥さんの携帯電話にかけたあと、ここの番号からの発信は一件もなかったんです」

「なるほど。で、いったい何が問題なんです？」

コロンボはもどかしそうに両手を上げた。「だって、先生、仰ったんでしょう？　ケニーさんが一人で残ったのは何本か電話をかけるためだって」

「それは、ケニーがそう言ったからですよ。きっと気が変わったんでしょう」

デスクでブザーが鳴り、ルヴィアの声が続いた。「お邪魔して申し訳ありません。バーンスタイン様からお電話で、緊急のご用件だと仰っているのですが」

バックマンはコロンボの顔をちらっと見た。「出なければ――あいにく内密の用件で」

コロンボはすでにドアのところに立っていた。「はい。もうこれで失礼します」

バックマンの顔に皮肉っぽい笑みが浮かぶ。「それで、いずれまたご拝顔の栄に浴することになるんでしょうな」

「かもしれません」

建物を出たコロンボは、立ち止まり、葉巻に火を点けようとした。が、建ち並ぶビルの間を抜けてくるいたずらな風で、マッチの火はあっけなく消えてしまった。やれやれと頭を振り、もう一度マッチをすったとき、スモークフィルムで窓を覆った黒光りするリムジンが歩道に寄ってきて、コロンボのすぐ横で停まった。

身なりのいい長身の男が二人、車から降り立った。「コロンボ警部ですね？　ジョセフ・サントロがあなたを昼食にお招きしたいと申しております」

コロンボは目をしばたたいた。突然の招待に驚いたのではなく、太陽が眩しかったのだ。「そいつはまた……ああ、よござんすよ。ただし、三時には約束があるんで、よろしく」

「承知しました」より背の高い方の男が後部座席のドアを開けた。「どうぞ」

コロンボが乗り込むと、その男も横に滑り込み、相棒の方は制帽をかぶった運転手の隣に陣取った。リムジンは滑らかに走り出した。

いずことも知れぬ場所に向かう車の中で、コロンボは隣の男のスーツを観察した。カミさんが何かの本で読んだと言ってたな。高級スーツってのは、たいていエルメネジルド・ゼニアかブリオーニで、いずれにしてもイタリア製なんだとか。テーラーもイタリア人が最高らしい。なるほど、仕立ては上等で、軽くて着心地もよさそうだ。襟は上向きに尖ったピークド・ラペルか……おいおい、何を考えてるんだ？　こんなスーツのことなんてどうでもいいじゃないか。どうせ一生縁のない代物だ。

ジョセフ・サントロは、ビバリーヒルズの高級クラブにいた。古風な内装で、ほとんど人が坐っていないカウンターには、端から端まで真鍮のレールが渡されている。

サントロは、部下よりもカジュアルな恰好をしていた。六十代初めだが、筋肉質で無駄のない体つき。白い髪は豊かで、色の濃い大きなサングラスが、白くて太い毛虫のような眉を半分ほど隠している。コロンボは、室内でサングラスをかける人間は決して信用しないことにしていた。

向かいの席に腰を下ろすと、長身の二人組はどこかへ歩き去った。

「よく来てくれた、コロンボ君」サントロが口を開いた。「酒はどうだね？　こいつはウォッカ・マティーニだが」

「ワインを一杯いただけますか？　できれば赤を」

「好みが合うな」サントロはウエイターに合図した。「アンティノリを。スーパートスカーナのどれかだ」両手で包むようにグラスを持ち、ずんぐりとした指の間で揺らす。「今朝、弁護士のサンディ・バックマンと会ってきた。息子の事件について話し合いたくてな」

コロンボはうなずいた。

「警察官というのは、身内に不幸があった者に悔やみも言わんのか。そいつは規則か？　それとも、あんたが生まれつき礼儀知らずなのか？」

コロンボは、相手の高圧的な態度にまったく動じなかった。「捜査を担当中の刑事は言わないもんです」

ボトルが運ばれてきた。ウエイターは、コロンボのグラスにワインを注ぐと、最初の一口を待ってその場で控えている。

「たいへん結構」コロンボは言った。「どうもありがとう」

ウエイターが下がっていくと、サントロはテーブルの上に錨《いかり》を下ろすように両肘をつき、指を三角形に合わせてコロンボをじっと見つめた。「聞くところによると、あんたはサンディにうるさくつきまとっているそうだな」

「あの人がそう言ったんですか？」

「いや、ポパイから聞いた。本当なのか？」

コロンボはワイングラスを置いた。「息子さんは、あの先生のオフィスで殺害されました――たぶん、バックマン先生が帰ったすぐあとにです。としたら、あの人を捜査の出発点にするのは理にかなったことだと思いませんか？」

「まあな。だが、サンディは帰った。それは証明済みだ。したがって、やつは容疑者から外すべきだろう？」

「ちょっと引っかかることがありましてね」

サントロは両手をテーブルに下ろした。「俺は質問したんだぞ」

「ですから、これは出発点なんですよ。バックマン先生には、息子さんの交友関係についても伺いました。ジョーイという娘さんの名前が出ましたよ」

「ああ。ジョーイ・プリッチャードだな。〈キングズ・ロー・カクテルラウンジ〉で働いている」

サントロはウォッカ・マティーニをぐっとあおった。「何か引っかかってると言ったな」

「細かい点がいくつか――まず、息子さんは、自分を自由の身にしてくれた弁護士のオフィスで殺されました。次に、犯行があったのは裁判の直後でした。そしてもう一つ、ビルの警備は厳重で、外部から殺人犯が侵入するのは困難でした」

「コロンボ、あんたは馬鹿じゃないという評判だし、それにイタリア人だ。大いに結構。だがな、自分のオフィスで人を殺すやつがいるか？　それも、その依頼人を無罪にするために法廷で闘ったばかりの男だぞ」

「逆にそれを『非常に大胆な計画』と考える人間もいるかもしれませんよ。自分のオフィスで人を殺すわけがない、と思われるからこそ……あたしの言う意味はお分かりでしょう？」

「分かるが、そいつは買えんな――昼飯を食うか？」

「何か軽いものだけでしたら。カミさんが、最近太ってきたってやかましく言うんですよ。で、あたしをスポーツクラブみたいなのに入れたがってまして……。あなたは贅肉ひとつありませんが、秘訣はいったい何です？」

　にやりと笑みを浮かべたサントロの顔は、まるで鮫のようだった。「あんたみたいな連中とやり合うことでシェイプアップしているのさ」言いながら両手でパンをつかむと二つに割る。バターを塗ろうとはしなかった。「コロンボ、息子を殺した犯人を見つけてくれ」

「それがあたしの仕事ですから」

「あんたをどうこうするつもりはない。俺は、警官に手を出すような真似はしない。ただし、この事件は死ぬ気で調べた方がいいぞ。意味は分かるな？」

　コロンボはメニューを手にうなずいた。

「あの裁判をあんたがどう思ったかは知らん。だが、ケニーはあの女をレイプしたりはしなかった。近ごろの若い女がどんなもんか、あんたも知ってるだろう。向こうから誘いかけてくるんだ。裁判沙汰になったのは、運悪く俺の息子だったからだ。あいつはいい子だった、本当にな。サンディが無罪にしてくれたときは、飛び上がりたい気分だったよ」

　コロンボはメニューに載った料理を眺めている。

　サントロはグラスを空け、席を立った。「何でも好きなものをやってくれ。フィレンツェ風Tボーン・ステーキ《ビステッカ・フィオレンティーナ》がうまいぞ。並の男はもて余すが、あんたなら平らげられるだろう」

「そんなに食べちゃいけないんですよ」

「じゃあ、ピエモンテ風牛のたたき《カルネ・クルダ》をつまみに、赤をもう一杯飲むといい。全部店のおごりだ。頼りにしてるぞ、コロンボ。俺の息子を殺《や》った犯人を捜し出してくれ」

　コロンボは、〈クラウン〉のガソリンスタンドを捜し当てた。店長に会いたいと告げると、店員は事務所を指さした。

　店長は、椅子でふんぞり返り、デスクに両足をのせていたが、コロンボが身分証とバッジを見せると、慌ててその足を下ろした。

「サンドフォード・バックマンさんて人、ここのお客なんだけど、知ってる?」

「知ってますとも」緊張した声で答える。「もう何年も来てくれてます。でかい裁判に勝ったばかりだ」

コロンボは、事務所のすぐ外のチョコレートバーの棚に目を留めた。あんな肉を食べたあとだ。我慢しなくては！「昨日の晩もここで給油した？」

「ええ。『おめでとうございます』って声をかけましたよ。でも、いつも通りの仕事をしただけって感じの反応だったなあ。控えめな、いい人ですよ、バックマンさんは」

「それだけ？　ただ給油しただけだった？」

店長は眉を寄せた。「えーっと。いや、トイレに入りました」

「すぐ出てきた？」

眉間の皺が深くなった。「でもないな。確か、ちょっと長くかかりましたよ――記憶に間違いがなきゃね」

コロンボはチョコバーの棚から視線を移した。「トイレに入るには、鍵を借りなきゃならないんだよね？」

店長はうなずいた。「この辺のチンピラ連中に勝手に使われるのはご免なんでね。前に一度、ひでえ目に遭ったんですよ。壁や備品に落書きされたり窓を割られたりさ」

「先生は前にもトイレを借りたことがあった？」

「なかったと思いますよ……」そこで何か思い出したらしい。「そういや、あんとき、ちょっと妙に思ったことがありましたよ。トイレを借りるお客は、だいたい大急ぎで駆け込むんですけど、バックマンさんは、鍵を借りにきたとき、手にあれを持ってたんですよ――ええと、何て言ったかな？」

コロンボは、こぶしで額を軽く叩いてみせた。「ぜひとも思い出してくださいな。そいつは手がかりになりそうだ」

店長は、どうやらお手上げのようだった。

「もしかしてアタッシェケースじゃない？　ほら、四角い、革製のやつ」

店長は指を鳴らした。「それだ！　そいつをトイレに持って入ったんですよ」

コロンボの手が額からゆっくりと下がっていき、顎に当てられた。「で、トイレを出ると、まっすぐ車に戻った？」

「そうです。そのアタッシェケースを持って」

コロンボはうなずいた。「とても参考になったよ。どうもありがとう」


翌日の早朝、サンセット大通りをＵＣＬＡ（カリフォルニア大学ロサンゼルス校）のキャンパスに沿ってジョギングしていたバックマンは、外国製らしい、おんぼろで薄汚れた車が、ほぼ同じスピードで自分を尾けているのに気づいた。見覚えのある車だ。

車は歩道に寄ると、彼のすぐ後ろで止まり、バックマンも憤然としながら立ち止まった。わずかに間があって、運転席からコロンボが這い出すと、のんびりした様子で近づいてきた。

「いやあ、ジョギングのお邪魔をしちまって申し訳ありません、バックマン先生。実は、二、三、お尋ねしたいことができまして――」

「私がオフィスに着くまで待てないほどの急用なのか？」バックマンは、その場で走り続けてリズムを保ちながら訊いた。

「仕事場でお邪魔をしないように、と思いまして。先生はとにかくお忙しい方ですし、あれこれお考えになることも多いでしょうから」

バックマンは額の汗を手で拭った。「何を訊きたいんだね?」サンセット大通りを車が行き交い、やはりジョギング中の若者たちが、幾人も傍らを駆け抜けていく。

「ええと、あの日給油されたスタンドをご記憶でしょう? ウィルシャー大通りの」

バックマンは、苛立ちを抑えながら訊き返した。「それが?」

「そこの店長が、ちょっと妙なことがあったと言うんですよ。先生が、アタッシェケースを持ってトイレに入ったとね」

バックマンは、笑ってみせるしかなかった。「まさか、そんなことで私のジョギングの邪魔をしたというのか? そんな下らんことを訊くために?」

コロンボは肩をすくめた。レインコートの中で、体がわずかに縮んだように見えた。

「警部、君はトイレで何か読んだりはしないのかね?」

コロンボは決まり悪そうに笑った。「ええ――ありますよ。朝、新聞を読めなかったときには、カミさんがトイレに置いといてくれるんで」

「アタッシェケースには、仕事関係の書類を入れてあるんだよ。トイレというのは、時として長くかかることもあるから、そこで仕事を少し済ませるのも悪くないだろう? あのときはレストランの予約時間までずいぶん間があったしね」足を動かし続けながら、先を促す。「他に、一刻を争う重要な質問は？」

「いえ、これだけです。お邪魔して本当にすいません。お詫びします」

バックマンは走り出し、警部に背中を向けたまま叫んだ。「まったくだ。二度とこんな真似はしないでくれ。それにいつか、君を証言台に立たせたいものだな。徹底的に攻めたててやるよ！」

コロンボは笑顔になり、勘弁してくれとばかりに両手を上げて何か叫んだが、そのときにはバックマンは、すでに数十メートル先を走っていた。


コロンボは、カクテルラウンジに入ってくると、赤いシェードのランプから溢《こぼ》れるほのかな光に照らされた小さなテーブルの席に着いた。すぐにウエイトレスが注文を取りにくる。

「ジョーイっていう娘さんがここで働いてる？」コロンボは尋ねた。

「はい」ウエイトレスは訝しげに目の前の客を見た。「ジョーイをご指名？」

「お願いできるようなら、ぜひ」

コロンボは、薄暗い店内を見回した。各テーブルに置かれたランプの小さな灯りが、動かない蛍のように見える。数分後、愛らしい顔立ちの娘が姿を現した。最初のウエイトレスと同じで、際どいほどのミニスカートを穿き、胸許を大きく開けている。「わたくしで、よろしいですか？」

「そう、あなたとお話がしたくてね。あなたは、ケニー・サントロさんの友だちでしたか？」

薄暗い照明の中でも、娘の顔が曇るのが分かった。「ええ、〝だった〟わ――いまだに信じられない」そう言うと片手で顔を覆う。「お葬式は金曜だって、さっき連絡が来たところよ」

「お察しします」コロンボは言った。「ケニーさんとは親しくされていましたか？」

表情がさっとこわばる。「あんた、誰？」

バッジを見せると、ジョーイはわずかに体を引いた。「大丈夫、落ち着いて。あたし、ケニーさんが殺された事件を捜査してましてね」

ジョーイは大きく深呼吸して息を整えた。もう一度。「オーケイ、もう大丈夫よ」

コロンボはにっこりと笑いかけた。「彼とはどのくらい親しかったんです？」

「友だち同士。つき合ったりとか、そういうんじゃないから。何を知りたいの？」

「今度の裁判や、そのあたりの事情については、よくご存じで？」

ジョーイはうなずいた。

「ケニーさんは、前にもこんな事件に巻き込まれたことがありませんでした？」

ジョーイは黙り込んだ。バーテンダーが彼女を見ている。注文を取って来ないので、どうしたのかと思っているようだ。

「別に故人の悪口を言わせようってわけじゃないんです。ただ、どんな小さなことでも、犯人逮捕に役立つ可能性があるものでね」

「分かった」ジョーイはようやく口を開いた。「前にも一人、――二、三年前かな――ケニーがそんなことをしたって言ってた娘《こ》がいたわ」

「警察には届け出なかったようですね」

「飲み物を注文してくれる気はないの？」

「仕事中でね。でも、チップははずみますよ。どうしてその娘《こ》は警察に届けなかったんでしょう？」

「あたしたち——ケニーのお父さんがお金で片をつけたんだと思ってた。マフィアだってことは、みんな知ってたから」

今度はコロンボが黙り込み、しばらくしてから尋ねた。「ケニーさんは過去にもそういうことをやっていたと思います？」

「あたしが聞いた事件の前にも、ってこと？」

「そう」

「かもね。でも、あたしはそうは思いたくないな。ケニーって本当にイカしてたから」

コロンボはジョーイの方に身を乗り出した。「あなたとケニーさんはただの友だちだった。じゃあ、他に誰か、彼とデートしてた娘《こ》は？　つまり、つき合ってた相手は誰かいませんでした？」

「いないわ」

「どうして？」

ジョーイは、またしばらく躊躇していた。「みんな、ちょっと——怖がってたから」

「その女の子から、何があったかを聞いたから？」コロンボは静かな声で言った。

「あたし……よく分からないわ」

「答えはね、たぶん、でいいんだよ」コロンボは立ち上がりながら、小さなテーブルの上に紙幣を置いた。

長い沈黙のあと、彼女は口を開いた。「たぶん、ね」


その歯科医院は、スポルディング通りに面した真新しいビルの中にあった。コロンボは、待合室に腰を下ろすと、ラックに並んだ高級雑誌の表紙をしばらく見比べたあと、〈ザ・デュポン・レジストリ・オブ・ファイン・オートモービルズ〉（世界の高額所得者を対象とした、高級車の売買情報雑誌）を手に取った。読み慣れている〈スポーツ・イラストレイテッド〉（米国で最も一般的なスポーツ雑誌）に一番似ているような気がしたからだ。その雑誌をぱらぱらめくっているうちに、受付嬢に「お入りください」と声をかけられた。

歯科医のルース・バックマンは、四十代初めの美しい女性だった。髪は黒く、薄化粧で、白衣に地味な色のスラックスという外観は、やや中性的な雰囲気を感じさせる。

コロンボは、身分証を見せたあとも坐ろうとしなかった。部屋には治療用の椅子しかなく、腰を下ろす気になれなかったのだ。「離婚されたご主人についてお訊きしたいんですが」コロンボは、椅子に目をやったまま切り出した。

「あの人の何を？」腹を立てているわけではなく、単に興味がないような感じだった。

「あの方のオフィスで起こった事件についてはご存じで？」

冷めた笑みが浮かんだ。「知らずにいられるわけがないでしょう。あの人はね、明らかに重罪を犯した悪ガキを無罪にしたのよ。もっとも、サンディは昔からその手のことが得意だったわ」

「今でもバックマン先生とは親しくされてるんですか?」

「ほとんど会っていません。子供でもいれば事情は違っていたかもしれないけれど、私はこれでよかったと思っていますわ」

「昔のあの方について、何かお話ししていただけませんか。世間には知られていないようなことを何か」

今度は本物の笑顔になった。「そのコート、暑くはありません?」

「いえ、大丈夫です——どうかご心配なく」コロンボは慌てて答えた。

「世間に知られていないようなことねえ……」ルースは考え込んだ。「まさかベッドでの様子とかじゃないでしょうね」

「いや、とんでもない。そういうことでは」

もう一度考え込んだあと、ルースは時計を見た。「あと五分で次の患者さんがいらっしゃるんですが」

コロンボは、その言葉が耳に入らなかったかのように畳みかけた。「興味深かった話はありませんか。あの方が体験した何か特別な出来事を聞いたとか……」

「それなら一つだけあります——悲惨な話ですけれど。サンディがまだ七歳か八歳のころ、お母様が襲われてレイプされたんです。そのことについてはひた隠しにしていました。少なくとも新聞やテレビにはまったく知られていないはずです」

「犯人は捕まったんですか?」

「捕まらなかったそうです。サンディは言ってましたわ、やったのはレイプの常習犯で、いつも罪を免れてしまう男だったって」

「いつも罪を免れてしまう……」コロンボは、その言葉に思いを巡らせている様子だった。「その事件が彼に――子供時代の彼に、大きな影響を与えたと思いますか？」

ルースは再び時計に目をやった。「もちろん。彼が法律の道に進んだのも、もしかするとそれが理由の一つだったのかもしれません」

「どういう意味です？」

「よくは分かりませんけれど、そういう事件で正当な処罰が下されるのを見たかったとか。でもそれだと、マフィアのファミリーを弁護し続けていることの説明がつきませんわね」

コロンボは、ドアの前まで歩くと、そこで振り返った。「お時間を割いてくださってありがとうございます、先生。貴重な情報にも感謝します」

「今の話は関係ありそうですか？　つまり、お母様の事件のことですが」

コロンボはドアを開けた。「ええ、もちろんです。決定的な関係がね」


翌朝、出勤したバックマンは、五分も経たないうちに、ルヴィアからの「コロンボ警部がお見えです」という知らせを受けた。

「少なくとも、二度とジョギングの邪魔はしないという約束は守ってもらえたわけですな」オフィスに入ってきた警部にバックマンは言った。

一方、コロンボは、どうやら彼の服に目を奪われたらしかった。「これまたすばらしいスーツですなあ。不作法は承知で伺いますが、どちらでお求めに？」

「ブリオーニだよ、警部。でも、君が買うのはどうかな。刑事と容疑者がお揃いのスーツじゃまずかろう。どうだね？」

コロンボは、この軽口を聞き流した。「ご自慢のそのスーツが、あなたの命取りになったんですよ、先生」

「どうも、その説明ではよく分からないな。今朝飲んだコーヒーの量が足りなかったのかもしれないが」

「あなたはケニー・サントロを刺し殺した。そして、ナイフをスーツの上着のポケットに入れたんです」

バックマンは椅子の背にもたれ、頭の後ろで手を組んだ。少しも動じていない。「いきなり飛躍したものだね——スーツに凶器とは」

「先生、肝心な質問をお忘れですよ。〝なぜ暴行事件で無罪にしたばかりの依頼人を殺したのか？〟」

「そりゃいい質問だ。答えを聞くのが待ちきれないよ——なぜだね？」

「こいつは、あたしが今まで出会った中でも、最も奇妙な動機の一つです。先生は、子供のころの悲惨な体験への報復を、ケニーさんを相手に果たしたんです。初めて連続レイプ犯を弁護する機会を得たあなたは、自分の手で殺すためにケニーさんを自由にした。優秀な弁護士が自ら無罪にした依頼人を殺すなんて、誰も考えませんからね」コロンボは言葉を切った。「実にねじくれた動機です」

「ねじくれすぎているね」

バックマンは椅子の背に身を預けたまま、ゆったりとくつろいでいた。「私のスーツについての講釈はまだかね？」

「あなたはここを出て、ガソリンスタンドに立ち寄った。アタッシェケースには別のスーツ――あのベージュのスーツが入っていました。トイレに入って、きれいな服に着替え、代わりに紺のスーツをナイフごとアタッシェケースにしまったんです」

「どうしてそんなことを？」

「犯罪の証拠になるナイフをポケットに入れたままレストランに行くわけにはいかなかったんですな。血痕がついてますから。筋は通るでしょう？」

バックマンの顔に、かすかな笑みが浮かんだ。「筋は通っていても、所詮、作り話だ」

電話が鳴った。バックマンは受話器を取り、耳を傾けた。「ありがとう、ルヴィア」電話を切る。胃が締めつけられるような感覚を覚えた。「捜索令状を持った君の部下が私の家に入ってきたそうだ」

「一つ、おかしなことがあったんですよ」コロンボは言った。「事件のあった夜、ご自宅で質問したとき、あなたはすばらしいベージュのスーツを着ていました。でも、テレビであなたとケニーさんが法廷を出る場面を見たら、あなたは紺のスーツを着ていた――被告弁護人の先生たちは、法廷じゃ紺系のスーツを着ることが多いみたいですな。憶えておいでですよう、あたしが『ベージュのスーツに皺が寄っている』と言ったこと。アタッシェケースに押し込まれてたんで、ちょっとしわくちゃになってたんですな。最初の話に戻りますが、つまりこれこそが、家に寄られたわけでもないのに、あなたがレストランに行く前にわざわざ着替えられた理由だったんです」

「君は細かいことに囚われすぎだよ」

「部下にご自宅を見張らせ、外出時にも尾行させましたから、あなたが紺のスーツをクリーニングに出していないのは確かです」

バックマンは笑い出した。「犯人が頭のいいやつなら、捜索を受けるまでナイフを処分しないでおくはずがないだろう」その顔から笑いが消えた。自分の首のまわりにずっと縄がかかっていたことを、そして、その輪が突然、締まり始めたことを悟ったのだ！「家宅捜索の目的はそれか！ クローゼットで紺のスーツを捜しているんだな！」

コロンボはそれには答えず先を続けた。「紺色の上着のポケットには、凶器のナイフが入っていました。もちろんナイフはすぐに始末したでしょう。でも、ポケットの内側の生地には血痕が残っているはずです。鑑識で調べれば、ケニー・サントロの血液と一致するでしょう」

バックマンは椅子をゆっくり後ろに押しやると、デスクを離れ、窓へと歩み寄った。太陽の光は暖かく、やさしく彼の肩に触れた。「お見事だよ、コロンボ君」ややあって、バックマンは口を開いた。「私は君をひどく見くびっていたようだ」

コロンボは肩をすくめると、両手を上げ、手のひらを広げてみせた。

「私が贈ったワイシャツは届いたかな？」バックマンは尋ねた。

「はい、届いてます。まあ、受け取るわけにはいかないんですが、まだお礼を申し上げていなかったことはお詫びします。ここ数日、とても忙しかったもので――お分かりでしょう？」

バックマンは思わず笑みを浮かべた。「ああ、もちろん。私を追い詰めるためだな」

コロンボはまた肩をすくめた。

「だが、憶えておきたまえ。私は自分で弁護をするつもりでいる。これは警告だが、せいぜい気をつけて、油断などしないことだ」

「滅相もない。今朝もカミさんに言ったところなんですよ。先生は最高の弁護士だって。ただし、服には案外気を配らなかったようですな」

第2話　失われた命

コロンボは、ビバリーヒルズの高級住宅街に建つ、チューダー様式を模した大邸宅に到着した。屋敷の前の芝生には、電動芝刈り機を荒馬のように駆る二人のメキシコ人庭師の姿が見えた。玄関へと続く私道に、紫がかった灰色のキャデラックが駐まっている。

午前十時。あたりはひっそりとしており、遠くから犬の吠える声が響いてくる。レストランでは耳を覆いたくなるほどの喧騒を気にも留めないくせに、自宅にはあくまで静寂を望むのだから、金持ちという人種は不可解だ。

にこりともせずにコロンボを出迎えたのは、気性の激しそうな七十過ぎの女性だった。故人の妹、メアリー・トムリンスンと名乗った彼女は、警部を一瞥すると、よく晴れた日だというのにドアマットで靴の汚れを落としてほしそうな顔つきになった。

書斎に案内したものの、メアリーは椅子を勧めなかった。コロンボは構わず、壁一面を埋める書棚近くの肘掛け椅子に腰を下ろし、手帳を取り出した。メアリーは無言で立っている。

「えー、トムリンスンさん――」咳払いをしたあと、コロンボはぎこちなく切り出した。「あなたは、昨夜のお兄さんのひき逃げ事件について、故意の犯行かもしれないと担当者に話されたそうですね。なぜそうお思いに？」

「ジョージは、わたくしに、命の危険を感じると申しておりました」

「お兄さんはなぜそう思われたんでしょう。理由は仰いましたか？　例えば誰かに狙われているとか」

「いえ、その点は何も。もしかすると何となく不安だっただけかもしれませんが、兄は自分のことはあまり話さない性格でしたし、引退してからはさらに殻にこもるようになっていましたので」

「ご商売は何を？」

メアリーはきっと睨むような目つきをした。「職業は医師でした。このビバリーヒルズで、五十年近くも開業しておりました」

コロンボがその言葉を書き留めようとしたとき、一匹の犬が吠えながら部屋に飛び込んできた。犬は見知らぬ侵入者に一直線に駆け寄ると、その顔を見上げ、脅すようにさらに二吠えしてみせた。

「あなたのことが気に入らないようね」メアリーは言った。「外から他の犬のフンでも持ち込んだのではなくて？」

コロンボは気まずそうに靴を確かめた。「いえ、それはないかと……」

犬は、警部の足許に、疑い深い監視人のように坐り込んでしまった。

「トムリンスンさん、お兄さんには、その――敵はありましたか？」できるだけ犬を気にしないよう努めながらコロンボは尋ねた。

「まさか！」質問されたこと自体が心外という口調だった。「ジョージは立派な内科医でした。

診断や治療で多くの命を救ってきたんです。慈善団体へ毎年何千ドルも寄付してきましたし、引退後もパークマン病院で顧問医を務めていたんですよ」

「ご結婚は？」

「していました。義姉のグレースは数年前に亡くなりまして、それで兄はすっかり参ってしまい――以来、まるで人が変わったようでした」

犬の喉の奥から低い唸り声が聞こえてきた。「あのう、この犬の名前は？」

「スキッパーですわ。どうやら、この子のお友だちにはなれないようですわね」

コロンボは足をずらし、スキッパーの監視の目からそっと隠した。「ええ……そのようで。嚙みついたりはしないでしょうな？」

「嚙みつくのは、追っているリスが木に登って逃げようとしたときぐらいかしらね。だから、あなたはきっと大丈夫ですわ、警部さん」このちょっとしたジョークに、コロンボだけでなく、メアリー自身も驚いた様子になった。

「調書の内容を確認させていただきたいんですが」コロンボは手帳に目を落とした。「お兄さんは昨夜、十時に犬の散歩に出られたんですね。そして十五分後、この先のブロックに住む方から電話があった。ひき逃げがあって、お兄さんが巻き込まれたと」

「ええ。即死でした。近くに住む人たちは、ドーンという音と、殺人犯の車が猛スピードで逃げていく音を聞いたそうです」

「あの、こう言っちゃなんですが、事故だったのかもしれませんよ。運転者は、ただびっくりして逃げた。つまり、ひき逃げ事故です」

「とんでもない！　これは車を使った殺人ですわ。誰かが故意に兄をはねて、現場から逃げたんです」

「なるほど。で、近所の人たちが道に出ていくと、お兄さんの遺体のそばにスキッパーがいたわけですね」

メアリーは鼻筋を押さえた。涙を堪えようとしているのだろうか。敵意と怒りが薄らぎ、代わりに悲しみが溢れ出てきたのかもしれない。「犬ほど忠実な動物はいませんわ。警部さん、犬は飼っていらっしゃる？」

「はい、昔のことですがね。バセットハウンドを。そいつが死んじまって、残念ながらそれからは縁がありません」

コロンボはスキッパーを見下ろした。今の言葉が何となく、こいつの猜疑心を和らげたように見える――まさか。手帳を閉じると、犬を刺激しないように気をつけながら立ち上がった。

「それで、どんな捜査をなさるんですか？」メアリーが尋ねた。

「もちろん、ひき逃げ犯を捕えなきゃなりません。ただ、これが、そう簡単じゃないんですよ。車が修理に持ち込まれていないか整備工場をあたるんですが、ちょっと気の利いた犯人なら、ほとぼりが冷めてから動くもんでしてね」

「捕まえられる見込みはどのくらいありますの？」

コロンボは、おそるおそるドアへと向かった。スキッパーがぴったりくっついてくるのだ。

「正直、期待はできません。でも全力を尽くすことをお約束します」

事態は、しかし、予想外の好転をみせた。市警本部に戻ったコロンボを、ヘッドライトが割れ、車体がへこみ、前部フェンダーに血痕のある盗難車が発見されたとの報告が待っていたのだ。発見場所は、トムリンスン邸からわずか数ブロックのところ。鑑識課が検証中だという。

車は、同じビバリーヒルズのエルム通りに住むフェリックス・ヤンガー名義で登録されており、ヤンガー氏は、その朝早く電話で盗難を通報していた。

行きつけの食堂でランチをかき込むと、コロンボはエルム通りへと車を走らせた。ヤンガー氏の自宅は、トムリンスン邸よりずっと質素なものだった。芝生には手入れをする庭師の姿はなく、おしゃべりな鳥が数羽、そして、少し傾いた〝売り家〟の看板があるだけだ。

ドアを開けた男は、メアリー・トムリンスンより一つ二つ年上のようだった。ごわごわした白髪に櫛も通さず、旧式の大きな補聴器をつけている。泣いている人間のように目の縁が赤い。コロンボはバッジを見せた。

「ああ、なるほど。どうぞ――」ヤンガーは言った。

スパニッシュタイルを敷き詰めた廊下は薄暗く、殺風景だった。ヤンガーは、しばらく思案した後、コロンボをリビングへと案内した。歩き方がややぎこちないが、体裁を気にしてか杖は使っていない。

リビングは古かった。何もかもが古くてかび臭い。コロンボはくしゃみをした――二度も。外は気持ちのいい陽気だというのに、ベルベットのカーテンは引かれたままで、隙間から差し込む光の中で埃が舞っていた。

「どうぞ、お掛けください」ヤンガーが声をかけた。少なくともトムリンスン家よりは礼にかなっている。

コロンボは腰を下ろした。「ヤンガーさん、あなたは車の盗難届を出されましたね。車がないのに気づかれたのは、正確にはいつのことでしたか?」

「実は、ここのところ車庫に入れていなかったんですよ。車庫には、大掃除で出した家の中のものをいろいろ置いてしまったもんで」

「じゃあ、玄関前か道路にでも?」

ヤンガーは耳に手を当てた。「え? 何ですって?」

声を大きくして訊き直す。「どこに車を駐めてたんです?」

「玄関前の私道ですよ。今朝起きたら、もう影も形もなかった。それで通報したわけです」

「ヤンガーさん、ご結婚はされてますか?」

ヤンガーは皺の寄った眉間をさらにひそめた。「ずっと独り身ですよ。どうしてそんなことを?」

「いやね、他に車のキーを持っていた人はいないかと思いまして。雇っている人はいます? キーを手に入れられる人」

「いいや。毎週木曜に、掃除を頼んでるところの女性が来ますがね。彼女には盗めませんよ。いつもこのポケットに入ってますからね」

「じゃあ、犯人はキーもなしにどうやって車を動かしたんだと思います？」

「そりゃ、あんたらの方が詳しいでしょう。ほら、何て言ったかな、〝ホット何とか〟？」

コロンボはゲップが出そうになるのを――すんでのところで――飲み込んだ。たぶん昼に食べたチリのせいだ。「ホットワイヤリングですな。点火装置をショートさせてエンジンをかけるんです。つまり、車は昨晩《ゆうべ》のうちに盗まれた、と。最後に運転されたのはいつでした？」

「昨日の夕方です。帰ってきて、玄関前に駐めて、夕食の支度をしに家に入った。テレビを見て、九時にはベッドに。いつも通りでしたよ。物音は何も聞かなかった。まあ、もともと耳はあまりいい方じゃないんでね」ヤンガーはそこで初めてジョークっぽい言い方をしたが、メアリー・トムリンスンとは違い、自分でそれに驚いた様子はなかった。

「昨夜、あなたの車に乗った誰かが人をひき殺しましてね」

「今、何と言いました？」

コロンボがくり返すと、ヤンガーは口をあんぐりと開け、信じられないという表情で体をこわばらせた。「そんな！　何かの間違いでしょう」

「間違いじゃありません。被害者の妹さんは、お兄さんは故意にひき殺されたんだと主張されています」

「亡くなった人は？」

「ジョージ・トムリンスンというお医者さんです。ご存じですか？」

「トム何ですって?」

大きな声で、もう一度。「トムリンスン。ジョージ・トムリンスン医師です」

ヤンガーは、しばらくの間、その名前に思いを巡らせていた。「聞いたことがないな。診療所はビバリーヒルズに?」

「はい。もう引退されていましたが」

「わしは、四十三年間も同じお医者にかかっていたんですよ。ウォルター・ロスシュタイン先生。いい先生だったが、先月亡くなってしまって、新しいかかりつけ医を探さにゃならんのです。残念なことだ。そのトムリンスン先生が生きておられたら、お世話になれたかもしれないのに」ヤンガーの目に、ゆっくりと悲しみの色がにじんできた。「トムリンスンさんに、奥さんは?」

「やもめだったそうで——。妹さんと同居されてました」

ヤンガーが鼻筋を押さえた。メアリー・トムリンスンの仕種にそっくりだった。「それだって、家族がいてくれるだけ運がいい」

コロンボはうなずいた。車の修理が済むまでの間、この老人は外出もままならなくなるだろう。「友だちはいるんでしょう? しばらくの間、買い出しを手伝ったり、外出につき合ってくれるような」

「そうはおらんのです。死んじまったり、他の町に越しちまったり、家で療養中だったりでね」

「車を修理工場まで運ばにゃなりませんが、そいつは警察で手配しておきましょう。直ってくるまで代わりの車を借りられますよ」

耳に手を。「何を借りるって？」そう言いながら、ヤンガーは補聴器の位置を直した。

「車です。それで外出できるでしょう」

ヤンガーはそこで、寂しげに微笑んだ。「今じゃ行きたいところなどありゃしません。時代は変わっちまった。町ごとね。先週、昔馴染みの靴屋に行ってみたら、もうなかった。携帯電話の店になってましたよ」

コロンボは立ち上がり、ヤンガーに名刺を渡した。「いつでも電話してくださいな。不在のときは、出た人間に伝言しといていただければ」

一緒に腰を上げたヤンガーが、わずかにふらついた。窓から差し込む陽光は緩やかだったが、老人にはそれでもきついようだ。カーテンの端から漏れてくる光を見上げてヤンガーはこう言った。「妹さんは殺人だと考えている――つまり、誰かがその気の毒な人を殺したけれど、足がつくのを恐れて自分の車は使わなかった、ということですな……」

玄関まで見送りに出ようとするヤンガーを、警部は手を上げて「一人で大丈夫」と制した。

コロンボはゆっくりと車に向かった。太陽は、もう目をくらませるほどに眩しい。直感が、警部の思考を衝き動かしていく。そう、犯人は自分の車を使いたくなかった。いや、もしかすると使ったのかもしれない。おいおい、しっかりしろ。もう一息じゃないか。

よし、この謎を解明しよう。コロンボは、常に自分の直感を信じることにしていた。〝信じるな〟とその直感が告げるとき以外は――。

コロンボが事故現場に到着したとき、レッカー車が古いビュイックのセダンを牽引していくところだった。鑑識課はすでに引き揚げていたが、パガーノ巡査部長がまだ残っており、携帯電話で誰かと話していた。

警部が近づいていくと、通話はちょうど終わった。「鑑識が車から何か摑んだら、すぐに連絡がくることになっています」

「で、こっちはどんな具合だい？」コロンボは尋ねた。葉巻を吸いたい気分だが、どうやら家に忘れてきてしまったようだ。

「近辺の住民に聞き込みをしました。もし本当に計画的な殺しだったとすれば、犯人は、被害者をはねた後、ここで車を乗り捨てたんでしょう」

「近所の人たちは、どのタイミングで出てきたんだろう？」

「すぐではなかったようですね。見たのは、走り去る車と、犬と、遺体だけだったそうですから。周囲には他に誰もいなかったそうです」

警部は、歩道の端に貼られた、遺体の位置を示す黄色いテープを見下ろした。「まあ、みんな気が動転していて、誰かが逃げていったとしても気づかなかっただろうしねえ」

この季節らしく生い茂った、道路の両側に並ぶ楡《にれ》の木の下で、コロンボは遠くを見る目つきになった。「気づいたかい？　ここは、トムリンスン邸からそんなに離れてないんだ」

「トムリンスンさんは、毎晩犬を散歩させていました。妹さんの話では、ここがいつものルートだったようです」

「そうか」うなずいたコロンボの視線がわずかに動いた。「ちょっと妙だな。ヤンガーさん、ほら、車を盗まれた人さ、あの人の家も、ここから四ブロックしか離れてないじゃないか」

その言葉にコロンボの方を見たとき、パガーノの携帯電話が鳴り始めた。「警部、それはどういう意味です?――パガーノだ……確かなのか?……ああ、警部には耳寄りな情報だろう。ありがとう、サル」そう言うと携帯を切った。

「何が耳寄りだって?」コロンボは笑顔で尋ねた。

「トムリンスン医師は医療ミスで大きな訴訟を起こされていたそうなんです。その関係での怨恨という線を、警部が有力と思われるかな、と――」

「妹さんの話では、トムリンスン氏はパークマン病院と関係があったらしい。あそこの担当弁護士を一人知ってるから、話を聞きに行ってみるよ」

「考えたんですが」とパガーノ。「裁判に勝てば、告訴した相手は遺産の一部をものにできるんじゃないですかね。聞いたところでは、妹さんが大金を相続するということでしたから」

コロンボは、通りの向こうに駐めた愛車に向かいながら、大声でこう返事をした。「そいつは興味深い話だ。ちゃんと憶えとくよ!」

コロンボは、旧知の仲であるパークマン病院の担当弁護士、ラリー・サルツマンの陽光溢れるオフィスを訪ねていた。サルツマンは四十代後半、縮れ毛のごま塩頭で、如才ない人物だった。テニスボールを手で握り、もてあそんでいる。

「サミュエル・ステビンズという患者が、トムリンスン医師を相手取って訴訟を起こしたんだ。トムリンスンが診療にあたっていたとき、彼に試験段階のがん治療薬を処方したが、病状は悪化する一方だった、という訴えだ」

「そのステビンズが、殺したいと思うほどトムリンスンを恨んでいた可能性はあると思うかい？　昨夜のひき逃げ事件がらみで訊くんだけど」

日に焼けて皺の寄ったサルツマンの目許に、皮肉っぽい笑みが浮かんだ。「そりゃ駄目だ、警部」

「どうしてそう言い切れる？　その男をよく知ってるのかい？」

笑みを浮かべたまま、弁護士は答えた。「いや。つまりだね、ステビンズは先週亡くなってるんだ」

それを聞いたコロンボも、思わず笑顔になりかけた。「じゃあ、彼には襲えるはずがない」だが、それで話を切り上げたりはしない。「ステビンズの家族については？　何か知ってる？」

サルツマンはテニスボールを机の引き出しにしまった。「いや、あいにく。どうしてだい？」

「家族の誰かが復讐しようと思ったかもしれない」

「電話で訊いてみよう。待てるかい？」

「ああ。助かるよ」

サルツマンは秘書に電話をかけさせた。「ロベルタか？」と話し始める。「そう、サム・ステビンズの件だ。彼に奥さんはいたかい？　家族は？」じれったそうに床を軽く蹴りながら待っている。

「ロベルタって誰だい？」コロンボは尋ねた。

「記録係さ。いまファイルを確かめてる」サルツマンはしばらく待っていたが、やがて口を開いた。「ああ、いいよ、教えてくれ……なるほどなるほど。それを知りたかったんだ、ありがとう」電話を切って警部に向き直る。「離婚してるな。息子が二人。一人はフロリダ、もう一人はシアトルにいる。これで答えになるかな？」

「ああ。その線はこれで行き詰まりだ。けど、協力には感謝するよ、ラリー」


コロンボが再びトムリンスン邸を訪れると、メアリーは、小さな裏庭で種を播いている最中だった。ビバリーヒルズの豪邸で不思議なところの一つは、裏庭が広くないということだな、と警部は考えた。これなら、自分が子供のころ遊んだ庭とさほど変わらない。

「犯人は見つかって？」挨拶をする暇も与えず、メアリーはそう問い質した。太陽から肌を守るため、つば広の大きな帽子をかぶり、長袖のTシャツと、染み一つない高級そうなジーンズを身に着けている。

「いいえ、それがまだでして」

「だったら、こんなところで何をしているんです？　さっさと捜しにいきなさい。時間との勝負ですよ」

メアリーは立ち上がり、膝についた草を払った。

「一つだけ確認したいことがありましてね。お兄さんはスキッパーとの散歩に出ると、いつも同じ道を通っておられましたか？」

　コロンボは、不安そうにあたりを見まわした。あの犬はどこにいるんだろう。ちゃんと家の中に閉じ込められていればいいんだが。

「兄は、それはそれは几帳面でした」メアリーは答えた。「時計に足が生えたような人だったんです。私もかなり几帳面ですけれど、ジョージのは度を超していました。子供のころからずっとです」

「じゃあ、毎晩まったく同じ時間に家を出られたんですね。十時に、スキッパーと。そして、いつも同じ道を通った――」

　メアリーは、照りつける太陽に負けまいと、帽子のつばをさらに深く引き下ろした。「毎晩、同じ時間です。そして同じ道。もうずっと長いことね」噛みつきそうな表情でコロンボを睨む。

「どうしてそんなことをくどくど訊くんです？」

「そうですね、仰った説を検証しているとでも言いますか――。誰かがお兄さんを殺そうとしたのなら、まずその日課を調べたはずですよね。だからこそそいつは、お兄さんが犬の散歩に出たとき、後を尾けることができたんです」

「何だか単純すぎる理屈に思えるけれど。で、それがどう役に立つんです？」

　コロンボが答えようとしたとき、携帯電話が鳴り出した。いつもレインコートの右のポケットに入れておくのだが、そこにはない。警部はようやく、入れた憶えのない上着の内ポケットで、鳴り続ける電話を発見した。

何とも難儀な代物だ。「もしもし、コロンボだけど」

メアリーがこちらを見ているので、警部は少しだけ顔をそむけた。

「そう。今、トムリンスンさんのお宅に伺ってるとこ……そうか、なるほど。オーケイ、報告ありがとう」

コロンボは電話を切ると、定位置であるレインコートのポケットに丁寧に戻した。

「どなたから?」メアリーが訊いた。

「検視官です。お兄さんについての報告書から、先に一つ情報を教えてくれまして」

「ええ、わたくしが解剖を許可したんです。何か手がかりになりそうなことですか?」

コロンボは顎をなでた。「分かりません。お兄さんは、厳密には盲目ではありませんでしたが、検死の結果、重い白内障にかかっておられました。両目とも。ご存じでしたか?」

「もちろんです。秋には手術を予定しておりました。それが何か関係ありますの?」

コロンボは顎をさすり続けていた。「つまり、お兄さんの目が悪かったとしたら、外出されるときには、あなたが車を運転されてたんじゃないかと」

「もちろんそうですわ。昼間でも運転は難しかったですし、夜にはまったく無理でした。こんなこと、どうして重要なんです?」

「重要かどうかは分かりません。あなたが話して下さるのをお忘れだったというだけで」

「じゃ、これでもうお分かりになりましたわね。他には何か?」

「いいえ、こんなところです」家の中から犬の吠える声が聞こえてきた。「もう行きますので」

「どこへ行かれるのか、伺ってもいいかしら？」

コロンボは口許をほころばせた。「おそらく容疑者と会うことになるでしょうな」


「あまり時間がないんですよ」翌日、再び訪れたコロンボをやはりリビングに通すと、ヤンガーはそう言った。カーテンが引かれた窓からは、その日も陽の光がわずかに差し込んでいた。「タクシーが迎えに来ることになっていてね」

「車はいつごろ戻ってくるんです？」コロンボは訊いた。

「何です？」ヤンガーは耳に手を当てた。

声を大きくして訊き直す。「車は、いつ戻ってくるんですか？」

今度は補聴器をちょっといじって、「工場には来週の月曜日と言われました。まあ、待ってもいられませんのでね」そこまで言ってヤンガーは咳き込んだ。「喉が渇いたな。ちょっと水を飲んできてもいいですか」

「あたしにも一杯いただけますか？　今日はスモッグがひどくて」

ヤンガーは、薄暗く狭い廊下を通って警部を台所へと案内した。「水の代わりにアイスティーはどうです？」

「そいつはいいですな」

ヤンガーが冷蔵庫に向かっている間、コロンボは台所を見回していた。相当な古さだ。築三十年にはなるだろう。壁のタイルが調理の熱で変色している。唯一明るい色のものといえば、ドアのそばにある真っ赤な犬の餌入れぐらいだ。

ヤンガーが、アイスティーの入ったピッチャーとグラスを二つ、カウンターに運んできた。両方のグラスにアイスティーを注ぐ。「砂糖は？」

「いえ、結構です」

ヤンガーは、自分のグラスを取り、半分ほど飲んだ。喉ぼとけが上下する。「それで、今日は何の用です？」

「あなたがトムリンスン先生と顔を合わせたことがないかどうかを確かめたいと思いましてね。何かのクラブか行事に参加したときにでも、お会いになりませんでしたか？」

「いや、心当たりはないですな」

「それから、健康状態を伺えればと。お体は大丈夫ですか？」

ヤンガーはアイスティーの残りを飲み干した。「まったく問題ないですよ、ありがとう。どうしてそんなことを？」

「では、パークマン病院に行かれたことはありませんか？　トムリンスン先生は、あの病院の顧問医だったんです」

通りでクラクションが鳴った。

「いや、パークマン病院には一度も。タクシーが来たようなんですがね」

「オーケイ。どうぞお出かけください」

二人は玄関から外へ出た。ヤンガーはしっかり戸締まりをしたあと、停車している〈ビバリーヒルズ・タクシー〉の車へ歩いていき、後部座席に乗り込んだ。コロンボも、その間に、近くに駐めた自分の車へと向かった。

乗り込んでエンジンをかけた警部は、タクシーが走り出すのを待ち、角を曲がるのを見届けてから追跡を開始した。再び直感だ。

ウィルシャー大通りを西に向かうタクシーを、コロンボは慎重に追っていった。車はやがて左に曲がり、二十六番通りへと入る。まっすぐオリンピック通りの方に向かうと、途中でハンドルを切り、角に建つ動物病院の裏の小さな駐車場で停まった。脇道に停めた車からコロンボが見ていると、ヤンガーは、タクシーを降りて料金を払ったあと、急ぎ足で建物へ向かい、ドアを開けて中に入っていった。

コロンボは車を降りた。台所には赤い犬の餌入れがあり、今度は動物病院だ。──さまざまな断片がつながりを持ち始めている。

ヤンガーのあとを追い、同じドアから中へ入った。さほど広くない室内は、折りたたみ椅子に坐った男女でいっぱいだった。女性が一人、前に立って、熱のこもった口調で何か話している。どうやらペットの猫のことらしい。

一番後ろの椅子に腰掛けると、部屋を見回した。ヤンガーは最前列に坐っている。コロンボは、隣の席の若く美しい女性を軽く肘で突いた。

「お嬢さん、これはいったい何の集まりなんです？」

娘は目を丸くした。「あなた、ペットを亡くしたんじゃないの?」

「いいえ。ああ、でも――ずっと以前には一度ね。どうもあたし、間違って迷い込んじまったみたいなんですよ」

「そう。これはね、ペットを亡くした人をサポートする集まりなの」

今度はコロンボが目を丸くする番だった。「じゃあ、この人たちはみんなペットを亡くしているわけ? ある種のグループセラピーみたいなもの?」

娘は愛らしい笑顔を見せた。「その通りよ」

女性が話を終えて席に戻った。代わって、品のいい老婦人が立ち上がり、メンバーたちに向き直った。「ハリエット・パールミュッターと申します」静かな声だった。「私は先週、大好きなロージーを亡くしました。幸運にも、ご近所の方がこのすばらしい集まりのことを教えてくださいまして――」彼女は必死で涙を堪えていた。「うちのロージーは、薄茶色の美しいプードルでしたが、心臓病を患いまして、安楽死させなければならなかったんです……」

コロンボは、隣の娘の腕に軽く触れた。「ありがとう、お嬢さん。どうやらあたしは場違いなようだ」

警部はそう言って立ち上がると、身をかがめたままドアから出ていった。

その晩、トムリンスン邸のチャイムが鳴った。玄関に出たメアリーは、あの刑事がまた現れたのを知ってうんざりした。口の端についたケチャップらしき小さな染みから想像するに、どうやら夕飯は済ませてきたらしい。

「お邪魔して申し訳ありません、トムリンスンさん」コロンボは、例によって遠慮がちに挨拶した。「お電話してから伺った方がよかったでしょうか」

「そうすべきだったかもしれませんわね。今度はいったい何ですの？」

「中に入れていただけますか？」

憤慨しながらもメアリーはドアを大きく開け、彼を迎え入れた。コロンボは、彼女が止める間もなく書斎へと入っていった。遅れてメアリーが入ると、警部は立ったままだった。

「お答えがまだですわ」メアリーは言った。「どういうわけで、またお見えになったんです？」

「ある人をこちらに招待しましてね」

「わたくしの許可もなくですか？」

コロンボは足を踏み替えると、両手をレインコートのポケットに突っ込んだ。「あなたのお兄さんを故意にひき殺したと思われる人物をです」

「何てこと……」メアリーの視線がコロンボの目を捉え、二人はそのまま見つめ合った。「そんなことをして大丈夫？　危険ではありませんの？」

「ご心配なく。手は打ってありますので」

その瞬間、彼女は、自分が目の前の男を見誤っていたことにようやく気づいた。人なつこく、あくまでも低姿勢だが、この刑事は一筋縄でいく相手ではない。メアリーは目を逸らした。玄関でチャイムが鳴ったのは、ちょうどそのときだった。

「これって、きっと――」メアリーはすっかり狼狽してそう言った。

コロンボは腕時計を見ていた。「時間ぴったりです」

「どうか――どうか、あなたが出てくださいな」

「はい。よござんすとも」

コロンボは書斎を出ていった。メアリーは両手を握り合わせ、そわそわと落ち着きなく書棚に視線を走らせた。

やがて警部が連れてきたのは、紺色のウィンドブレーカーを着て、ごわごわした白髪をきれいに整えたヤンガーだった。

「何でこんなところに、と困惑されているでしょうな、ヤンガーさん。トムリンスンさん、あなたも困惑されていることでしょう。そうそう、ヤンガーさんはご近所さんでしてね。ここから二ブロックほどのところにお住まいなんです」

メアリーは、勇気を奮い起こして尋ねた。「でも、あなたの話では、この人が――?」

「あなたのお兄さんを殺した――その通りです」

ヤンガーはドアの方へと飛び退いた。「耳は悪いかもしれんが、今のはちゃんと聞こえたぞ！わしがトムリンスン先生を殺しただと⁉　でたらめもいいところだ」

「そうは思いませんがね」

「証拠はありますの?」メアリーが訊いた。怒りが静まりかけたヤンガーの姿は弱々しく見え、同情を覚えたのだ。

「もちろんです。まず、ここにいるヤンガーさんはとても孤独な方で、愛犬を失ったことでさらに孤独になりました。ところで、スキッパーはどこに？」

「地下室ですわ」

コロンボはほっとした表情になった。「よかった――ヤンガーさんの愛犬は、ひき逃げに遭って死にました。まだ打ち明けてもらえてませんので、こいつはあたしの推測ですが。はねられたのは散歩の最中で、ヤンガーさんは犯人の車の型や色やナンバーを何とか見ることができた。そしてたぶん、後日近所を歩いているときに似た車を見かけ、ナンバーを確認したんでしょう。車が駐まっていたのは、この家の前の私道。ヤンガーさんは、それからあなたのお兄さんを尾行し始め、散歩のルートを知ったわけです」

メアリーは、うなずいただけで、何も言わなかった。

「そして、ヤンガーさんはついに、愛犬を殺した男を車ではねて殺害しました」

メアリーはそこで、声を荒らげてこう尋ねた。「どうしてスキッパーの方を殺さなかったの？」

「それは、犬が大好きだからですよ。そうでしょう、ヤンガーさん？」

ヤンガーは何も言わず、ただカーペットを見つめていた。頬が弱々しく震えている。

「翌朝、ヤンガーさんは車が盗まれたと警察に通報しました。他の誰かがお兄さんを殺したように見せかけるためです。一か八かの賭けでしたが、お兄さんとヤンガーさんにはまったく接点がなかった。だから、大丈夫だと判断したんでしょう」

「そんな馬鹿なこと！」とメアリーは声を上げた。「人間の命より動物の命を大事にしただなんて。あなたが何と言おうとわたくしには到底信じられません。この人はひどく動揺しているじゃありませんか。どうか撤回してくださいな」

コロンボは肩をすくめた。「ヤンガーさんは、あなたのお兄さんに、かけがえのない、この世で最も愛する存在を奪われた、そう思い込まれたんです」

そのとき、ヤンガーがカーペットからゆっくりと視線を上げた。「さっき、推測だと言ったね」か細い声が自信を取り戻し始めていた。「証明はできまい」

「あなたは、一つ大きなミスをしたんですよ。犯行後、車を乗り捨てるときに、ハンドルの指紋を拭き取らなかったことです。〝殺人犯〟が本当に存在して運転していたのなら、ハンドルにはその人物の指紋がなければおかしい。また、もし犯人が手袋をはめていたのなら、あなたの指紋のほとんどは運転中にこすれて消えてしまったはずです。でも、そのどちらでもなかった。ハンドルには、あなたの指紋だけがくっきり残っていました」

玄関でチャイムが鳴った。「あたしの部下でしょう」コロンボはメアリーに言った。「ヤンガーさんを逮捕しに来たんです」

手続きはわずか数分で終わった。巡査部長がヤンガーの身柄を確保し、型通りに権利を読み上げる。それを見つめるメアリーの視線は冷たく、表情も相変わらず厳しかった。

ドアへと向かう途中で、ヤンガーはコロンボを振り返った。「なぜ……いったいどうして、わしが犬を飼っていたことが分かったんです？」

「台所に犬の餌入れがありましたからね。あとは、直感に従ってあなたを尾行して、あのサポートの集まりに行き着いたというわけです」

ヤンガーはうなずくときびすを返し、警官が彼を連行していった。

玄関からドアの閉まる音が聞こえるのを待って、コロンボは口を開いた。「トムリンスンさん、もう一つだけよろしいですか？」

メアリーはまた怒りの表情を浮かべたが、その怒りは弱々しく、すぐに消えていった。「何ですの？」

「ヤンガーさんの犬が殺された晩、おたくの車を運転していたのは、お兄さんではなかった——そうですね？」

返答までにはかなりの間があった。そして、大きなため息のあと、メアリーはこう答えた。

「……ええ」

「運転していたのはあなただった。確かにお兄さんには、スキッパーを夜の散歩に連れていくだけの視力はあった。でも、運転はあなたがさせなかった。つまり、ヤンガーさんの犬をはねた人物は、あなたということになるんです」

メアリーは、唇を固く結んだままうなずいた。

「あなたが、もしそこで逃げなかったなら、ヤンガーさんの悲しみを察することができていたなら、あの人はあなたを許したかもしれない——そして、お兄さんもまだ生きていたかもしれないんです」

メアリーは怯まなかった。「わたくし、い、い、わたくしも逮捕なさるおつもり？」

「いいえ。でも、あなたは、誤って犬の命を奪い、今回の事件のすべてを引き起こしたんですよ」

「それで、わたくしはどうすべきなのかしら」

ドアへと向かいかけたコロンボは、そこで急に気づいたらしく、唇についたケチャップを拭い取った。「あたしが思うに、唯一できるのは、一切を背負って生きることでしょうな。それに、もし深い信仰をお持ちなら、いつかヤンガーさんを許せる日が来るよう、心から祈り続けることも……」

第3話　ラモント大尉の撤退

その日は大尉の誕生日だった。マニュエル（マニー）・パスは、大尉の好きなシングルモルトウイスキー、マッカランを一瓶買った。ボトルは、酒屋で真っ赤なリボンをかけられ、箱へと収められた。

午後の早い時間、そのボトルをブリーフケースに入れ、マニーは裏路地を選んで大尉の家に向かっていた。尻の古傷のせいで、歩くのは辛かった。ときおり頭上を、ジャンボジェットが周囲を震わせるほどの轟音を上げて飛んでいく。このあたりはロサンゼルス国際空港の航路の真下なのだ。マニーは、勝手口の前で立ち止まると、通りに沿って並ぶ、背の高い椰子の木を見上げた。何度見ても、整列した小隊の姿を思い出させる光景だった。

ドアをノックすると、ややあってラモント大尉が姿を現し、マニーを招き入れた。いつものように、色褪せ、くたびれた服を着ている。イラクでかいた汗が乾き、そのままこびりついてしまったような服だ。

「誕生日おめでとうございます、大尉」そう言いながら握手を交わすと、マニーはブリーフケースからプレゼントを取り出した。

大尉が包みを叩く。「中身は、わしの予想通りかな？」

マニーはにやりと笑った。「グラスを二つ用意して、調査してみましょう」

ラモントは食器棚からタンブラーを二つ取るとリビングを通って小さな書斎に向かい、マニーもそのあとに続いた。安物の家具と苦い思い出が詰まった、平屋の狭苦しい家だ。大尉の妻は、夫がイラクへ派遣されている間に離婚を成立させてしまった。その後、どうやってこの家を奪われずに済んだのか、あえて訊いてみる気にはなれなかった。夫が危険極まりない戦地で国のために戦っているときに離縁するなんて——女ってやつは、まったく酷いことをする。以来、絶対に結婚はすまいというマニーの決意は一層強まったのだった。

書斎で二人は、大尉言うところの〝重要な任務〟に取りかかった。ラモントは箱からボトルを出すと、リボンを傍らに放った。マニーは狙い通り注《つ》ぎ役に回り、大尉のグラスをたっぷりのウイスキーで満たした。

「おいおい、待ちたまえ」ラモントが声を上げた。「それ以上注いだら、夕飯前に眠っちまうよ」

それよりずっと前に眠ることになるさ、とマニーは考えた。手にしたグラスを光にかざし、睡眠薬が酒に溶け切っていることを確認する。ブラインドの隙間から入り込んだ陽の光が、ウイスキーを美しい琥珀色に染めていた。

「こりゃあ、ずいぶん張り込んだな」ラモントは嬉しそうに言った。

「この旨さならその価値は十分あるでしょう？　ほら、大尉、ぐっとやってくださいよ。まだまだたっぷりありますからね」

二人はグラスを傾けたが、マニーの方は、任務完了の前に薬が効いてこないよう、舐める程度にしていた。アドレナリンが動脈を駆け巡るのが感じ取れる。まるで偵察任務に就いたときのように、目は冴え、神経が研ぎ澄まされている。彼《か》の地での、あの運命の夜もそうだった。

ふと見ると、ラモントの狼のように尖った顎には、白髪交じりの無精ひげが生えている。計画にはまさに好都合だ。自ら命を絶とうとしている人間は、朝、ひげを剃ったりはしない。

「大尉、今夜は何か予定がおありですか?」

「実は、姪がディナーをご馳走してくれることになっとるんだ。どこだか教えてくれんのだが、町で一番の店らしい。だから、あまり飲まん方がいいんだよ、マニー。さもないと、あの子はわしを〝町で一番の店〟にストレッチャーで運び込むことになるからな」

マニーは、かすかな、こわばった笑みを浮かべた。「姪御さんが迎えに来られるまで昼寝をなさればいいじゃないですか。ひと眠りすれば酔いも醒めますよ」

「君の方こそ、今夜はどうするつもりなんだ?」

「そうですね、テレビでボクシングの試合でも観ようかと――」

ラモントはグラスに残った酒を一気に飲み干した。「くだらん！　君も一緒に来たまえ。反論は許さんからな」

「いけません大尉。そういうわけには――」

「水くさいぞ。君はわしの一番の友人だ。数々の修羅場をともに切り抜けてきた仲じゃないか。あの地獄の底から脱出できたのは、お互いまったく幸運だった」

ラモントは、今度は自分でスコッチのお代わりを数センチ注いだ。「七時ちょうどにここに来い。一九〇〇《いちきゅうまるまる》だぞ、軍曹」

マニーは笑顔になった。今度の笑みはこわばってはいない。ラモントの目が虚ろになり、舌がもつれてきているのに気づいたのだ。「大尉が出頭せよと仰るなら、もちろんご指定の時刻に参ります」

「それから、その――その部下のような敬語はやめろ。わしらは……わしらはもう……軍とは縁が切れて……」

明らかに呂律が回らなくなっている。一足先に自分だけで誕生祝いの酒を始めていたのかもな、とマニーは考えた。

二人は話し続けていたが、数分後、ラモントはがくりと頭《こうべ》を垂れた。空のタンブラーが手から落ち、こちらの椅子の下に転がってきた。

マニーは立ち上がると、眠っている大尉にゆっくりと近づき、親指でおそるおそる片目を開けてみた。それでも目を覚まさない。これで、もうじき永遠に目を覚まさなくなるわけだ。

ブリーフケースから手袋を出して手早くはめると、書棚に置かれたラモント愛用のコルト四五口径を手に取った。弾が装塡されているのは分かっていた。大尉の長年の習慣なのだ。マニーはラモントの左手に拳銃を握らせた。重たい銃身を慎重に額にあてがう。そして、次のジェット機が飛んでくるのを待った。ほどなくして、頭上で飛行機の轟音が響くと、マニーはゆっくりと力を込めて引き金を引いた。

くたびれた上着のあちこち、死体の後ろの壁、そしてカーペットが一面、血だらけになった。それでも膝の上に落ちたラモントの手はコルトを握ったままだった。銃によって生きるものは、

銃によって滅ぶ、だ。（「剣によって生きるものは、剣によって滅ぶ」マタイ書二十六章五十二節）
マニーは、高ぶりを覚えながら、手袋をはめた手でブリーフケースからもう一箱マッカランを取り出し、酒が並んだ棚のいちばん上に載せた。指紋を消さぬよう注意しながら、大尉のグラスを床から拾い上げ、水ですすぐ。棚に置いた箱からボトルを抜き出して栓を開け、すすいだばかりのグラスにウイスキーを少し注ぐと、ボトルとグラスを死体の脇のテーブルに配置した。自分のグラスと一本目のボトルをブリーフケースに放り込み、代わりに睡眠薬の容器を取り出す。錠剤をグラスの近くにばらまき、容器も傍らに置いた。
手袋の中でこわばった指を曲げ伸ばししながら、マニーは自分が作り上げた静物画のような光景を眺めた。やり残したことは何一つない。満足し、足を引きずりながらドアへと向かう。最後に、もう一度室内を見渡した。
すべては秩序の元、あるべき姿にあるべし。それは、大尉が自分の部隊に常に要求していたことだった。人生の最期に、その望みは完璧に叶えられたというわけだ。

翌朝、現場に到着したコロンボは、すぐに曰く言い難い不安に襲われることになった。飛行機が轟音を立て、ひっきりなしに飛んでいくのだ。警部は、拳銃と同じくらい飛行機が怖かった。翌週、コロンボ夫人は親類に会うため東海岸のブルックリンへ飛ぶことになっていたが、その彼女のことさえ心配で仕方がない。二本の足で、大地にしっかりと立つ。何といってもこれが一番だ。

初めは、よくあるタイプの自殺だと思われた。イラク戦争の帰還兵が自ら命を絶つ。おそらくは、心的外傷後ストレス障害《PTSD》の哀れな犠牲者だろう。ところが、故人の姪であるトレーシーに事情を聞いて、別の考えがくすぶりはじめた。

トレーシーと話したのは、被害者宅のリビングでだった。赤みがかったブロンドの髪はコロンボの姪と同じで、これもよく似た青白い肌には、ときおり激しい起伏を見せる感情がはっきりと映し出された。

「そうです警部さん。おじは確かに精神的な問題を抱えていましたが、深刻なものではありませんでした。だって、昨夜は私がすてきなディナーに連れていく予定で、おじも楽しみにしていたんですよ。誕生日だったんです。」

こいつは葉巻に火を点けるのにふさわしい状況じゃないな、とコロンボは考えた。「でもまあ、人によっては悩みを隠すこともありますからね」

「ローレンスおじは違います」トレーシーの目が――色は、これもまたコロンボの姪と同じハシバミ色だった――ふと何かを思いついたように光った。「さっき、殺人課の方だと仰いましたよね。それがなぜ自殺の捜査なんかされてるんです？」

コロンボは、ばつが悪そうに肩をすくめた。「それが、車で署に向かっていたら、この家に捜査員たちが入っていくのが見えましてね」そこで笑顔になる。「うちのカミさんに言わせると、あたしよりお節介なのは、近所の教会の神父さんだけだそうで」

トレーシーも笑ったが、鑑識課員が何人か、小声で話しながら書斎から出てくるのを見て、その笑みは消えた。「そうでしたの。でも、殺人がご専門なら、ここでなさることはあまりなさそうですわね」

コロンボはまた肩をすくめた。「仰る通りです。何か状況を覆す証拠でも出てくりゃ別ですが」

トレーシーはすっかり深刻な顔つきに戻っていた。「刑事さんというのは特別な勘をお持ちなんじゃありません？　警部さんはいかがです？」

「近ごろは、あまり勘に頼らないようにしてるんですよ。カミさんは薄型のハイビジョンテレビなんか欲しがらないだろうって確信してたのに、まったくの勘違いだったもんでね」

トレーシーはその言葉を聞いていないようだった。「実は、一つ気になることがあって……」

「何でしょう？」

青白い顔にぽっと赤みが差した。「誰かに命を狙われている気がするって、おじは前に一度、私に言ったことがあるんです」

庭師用の作業服を着たマニーが、顧客の庭で生け垣の手入れをしていると、レインコート姿の男が屋敷の角を回ってやって来た。男は革のケースを開け、マニーに警察バッジを見せた。

「ロサンゼルス市警のコロンボ警部です。マニュエル・パスさんですか？」

マニーは大きな枝切り鋏《ばさみ》を置き、上着についた草を払った。「そうだよ。俺に何かできることでも？」

「──かもしれません。ローレンス・ラモント大尉と親しくされていたとか」

マニーは表情を曇らせ、うなずいた。「ああ。イラクで大尉の部隊に所属していたんだ。今度の――今度のことは、まだ信じられないよ」

うなずいたコロンボは、そこで突然くしゃみをした。「お察しします。大尉の姪御さんも同じことを仰ってました。実は彼女から、あなたが大尉の一番の親友で、こちらの家でお仕事をされていると伺ったんです」

マニーは目を細めて相手を見つめた。「じゃ、警部さんは捜査でここに?」

コロンボは再びくしゃみをすると、レインコートを探ってティッシュペーパーを一枚引っ張り出した。「すいません、花のせいなんですよ。ひどいアレルギーでしてね。向こうへ移動しちゃいけないでしょうか」

「ああ、構わないよ」マニーは笑顔で言った。

二人は、花の咲き誇る前庭の生け垣を離れ、遠くに避難した。

コロンボは洟をかむと、「伺ったのはですね、つまりその、捜査上で腑に落ちない点がいくつか出てきましてて――」

「腑に落ちない点?」

「まず、姪御さんの話ですと、大尉は、命の危険を感じると言っていたそうなんです」

「そんな。イラクにいるわけじゃあるまいし」マニーは鼻で笑った。

「いやいや。そうじゃなくて、いま、この国で、自分の命を狙っている人間がいると思っていたそうで」

「妙な話だ。でも、それのどこが腑に落ちないんだい？」

「それで、姪御さん——トレーシーさんは、司法解剖を希望されましてね、やってみたところ、実に奇妙な点が発見されたんです」今度は強烈な陽差しにさらされ、コロンボはティッシュで額の汗を拭った。「あっちの木陰に移ってもいいでしょうか」

マニーはにやりと笑った。この男は間抜けもいいところだな。「ああ、もちろん。そのレインコート、脱いだ方がいいんじゃないか？」

「いえいえ、大丈夫です」

二人は大きな楡《にれ》の木の下に逃げ込んだ。「で、警部」マニーが先を促す。「奇妙な点というのは？」

「はい。ラモント大尉はどうやら、スコッチと一緒に睡眠薬を飲んだようなんです。血液中から成分が検出されました」

マニーは、吹いてもいない風を避けるように口許を手で囲い、煙草に火を点けた。「それでも、自殺したことには変わりない気がするけどな」

「ええ。でも、大尉は四五口径で自分の頭を撃ち抜いてるんですよ。睡眠薬を飲むだけで十分なのに、何でまたそんなことをしたんでしょう？」

「ベルトとズボン吊り《サスペンダー》を両方するタイプってのがいるんだよ。こういう悲劇的な出来事を茶化しちゃいけないが、でも言いたいことは分かるだろ、警部さん」

「はい、もちろん分かりますとも」コロンボはコートのボタンを一つ外した。「あともう一つ、どこにも遺書がなかったんです」

「それが不自然だと?」

「そういうわけでもないんですが。でも、遺書を残す人の方がずっと多いんでしてね」

マニーは手入れをしていた生け垣を振り返った。「そろそろ仕事に戻らないといけないいんだが。他にも何かあるかな?……腑に落ちない点が」

「いえ、今のところは」

声の調子に感情が表れないよう注意しながら訊き返す。「〝今のところ〟ってのはどういう意味だい?」

「自殺するのに、同時に二つの方法を使った人なんて、これまで見たことがありませんからねえ。じっくり考えてみないと」

「また会うことになるのかな?」

「ええ、多分」

マニーはにやにやしながら、汗に濡れたコロンボの生白い額を指さした。「じゃあ、この次は日焼け止めを忘れないようにな」

ウィルシャー大通りのはずれ、ウェストウッド近くにある退役軍人病院の廊下を、コロンボはうろうろと歩き回っていた。ようやくたどり着いた病室には、毛布をかけ、枕にもたれてスティーヴン・キングのペーパーバックを読んでいる若い兵士がいた。足許の患者名を示すカードには

〝ビリー・グッドナイト二等兵〟とある。

コロンボは軽く頭を下げると、警察バッジを見せながら名乗った。「部隊長だったラモント大尉が自殺した話は聞いてる？」

グッドナイトはゆっくりと本を閉じた。「ああ、聞いたよ」南部訛《なま》りが強かった。

「大尉とは、どの程度のつき合いだったのかな」

「戦場で知り合いになったっていう程度だね」

「陸軍に大尉のことを問い合わせてるんだけど、返事をよこすのに手間取ってるらしくてね」

グッドナイトの顔に皮肉っぽい笑みが浮かんだ。「そりゃあ、指揮官が敵の攻撃に遭って部下を置き去りにしたなんて話は広まってほしくないだろうからな。仲間が三人死んだよ。俺は両脚を失くした。今の大尉と同じで、二度と戻ってくることはない」

コロンボは、青年と向き合うように椅子を引き寄せて坐った。「部下を置き去りに？　そいつは軍法会議ものの重罪じゃない？」

「そうさ。だけど、ラモント大尉は司令官のお気に入りでね。突然いなくなったと思ったら、どんな手を使ったんだか、このＣＯＮＵＳ《コーナス》に戻ってきやがった」

「コーナス？」

「合衆国本土《コンチネンタル・ユナイテッド・ステイツ》のことさ。心的外傷後ストレス障害《PTSD》で悩んでたそうだよ。そりゃそうだろう。最も優秀な部下を三人、自分のせいで死なせたんだから」

コロンボはうなずき、腰を上げた。「マニュエル・パス軍曹とは親しい？」

「いい友だちだよ。先週見舞いに来てくれたばかりだ。最高にいい人さ」

「あの人も、その戦闘で負傷したの？」

「ああ。それで、俺たち二人は除隊になったんだ」

コロンボは、何か考え込みながら、ゆっくりとベッドの足許の方へ歩いていった。「大尉の姪御さんが言うには、大尉は誰かに命を狙われていると怯えていたようなんだ。君の友だちのマニュエルがその誰かでもおかしくないかい？」

「まあな。でも、他のやつって可能性もあるぜ」

コロンボの口調が鋭くなった。「本当？　誰か心当たりがあるってこと？」

グッドナイトは、頭の後ろで手を組むと、枕にもたれかかった。「あるよ……俺さ」

コロンボは、何も言わず、相手が先を続けるのを待った。

「ラモント大尉は、人殺しのくせにお咎めなしだった。この狂った世の中に、もし正義ってもんがあるなら、やつの受け取った死こそまさにそれさ」グッドナイトは、そこで笑みを浮かべた。「ただし俺は、帰国してからずっと、この病室に缶詰めだ。こういうのをあんたたちは〝いまいましい鉄壁のアリバイ〟って呼ぶんだろ？」

マニーは昼食の用意をしていた。鉄製のフライパンにバターを一かたまり落とすと、厚切りにしたハムを数枚入れる。結婚したことはなく、一人きりの食事には慣れていた。時にはテレビや雑誌を相手にすることもある。

ハムを皿に移していると、玄関のベルが鳴った。おいおい、いったい誰だよ。郵便屋が書留でも持ってきたのか？

訪問者はあの刑事だった――名前は何と言ったっけ？　またしてもレインコートを着込み、おまけにスーツまでこの間と同じに見える。最近の警察官の給料は、どうやら、見苦しくない服も買えないほどらしい。

「また、あんたか」マニーは言った。「いま昼飯を食べるところなんだよ」

「そりゃ、すいません」コロンボは言った。「いい匂いがしますなあ。あたしは、誰かの食事の邪魔をするのは嫌いでしてね」

「じゃあ、何で昼時分《ひるじぶん》に現れたりするんだ？」

コロンボは困ったように笑い、肩をすくめた。「別の仕事でたまたまご近所まで来たもんで、もしかしたらお会いできるかな、と思いまして」

マニーは皿をダイニングテーブルへ運び、腰を下ろした。ハムにマスタードを塗り、胡椒を振る。「事件に何か新展開でも？」

「これが事件なのかどうかさえ、まだよく分からないんですがね」コロンボは物欲しげにコーヒー沸かし《パーコレーター》を見つめていた。「もしコーヒーを飲まれるんでしたら、あたしもご相伴にあずかりたいですなあ」と言い、また肩をすくめる。「いえ、無理にとは申しません」

「それで用件は？」そこで突然、相手の名を思い出した――コロンボだ。

「実は、まだいくつか引っかかっている点がありまして――ええと、軍曹とお呼びした方がいいですか?」

「いや、もう民間人だからね。名前はマニュエル。マニー・パスだ」

「はい、諒解です。えー、ラモント大尉のご近所に、ロレンゾさんでしたか、感じのいい未亡人の方が住んでましてね。つい先月ご主人を亡くされたばかりだったもので、すぐ隣でまた人が死んだのに大ショックを受けられたんです」

「要点だけにしてくれないかな、警部。このあと病院の予約があるんだよ」

「ああ、そいつはどうも。カミさんにもよく言われるんですよ、あたしの話はどうもとりとめがなくていけないって――」

「あんた、いったい何をしに来たんだ?」マニーは食欲を失い、皿を脇に押しやった。

「そのロレンゾさんはですね、大尉が自殺したと思われる時刻の前後、ずっと自宅にいらしたんです。ところが、彼女、銃声を聞いてないんですよ。あんなに家が近いのに」

「年寄りで耳が遠いんじゃないのかい?」

「いえ、まだ五十代の方ですから……葉巻を吸っても構いませんかね?」

「やめてくれ。食事中だぞ」

「ああ、そうでした。ここを失礼してからにしましょう。ええと、何の話でしたっけ――そうそう、銃声だ。ロレンゾさんの話では、あの辺はロサンゼルス国際空港を離陸した飛行機がしょっちゅう頭の上を飛んでいくそうで。その騒音で銃声が聞こえなかったのかもしれませんな」

マニーは立ち上がり、パーコレーターを手に取った。「たぶん、そうだろう」

「ね。そこで、あたしが引っかかるってのは、ラモント大尉が自分を撃つのに、飛行機の音がするまで待っていたとは思えないってことなんですよ。そんなことをする理由があるでしょうか？」

マニーは二人分のコーヒーを注ぎ、マグカップをテーブルに置いた。「まったく分からんね」

勧められるのを待たず、コロンボは椅子を引いてマニーの向かいに腰を下ろした。「いやあ、どうも。ご馳走になります」と一口飲み、「ボトルの件も気になってましてね」

「ボトル？　いったい何の話だ」

「大尉がグラスに注いだウイスキーのボトルですよ。グラスにはあの人の指紋があったんですがね、ボトルの方にはついていないんです。どうです、今度こそ妙だと思われるでしょう？」

畜生！　マニーは心の中で毒づいた。箱から新しいボトルを出したとき、大尉の手に握らせるべきだった。やつを始末したあとのことまですべて計算したなんて、我ながらとんだ思い上がりをしたもんだ。しかも、この道化野郎がいかにも飛びつきそうなネタじゃないか。

マニーは苛々したふりをして、ため息をついた。「じゃあ、わざわざここまで来た理由はそれかい？　ボトルに指紋がついていない理由を考えに？」

「ご心配なく。さっきも言いましたが、近くに来たついででしたから。それに、あたしはいつも、一人で考えるより二人で、と思ってるんで」コロンボはにこりと笑った。

「俺は刑事じゃないんだぜ、警部。二十二年間、兵士だった。戦場じゃあ指紋を採るやつなんかいやしない。だから、そのボトルの問題に関しては力になれないな。そもそも、それが大きな問題だとは俺には思えないよ」

コロンボは、よく分かるという風にうなずいてみせた。「イラクではお友だちを何人か亡くされたそうですね」

「ああ。誰も亡くさなかったやつなんかいないさ」

またコーヒーを一口飲んで、「ラモント大尉は、自分の過ちを気に病んでいましたか?」

マニーは無意識に目を細めた。「どうして俺にそんなことを?」

「大尉とは親しかったと仰ったでしょう。あんなことをした人と、どうして友だちでなどいられたのかと思いましてね」

マニーは立って、コーヒーのお代わりを注いだ。「軍で大尉の兵員ファイルを見たんだな?」

「陸軍広報室の方から、お話も伺いました。大尉は相当な罪悪感を抱えていたはずですな」

「自殺の理由はそれかもしれない。まあ、そんなことは、当然あんたも考えただろうけどね」

コロンボは、吸いさしの葉巻を取り出すと、口の端にくわえた。「ええ、考えました。あたしの悪い癖でしてね、いろんなことを考えすぎて、頭の中がしっ、ちゃかめっちゃかになっちゃうんです」

「今回の件は単純明快だと思うがね。大尉は自分のしたことをずっと悔やんでいて、これ以上抱えていけないと思い詰めたんだろう」

コロンボは立ち上がると、自分でコーヒーを注いだ。「しかし、やっぱり妙ですなあ。あんなことをされた相手を、その後も好きでいられたってのはね……」

マニーは返事をしないことに決め、コーヒーを飲み干した。

「あの日の午後は何をされてました？」コロンボが尋ねた。

その答えは用意してあった。「センチュリーシティの映画館にいたよ」

「そうですか、映画館にね。何をご覧になったか憶えてらっしゃいますか？」

「トム・クルーズの新作だったな」

コロンボはマグカップを持ったまま、また腰を下ろすと、人なつこく、さりげない口調で言った。「ああ、それなら、あたしもカミさんと行きましたよ」そこで笑顔。「トム・クルーズがバイクからバスに乗り換えて悪役をまくシーン、ありゃよかったですねえ」

「そんなシーンはなかったな。きっと他の映画と間違えてるんだろう。あるいは――」

コロンボの視線がマニーを促える。「あるいは何です？」

「あるいは、俺を引っかけようとして話をでっち上げたかだな」

視線は、再びぼんやりとした無邪気なものに戻っていた。「引っかける？　何であたしがそんなことをするんです？」

この際、手札をさらしてやろう、とマニーは考えた。こいつは何一つ摑んじゃいない。いい手が揃っているわけでもないのに、掛け金を上乗せ《レイズ》し続けているんだ。「あんたの専門は殺人なんだろう。つまりあんたは、ラモント大尉は殺されたと考えてるんだ。違うとは言わせないぜ」

「それも、まったく考えていないわけじゃありません」コロンボは答えた。「でも、おたくは心配されなくても大丈夫でしょう」

コロンボはテーブルを離れ、カップを流しに置いた。「コーヒー、ご馳走さまでした。本当にありがたかったですよ」

そして、裏口のドアへと向かった。「本当に、コーヒーが飲みたかったんです」


トレーシーは、おじの家の片づけをしていた。事前に警察に確認したところ、好きなようにしていいが、現場となった部屋には手をつけないように、という答えだった。リビングに掃除機をかけていると、玄関で呼び鈴が鳴った。

コロンボ警部だった。気取りがなく、風采の上がらない、いつもぼんやりと考え事をしているような人物だが、なぜだか不思議な威圧感が感じられる。警部の手には、何通かの手紙があった。

「こいつが郵便箱に届いてましたよ」他人のものを断りなく持ってきたためか、少し後ろめたそうな口調だった。

「あら、ありがとうございます、警部さん。おじは亡くなったというのに、請求書は届き続けるんですね」

「つい見てしまったんですがね、その中に、トヨタのディーラーからの手紙がありましたよ」

「ローレンスおじは、新しい車を買おうとしてたんです」

「そいつはちょっと妙だと思いませんか？　自殺しようという人間が新車の品定めをしてたなんて」

トレーシーは目をぱちくりさせて警部を見た。「そう言えばそうね。確かにちょっと変だわ」

掃除機のスイッチを切る。

「トレーシーさん、書斎にご一緒していただけますか？　いえ、もし、まだあそこに入るのはちょっと、と仰るんでしたら……」

「わたし、平気ですわ。でも、警察の方から、あの部屋のものには手を触れるなって言われましたよ」

コロンボはにっこり笑った。「あたしは大目に見てもらえるでしょう」

部屋はそのままだった。かすかにカビの臭いがする。ボトルとグラスもまだテーブルに置かれたままで、黒っぽい花のような血の染みが、大尉の椅子や壁、カーペットに広がっていた。

「ここはもう、全部調べたんじゃないんですか？」トレーシーが訊いた。

「ええ、調べました。隅から隅までね。いや、あたしは別に何かを調べたいわけじゃないんですよ。いわゆる〝状況の再現〟ってやつをやってみたいんでしてね」

「どういうことです？」なぜだか、トレーシーは楽しくなってきていた。

「おじさんが命を絶つ前に何が起こったのかを確認するんです。こいつはちょっとばかりその……酷だってことは分かってるんですが、そこの椅子に坐っていただけませんか」

確かにあまりいい気分ではなかったが、トレーシーは言われた通りにした。「それから？」

「立ち上がって、向こうの、酒のボトルが並んでいる棚の前まで行ってくださいな」

わけが分からないまま、トレーシーは立ち上がって棚の方へと歩いていき、そこでコロンボを振り返った。「一杯いかが？」と冗談を言う。

コロンボは、これまでになく真剣な表情になっていた。葉巻に火を点けてすらいない。「棚に箱があるでしょう？　スコッチの箱が」

「ええ。空っぽですけど」

「中にボトルが入っているつもりになって。いい？　そしたら、そいつを取り出して、テーブルまで持ってくる――」

「高校の演劇部に戻ったみたい」トレーシーは空想上のボトルを取り出すと、テーブルへと運んだ。「あまり重くないのね」また冗談を言った。

「これで分かった」コロンボは誰にともなくつぶやいた。「手袋をはめたままだった。そうするしかなかったんだ」

「手袋？」

コロンボは、吸いさしの葉巻に火を点け直していた。「すばらしい演技でしたよ、トレーシーさん。つき合ってくださってありがとう。本当に感謝します」

「コロンボ警部さん、手袋って、いったい何のことですの？」

「おじさんを殺した犯人がはめていたんですよ。そしてそれが、その人物の唯一のミスにつながったんです」

「〝その人物〟って誰なんです？　もっと話してもらえませんか？」

会心の笑みが、コロンボの顔に広がった。「もうじき分かりますよ。もうじきね」

マニーがバラの茂みを剪定《せんてい》していると、片手を上げて日光を遮りながら芝生を歩いてくるコロンボの姿が目に入った。

「コロンボさん」まっすぐ近づいてくる刑事に、マニーは声をかけた。「日焼け止めを塗ってきた方がいいと言ったろう」

「そうでしたそうでした。どうも、ここんとこ気になることが多すぎて、うっかり忘れてました。パスさん、ひょっとしてご自分のを持っていらっしゃいませんか？」

「ないね」にっこりと笑う。「コーヒーもないよ」

抜けるような青空を見上げ、コロンボは気持ちよさそうに息を吸い込んだが、マニーはその仕種にだまされなかった。手強い敵であることはもう分かっている。油断はしない。

「で、どうしたんだい？」と訊いたあと、皮肉混じりにこう言い添えた。「またご近所まで来たついでかな？」

「いいえ、今回は捜査上の、もっと真っ当な用件ですよ」

「すると、俺は容疑者なわけだ。そうだろう？　第一容疑者ってやつか？　前にもそう訊いたよな。答えははぐらかされたが」

「確か、そのときあたし、あなたは心配されなくても大丈夫、と言いましたな」

マニーは体を起こし、顔の汗を拭った。「あんた、何でも憶えてるんだな。先週の火曜の天気でも、ちゃんと答えられるんじゃないか？」

「ロスじゃ、そいつは簡単ですよ。ほとんど毎日同じですから。ごくたまの雨の日《レイニー・デイ》以外はね」

マニーは、その言葉に裏の意味を感じ取り、こう返した。「そして、今日がその、まさかの日《レイニー・デイ》ってことかな――俺にとって」

「そう言ってもいいと思いますよ」コロンボはティッシュペーパーで額を拭っていた。「心配されなくても大丈夫、と言ったのは、証拠が何にもなかったからでしてね。でもその後、状況が変わったんです」

マニーは笑い、手袋をはめた両手を差し出した。「それではどうぞ。逮捕してください、警部さん」

「その役には、別の者を連れてきてましてね」コロンボは、そう言うと、通りの方を振り返った。制服警官が一人、こちらを見つめている。

マニーは顔から汗が吹き出るのを感じたが、それは暑さのせいではなかった。庭仕事用の手袋を外すと、上着のポケットに突っ込もうとする。

「おっと、そいつはいけない」コロンボが声を上げた。「その手袋ですよ、パスさん。そいつがあんたの命取りになったんです」

「いったい何を言ってるんだ?」

コロンボの手が、さっと手袋を奪い取った。この刑事がこんなに素早い動きをするなんて。いつだって鈍くて優柔不断だったこの男が――。

「古い諺《ことわざ》に、こういうのがありますな――〝復讐とは、冷めてからが頃合いの料理〟。でも、あんたは、米国本土――ええと、『コーナス』でしたっけ?――に戻ってきたあと、冷めるまで待とうとはしなかった。戦術を練る将軍のように、慎重に慎重に、殺人の計画を立てたんだ。あんたは、ラモント大尉を眠らせると手袋をはめた。だから現場に指紋は残さなかった。そうして、死んだとき大尉は一人だったように見せかけたわけだ。ところが、そこで大きなミスをした。あの新しいボトルを取り出したあんたは――」

「本当にしつこい男だな。くだらんボトルのことばかり！」

「しつこいのは性分でしてね――手袋をした手で、あんたはあのボトルをテーブルに運び、大尉のグラスにウイスキーを注いだ。そうでしょう？　そして、ついているべき被害者《がいしゃ》の指紋をボトルに残すのを忘れてしまった。それがとっかかりになったんです。コロンボは言葉を切った。

「むこうの日陰に移りませんか？」

「だめだ！　このままここで話せ。その手袋が、いったいどうしたというんだ」

「あんたは、手袋をはめた手で大尉を撃った。そうしなきゃならなかった。銃を大尉の手に握らせるとき、自分の指紋を残すわけにはいかないからだ。でも、大概の銃と同じで、四五口径は、撃った人物の手に、発射残渣《ざんさ》を付着させるんですよ」

マニーはようやく理解した。突然、胃の底に穴が空きそうな吐き気をもよおした。

コロンボは、手袋を掲げてみせたあと、レインコートから取り出した証拠品袋にそれを収めた。

「撃った人物が手袋をはめていたら――残渣は手袋にもつくんです。こいつは、すぐ鑑識に届けることにしましょう」

警部が手で合図を送ると、通りにいた警官が駆け足でやってきた。「パスさん、あなたを逮捕します。ローレンス・ラモント大尉殺害容疑です」

「手袋が……」マニーはつぶやいた。

「殺しの計画や実行には、慎重すぎるってこともあるんです」とコロンボは言った。「でも、パスさん、あなたが同じ間違いをくり返す機会は、もう二度とないと思いますよ」

第4話　運命の銃弾

正午のワンダーワールド遊園地。太陽がぎらぎらと照りつける八月の園内は、夏休みの親子連れでごった返し、どのアトラクションにも長い行列ができている。男は、ハマーシールドを追い、人波の中を、人気アトラクションの一つ、〈血も凍る恐怖《スパイン・チラー》〉の方へと向かっていた。今や、距離はわずかに数フィート。すぐ目の前に背中が見える。男の手の中で、サイレンサー付きの三八口径が一度、乾いた音を立てた。ハマーシールドは、行きかう人の波に揉まれ、倒れることもできなかった。ようやくその体が地面に崩れ落ちたとき、殺人者はすでにその場を離れ、何事もなかったかのような足取りで、近くの出口へ向かっていた。

本部長には、決してコロンボを不快にさせる意図などなかった。が、何とも情けないことに、この殺人課の警部は飛行機恐怖症なのだった。

「出発はいつです?」悪くなった卵の臭いを嗅いだような顔でコロンボは尋ねた。

「今すぐただちに、さ。やつは第一容疑者だ。一刻も早く後を追わにゃならん」

「はい、そいつはよく分かってます。でも、本部長もご存じの通り、あたし、飛行機ってやつはどうも――」

「おいおいコロンボ、〝じゃあ長距離バスで行け〟と言うわけにはいかんのだぞ」

「そりゃあ、まあ、そうですが」

「搭乗前に一杯やったらどうだ。二杯でもいい」にやりと笑うと、「私が許可する。分かったな」

警部は、愛犬を失ったばかりのような表情になった。「オーケイ」そう答えると、不安げな様子でドアへと歩き出す。

「マンハッタンに着いたら、アル・デンプシー警部を訪ねたまえ。親切な男だから、何かと力になってくれるだろう」

コロンボはドアの前で立ち止まり、振り返った。「すいません、もう一つだけ」

「何だ？」

「三杯めも許可していただけますか？」


ニューヨークへのフライト中、コロンボはほとんど眠っていた。グラス三杯のアルコールの効果で、最初のうちはリラックスでき、やがて酔いがまわると、まるで後頭部をバールでガツンと殴られたように意識を失ったのだった。機内食のランチは食べ損なったが、眠っていられたことの方を喜ぶべきだろう。目を覚ますと、ボルティモア上空あたりを飛んでいた。

「ニューヨークの天気は？」朦朧とした頭でキャビンアテンダントに尋ねた。

「摂氏十三度、雨です」

ああ、思った通りだ。

確かに、しっかりと雨が降っていた。警察バッジをちらつかせてタクシー待ちの列に割り込もうかという考えが浮かんだものの、びしょ濡れの老婦人の一団や、頭《こうべ》を垂れてじっと待っている神父の姿が長い列の中に見えたので、そんな気は失せてしまった。

タクシーに乗ると、ミッドマンハッタンにある分署へと直行した。デンプシー警部は、白髪まじりでがっしりした体格の中年男だった。握手にも、こちらの指が折れそうになるほど力がこもっている。「ようこそ、警部。レインコートを持ってこられるとは、さすがに鋭いですな。飛行機はどうでした?」

「特にこれということは――ほとんど寝ていたもんで」

「それはいい。うちの女房ときたら、飛行機がてんで駄目でしてね。飛んでる間中ずっと、目を見開いたまま座席で身を硬くしてるんですよ。警部、何か秘訣でも?」

「飲んだくれることですな」コロンボはそう言ってにやりとした。

二人は手短に捜査の打ち合わせを行った。デンプシーは紙に何か書き留めると、コロンボに手渡した。「婚約者の名前と電話番号ですよ」そう言って椅子から立ち上がり、打ち合わせは終了した。

「彼女が、容疑者には完璧なアリバイがあると証言してるって言ってたね」

「そう。ここをついていても完璧、そこをついていても完璧って具合でしてね。私が思うに、まずは容疑者のほうに会うのがいいでしょう……警部、あなたの評判は、こちらにも届いていますよ。このいまいましい事件も見事に解決してくれるだろうと、みんな期待してるんです」

二人は再び、骨も砕けんばかりの握手を交わした。数分後、ニューヨークでは奇跡的なことだが、コロンボは署の真ん前でタクシーを捕まえていた。運転手は天井まで届きそうなターバンを巻いており、頬ひげはレザージャケットの中に隠れるほど長かった。やがて、細く疑り深い目がバックミラー越しに自分を見ているのに気づき、警部は雨でぼやけた窓外の景色に慌てて視線を移した。早いとこ、この街に慣れないとな。

めざす住所はアッパーイーストサイドにあった。コロンボは運転手にチップをはずむと（どうせ警察本部が払うのだ）、雨の中を走り、無人のロビーへと駆け込んだ。ゆったりと昇る木調のエレベーターで二十三階へ。そして、二三一〇号室のドアをノックした。

すぐにドアが開き、テイラー・アッシュが姿を現した。身長は一八〇センチほどだろう。四十代半ばの二枚目で、白のオープンカラーシャツに青いブレザー、フランネルのスラックスというでたち。その明るい物腰の奥に、計算と抑制らしきものが感じ取れた。

「じゃあ、君がロスから来た敏腕刑事というわけか」アッシュはコロンボを部屋に迎え入れながらそう声をかけた。リビングの調度はとてつもなく豪華なもので、その雰囲気は、アッシュの容姿や上流階級風の態度によくマッチしていた。

「坐ってお話ししても？」コロンボが尋ねた。

「構わないよ。でも、実を言えば、どこかで君たち持ちの豪勢なディナーをご馳走してもらえるものと思っていたんだ。タクシーの送迎つきでね」

コロンボは曖昧に笑ってみせた。「安月給の刑事に期待などされないことですな、アッシュさん」そう言うと、ふかふかのソファに沈み込むように腰を下ろし、さらに柔らかいクッションへと身を預けた。

アッシュは革張りの袖椅子に坐り、コロンボと向き合った。「僕はもう、いろんなことを根掘り葉掘り訊かれているんだ。おんなじ退屈な質問をくり返されるのはご免だよ」

「気をつけましょう」コロンボは葉巻を取り出したが、火は点けなかった。

「いったい何だって、君たちは僕の尻を追い回すんだい？」

「そいつはお分かりのはずですよ。二十年前、ケネス・ハマーシールドは大統領の暗殺を企て、失敗した。跳ね返った弾丸は、あなたの婚約者の命を奪った。ハマーシールドは出所し、バン！すぐさま何者かによって殺害されたというわけです――よりにもよってワンダーワールド遊園地なんてところでね」

アッシュはため息をついた。「警部、ハマーシールドの出所は、この国のあらゆる新聞やテレビのニュースで報道された。ヨーロッパでもだ。大統領の命を狙ったあの男を殺したがる頭のいかれた連中は、百人いたっておかしくない。どんなに事件をひねくり回したところで、それは明白じゃないか。それなのに、女の尻を撫で回すようにいつまでも僕に執着して――もううんざりなんだよ！」

「そりゃ、すいません」コロンボは葉巻をコートに戻した。「まあ、大統領を狙った事件が元で彼が殺されたのは確かでしょうな」

「なら、なぜ僕だけを疑うんだ？」

「あなたは当時、彼を殺したいと発言されましたね。こいつは否定されないでしょう」

「もちろんだ。二十年前、事件の直後には、確かにそんな馬鹿なことも口走ったよ。最愛の女性《ひと》を殺したあの男を憎んだのも事実だ。しかし、本当に殺そうとなど思ったりするものか。あの男は十分報いを受けたじゃないか。二十年も服役したんだからな」

アッシュは興奮した様子で椅子から立ち上がった。「これ以上、君と議論するつもりはない。観光客らしい恰好に着替えてコニー・アイランドへでも行ったらどうだ。名物の〈ネイサンのホットドッグ〉を食べて、クルーズ船から自由の女神をぼんやり眺めてくれればいい。何でもいいから、僕につきまとわないでくれ。いいな？　ケネス・ハマーシールドを殺害した人間は立派な社会貢献をした、そう考える連中だって少なからずいるはずだ」

「情状酌量の余地のない殺人だ、と考える人もいるでしょうな」

「〝法と秩序〟についての講義でも始めるのかい？」アッシュは不愉快でもなさそうな口調で言った。

「そんな、とんでもない。あたしにできるのは、もっとつまらない話ですよ」コロンボは手帳を出すとページを繰った。「ケネス・ハマーシールドが殺害されたのは、先週の火曜日、八月二十二日です。その日はどこにおられましたか？」

「また同じ質問か。さっき注意したはずだがね」

「これも仕事でして」

アッシュは、窓越しにイーストリバーを見下ろしながら、リビングを歩き回った。「ここにいたよ。アメリカ合衆国はニューヨーク州、ニューヨーク市にね。その何とかランドからは三千マイルも離れている。そんな距離から誰かを殺すのは難しいんじゃないかな？」

「それを証明できる方はいらっしゃいますか？」

「婚約者のアレックス・フェアチャイルドだ。彼女は、君のお仲間たちに、僕はその日ここにいたと証言したはずだがね」

「他に証人は？」

「そんな必要はないだろう。もう少しまともな捜査をしたらどうなんだ。君は、見当違いの場所に住む見当違いの人間を追ってるんだぞ。さあ、そろそろ失礼するよ。大事な電話をかけなきゃならないんでね」

「相手は弁護士ですか？」

アッシュはコロンボをきっと睨みつけたが、やがて突然、耳障りな声で笑い始めた。「君はまったく面白い男だ、コロンボ君。多分、この街のスモッグに頭をやられたんだろうな。そのうちクラブで一杯やろうじゃないか。無実の人間を刑務所送りにした手柄話の数々で、うんと楽しませてもらおう」

コロンボもソファから立ち上がると、手帳をコートにしまい、アッシュに名刺を手渡した。

「携帯にご連絡ください。あなたとご一緒できるとは、実に楽しみです」

翌日、コロンボは、分署から借り出した車を運転して、どうにかこうにかサウザンプトンに到着した。雨は途中で上がっていたが、止め方が分からず、ワイパーは激しく動き続けていた。

アレックス・フェアチャイルドの邸宅は、鉄製の門の向こうに宮殿のようにそびえ立っていた。幸い、門は開いたままだった。

使用人に案内されたローズウッド張りの書斎は、アッシュの高級アパートの四倍ほどもあった。窓の外にはテニスコートがあり、その向こうに木立がわずかに見えている。アレックス・フェアチャイルドは、余裕ある態度でコロンボと握手を交わした。見事なブロンドの女性で、五十代後半といったところだろう。よく陽焼けした肌をブラウスに包み、値の張りそうな乗馬ズボンを穿いている。革のブーツはぴかぴかに磨かれ、警部の顔が映りそうだった。

「テイラーのことでいらっしゃったのね」アレックスは言った。見た目の陽気さが、実は演技であるのが見て取れる――不安なのだ。身振りで、体を包み込むような大きさの布張りの椅子に坐るようコロンボを促した。

腰を下ろす。まるで誰かの優しい手のひらに坐ったような心地よさだった。「婚約されているアッシュ氏の経歴についてはご存じですね」コロンボは切り出した。

「実は、よく知りませんの」アレックスは微笑んだ。「テイラーは、あなたが仰るような〝経歴〟をあまり話したがりませんので」

「二十年前に結婚しようとされていた女性についてもですか?」

頬骨の高い気品のある顔に、青空に雲が広がるように影が差した。「その話でしたら、もちろんしてくれましたわ。ロサンゼルスで事件に巻き込まれて亡くなったとか」

　コロンボはうなずいた。「ある男が大統領を暗殺しようとしたんですが、銃弾が跳ね返り、人混みの中にいたテリ・タウンゼントという女性に命中したんです。まさに悲劇でした」

「ええ、テイラーもそう申してますわ。本当に恐ろしいこと。彼は、いまだにその事件をひきずっていて、ときどき憂鬱症に襲われるんです。こんなひどい話があるでしょうか」

「葉巻を吸っても構いませんか？」

「いいえ」にっこり笑いながら答える。

「こりゃ、失礼しました」コロンボは言葉を詰まらせ、事件の話に戻った。「その犯人は二十年間服役したんですが、先週出所して、まもなく殺害されました」

「ええ。新聞で読みましたわ」再び不安げな表情が浮かんだ。片方のブーツでもう一方をこすっている。「警部さん、シェリーでもいかが？　それともコーヒーの方がよろしいかしら？」

「いいえ、お構いなく」コロンボは笑顔になって答えた。「飛行機で十分飲んできましたから」

「テイラーがその事件に関係しているなんて、考えてはいらっしゃいませんよね？」一瞬躊躇し、

「いかがです？」

「あなたは、先週の火曜にアッシュ氏と一緒にいたと、警察に話されましたね」

「はい」

「一日中ですか？」

　再びブーツをこすり合わせる。「そうです」

「その日のことをお話しいただけますか？」

「あの日は、そう……わたしたち、待ち合わせて一緒にランチを食べたんです。その後、夕方までテイラーの部屋で過ごしました。それから夜は――オフ・ブロードウェイで、それはそれは酷いコメディを観たんです。あまりにつまらなくてタイトルも忘れてしまったくらい」アレックスは笑ったが、その笑顔は少々わざとらしかった。「たぶん、思い出したくもないんでしょう」

メモをとっていたコロンボが手帳から顔を上げた。「いいえ、憶えていらっしゃらなくても大丈夫ですよ。チケットの半券はお持ちですか？」

「そんなもの取ってありませんわ」切った爪を保管してあるか、と訊かれたような口ぶりだった。

「なぜその日のことばかり――ああ、そうでした、その頭の変な人が殺された日でしたわね」

「その通りです」

アレックスの青い瞳がコロンボを見つめた。まつげの下の、美しく青い瞳。

「では、あなたはテイラーが容疑者だと本気で考えていらっしゃるの？　そんなの――そんなの馬鹿げてますわ！」

「確かに馬鹿げてますな。朝から晩まであなたとご一緒だったとすれば」

「あら、夜のことまでお話ししたかしら、警部さん？」アレックスは、挑発するような、なまめかしい笑みを浮かべた。

「いいえ、まだ」コロンボは真顔で答えた。

「それなら、こうメモなさるといいわ――イエス、彼らは夜も一緒に過ごしていた、って」

「婚約者を殺した男に関してアッシュ氏が何か仰ったことはありますか？」

「いいえ。わたしたちはずっと、自分たちの関係を築いてきましたし、そういう、何というか――不愉快な話題は避けてきましたから。お分かりいただけます？」

「もちろん、分かりますとも」コロンボは、肉感的な魅力で彼を放すまいとする椅子から逃れようと苦心していた。「あたしにもカミさんがいますんで」


テイラー・アッシュ御用達の会員制クラブに足を踏み入れたコロンボは、ひどく場違いな気分に襲われた。静まり返った空気の中、会員は皆、いかにも高価そうなスーツをまとい、大半が、唇を動すと怪我をしてしまうかのような話し方をしている。コロンボは、無意識に彼らの真似をしてコーヒーを注文し、ウエイターから丁重に、「はっきり仰っていただけますか」と言われてしまった。

アッシュが現れた。洒落たスポーツジャケットにパリッとプレスしたジーンズというその日の服装は、むしろカリフォルニアの人間を連想させた。「では、アレックスと話をしたわけだ」メニューをちらりと眺めてから口を開いた。

「完璧なアリバイでした」

アッシュは笑みを浮かべている。「何だか不満そうだな」

「捜査の初期段階では先入観を持たないようにしているんです」コロンボは答えた。

「そんなことが可能かい？」疑わしそうな口調になった。

「もちろん。難しいときもありますがね、可能な限りはそうしませんと」

「何を頼もうか」

二人でウエイターに注文すると、アッシュは身を乗り出し、視線をコロンボの目の高さに合わせた。「もし僕のアリバイが完璧なら、君はロスに戻るべきだろう。いや、別に追い返そうというわけじゃないんだが」

コロンボはコーヒーをすすった。

「やれやれ――他にも容疑者はいるだろうに。それとも、君のリストに挙がった幸運な人間は僕一人なのかな?」

コロンボは肩をすくめた。「ハマーシールドは長い間刑務所にいました。奥さんには離婚され、我々が知る限り、他に家族はいません。あなたはどうです、アッシュさん。結婚されたことは?」

「三度。まずい選択ばかりだ。三人とも僕を追い出したが、みんな高い代償を払う羽目になったよ」

「それで、あなたはどうやって生計を立てていらっしゃるんです?」

「ぶらぶらしてるだけで、特別なことはしていない」冷たい笑い。「三人の元妻は、みんな金持ちだった。これでお分かりかな?」

コロンボは、ようやく理解した。アッシュは、その抗しがたい魅力と美貌で、裕福な女たちに寄生してきたのだろう。そして今、餌のついた針にかかっているのが、年上のアレックスというわけだ。この高級クラブの会費も、彼女が払っているに違いない。金目当ての女たらし、それもずば抜けて優秀な――。

食事が運ばれてきた。アッシュが最近買った株の話をしながら料理をつまむのを横目に、コロンボはそそくさと平らげていった。「退屈させてるかい、警部？」アッシュが突然訊いた。「さっきから黙ったままじゃないか」

コロンボは腕時計に目を落とした。「いいえ、そんなことは。ただ、署に戻らないといけないもので」

アッシュは笑った。「ツナのグリル焼きのあとは、誰かの人生をあぶり焼きにするんだろう。まったく、君たちのやり口には吐き気を覚えるよ！」

コロンボはコーヒーの残りを飲み干して立ち上がった。「慌ただしくて申し訳ないんですが、もう時間に遅れてまして」

受付に向かうコロンボに、アッシュが後ろから声をかけた。「また連絡してくれよ！」

通りに出たコロンボは、クラブの隣にあるビルへと駆け込んだ。当てずっぽうの行動だが、経験上、大きな収穫につながることも少なくない。

アッシュがクラブから出てくるまで十分とはかからなかった。五番街をぶらぶら歩いていく彼を、コロンボは尾行していった。新人研修で習ったテクニックを思い出す――〝対象〟が振り返ったときには店のショーケースを覗くふりをすべし。しかし、鉄壁のアリバイを持った人物は自分が尾行されるとは思っていないはずだ。

四十六番街との角まで来ると、アッシュはふいに西へ曲がり、すぐ数フィート先のレストランに入っていった。

　コロンボも、一瞬ためらったあとで足早にレストランへ向かい、窓から店内を覗き込んだ。アッシュは正面のバーカウンターに坐っていた。傍らには、おそらくは彼の半分ほどの年齢の、つややかなブルネットの女がいる。アッシュは女に身を寄せ、親しげに話しながら煙草に火を点けてやっていた。

　これは長くかかるかもしれない。十分後、コロンボはタイミングを見はからって、通りの向こう側にある煙草屋に飛び込んだ。そこからでもレストランの入口を見通すことができる。警部から彼の葉巻の銘柄を聞いた店員は、見下した態度で、そんな銘柄は置いていないのでドラッグストアへどうぞ、と告げた。コロンボは、その後もしばらく店内をうろついていた。半分はレストランを見張るため、もう半分は横柄な店員を苛々させるためだった。

　数分後、アッシュとブルネットの女が店から出てきた。アッシュが再び連れの煙草に火を点けている間に、コロンボはさっと身を隠した。

　二人が十分に遠ざかるのを待ってからレストランに入り、バーカウンターへと歩み寄る。

　夕方前の早い時間で、店内に客はいなかった。体格のいいアフリカ系アメリカ人のバーテンダーが、ゆったりした動きでコロンボに近づき、飲み物の注文を訊いた。

「ちょっと話を聞かせてくれない？」コロンボは財布についた警察バッジを見せた。

「いいですよ」大男はため息をついた。「ぐだぐだと身の上話をする酔っ払いよりずっとましです」

「さっきここにいた紳士は？」

「アッシュさん。うちの常連ですよ。あの人、銀行でも襲ったんですか？」

足にできたマメがひどく痛み、コロンボはプラスチック製の赤いスツールにひょいと腰掛けた。

「隣にいた若い女性は？　前にも一緒に来たことがある？」

「お客さんのことは話せないんですがね」

「大丈夫」コロンボは言った。「ここだけの話にするから」

「まあ親しい間柄ですな。しょっちゅうここで会ってます。友だちですね」そう言ってウインクする。「ひょっとすると親友かも」

「彼女の名前を聞いたことある？」

「シンディ・フォルトゥナート。この店のウエイトレスだった娘《こ》なんですよ。それでアッシュさんと知り合ったんです。ここを辞めて、今は西六十三丁目の店にいます。何か飲みますか？」

「ソーダをくれるかい」

バーテンダーは、ホースつきのノズルを摑むとグラスに炭酸水を注いだ。「アッシュさんに興味をお持ちで？」

「そうなんだ」

「身分証はロスのでしたが、旦那、言葉はニューヨークっ子っぽいですね」

「生まれも育ちもこっちなんだよ」

「そいつあいいや。で、アッシュさんですがね、ちょっと前から来てくれてるんですが、実のところ、あまりよくは知らないんです」

「飲み代《しろ》はどうやって稼いでるんだろう？」

「そのあたりが分かりませんでね。何年か前まではフロリダのチャーター機を飛ばす会社で働いてたそうですが、クビになったとかで」そこで笑い声。「何かヘマでもやらかしたんですかね」

「働いてた――ってことは、パイロット？」

「ええ。たぶんセスナ社の小型ジェット、サイテーション五二五Cあたりに乗ってたんでしょう。自分も空軍上がりなもんで、飛行機にはちょっとばかり詳しいんです」

思ったより喉が渇いていたようで、コロンボはソーダを飲み干していた。「あの人、もう操縦はしていないと思うかい？」

「本人に訊いてくださいよ。今じゃ別のことで稼いでるとは思いますがね」

「年上の、魅力的なブロンド女性とも来たりする？　とても上品な、青い瞳の人なんだけど」

バーテンダーはソーダのお代わりを注いだ。「とんでもない。そんなことをしたら、シンディとよろしくやれる機会が台無しになっちまうじゃないですか。酒のちゃんぽんがいけないのと同じで、女も混ぜ合わせちゃいけない。ニューヨークっ子なんだから、それくらいお分かりでしょ？」

コロンボはにこりと笑った。「さっきも言ったけど、これはここだけの話だからね。アッシュさんにもガールフレンドにも言わないでよ」

「もちろんですとも」見ると、コロンボは立ち上がるところだった。「美味い酒を一杯飲んでいきませんか?　おごりますよ」

「そいつは飛行機に乗る前に飲みたいね」コロンボは答えると、手を伸ばしてバーテンダーと握手した。「じゃ、元気でね」


その夜。デンプシー警部とコロンボは、署でコーヒーを飲んでいた。「なかなかのニューヨーク探検だったようですね」

「まだもうちょい終われないんだよ。電話を何本かかけなきゃいけなくてね」

「その、パイロットの件《くだ》りは面白いですよ。実に面白い」

「聞き込みで分かったあれこれから判断するとだね、あの男は、この近くか、あるいはニュージャージーあたりの自家用機専用空港で小型ジェットをチャーターし、ロスに飛んだのかもしれない。そこでハマーシールドを始末し、とんぼ返りしたわけだ。でも、チャーター機の会社を片っ端から調べても、アッシュがそうしたという記録は残ってなくてね」

「普通に旅客便で飛んだのかもしれませんよ」

コロンボは手帳を繰った。「あたしもそう思い始めてたとこなんだ。よし、調べてみるよ。偽名の入った書類を使ったのかもしれない。最近じゃ、どんな書類もでっち上げられるからね。ほんとに、世の中どうなってるんだか――」

デンプシーは顔をしかめ、すでに刻まれている皺《しわ》をさらに深くした。「アッシュはどうしてフロリダの仕事を辞めたんですかね」

「辞めたんじゃない。クビになったんだ。電話で聞いたところによれば、〝無鉄砲ぎみで情緒不安定〟という評価だったらしい」

デンプシーはスティックシュガーを開け、コーヒーに入れた。「フェアチャイルドって女は、朝から晩まであの男と一緒にいたと証言してますね」

コロンボは頭の後ろで両手を組み、伸びをした。「ここらで一発、仕掛けてみようか」

「どういうことです？」

「とっておきの武器の一つを使うのさ――嫉妬ってやつ」そう言うと、警部は手のひらを口に当て、あくびが漏れるのを抑えた。


コロンボは、再びアレックスの書斎にいた。今回は紅茶を振る舞われ、美しい銀製のティーポットに自分の顔が映っている。前回はブーツで今日は銀器――と警部は考えた――こいつは大した出世だ。レースつきのドレッシングガウンをまとったアレックスは、いくぶん表情を曇らせていた。「もちろん歓迎ですわ、警部さん。でも、こんな早い時間じゃないといけませんでしたの？」

コロンボは携帯電話を取り出すと、画面に現れた写真を彼女に見せた。レストランの前のアッシュとシンディ。鮮明とはいえないものの、二人の顔は完全に判別できる。

アレックスは眉をひそめて画像を見つめていたが、やがて当惑した表情で顔を上げた。「確かにテイラーですけれど、この若い女性は？　誰なのかしら」

「ガールフレンドですよ。名前はシンディ・フォルトゥナート。このレストランで待ち合わせて出てきたところです」

アレックスの唇に、ゆっくりと笑みが浮かぶ。「本当はわたし、彼女のことをよく知っていますのよ、警部さん。テイラーのガールフレンドだった女性《ひと》。もちろん会ったことはありませんけれど。それで——今度は何を証明なさりたいんですの？」

コロンボは唖然となり、しばし言葉を失った。その動揺は大きく、置かれた携帯を取ろうとして、摑み損なったほどだった。

アレックスの笑みが、現れたときと同じ速度で消えていった。「とんだ恥をおかきになったようですけど、それも当然ね。この写真を見せれば、わたしがテイラーに怒りを覚えて、彼があの殺人事件に関わっていることを証明するような事実を何か口にするんじゃないか——そう期待して、はるばるここまで来られたんでしょう？」再び微笑が浮かぶ。雲間から出たり入ったりしている太陽のようだ。「でも、それは失敗した。そうじゃなくって？　テイラーはときどき浮気をしますけれど、わたしは何も心配していません。彼は、わたしとつき合うことで価値のあるもの、本当に価値のあるものを手に入れたんです。それを台無しにするほど、あの人は馬鹿ではありませんわ」

デンプシー警部と、コーヒーを片手に再び深夜の捜査会議を行った。今回の場所は六番街のギリシャ風コーヒーショップで、二人ともすっかり意気消沈している。コロンボはあたりを見渡したが、何を覗き込んでも自分の顔が映り込むことはなさそうだった。

「残念でしたね」デンプシーが言った。「いいアイデアでした。まあ、うまくいかないときもありますって。お願いですから、これで諦めたなんて言わないでくださいよ」

「とんでもない」コロンボはそう答え、笑顔になった。「あたしにとっちゃ、ここで失敗してる方が、帰りの飛行機に乗るのよりずっとましなんだから」

「警部、そりゃあ本心じゃないでしょう?」

「さあ、どうだかね。ともかく、あのフェアチャイルドっていう女は嘘をついているよ。骨の髄からそう感じるんだ――こんなことを言うと、うちのカミさんに、そんなのは聞き飽きたとか、骨の髄からだなんて関節炎なんじゃないの、とか言われそうだけどね。でも、あたしは本当に、アッシュに裏切られたとなれば冷静ではいられなくなって、そこからアリバイを崩せるかもしれないと思ったんだよ」

二人はしばらく無言だった。コロンボは、鮮やかな色に塗られた錫《すず》張りの天井を見上げていたが、突然膝を叩いた。「あたしとしたことが、何で気づかなかったんだろう!」

「何です?」

「あのシンディって娘だよ。彼女にならい効果がありそうじゃないか」

デンプシー警部は、すっかり当惑の体だった。「そいつはどういう意味です?」

「〝嫉妬作戦〟だよ」

新聞を小脇に挟んだコロンボは、バーテンダーに教えられた通り、西六十三丁目のメンズショップを訪れ、そこで働いているシンディを見つけた。近づくと、彼女が安っぽく派手な化粧でセクシーさを強調しているのが分かった。おそらく、それで男性客の人気を集めているのだろう。

コロンボはちらりとバッジを見せ、二人だけで話せる場所はないかと訊いた。一緒に来て、という彼女に従い、安物の香水に辟易しながら、店の奥にある倉庫へ入っていった。

「テイラー・アッシュという紳士を知ってる？」と尋ねながら、コロンボは、娘の背後にずらりと並ぶ洒落たレインコートの列から目が離せなくなっていた。

笑みは消えかかったが、それでもちゃんと反応はあった。「彼がどうかしたの？」

「我々は、彼がロサンゼルスで起こった殺人事件に関係していると考えていてね」

その小生意気な冷静さとともに、笑みは完全に消え去った。「殺人!?」

「ワンダーワールド遊園地で男が射殺された事件だ。たぶん新聞で読んだと思うけど」

「新聞なんて読まないもの」シンディは大きく息を吸った。「何てこと」とつぶやくと、バランスを失い、レインコートの列に倒れ込みかけた。

コロンボは手を伸ばし、彼女の体を支えた。「大丈夫？」

「大丈夫、大丈夫よ。それより、どうしてここに来たの？」

コロンボは、視線を逸らそうとする彼女の目を捉えながら尋ねた。「あの男を愛してるの？」

「そんなの――そんなの余計なお世話よ。刑事だろうと何だろうと」

「すまないね、お嬢さん。でも、それはイエスと取ってよさそうだね」

「何とでも勝手に考えればいいじゃない。じゃあ教えてあげるけど、テイラーはね、結婚しようって言ってくれてるのよ」

「そうなんだ」コロンボは言い、新聞を広げると、印をつけたページを開いて彼女に差し出した。それは、日曜版の生活欄で、チャリティ会場に笑顔で並ぶテイラー・アッシュとアレックス・フェアチャイルドの写真が載っていた。

シンディは新聞をひったくると、写真を食い入るように見つめ、やがてくしゃくしゃに丸めて床に叩きつけた。「最初から分かってたのよ――目的はセックス、セックスだけ。それ以外には何もありゃしないんだわ。彼の望むものを与えてるから、あたしの喜ぶことを何でも言ってくれてた。何て馬鹿だったんだろう！　いいえ、きっと今でも馬鹿なままなんだわ！」

コロンボは、無言のままレインコートの値札を見ていた。

「何が望みなの？」シンディはようやく口を開いた。「あたしの体だなんて言わないでよ」

「いや、とんでもない。そんなんじゃないんだ。言っただろう、ロサンゼルスでの殺人事件を捜査してるんだって」

彼女は突然、口をぽかんと開いた。「いやだ！　何で気づかなかったんだろう！」

「何のこと？」

「二週間前のことよ。昔、パパが死んだとき、いろんながらくたと一緒に拳銃を相続したんだけど、それを貸してくれないかって言われたの。あたし、前にその銃のこと、彼に話しちゃってたのよ」

「拳銃か。で、そいつを貸したの？」

シンディの手はレインコートの袖を不安げにまさぐっていた。「ええ、貸したわ。愛する男の言いなりになる馬鹿女みたいにね。そしたら、持っていってそれっきりよ。あのくそったれ！」

「なぜ借りたいかは言ってた？」

「近所で何度か強盗事件があったとか言ってたわ」

コロンボは、彼女がコートの袖をねじるのをじっと見ていた。「返さない理由を訊いてみた？」

「ええ。何か聞いたけど忘れちゃった。あたし銃は嫌いで、別にどうでもよかったから――待ってよ！　本当に彼がロスで人を殺したっていうの？　パパの銃で？　ねえ、そう思ってるの？」

「仕事が終わったら、署まで来て供述してくれないかな？」

「ちょっと待ってってば。ニューヨークにいる人間がどうやってロスにいる男を殺せるのよ」

「飛行機ってものがあるからね、お嬢さん。彼から、昔パイロットだったのを聞いたことがある？」

「ないわ。それに、あの高慢ちきなくそ女と結婚するってこともね！」

コロンボは名刺に署の住所を書いて手渡した。「ここで待ってるよ」立ち去ろうとして、ふと振り向いた。「ねえ、同じニューヨーク生まれってことで、あのレインコートを一着、値引きしてくれないかな？」

外出前のアッシュが、シェービングローションで頬を叩いていると、玄関のベルが鳴った。誰が来たのか想像するだけでうんざりしたが、何とも腹立たしいことに、その悪い予感は的中していた。「またかいコロンボ君」

　コロンボはきまり悪そうに笑ってみせた。「まだ二回しかお会いしてませんよ、アッシュさん」

「早いとこ済ませてくれ。これからデートなんだ」

「どちらのご婦人と？　フェアチャイルドさん？　それともフォルトゥナートさんとですか？」

　アッシュは、かぶりを振りながらジャケットに袖を通した。「まったく、君という男は大したものだよ。そのご婦人方が二人とも、君に迷惑させられたと言ってきている。特にシンディの方は、アレックスのことを持ち出されたものだから、ひどく噛みついてきたよ。とっととロス行きの飛行機に乗って、僕とご婦人方を解放してくれないか」

「あなたの方から触れてくださるとは実に面白いですな。今日、お話ししたかったのは、まさにそれ、飛行機のことなんですよ」

　アッシュは親指の爪でジャケットから糸くずをはじき落とした。「僕の方が君より何マイルも先を飛んでるようだがね。まあ思うに、君の容疑者のほとんどはそうなんだろうな。君は、僕がチャーター機でニューヨークとロスを往復し、その間に、あの気の毒なハマーシールドを、〈血も凍る恐怖《スパイン・チラー》〉を体験する間もなく殺したと考えてるのか？　馬鹿馬鹿しい。そんないい加減な推理をしていて、よく給料がもらえるものだな」

「でも、可能性があるのは、あなたもお認めになるでしょう？」

　アッシュは姿見の前に立ち、頭のてっぺんから爪先まで身だしなみを確かめた。ネクタイが少々地味かもしれないが、替えている時間はない。「僕が飛行機を借りたという証拠は?」

「まだありません。でも、誰かがあなたの代わりに借りたということもあり得ますからね……たぶん、あなたの別のお友だちの一人でしょう。でも、銃の問題がどうもね――」

アッシュは鏡に映る自分に向かってにこりとした。「いったいどこから現れたんだ、その――銃とやらは。まったく君は、手品師よろしく次から次へと何かを取り出すな。銃がどうしたって? なぜシンディが君にあんな話をしたのか、僕にはまったく分からんよ」

「もしお急ぎでしたら、あなたがいらっしゃるところまでタクシーでご一緒しましょうか?」

アッシュは思わず吹き出した。「君とはピッツァを一緒に食べるのも遠慮したいね。警部、僕は武器が必要だったんだ。このあたりで追い剝ぎや強盗が続いたものでね。警察の記録にも残っているはずだよ」

コロンボはその言葉を手帳に書き留めた。「確認してみましょう。お話し下さってありがとうございます」

アッシュは鏡から振り向いた。「最初は店で一挺買おうと思ったんだがね、長いこと待たされるわ何度もお役所仕事につき合わなきゃならないわで諦めたんだよ」そこで、皮肉めいた笑みが浮かぶ。「あれじゃあ、殺人犯だって買うのを躊躇する。だろ、コロンボ君?」

コロンボは、アッシュの服装を眺め回した。「いやあ、アッシュさん、まったくすばらしいいでたちですなあ。何ともびしっと決まってますよ。そういう衣類はみんなニューヨークでお求めになるんですか?」

アッシュは、もう警部の無駄話につき合うつもりはなかった。「なぜ質問しない？　シンディに銃を返さなかった理由を聞きたいんだろう？」

「ええ、いまお尋ねするところでした。どうしてなんです？」

「何度か試し撃ちをしたんだが、どうも調子がおかしくてね。専門家に見せたら撃針が折れてるというんだ。故障して危険のある銃なんかシンディもいらないだろうからね、それで捨てたのさ」

コロンボはゆっくり——ごくゆっくりうなずいた。「どんな風に捨てたんです？　その辺のゴミ箱にポイとでも？」

「推理してみたらどうだい？」

コロンボは手帳をしまった。「どうぞ、デートをお楽しみください。ところで、やっぱりタクシーでご一緒しませんか？」

「僕の行き先を確かめたいんだね？　コロンボ君、すまないが一人で帰ってくれ」

署に戻ると、デンプシーに初孫が生まれたという大ニュースが待ち受けていた。執務室でささやかなパーティーが催されており、コロンボの姿を見つけたデンプシーは、騒ぎから連れ出してくれるよう合図を送ってよこした。

「アルバート・デンプシー三世ですよ」自分のオフィスに落ち着くと、デンプシーは言った。「今世紀に入ってからの——いや、もう前世紀からですな！——うちの一族が皆そうなったように、彼も警察官になることでしょう。まったく、一人ぐらい詩人か何かになってもよさそうなもんですがねえ。警部、お子さんは？」

「いや、残念ながら、そっちの方はついに実を結ばなくてね」コロンボはそう答えると葉巻に火を点けた。「我々が証拠のかけらも握っていないことを、アッシュはお見通しだったよ」

「でしょうね。こっちは、やつがロスに行ったことすら証明できていないんですから。さて、どうやって検事を納得させますかね。あの男が使った三八口径の拳銃はまず発見できないでしょうし」

コロンボは、頭痛に襲われたかのように両手で頭を押さえると椅子の背にもたれた。「一つだけ断言できることがあるよ」

「そりゃ何です？」

「フェアチャイルドはアッシュのためにアリバイを偽証してる。もし彼女を捕まえられたら、かなりの懲役は間違いなしだ」

「それでも、やつを逮捕するには十分じゃない。それに、率直に言って、あの女が嘘をついているという証拠だってないじゃないですか」

その瞬間、新たな考えがひらめき、コロンボは力強く立ち上がった。「まだ手詰まりなんかじゃないぞ、デンプシー」

コロンボはフェアチャイルド邸の裏庭に坐り、アレックスと友人の女性がテニスをしているのを眺めていた。ひどく汗をかいていたが、ハンカチはロスから一枚も持ってきていなかった。アレックスが勝ってゲームは終わった。彼女は対戦相手にキスをしてランチに誘ったが、友人は病院の予約があるといって辞退した。

友人が帰ると、アレックスはコロンボの方へ歩いてきて隣に坐った。ほとんど汗をかいておらず、薄い化粧もまったく崩れていない。

「テニスがすばらしくお上手ですね――あたしなんかが申し上げるまでもないでしょうが」

「ありがとう」アレックスは、警部の顔をじっと見た。「テイラーから電話がありましたわ」言いながら膝の上にラケットを横たえる。「何でも、彼にしつこくつきまとって、しかも進展は何もなかったとか――」

コロンボは、顔を滴り落ちる汗を手で拭った。「いえ、わずかですが進展があったんですよ。そいつが、実はあなたに関してでしてね」

「どういうことですの？」アレックスはそう言うと、携帯電話で家政婦を呼び出し、友人の分のランチは不要だと告げた。電話を切り、先を促す。「警部さん、わたし質問しましたのよ」

「いくつか証拠もあります。テイラー・アッシュは、あなたが証言なさった場所にはいなかったんです」

「仮に仰る通りだとして――それは事実ではありませんが――それで何を証明できるのかしら？」

「あなたが彼に偽のアリバイを提供したことをです。いわゆる事後従犯ってやつで、こいつは重罪ですよ」

小さな汗の滴がアレックスの髪に沿って流れ落ちた。「そんなことはしていません」

「いますぐにでも逮捕できるのは、あなたもお分かりでしょう?」

彼女は、ほんの少しコロンボから身を離すと、挑むような口調で答えた。「だったら、なぜそうなさらないの?」

「なぜかって? それはですね、あなたは愛する男のために嘘をついただけで、本来は実にまともなご婦人だと思ってるからですよ」

アレックスは微笑んだが、その目は笑っていなかった。「まあ、ロマンチストでいらっしゃること。つまりこれは、目の前に救いの手が差し伸べられた、ということかしら」

「それはあなた次第ですな。あたしはチャンスを差し上げたいんです」

「悪くないお申し出ね。そのためには、何をすれば?」

「アッシュさんに関する、おそらくはあなただけがご存じの事実を、いくつか伺いたいんです」

「例えば?」

コロンボは再び汗を拭った。「あの人が銃を持っているのを見たことは?」

アレックスはためらった。ラケットのガットを、小さなドラムのように指で叩いている。その不安げな仕種をコロンボは見逃さなかった。「一度か二度、ここに持ってきましたわ。射撃の練習をしたいからって」

「理由は?」

「近所で強盗事件が続いているから、と言っていました。自分で身を守りたいのだけれど、銃を持つのは初めてなので――」

「使い方を覚えたい、と。なるほどなるほど」

この刑事は、まさにこのことが聞きたかったんだわ、とアレックスは思った。「警部さん、そんなこと、ちっとも犯罪にはならないでしょう?」

「もちろん、もちろんですとも――それで、アッシュさんはどこで練習をしたんですか?」

アレックスは、自分の肩越しに、敷地の裏側を区切っている木立のあたりを指さした。「小さな標的を木に吊して、それを目がけて撃っていました」

うだるような暑さも忘れ、コロンボは素早く立ち上がった。「見せていただけますか――その木を」

「ええ、もちろん。彼ったらあまり上手じゃなくて、かわいそうに、その木は穴や傷だらけになってしまったんですよ」

木洩れ日の中、アレックスはコロンボを案内し、狭い小径《こみち》を急ぎ足で進んでいった。途中、木の枝が幾度か、警部の顔を不機嫌そうにひっぱたいた。やがて、前方に小さな空き地が現れた。うっそうとした雑木林に囲まれ、陽に焼けて黄色くなった芝生が円く広がっている。

コロンボは、息を切らしながら立ち止まった。太い木の幹に固定された、ぼろぼろの的が見える。木の表面には、いくつもの焦げ跡と穴があった。

「これをご覧になりたかったの?」とアレックス。

「その通り。あたしが見たかったのは、まさにこいつなんです」

テイラー・アッシュは取調室に坐っていた。向かいにはコロンボがおり、その脇にはしかめっ面をしたデンプシーの姿があった。アッシュの平然とした物腰は相変わらずで、まるで退屈しているかのように眠そうな目をし、すっかりくつろいでいる。

「鑑識課があの周囲をしらみつぶしに調べましてね、木の中からいくつも銃弾を見つけました」コロンボは言った。「施条痕検査の結果待ちですが、おそらくはケネス・ハマーシールドを殺した拳銃の弾と一致するでしょう」

アッシュは無言のまま、ズボンの膝の上で広げた両手の指を――マニキュアを塗った爪を――見下ろしていた。「お手柄だ、コロンボ君」やがて彼の口から出たのはそんな言葉だった。「どのくらい賢いかはさておき、その強い意志と地道な捜査は、まさに称賛に値するものだ。だが、僕のことは、君には決して理解できまい」

「そうお考えですか？　あなたは、そんなに理解しにくい方でしょうかね。あたしの目からはこう見えますよ。あなたは、女性に取り入って生きている。けれど、二十年前、あなたはある女性と運命的な出会いをし、恋に落ちた。おそらくは、人生で最初にして唯一の、本当の愛だったことでしょう。ところが、ハマーシールドの放った銃弾が、彼女の命を奪ってしまった。それは事故だったが、そんなことは問題じゃない――おそらくは永遠に結ばれたであろう女性を、彼はあなたから奪ったんですから。悲劇だ、あまりに悲しい」コロンボはアッシュの腕に触れた。「〃とり憑かれた思いからは死ぬまで離れられない〟という言葉がありますな」

アッシュは、驚きと、初めて覚える尊敬の念を込め、改めてコロンボを見た。「僕はどうやら、君を過小評価していたようだ。君は真に理解している——愛というものを」

コロンボは笑顔になった。「愛についちゃ三十年選手なもんでしてね。近ごろ、ようやく少しだけ分かってきた気もするんですよ」

バーテンダーは、コロンボの姿を見ると驚きの表情を浮かべた。「こりゃ、思いがけずお早いお戻りで」

「こないだ、美味い酒を飲ませてくれるって言ったよね。二杯くれないか、とびきりのやつをさ」

大喜びで棚からボトルを取る。「おごりますよ。でも、今日は何でソーダじゃないんです？」

コロンボは顎でドアを示した。「タクシーを待たせてるんだ。空港に向かう途中でね。飛行機が怖いんだよ」

グラスにダブルが——たっぷりしたダブルが注がれた。「あなたは骨の髄までニューヨークっ子ですよ、旦那。いつかまた来てくれるでしょう？」

コロンボは酒を飲み干すと、むせながら答えた。「いつかまたね。あてにしないで待っていてよ」

第5話　父性の刃

アーサー・マルヴァンは、助手席に坐ったブロンドの娘に目をやった。『息子のニールが真剣に交際している相手として、君のことをよく知りたいのだ』と彼女には言ってある。

マルヴァンの容姿は人の目を惹くものだった──精悍で精力的な顔立ち。雪片のような白髪がわずかに交じった真っ黒な髪。ハンドルを握る逞しい両手にも、有無を言わせない威圧感が漂っている。娘が窓の方へわずかに体をずらすのが見えた。レーダーが危険を探知し、小さな警告音を発したかのような反応だった。

「ニールの山小屋《キャビン》へ行ったことは？」

「いいえ。持っていることも知りませんでしたわ」

「そうか──たぶん君を驚かせたかったんだろう。我々二人で、ときどき釣りを楽しみに来て泊まるんだよ。近くに美しい小川があってね」すべては嘘だったが、娘がマルヴァンの言動を疑い、恐れるはずはなかった。ロサンゼルス中に名を知られた不動産開発業者であり、堅実なる一市民。市長の友人にして郡の公共事業委員会のメンバーという存在なのだから。だが、ニールは彼女にこうは言っているはずだ。親父はね、僕が結婚に関してもっと上手く──ずっと上手く──立ち回れるはずだと考えているんだよ。

車のヘッドライトが、闇の中に幅広い白色のトンネルを切り開き、道の両側を、生い茂ったユーカリや松の木が流れていく。やがて、マルヴァンはゆっくりとブレーキを踏み、道路の端に車を寄せた。「さあ、ここだ」誠意と自信に満ちた、ラジオアナウンサーのような声だった。

「でも――でも、どうして分かるんです？」女が尋ねる。

「もう何度も来ているからね。私もニールも、目隠しをしたって分かるぐらいなんだ」マルヴァンは笑いながら答えた。

グローブボックスから懐中電灯を取り出し、車を降りる。ヘッドライトの光を横切ると助手席のドアを開け、優雅な動作で娘を降ろした。その体は、まるで羽毛の入った袋のように軽かった。千袋分もの羽毛のような無用の存在。ニールに何度も豪華なディナーへ連れていってもらっただろうに、この女には肉というものがつかなかったのだろうか。よれよれの細い糸のようなブロンド、厚ぼったく塗られた口紅にアイシャドウ、すぐに忘れ去られる程度の美貌、そして、高校でピリオドが打たれた教育。ニールは、この女のいったいどこに魅かれたというのだ？

娘の手を取り、暗い茂みの中の空き地へと進んでいく。そこに通じる短い小道は、茂る木々に覆われてひどく狭かったが、マルヴァンは、相手を丁重に導いていった。

「どうしてニールは一緒じゃなかったんです？」

「オフィスで仕事に追われていてね。じきに着くだろう」マルヴァンは彼女に見えるようにシャツの袖を引き、大きな金製の腕時計に目を落とした。「彼がシャンパンを運んでくる手はずなんだ」

「何のため？」

「何のためだって⁉　君たち二人の婚約を祝うんじゃないか」

笑いながら言うと、マルヴァンは先に立って小道を進んでいった。「その山小屋《キャビン》って、いったいどこにあるの？」彼女のレーダーが再び危険を探知したようだった。

マルヴァンの片手にはいつの間にか手袋がはめられ、その手はポケットへと入れられていた。

「ほらあったぞ――あそこを見てごらん」女が気を取られた隙に、マルヴァンは手袋をした手で静かにナイフを取り出した。

それは一瞬で終わった。

ナイフを拭うものを何も持っていなかった。マルヴァンは、地面に横たわる女を残して林をさらに奥へと進み、小道を逸れて藪に入っていった。手袋をはめた手で小さな穴を掘ってナイフを埋め、その上に土と木の葉をたっぷり被せた。

車に戻る途中、もう一度時計を見た――八時四十五分。ニールは、この瞬間にもアリバイを作り続けていることだろう。本人も知らないうちに……。


翌日の午後、泊まりがけのキャンプを行うため、ボーイスカウトの一団が森に入っていき、十三歳の少年ロビー・ドブソンが、仲間たちがテントを設営している地点から少し離れた場所で彼女の死体を発見した。ロビーの父親で隊長のウェインは、ただちに携帯電話で九一一に通報した。

ほどなく、コロンボと鑑識課員たちが現場に到着した。陽はすでに沈みかけ、キャンプ場と、そこで恐怖に震える子供たちに、長く伸びた不吉な赤い光を投げかけている。

　ウェイン・ドブソンは、すぐに自己紹介した。三十代半ばのスポーツマンタイプで、そのユニフォームには汚れ一つない。頭のてっぺんが少々薄くなり始めている。「ずいぶん早かったですね」ドブソンは言った。「ありがたいです」

「思ったほど遠くなかったですな」とコロンボは応えた。「遺体はどこです、ドブソンさん？」

「息子のロビーがご案内します。あの子が見つけたんです」

　ロビーがやって来た。賢そうな丸顔に広がるそばかすが、赤い夕日の中でもはっきりと見て取れた。「刑事さんは巡査部長ですか？」

「警部だよ。ほう、ずいぶんたくさんメリットバッジ（水難事故への対処や救助法、馬術など、テーマごとに指導を受けて取得する認定バッジ）をつけてるね」コロンボは感心した様子で、少年の胸許を眺めた。「どこで遺体を見つけたか、教えてくれるかな」

　ロビーは、生い茂る松の林に入っていった。コロンボは、自分たちについて来るよう、鑑識課員たちに身振りで命じた。

　若い女性がうつぶせに横たわっており、痩せた体から突き出した肩胛骨の間に傷口が見えた。ここでも赤い陽光は、ブラウスについた血痕を覆い隠せずにいた。

　鑑識の連中が遺体を取り囲むと、コロンボは少年の肩を叩いた。「ロビー、お父さんのところへ戻ろう」

「子供たちを連れてここから離れたいんですが」戻ってきたコロンボにドブソンが話しかけた。

少年たちは、近くに佇んでおり、幾人かは丸めた寝袋の上に坐っている。「みんな怖がっていますので」

「うちの署に腕のいい精神科医がいます」コロンボは言った。「カウンセリングが必要な子がいましたら……」

「ありがとう、警部さん。もしかするとお願いするかもしれません――ご連絡しますよ」

コロンボはうなずいた。はるか昔、彼自身もボーイスカウトだった。カミさんが昔のものを放り込んでガレージに積み上げている箱のどれかに、古いユニフォームがきっとまだあるだろう。一度訊いてみようか。彼女の頭の中の索引には、何がどこに収まっているかがちゃんと記録されていて、たとえズックの雑嚢《ダッフルバッグ》に入った州兵（災害救援、暴動鎮圧などの治安維持の他、軍の予備部隊としての機能も果たす民兵のこと）時代の思い出の品だって、言えばすぐに出てくるはずだった。

アーサー・マルヴァンは、特に警戒することもなく玄関のドアを開けた。外に立っていたのは、火の点いていない葉巻を手にしたレインコートの小男だった。「何だね？」

男は、財布を本のように開き、金銀に光る警察バッジをマルヴァンに示した。「殺人課のコロンボ警部です。お邪魔してもよろしいでしょうか？」

「ああ……ああ、もちろん」マルヴァンはドアを広く開け、一歩後ろへ下がった。何てことだ。あの死体から、どうやってここにたどり着いたというのだ？　落ち着け――そう自分に言い聞かせる。あの殺しと自分を結びつけるのは、まず不可能だ。

マルヴァンは、広々としたリビングにコロンボを通した。一方の壁には模様入りの巨大なタペストリーが掛けられ、その他の壁には絵画の額が並んでいる。通りに面した窓はダマスク織りのカーテンで遮られているが、その周囲から、わずかに日光が差し込んでいた。

「家政婦にコーヒーでも淹《い》れさせようかね」

コロンボは、絵画の一つ――暗い色調の抽象画に見入っていた。「いえ、お構いなく」と答えると、その作品を手で指し示した。「こいつは、正面にネオンサインのあるナイトクラブか何かだと思うんですが」

マルヴァンは笑みを浮かべた。「そう見えるかね。そいつは実に興味深いな」そう言うと、触れると手が切れそうなズボンの折り目を乱さぬよう気を遣いながら腰を下ろす。「それで、朝早くから何のご用かな」

コロンボはレインコートのポケットから写真を取り出すと、目の前の相手に手渡した。

それを見たとたん、マルヴァンのこめかみが激しく脈打ち始めた。

「この若い男性をご存じですか?」コロンボが尋ねる。

マルヴァンは笑顔を繕《つくろ》ったが、思ったようにはいかなかった。「もちろんだよ。息子のニールだ」そこで激しく笑ってみせる。「歩道に唾を吐くとか、何かその手のことでもしたのかね?」

「葉巻を吸ってもよろしいですか?」

「すまんが遠慮してくれ。死んだ家内が、ようやくその習慣を亡きものにしてくれたんでね。君もぜひやめるべきだな」なぜ〝亡きものにする〟などという言葉を使ってしまったのだろう。

「常々努力はしてるんですよ、先生《サー》。本当です」

「警部、その〝先生《サー》〟というのもやめてくれ。我々はみな平等なんだからな。で、ニールがどうしたって?」

「一昨日、若い女性が殺害されました。ナンシー・クックという娘《こ》なんですが、彼女のアパートを捜索したところ、この写真を発見しまして」

「しかし、どうしてこれが私の息子だと?」

「そりゃ簡単で――ここに『ニール』とサインがあるんです。見えますか?」

マルヴァンはコロンボに写真を返した。「この世にニールという名の男などごまんといるだろうに、どうやってここにたどり着いたんだね?」

「ベッド脇のテーブルにアドレス帳があったんですが、その中にニールはたった一人きり――つまりニール・マルヴァンだけでした」

「見事な推理だ」わずかに皮肉のこもった口調で言う。「坐ったらどうだね、警部。その方が楽だろう」

「ありがとうございます、マルヴァンさん。それが、うちのカミさんに、あたしは坐ってる時間が長すぎると言われてましてね。確かにこの商売は、たぶんあなたには想像もつかないほどの書類仕事をいつでも抱え込んでるもんで、それでまあ、運動しろってうるさく言うわけです」

「いいことじゃないか」少し間を置き、マルヴァンは微笑んだ。「要するに、ニールとナンシーの関係を聞きたいのかな?」

コロンボは、首を一方に傾げたまま別の絵に見入っている。「息子さんはご在宅ですか?」

「そのはずだ」事件以来、ニールはひどい状態だった。ナンシーと二日も連絡が取れなかったあげく、新聞で彼女の殺害を知らされてショックを受け、抜け殻のようになっていたのだ。マルヴァンは息子に、まずは自分の力で立ち直るように命じた——電話で話したり人と会ったりしてはいかん。さらには、あの女がお前の人生から消えたことは、あらゆる意味でよかったのかもしれんぞ、とも話した。

「お話ししても構いませんか?」コロンボは、油絵から振り向いて尋ねた。

「構わんよ」マルヴァンはそう言って立ち上がると、いまだ折り目の崩れていないズボンを見下ろしてからホールに出ていった。「ニール」呼びかけに返事はなかった。「ニール!」声が、大きく、命令調になる。

しばらくすると、ハンサムな金髪の青年が階段を下りてきた。マルヴァンが、着ている服にわずかでも塵がついていないかチェックするかのように息子の全身に視線を走らせる。コロンボは、それをじっと見ていた。ニールは暗い表情で、父親からコロンボへと視線を移した。

「こちらはコロンボ警部、殺人課の刑事さんだ。ナンシーの事件を捜査されている」

「彼女とは、お友だちでしたか?」全員でリビングに戻ると、コロンボはニールに尋ねた。〝殺人〟という言葉を聞いて、青年の表情は一層悲しげになったように見えた。ニールの視線が再びマルヴァンへと舞い戻る。父親の表情はさっきより硬く、『しっかりしろ』と警戒信号を送ってきているようだった。

「彼女は僕の……恋人でした。近々婚約するはずだったんです」

「なるほど」コロンボは手帳と鉛筆を取り出した。「最後にナンシーさんと会われたのは？」

「二日前、電話で話をしました」

「なるほど」そうくり返すと、手帳に書き込んだ。「二日前の晩、どちらにいらっしゃいましたか。特に七時から零時までの間ですが」

そこへ、マルヴァンが割り込んだ。「ちょっと待ってくれ、警部。君は、彼女の死に息子が関わっているとでもいうのかね？」

「いいえ、滅相もない。ですが、被害者をよくご存じの方から話を聴く必要があることはご理解いただけるでしょう。そして、結婚するおつもりだったのなら、息子さんは彼女のことをよくご存じのはずだ。ね、単純なことなんです」

マルヴァンは今や、コロンボと息子の間に壁のごとく立ちはだかっていた。「かわいそうに、ニールは幼いころに母親を失った。私がこの子を育て上げ、慎みと教養ある振る舞いを身につけさせたんだ。そうだな、ニール」

ニールは大きくうなずいたが、同時にこの場からいなくなりたいと思っているようにも見えた。

「で、あの晩はどちらにいらっしゃいましたか？」コロンボはもう一度尋ねた。

「友人が自宅で開いたパーティに出ていました」

警部は、親指をなめて手帳のページを繰った。「お友だちのお名前は？」

「ジム・デイヴィス。住所も必要ですか？」

「ええ、ぜひ」

ニールはこれといった理由もなく父親を見た。「グレンデールのメドウブルック通り八一八番地です」

コロンボは今度は鉛筆の先端をなめ、その住所を書き留めた。「分かりました。ありがとうございます」そして父親へと視線を移す。「お邪魔して申し訳ありませんでした。お二人のご協力に感謝します」

マルヴァンは無言のままうなずいた。

コロンボもうなずき返し、ホールから玄関へと向かった。

マルヴァンは、ドアが閉まる音が聞こえるまで待つと、カーテンの閉まった窓に歩み寄った。わずかにカーテンを開け、通りを覗く。コロンボは自分の車に乗り込むところだった。マルヴァンは満足し、再びカーテンを閉めた。

ニールはさっきと同じ場所に立っていた。何も言わず、表情からも何も伺えない。彼は父親の言葉を待っていた。

「あの男の前で、あんなに緊張することはなかったんだ」マルヴァンは口を開いた。「型通りの聞き込みに来ただけじゃないか。何がそんなに不安なんだ?」

ニールは肩をすくめ、両手の指を絡ませたり離したりした。

マルヴァンはニールの手を見下ろした。今では祈りを捧げるようにしっかりと組み合わされている。「刑事が来たからなのか、それとも、何か別の理由があるのか? ニ、ニ、ニール!」

「ええ、あるんです、父さん。さっき僕、パーティに出ていたと言いましたが――本当は、そんなに長くはいなかったんです」

コロンボは、メドウブルック通り八一八番地の玄関ベルを鳴らした。姿を現したのは、背が低く丸々と太った、ニールと同年輩の青年だった。赤毛の髪は乱れに乱れ、両眼が充血している。よれよれのジーンズの上にパジャマという姿だ。「セールスならお断りだよ」

コロンボは警察バッジを示した。「入ってもいいかな」

「どうぞ。一流ホテルみたいなもてなしはできないけどね」

日光が燦々《さんさん》と降り注ぐリビングに通された。汚れたグラスやコーヒーカップ、飲み物が残ったままの紙コップ、ワインボトル、吸殻でいっぱいの灰皿が、灰まみれのコーヒーテーブルの上に所狭しと並んでいる。

「おやまあ」コロンボは目を丸くした。「ずいぶんと長いパーティだったようだね」そして吸殻に目をやると、期待を込めて尋ねた。「葉巻を吸ってもいいかな?」

「二日酔いで頭がガンガンするんだけどな。でもまあバッジを見ちまったし――好きにしなよ」

コロンボはポケットから吸いさしを取り出し、時間をかけて火を点けた。「君がジム・デイヴィス?」

「ここの賃貸契約書にはその名前が書いてあるな。それにしても、法の手がどうしてここに?二日前の大騒ぎで近所から苦情でもあったのかい?」

「そうじゃないんだ」短い葉巻は、無事に火が点いたようだった。「ニール・マルヴァンは君の友だち？」

「高校時代からのね。それが何か？」

「彼もパーティに来てたかな？」

「来てたよ、少しの間だけだったけど」

コロンボは、驚きを顔に出さなかった。「少しの間だけ――」煙を吐きながら、考えを巡らすようにその言葉をくり返す。「彼がここを出たのは何時ごろ？」

デイヴィスは、吸殻の浮いていないグラスを見つけると、ほんの少し残っていた酒を飲み干した。「どうだったかなあ。来たのはたぶん六時から六時半の間。出ていったのは、一時間後ぐらいかな。よく憶えてないんだよ」そのとき、二日酔いで朦朧とした頭をある考えがよぎった。「待てよ――ニールのガールフレンドが殺されたって、今朝誰かに電話で聞いたけど。あんた、それでここに来たのか」

「そのナンシー・クックっていう女性を知ってる？」

「もちろん。ニールと彼女は一年以上のつき合いだからね。くすんだブロンドのくだらない女だ。何でニールが結婚したがってるのか、不思議でしょうがなかったよ」

「どうやって父親に承諾させたのかな」

「殺人を？」

「二人の交際をだよ」

ジムがにやりとしたように見えたが、ひどい二日酔いで顔をしかめただけだった。

「刑事さん、あの親父がどんなだか知ってるかい？　哀れなニールをまるで鎖につないだ犬同然に扱ってるんだぜ。好きなときにトイレに行かせてもらえてるだけでも驚きさ。母親は、きっとそれを苦にして死んじまったんだろう。俺なら、あんなのが親父だったら、迷わず軍隊に入ってるね」

コロンボはまた葉巻を吹かした。「そりゃ面白いね。ジムって呼んでいいかな？」

「ああ、あんたバッジを持ってるからな」

「ジム、パーティを抜けたあと、ニールがどこへ行ったか分かるかい？」

デイヴィスは、わずかにビールが残った別のグラスを見つけ出して、こう答えた。「さあね。どこかの外人部隊にでも志願したんじゃないの」


コロンボは、スタジオシティにあるナンシー・クックのアパートを訪れた。鑑識課のデイヴ・ダニエルズ巡査部長がまだ残っていて、リビングで作業の仕上げをしていた。

「何か面白いものは出てきた？」短くなった吸いさしを吹かしながら、コロンボが尋ねた。

「いいえ、特には。ただ、うちの連中が、かなりの種類の指紋を見つけましたよ。そうとう社交的な女性だったようですね」

コロンボは散らかった狭い部屋をひと回りすると、壁に画鋲で留められたロック歌手のポスターを眺めていた。

「ああ、警部」とダニエルズ。「ここの一〇二号室に住んでいる女性が、車のことで情報があると言ってきてるんですが……」

「車って、何の車？」立ち止まり、灰皿がないかとあたりを見回しながら、コロンボは訊き返した。

「よく分かりません。警部に直接話したいそうです」


一〇二号室の若い女性は、ナンシーと同年配だった。タイプも同じ〝ハリウッド風ブロンド〟。眉はほとんど抜かれ、似たような青白い顔に過剰な化粧を施している。

招き入れられてすぐ、コロンボは、部屋に一つしかない窓が通りを見下ろす位置にあることに気づいた。

「君は、クックさんをよく知ってた？」コロンボは尋ねた。

「いいえ、あんまり。通りで駐車スペースを探すとき、お互いに協力したことはあるけどね。彼女、女優か何かだったの？」

「いや、違うようだよ」

「何をやって食べてたのかしら」

コロンボは肩をすくめた。「そのあたりも含めて調査中なんだ——ええと、お名前は？」

「チェンバースよ」

「チェンバースさん、うちの捜査官に、車がどうしたとか言ったそうだけど」

彼女はうなずき、窓に歩み寄った。「事件があったのって二日前の夜なんでしょ？　あの晩、あたし、この建物の真っ正面に車が二重駐車してるのを見たの」

コロンボは手帳を取り出すのも忘れて尋ねた。「それは何時ごろだったかな？　憶えてる？」

「七時ぐらいね。デートだったんで、彼氏の車が来ないかと窓の外をちらちら見てたの。ほら、女って、デートの前はそわそわしちゃうから。分かるでしょ、警部さん？　でも、もうそろそろ大人になるべきよね」

コロンボは、〝よく分かるよ〟という表情でうなずいてみせた。「あたしの経験を話してあげようか。大昔につき合ってた娘《こ》の父親は、あたしのことを、そりゃあ胡散臭く思ってたもんだった。まあ、ドアをロープで括りつけてるぐらいおんぼろのフォードに乗ってたしね。で、当然、娘とその刑事志望の貧乏な男の結婚には猛反対だったよ」

女はにこりと微笑んだ。「それで、彼女のお父さんは何をしてる人だったの？」

コロンボも同じような笑みを浮かべたが、その笑顔の方がほんの少し神妙だった。「刑事さ」

チェンバースは笑い声を上げると、窓の外の通りを指さした。「車はそこに駐まったの。でも、彼氏の車じゃなくて、新型でかっこいいコンバーティブルのジャガーだったわ」

コロンボも窓辺に立った。「色は憶えてる？」

「すごく濃い色――たぶん黒ね。七時で、まだ少し明るかったからよく見えた。そう、黒のジャガーだったわよ」

「間違いない？」

女は挑戦的な笑みを返した。「これでもロス生まれなのよ、警部さん。車のことなら遺伝子にばっちり組み込まれてるわ」

「それで、クックさんが出てきて車に乗り込むところは見た？　それとも運転していた男が彼女を迎えに行ったのかな？」

「分かんない。だって、そのあと洗面所に行って、デートに備えて身だしなみをチェックしたんだもの」

「そうかあ」とコロンボは言った。「本当に、その彼氏のことが好きなんだね」

「まああかな」と彼女は認めた。「彼、ＦＢＩ志望なのよ」


コロンボが署に戻ると、思わぬ事件が発生していた。州北部の刑務所を脱獄した囚人が管轄内で目撃され、動員可能な人手は、すべてその捜索に駆り出されているというのだ。

午後遅く、半分はその騒ぎから逃れるため、コロンボは再びマルヴァン邸へと向かった。ビバリーヒルズの太陽の光は、何と優しいことか、とコロンボは考えた。女性の加齢より建物の老朽化の方を、はっきり照らし出している。このあたりでは、家々にも美容整形が必要なのかもしれない。

幸いにもガレージの扉は開いており、ベントレーと黒のジャガーが見えた。もっとよく観察しようと、コロンボはジャガーの方へ歩み寄っていった。薄暗いガレージの中でも、新車と見まがうばかりに磨き上げられているのが分かった。

出迎えた父親の方のマルヴァンは、コロンボを見てもさほど嬉しそうな様子にはならなかった。

「今度は何かね」いつもの、ラジオアナウンサーのような声で尋ねる。

「ニールさんに伺いたいことができまして」コロンボは答えた。今回は、絵画を見ようともしなかった。

「どんなことだ」口調が激しくなった。

「息子さんはいらっしゃいますか?」

マルヴァンは顔をしかめ、かぶりを振った。困惑と苛立ちが見て取れる。階段の下までいくと、大声で息子を呼んだ。「ニール!」

返事はない。

もう一度。「ニール!」声にはさらに力がこもり、つのる苛立ちがそのまま表れていた。

ようやく無感情な返事が聞こえ、しばらくすると、ニールがゆっくりと階段を下りてきた。

「こんなに呼んでいるのに聞こえないとは、いったい何をしていたんだ?」マルヴァンは問い質した。いつものように、容赦のない、何ひとつ見逃すまいとする視線が息子に浴びせられる。

「新聞を読んでいただけです」

「警部さんが、お前に訊きたいことがあるそうだ」

三人は玄関ホールに立っていたが、マルヴァンはコロンボをリビングに招き入れようともしなかった。

マルヴァンの視線はコロンボへと戻った。相変わらずの姿だ——役にも立たないレインコートを羽織り、その目は、夕方近くだというのにまだ眠気に覆われているように見える。

「さあ、始めたまえ。質問とは何だね？」そう促しながら、この苛つく刑事に追われているのが自分自身ではないことを感謝する気持ちになった。

「ニールさん」コロンボは口を開いた。「お友だちのパーティに出られていたと仰いましたね。でも、そのお友だちの話では、あなた、一時間かそこらしかいなかったとか。いかがです？」

マルヴァンは身を硬くした。せっかくアリバイを作ってやったというのに、ニールは愚かにも、それをぶち壊してしまったのだ。

「そう……そうです。確かに一時間ほどで抜けました」ニールは、そう答えながら、表情を探るように父親の方をちらりと見た。

「で、その後はどちらに行かれました？」コロンボはその視線を見逃さなかった。

「ただ……その辺をドライブしていました」とニールは答え、かろうじてコロンボと視線を合わせた。

「ドライブしていただけ、と。なるほど。実は、ナンシーさんと同じ建物に住んでいる若い女性が、あの晩の七時ごろ、通りに黒のジャガーが二重駐車されたのを目撃しているんですが——あなたなのでしょうか？」

「……ええ。思い出しました、警部さん。ナンシーのところへ行ったんです。家の前で携帯から電話したんですが、彼女は出なかった。それで帰りました」

コロンボは、その答えに素早く反応した。「留守番電話にメッセージを残されましたか？」

マルヴァンの反応も同じぐらい素早かった。「電話機はちゃんと調べたんだろう。警部、鎌をかけるのはどうかと思うね」

「いいえ、そんなつもりはこれっぽっちも。鎌をかけるだなんて、滅相もありません。電話機は調べました。友だちからのメッセージがいくつか入っていましたが、ニールさんからのはありませんでした。話では、古い機械なんでメッセージが消えてしまうことがあるそうで」

「では、そんな質問に何の意味があるんだね？」マルヴァンの口調が冷たくなった――急速に、氷点下近くまで。

「パーティのあとの所在も確認しませんと――これも仕事でしてね、先生《サー》」そう言うと、警部はゆっくりとドアへ向かったが、そこで突然振り返った。「そうそう、もう一つだけ。ニールさん、あなた、パーティに出たことはお話し下さったのに、そのあとのことについては触れなかった。なぜです？」

マルヴァンは息子をじっと見つめた。自分の方が上手く――はるかに上手く答えられるだろう。またしても、この怯えきった馬鹿者を救ってやらねばならんのか？

「それは……忘れていたんです。ナンシーが死んでからは、ひどく混乱していましたから」そう答えるニールの目に突然涙が溢れ、彼は目をしばたたかせた。

その答えに満足し、マルヴァンは後を引き取った。「警部、息子が悲しんでいるというのに、少し立ち入りすぎではないかね。いや、私だって悲しんでいるんだ。こんな惨いことをした輩を、一刻も早く捕まえてくれたまえ。期待していいかね？」

「もちろんですとも」コロンボは答えた。「そいつはお約束します」警部は、今度は本当にドアまでたどり着くと二人にうなずき、そして立ち去っていった。

「もしあの人がスキンヘッドなら、頭のてっぺんは父親の指紋だらけでしょうね。絶対拭き取れないわ」

コロンボは、ナンシー・クックの親友だったトリナ・ノールズの住む、シャーマンオークスのアパートにいた。トリナはブルネットの小柄な女性で、ジムで鍛えたのだろうしなやかな体つきをしている。

「お父さんに会ったことがあるの？」

トリナは、コーヒーテーブルの上の封を切っていない煙草の箱を見つめていた。まるで禁煙ぶりをテストされているかのようだ。「ないわ、幸いにもね。ニールの父親はナンシーを嫌ってたの。売春婦上がりのあばずれだとでも思ってたんでしょうね。彼女、言ってたわ。ニールが父親に逆らったのは、たぶんこれが初めてだろうって」

「なるほど」コロンボは狭いリビングを歩き回っていた。「どうだろう、アーサー・マルヴァンは彼女を殺すほど憎んでいたと思うかい？」

トリナは、その質問に驚いてソファから飛び上がった。「そんなこと……そんな質問されても困るわ、警部さん。憎んでいたのは確かだけど、殺したいほどだったかどうかなんて、わたしに分かるわけないでしょう」

「君はニールさんのこともよく知っているようだね」

「ええ。とても素敵な男性《ひと》よ。ナンシーとの結婚はきっとうまくいったと思うわ」

コロンボは、不意にソファの前で立ち止まり、彼女を見た。「ところで、さっきの質問の答えは？　アーサー・マルヴァンは君の友だちを殺したと思う？」

「本当に分からないわ。ナンシーと結婚したらニールの人生が台無しになるってあの人が思っていたのなら、その可能性はあるかもね。ああいう、男っぽさを誇示するタイプのビジネスマンって、偏見が多い上に抑えが利かないことが多いから。分かるでしょ？」

彼女の隣に坐りかけていたコロンボは、「もちろん、よく分かるよ」と答えると、立ったままテーブルの上の品々を眺めて間を置いた。「ニールさんは……」と口にして、言葉を濁す。

「彼がどうしたの？」

「ニールさんは、パーティに出席した──友だちのジム・デイヴィスの家で開かれたパーティにね。そして、すぐに立ち去った。本人の話では、あてもなく車を走らせていたらしい。そしてちょうどそのころ、ナンシーさんは殺されたんだ」

トリナはため息をつき、落ち着かない様子で脚を組み替えたが、突然立ち上がるとテーブルへ行って煙草の箱を掴んだ。「ニールがナンシーを殺したと思ってるの？」

「そんなことは言ってないよ」

しばしの沈黙。トリナは煙草に火を点けるかどうか迷っていたが、結局点けなかった。「ニールは、ここへ来たの」

コロンボは再び間を置いた。「なぜ？」

「わたしたち――関係してたんです」トリナはそう言って目を伏せた。手にはまだ、未練そうに煙草を持っている。

「ナンシーさんはそれを知らなかった」

「そう」警部を見上げた目には、暗い影が差していた。

コロンボはうなずくと、両手を背中で組んだまま、彼女の方へわずかに身をかがめた。「そいつは実に興味深い。ここにはどのくらいいたのかな？」

「あまり長くはなかったけど、これって彼のアリバイになるんじゃない？」

「いや、残念ながら。ナンシーさんを殺して、君をアリバイに利用したという可能性もあるからね。現場は、ここからそんなに遠くないんだ」

コロンボは再び大股で歩き始めたが、やがて立ち止まり、トリナをじっと見た。「ニールさんは、君と関係を持っていながら、それでもナンシーさんと結婚する気でいたのかな？」

「そんなものよ、警部さん。あなたの時代には違ったんでしょうけど」

コロンボはにやりと笑った。「あたしだって、恐竜ほど太古の存在ってわけじゃないんだよ、ノールズさん」

「そこまでは言ってないわ」トリナは暖炉の上の時計を見た。「そろそろジムの予約時間なんだけどな」

「ニールさんが彼女を怒ったりしたことはあった？」

「いいえ。あの人はね、わたしたちの両方を愛してくれていたの。さっきも言ったけど、本当に素敵な男性《ひと》なのよ。これからも幸せでいてほしいわ」

「彼と、またつき合うようになると思うかい？――ナンシーさんはいなくなったわけだけど」

「分からない。もちろんそうなったら嬉しいわ」

コロンボはうなずき、しばらく何か考え込んでいたが、やがてドアへと向かった。「ありがとうノールズさん。とても参考になったよ」

トリナの表情が硬くなった。「わたしの言ったこと、マスコミに出たりしないわよね？」

「もちろん。一言もね」そう答え、コロンボは出ていった。


マルヴァンが息子の部屋に入っていくと、ニールはちょうど受話器を置くところだった。「誰からだ？」

「コロンボ警部ですよ。僕に署まで来て欲しいそうです」

「お前一人でか？」マルヴァンの鼓動が再び速くなった。コロンボは、まやかしのアリバイを追及してニールを追い込むつもりか？　あるいは何か別の、もっと危険なことが起こるのではないのか？

「ええ、はっきり言いました。僕だけだって」

「では、弁護士を同行させよう」

ニールはわずかに気圧《けお》されたものの、父親から目を逸らさなかった。「いいえ――それはやめた方がいいと思います。よけい怪しまれますから」

マルヴァンは驚いていた。自分の提案に息子が反対するなど、今までなかったことだ。あの娘のことで逆らって以来、ニールにはいったい何が起こっているのだ？　父親の強制は、すべて息子を思ってのことだというのが分からないのか。こいつは、私の手綱を振り切ってしまったというのか。

「それなら私が一緒に行こう」マルヴァンは、反論は許さない、という口調で言った。

「やめてください、父さん。あの刑事と会うのに付き添いなんか要りません」

「わしの言葉を聞いていなかったようだな。一緒に行く、と言っているんだ！」

ニールは思わず一歩後ずさった。しかし、怯むことも、目を逸らすこともなかった。「僕は一人で行きます」

「貴様！」マルヴァンはついに叫んでいた。

「ほっといてくれ！　僕は一人で行けるんだ！」


自分のオフィスにいたコロンボは、いつもの親しげな様子でニールを迎えた。「ちょっとばかり立ち入ったことを伺いたいんです、ニールさん——これも仕事でしてね」

ニールは椅子に坐り、火の点いていない葉巻を手に立ったままの警部と向き合っていた。その朝のロス市警には人影がほとんどなく、室内はしーんと静まり返っている。「いいですよ、警部さん。どんな質問でもどうぞ」

「ナンシーさんのお友だちの一人が、あなたと関係していたと言ってるんですがね。それは本当ですか?」

「――はい、本当です」ニールは諦め、認めた。コロンボは彼の気持ちを見透かしているようだった。「トリナから聞いたんですね」

コロンボは何も答えず、消えたままの葉巻を吹かそうとしていた。

「ナンシーにはボーイフレンドが多すぎるって、トリナはいつも嫉妬していました」

「それであなたは、自分が同じように浮気をしても気がとがめなかったんですか?」葉巻越しにニールを見るコロンボの目には、優しい、面白がっているような笑みが浮かんでいる。

何て質問だ。ニールは、肩をすくめただけで何も答えないことにした。

「それに、ナンシーさんと結婚するつもりだったのなら」コロンボは続けた。「何だって他の女性にちょっかいを出したりしたんです?」

さらに力なく肩をすくめた。「男なら、結婚する前に最後のロマンスを楽しもうなんてことは珍しくないでしょう?　独身お別れ《バチェラーズ》パーティにストリッパーを呼ぶのと同じですよ」

「ええ……そういう習慣もあるようですな」コロンボは立ち上がり、部屋の隅の小さな冷蔵庫の方へ歩いていった。「ソーダでもいかがです?」

「いえ、結構です」

「おかしなもんでしてね、あたしときたら、暑いときにはホットコーヒーを、寒くなると冷たいソーダを飲みたくなるんです。犬の方がよっぽど新陳代謝がいいって、カミさんに言われるんですよ」

「それはそれは」ニールは、自分の言葉に相手を見下した響きがあることを感じ取り、愕然となった。畜生、これじゃあ父さんと一緒じゃないか！

コロンボはドアを開けた。「はい、今日はこれでおしまいです。ニールさん、わざわざお越しいただいて、ありがとうございました」

同行するという父親に抵抗したのは正解だった、とニールは考えた。今、僕は大事なことを学びつつある。理不尽な要求には断固としてノーを突きつけること。あの父親に分からせるには、きっぱりとその一線を引くしかない。

「帰ってもいいということですか？」

「ええ、結構です」


五分後、犯行現場に不審者が立ち入らないよう配置していたロドリゲス巡査部長から、緊急の連絡が入った。コロンボが鑑識課員を伴って現場一帯の捜索を始めようとしたとき、脱獄囚の捜索に部下を動員されてしまい、やむなく採った処置だった。

「警部」ロドリゲスは言った。「少年たちの一団が、どこからともなく現れまして」

「その子たちは何をしてるの？」電話の向こうからは大勢の子供たちの声が漏れ聞こえている。

「よく分かりませんが、この辺一帯を調べ回っているようです」

「連中、ボーイスカウトの制服を着てる？」コロンボは訊いた。

「いいえ」

「その中にロビー・ドブソンという子がいないか確かめてくれないかな」

「諒解です」

しばらくして、ロドリゲスが電話の向こうに戻ってきた。「見つけましたよ。ここにいます」

コロンボはため息をついた。「代わってよ」

「警部さん？」ロビーの息も絶え絶えな声が聞こえてきた。

「君たち、そこでいったい何をしてるんだい？」コロンボは穏やかな声で尋ねた。

「ナイフを捜してるんです。テレビのニュースで、凶器はまだ見つからないって言ってました。それで――僕たちみんなで協力しようと思って」

「そこにいること、パパは知ってるの？」

ロビーはためらったが、やがて、罪の意識に少し声を震わせて答えた。「ええと……いいえ……知りません」そして、慌てて言い添える。「パパに言うんですか？」

コロンボが答えようとしたとき、後方で大歓声が上がった。「ロビー？」と警部。さらに大きな声で「ロビー？」

ロビーが電話口に戻ってきた。喜びで上ずった大声だ。「ビリー・ローズが見つけました！」

「それに触っちゃ駄目だよ」コロンボは言った。

「大丈夫です、警部さん。証拠には決して触るなってみんなに言ってありますから」

コロンボはにっこり笑った。「ボーイスカウトの名誉にかけて、かな？」

「はい。ボーイスカウトの名誉にかけて！」

その晩遅く、コロンボは指紋係とともにマルヴァン邸を訪れた。盛装してリビングにいたマルヴァンは、外出の直前に予告もなく乗り込んできた彼らを見てうんざりした表情になった。手にしていた受話器を置き、コロンボを睨みつける。「今度はいったい何だ？」

「指紋を採らせていただきます」

「息子のか？」

「はい。それからあなたの指紋もです」

マルヴァンはその言葉を無視した。「裁判所命令は取ったんだろうな」

「もちろんです」ポケットから折り畳まれた書類を出し、マルヴァンに手渡す。「ニールさんは？」

「じきにクラブから戻ってくるはずだ。外へ出て、ゴルフをやり、友人と一杯飲んでくるよう勧めたんだ。ナンシーの悲劇的な事件を少しでも忘れられることなら何でもいいからやってこいとね」

「お気持ちはお察しします。息子さんをお待ちする間、まずあなたの指紋から始めましょう」

マルヴァンは腰を下ろさず、椅子の周りを歩き回っていた。自分はなぜこんなに緊張し、心中の不安をこの刑事にさらしてしまっているのだろう。手袋をしていたのだから、ナイフに指紋が残るはずはない。しかもその後、土の中に埋めたのだ。それにしても、なぜあんなに死体に近いところに埋めてしまったのだろう。私は正気を失くしていたのか？　いったい何を考えていたんだ。ずっと離れた場所に捨てるべきだった――何てこった。いや、たとえナイフが見つかったところで、それを自分に――あるいはニールに――結びつけることなどできないはずだ。コロンボのやつ、いったいどんな策を練っているというのだ？

数分後、ニールが帰宅した。すっかり酩酊している様子で、足許をふらつかせ、アルコールの匂いを漂わせている。息子がコロンボと握手したところで、マルヴァンはすかさず割り込んだ。

「ニール、クラブで楽しめたようで何よりだ。しかし、ここらで正気に返った方がいいな。コロンボ警部たちは、我々の指紋を採りに来たそうだ」父親の鋼《はがね》のような声に、ニールは何とか自分をコントロールすべく意識を集中させた。

「指紋ですって？」ニールはコロンボに尋ねた。

「単なる捜査の一環ですよ」警部は、ニールを安心させるようにそう答えた。

「つまり、僕たちがあの殺人事件に関係があると？」

「そうは言っていません」

マルヴァンは椅子に坐り、息子をじっと見ていた。ニールは不安げに自分の両手を見つめており、酔いが急速に醒めていくのが見て取れた。

コロンボは、ドアのそばに立っている指紋係に合図を送った。「シド、じゃあ頼むよ」

シドと呼ばれた男は、ブラシ、小さな瓶、スタンプ台、その他の品々を黒い道具箱から取り出すと、二人の十指の指紋を手際よく採取し、また元の場所にしまった。「じゃあ、僕はこれで」

シドはコロンボに言った。「戻られるまでに照合を終わらせておきます」

突然、マルヴァンは、みぞおちのあたりが締めつけられるような感覚を覚えた。〝照合〟ということは、現場から誰かの指紋が発見されたということだ。しかし、犯行時には片手に手袋をはめ、ナンシーに気づかれないよう、ナイフを握ったその手を背中に隠していた。それに、なぜニールの指紋まで採るんだ？　あいつは犯行現場に近づいてすらいないのに。それとも、これはコロンボのハッタリで、我々がヘマをするのを待っているだけなのか？

マルヴァンは自らの懸念を声に出すことにした。「なぜ我々の指紋を採ったのか、理由を聞かせてもらいたい。犯行現場に犯人の指紋があったのか？」

「あたしにもよく分からないんですよ」コロンボの表情は赤ん坊のように無邪気だった。「もう署に戻りませんと」

「〝進展〟があったら知らせてくれるだろうね？」

コロンボは真顔で答えた。「お約束します。あなたに真っ先にお知らせしますよ、マルヴァンさん」


その晩の八時すぎ、マルヴァンは市警本部へと車を走らせていた。その夜は、胃から酸っぱいものがくり返しこみ上げてきて、軽い食事すら喉を通らなかった。そこにコロンボから出頭要請の電話が入り、さらにプレッシャーは高まった。「ニールも同行させた方がいいか」と尋ねると、コロンボははっきりと「その必要はない」と答えた。いつも呑気そうなあの刑事にしては、驚くほど強い口調だった。いったいどんな罠が待ち受けているというんだ？

オフィスには、ワイシャツ姿のコロンボがいた。ひと眠りして充電が完了したかのように、生気に溢れている。室内は暗く、点いている灯りは警部のデスクの上の電気スタンドだけだった。

「警察では、電気代まで節約してるのか？」マルヴァンは皮肉な笑みを浮かべながら尋ねた。

「そういうわけじゃありません。眩しいのがどうも苦手でしてね。考えがまとまらなくなっちまうんです」

「それで、私を呼んだ理由は？」

「息子さんに関することです」

マルヴァンは、デスクと向かい合わせに置かれた椅子に乱暴に腰を下ろした。ズボンの折り目は気にしていなかった。「ニールがどうした？」

「我々は、息子さんがナンシー・クック嬢を殺害したと考えています。いえ、ニールさんの犯行に間違いありません」

「何を馬鹿な！　そんなことはあり得ない！　よくもそんな馬鹿なことがことがほのめかせるものだな」

「ほのめかしてるんじゃない。断言してるんです。証拠もあります。決定的な証拠ですよ」コロンボは、相手の反応を見ながら言った。

マルヴァンの口調から挑むような響きが消えた。「どんな証拠だ？　警察の機密事項だから教えられない、なんて言わないでくれよ」

「凶器のナイフを発見したんです。刃に残った血液が被害者のものと一致しました。そして、その柄には、ニールさんの指紋の一部がついています」

「あり得んな」ナイフは屋根裏部屋で見つけたもので、間違っても自分に結びつけられる危険はなかった。だが、待て――ちょっと待て。ナイフを屋根裏部屋に置いたのが、もしニールだったとしたら――他に誰がいるだろう――そうだ、あいつの指紋がついているはずだ。何ということだ！　ようやく、すべてがはっきりした。私は指紋がつかないよう手袋をはめた。それが、皮肉にもニールの指紋を残すことになったのだ！

「この証拠はあらゆる法廷で通用するものですよ、マルヴァンさん。郡一番の弁護士を雇われたとしても、覆《くつがえ》すことはできんでしょう。残念ながら、あなたの息子さんは殺人犯です――それも非常に冷酷な」そう言って椅子の背にもたれるコロンボの表情は疲れ切っていた。仕事は終わったのだ。

マルヴァンはシャツの内側に片手を滑り込ませ、しくしく痛む胃のあたりをさすった。大馬鹿者、この大馬鹿者。自分の身を守るために、ニールの首を絞めてしまうとは。「そんな――そんな、信じられん」それだけ言うのが精一杯だった。

コロンボは電話に手を伸ばした。「息子さんをお呼びします。本人の意志で来ていただきたいんです。部下をやって逮捕させることはしたくありません」

わずかに躊躇したあと、マルヴァンは立ち上がった。両足が震え、片手をデスクについて体を支えねばならなかった。「警部、その必要はない」アーサー・マルヴァンに似つかわしくない、弱々しい声だった。再びわずかな躊躇のあと、最後の力を振り絞る。「やったのは私だ」数秒置いて、マルヴァンは続けた。「わたしがナンシーを殺した」

「あなたが？」コロンボは立ち上がり、はずみで回転椅子が後ろの壁にぶつかった。

「警部、これは君の罠だ。ナイフに指紋があったとしても、君は息子が犯人だとは考えていない。君は——君は、私があの子を支配していることを知っていた。あんな女と結婚して人生を台無しにするのを私が許さないこともだ。認めたまえ——君はすべて知っていたんだ」

コロンボは、しばらくの間、何も言わなかった。サンタモニカ大通りでクラクションが鳴り響いている。「仰る通りです。でも、あたしはもっと重要な事実にも気づきました——あなたは息子さんを愛しておられる。息子さんが無実の罪で逮捕されるなどということは、あなたには許し難かった……あなたは、ご自分がよき父親であることを示されたんです」

マルヴァンの体が椅子へと崩折れた。「だが、よき人間ではなかった……よき人間ではなかったよ、警部」

第6話　最期の一撃

男は待っていた。秋色に染まった木立の中、常緑樹の匂いが鼻孔を刺す。その木立に挟まれた小道を朝と午後、日に二回走るのが、ウォッシュバーンの習慣だった。茂みがもっと鬱蒼としていればさらによかったが、まあ大きな問題じゃない。男の姿が突然目の前に現れたときには、もう手遅れなのだ——ウォッシュバーンの奴にとっては。

男は待つのが嫌いだった。殊に、興奮した観衆の地鳴りのような歓声を胃の腑に感じながらレフェリーの注意を受け、対戦相手と向き合っている時間などは最悪だ。

だが、ここには大観衆が発する轟《とどろ》きはない。林のどこからか、鳥たちの無邪気な囀《さえず》りが聞こえてくるだけだ。

腕時計を見る。七時十四分。奴はまもなく姿を見せるだろう。ジャケットのポケットに手を差し入れ、コルト・コブラ九ミリ拳銃に触れる。試合開始のゴングが鳴った瞬間のように、心がすっと静まるのを感じた。

砂利を踏む足音。だが、どうやら奴一人ではないらしい。

やっぱりだ！　ウォッシュバーンのすぐ後ろを、スパーリングパートナーの一人、ビリー・ヘンダーソンが走っていた。

二人が近づいてくる。男は拳銃をしっかり摑むと、木の陰から素早く飛び出した。二人は同時に男の姿を認めたものの、その急襲をかわす暇はなかった。ウォッシュバーンの頭を弾丸が貫き、ヘンダーソンの心臓を狙った一発は胸部に命中した。驚いた鳥たちは必死に羽ばたいて茂みへと逃げ込み、そこから晴れ渡った空に、自由を求めて飛び立っていった。

三マイルの道のりを走って戻る間、男は、唯一の不運について考え続けていた。朝のランニングにまでヘンダーソンが同行しているとは、まったくの想定外だった。標的を仕留めたのは間違いない。が、ヘンダーソンが同じ運命をたどったかどうかは確信が持てなかった。

灰色の制服に灰色の頭髪――灰色ずくめの男、アトキンス保安官は、レインコートをまとった目の前の相手を訝《いぶか》しげに眺めていた。コロンボという名のこの刑事は、ロサンゼルスからやって来たという。ここサンタクララは、彼の管轄からは何百マイルも離れているというのに。ウォッシュバーンの亡骸はすでに遺体安置所に横たわっており、二人はアトキンスの狭いオフィスで向かい合っていた。くたびれた扇風機が、しつこく居坐る夏の熱気を物憂げにかき回している。

「あの男は大物のボクサーだったようですね」アトキンスが口を開いた。「ここにトレーニングキャンプを張っていたんですが、チャンピオンか何かですか?」

「そう、ウェルター級のね。こないだ、あたしのお気に入りのエディ・グラッソを倒したばかりなんだよ」

アトキンスは、そこで、肝心かなめの質問を切り出すことにした。「それで警部、どうしてまた、はるばるサンタクララまでいらっしゃったんです?」

「ウォッシュバーンに負けたあと、グラッソは〝奴を殺す〟と公言してたんでね」

保安官はうなずいた。なぜだか驚きはしなかった。グラスに残ったダイエットペプシを飲み干し、コロンボに尋ねる。「でも、こんな馬鹿なことをしますかね？　つまり、〝殺す〟なんて口走った男がですよ」

コロンボは肩をすくめると、扇風機のそばに移動した。「それが怒りってやつでね。カッとなると、言っちゃいけないことまで口走る人間っているだろう。それにね、グラッソはまだ二回しか負けたことがない。その二人目の相手がウォッシュバーンなんだよ」

「グラッソとはもう会ったんですか？」

「それがまだなんだ。ところで、現場に何か面白いものはあったかい？　あたしが見た方がいいものが」

グラスの中で氷がひび割れる音がした。「いいえ、今のところは何も。現場はここから三マイルほど離れた、シャルマーズ通り沿いの森林地帯です。そちらの手でもう一度調べていただいて結構ですよ。で、もう一人の被害者ですが……」

「ああ」コロンボが口を挟んだ。「ビリー・ヘンダーソンだね。ちょうど、彼のことを訊こうと思ってたんだ――」

エディ・グラッソは、相手の言葉を冗談と取ったかのような答えを返した。「ああ、警部さん、確かに言ったさ。チャック・ウォッシュバーンを殺すってな。だけどそれはリ、ン、グ、の、上、でって意味だ。俺にはリターンマッチの権利がある。契約書にそう書いてあるんだ」

ブレントウッド地区に建つグラッソ邸。その裏手にある、粗削りの材木で組んだ小屋は、小型のジムを兼ねたオフィスで、デスクとマットとサンドバッグが置かれていた。デスクの上にはえび茶色のボクシンググローブがあり、床には使い込まれたリングシューズやスニーカーがずらりと並んでいる。二人はコーヒーを飲みながら話していた。グラッソは椅子に手足を伸ばしてくつろぎ、いかつい顔には、取ってつけたような笑みが浮かんでいる。額にはまだ、うっすらとした青あざがあった。ウォッシュバーンとの試合でもらったものだ。

「あたし、あなたの大ファンでしてね」とコロンボが言った。「ステイプルズ・センターでトーレイ・クーパーを倒した試合も見たぐらいです。最上階の安い席でしたが、でもこの目で見たことに変わりはありませんからね」

その言葉に、グラッソの笑みは本物の笑顔に変わった。「そうさ、おれはクーパーを殺した。リ、リ、リングの上で！　そうだろう？」

「ええ、その通りですとも」コロンボは、そう答えながらボクシンググローブを手に取った。「お尋ねしますが、一昨日《おととい》、火曜の朝は、どちらにいらっしゃいました？」

「ウォッシュバーンが銃弾を食らったときだな」

コロンボは、片手にグローブをはめようとしながらうなずいた。

「女房と一緒にいたよ。ここにね」

再びうなずく。「奥さんは今いらっしゃいますか？」

「ああ。話を聞きたいのか?」グラッソは受話器を取り、内線通話のボタンを押した。「ハニー、君かい? そう、オフィスに来てくれないか。警察の人が来ていてね、話を聞きたいと言ってるんだ」

「いやあ」コロンボが声を上げた。「グローブってのは、思ったより重たいもんですな」

「ボクシングファンは長いのかい?」

警部は、グローブをはめた手で自分の頬を殴る真似をしている。「子供のころからです。毎週金曜の晩には、親父と一緒にテレビで観てたもんですよ。あのころ、テレビはみんな無料《フリー》でしたな」

「あのころは、何もかもが自由《フリー》だったよ」グラッソの口調は真剣なものになっていた。「もっとも、当時だって『酒とバラの日々』ばかりじゃなかったけどな。俺がドラッグと酒で問題を抱えていたのを憶えてるだろう?」

コロンボは、その言葉に深くうなずいた。「マンド・ラモスもそうでした。二十歳でタイトルを獲ったのに、ドラッグでキャリアを棒に振ったんです。あなたは幸運だった」

グラッソの妻が、ためらいがちに微笑みながら入ってきた。黒い瞳の美しい女性で、明るい黄色のミニスカートに、ぴったりとした黄色のTシャツを着ている。

「ケイトリン、こちらはコロンボ警部だ。ウォッシュバーンの殺害事件を捜査してるんだよ」

コロンボは、わずかに腰を浮かせた。「はじめまして、奥さん」挨拶をし、再び椅子に戻る。

「お尋ねしたいんですが、一昨日《おととい》の、つまり二十三日の朝、ご主人は自宅にいらっしゃいましたか？」

彼女は夫をちらっと見た。「それって――」

「そうだ。ウォッシュバーンが殺された時間だよ」

「いかがですか？」警部は、もう片方の手にもグローブをはめようとしながら訊いた。

「おりました」ケイトリンはそれ以上のことを言わなかった。「もう家に戻りませんと。今朝は娘の体調がよくないもので」

「どうぞどうぞ。その点を確認したかっただけですから」

ほっとしたようにうなずくと、彼女は小屋を出ていった。

「ウォッシュバーンのスパーリング・パートナーの容体は？」グラッソが尋ねる。「助かるといいんだが」

「ヘンダーソンさんをご存じで？」

「というほどでもないが、彼はいろんな選手のところで働いていたからな。ウォッシュバーンの前は、確かオスカー・ディアスのところにいたんじゃないか？」

「パークマン総合病院にいますが、まだ昏睡状態です。サンタクララから担ぎこまれたんですよ」

グラッソは、自分もグローブをはめながら、さりげなく尋ねた。「じゃあ、まだ彼から話は聞けていないのか」

「ええ、まだ。あの方はウォッシュバーンさんと一緒に走っていましたから、当然、撃った人物を見てるはずなんです。犯人は、証言を恐れてヘンダーソンさんも撃ったんでしょう」

グラッソは考え込むふりをした。「そうだ。きっとそうに違いない」そう言うと、グローブをはめた手でコロンボを相手にボクシングごっこを始めた。この話はこれ以上続けない方がいいだろう。そうだ、いい手があるぞ――攪乱作戦だ。「ひょっとすると、犯人はヘンダーソンにも恨みを持っていたのかもな。二人まとめて殺《や》っちまおうとしたんじゃないか？」

「あり得ますな。今日の午後、ウォッシュバーンさんのマネージャーから話を聞くつもりなんですが、あなたは、あの方に敵がいたかどうか、心当たりはありませんか？」

「奴にぶちのめされた俺以外に、って意味だな。いや、ないな。だいたいウォッシュバーンのことはあまりよく知らないんだ。対戦前にスタイルを知ろうとビデオは観たけどな。奴のマネージャーからなら、きっといろいろ聞けると思うぜ」グラッソは、コロンボの頬に軽くパンチを当てて笑った。

「こりゃすごい！」頬に受けた感触を味わいながら、コロンボもにっこりした。「世界チャンピオンからパンチを受けたなんて初めてですよ」

「元世界チャンピオンだよ」グラッソは、感情を抑えた声でそう答えた。

サウス・セントラル地区にある古びたジムで、軽めのスパーリングをこなしていたグラッソは、あの刑事が通りからふらりと入ってくるのに気づいた。コロンボは、グラッソが相手の頬に強烈なフックを浴びせるのに見とれながら、前から数列めの席に腰を下ろした。さらに数分間やり合ったあと、グラッソはスパーリングを終わらせた。「アントニオ、明日の朝、今のをまた続けよう。フックをもっと磨き上げておきたいからな。手加減なしで頼むぜ！」

グラッソはリングを降りると、光る汗をタオルで拭いながら通路を数フィート歩き、コロンボのそばへやってきた。「ここは、外部の人間は有料だぜ」

「えっ」本気にしたようだ。「おいくらです？」

「捜査で来たのかい」

「ええ、そうなんです」

グラッソは笑った。「じゃあ無料《ただ》だな。話があるんなら、こっちに来てくれ」

彼のあとについてジムの奥へ入っていくと、洗面台とトイレ、そしてシャワーを二つ備えた更衣室があった。グラッソはシューズとトランクスを脱いで素っ裸になると、鏡に向かってポーズを取り、力こぶを作ってみせた。「見事なもんだろう、警部」

「すごいですねえ。あたしもそんな体になりたいですよ」言いながら、ポケットから葉巻を取り出す。「よろしいですか？」

「ここは禁煙だ。少しの間、我慢するんだな」グラッソはシャワー室に入ると、扉を開けたまま言葉を続けた。「で、用件は何だい？」

コロンボは、さも無念そうに葉巻をしまった。「実は、車を拝見したいんです」

グラッソは蛇口をひねり、シャワーの勢いを調節していた。「俺の車を？　何でだい」

「正直にお話ししますとね、タイヤに付着している土を調べたいんですよ。サンタクララに行かれた証拠がないかどうか」

胸や下腹部を泡立てた石鹸で洗いながら、グラッソはまた笑い声を上げた。「まだ俺がウォッシュバーンを殺《や》ったと思ってるんだな？　タイヤを調べて、そこに行ったことが証明できるのかい？」

「ええ、おそらく。近ごろの鑑識技術の進歩は大したもんですからね」

「車体も調べるのか？」

「同じようにサンプルを採取します」

さらに勢いよく石鹸を泡立てる。「洗車しちまってたらどうする？」

コロンボはシャワー室に歩み寄った。「そうなんですか？　洗車を？」

「ここ二週間洗ってないよ。鑑識の連中も一安心だな」

「ええ、仰る通りです。それじゃあ、車からサンプルを採取してもいいですかね？　それに、奥さんの車からも」

シャンプーで髪を洗い始めていたグラッソは、「ああ、やってくれ」と答え、喉の奥から音を立てて笑った。「これほど協力的な殺人犯は、あんたも初めてだろう？」

五日後、コロンボは再びジムに現われた。今回は、グラッソはその日のスパーリングを仕上げるまで、コロンボを待たせておいた。終わって部屋を移ると、グラッソはシャワーを後回しにして話を切り出した。「二台とも調べ終わったんだな？」

「今朝早く、鑑識から報告が上がってきました」コロンボは、のんびりした調子でそう答えた。

「で？」先を促し、グラッソは内心で悪態をついた。こういう連中は、急《せ》かしてやらないと、時間を無駄にしちまうだけだ。

「駄目でした。二台ともロス市内を走っただけで、サンタクララには行っていないということです」

「だから、そう言ったろう？」グラッソは、薄汚れたタイル張りの床に坐ると、ゆっくりと柔軟体操を始めた。

コロンボはまたもや葉巻を取り出したが、火は点けず、手にしたままじっとそれを見つめていた。「エディさん、もう一つお願いがあるんですがね」

グラッソは、鋼鉄製の空気ポンプのような動きで腕立て伏せをくり返している。息をつくと、

「何でも言ってくれ」

「こないだ、ご自宅のジムにあった靴なんです。あそこにずらっと並んでたやつ」

グラッソは動きを止め、目の前に立つ刑事を見上げた。格闘家らしく、心の中でガードを上げる。殺人者らしく、とも言えるな――内心でにやりと笑いながら、そう考えた。「あの靴がどうした？」

「車と同じように、あの靴も調べたいんですが」コロンボが申し訳なさそうな表情で言う。

「ちょっと待ってくれ、コロンボ。あんた何を言ってるんだ？」

ますます申し訳なさそうな声で、「エディさん、あなた、車は使わなかった。でも、もし、あ

の靴のどれかに証拠になる土が付着していたら――」コロンボは、そこで言葉を切った。

「まったく、とんだ食わせ物だな、あんた。俺の大ファンなんじゃなかったのか？」

「もちろんですとも。何なら、うちのカミさんに訊いてくださいな。あたしが熱に浮かされたようにあなたの話をするのを何百回となく聞いてますからね。それに、あなたの試合をテレビで全部観てるのも知ってますよ」

グラッソは、跳ねるように立ち上がると、コロンボを真正面から見据えた。「ウォッシュバーンに負かされた恨みから、俺は、奴を始末するというとんでもない賭けに飛びついた。あんた、本当にそう思ってるのか？　それがあんたの推理なのか？」

「ちょっと手を洗っても構いませんか。カミさんに言われてるんですよ。病院で働く人たちみたいにちょいちょい洗いなさいって。ご存じでしょう、バクテリアってやつ。今この瞬間にも、手には何千何万という細菌がうようよしてるんです」

「さっさと洗え。済んだら、さっさと質問に答えるんだ。俺が、が、が、チャ、ャ、ャック・ウ、ォ、ォ、ッ、シ、ュ、バ、ー、ン、を、殺した、と、そ、そう思ってるのか？」

質問は叫び声に近かった。手を洗おうとしていたコロンボは、びくりとして振り向き、蛇口に手を伸ばしたまま答えた。「型通りの捜査なんですよ、エディさん。ただの形式的な捜査です」

洗面台に向き直り、両手に石鹸をこすりつける。

「俺のファンだというなら、もうつきまとわないでくれ。分かったな。これ以上、あんたの顔は見たくもない。おれに会いたいんなら、テレビを観ることだ」

コロンボは、笑顔になると、ホルダーからペーパータオルを引き抜いた。「もうスパーリングは終わったんですね」

グラッソは、腕立て伏せの動きと同じような機械的な笑みを浮かべた。「なあ、コロンボ。俺たちにはイタリア人の血が流れている。イタリア人は、怒りがすぐ顔に出る。つまり、何て言ったかな……そう、〝激しやすい〟ってやつだ。だが、あんたはそうじゃない。冷静そのものだ。祖先はきっと、イタリアでも北部の出身なんだろう」

「いえいえ、パレルモ（イタリア南部、シチリア島北西部の都市。シチリア州の州都）ですよ」

グラッソは目の前の男を観察しながら言った。「こっちがパンチを繰り出しても、するりと身をかわす――あんたは、そんな刑事らしいな」

コロンボは笑顔のまま答えた。「その巧《うま》さで有名なのは、あなたの方じゃないですか」まだペーパータオルで両手を拭いている。「それじゃあ、部下に靴を取りに行かせてもいいですか？」

「あんたがここから出ていったあと、女房に電話をかけて、靴を全部捨てろと言うかもしれないぜ」

「部下はもう、ご自宅の前で待機しています。オフィスがすぐ裏手なのも教えておきました」

「いやはや」グラッソは心底感心していた。「殺人犯としては、そうとう慎重に対戦しないといけない相手のようだな、あんたは」

コロンボはまだ笑みを浮かべている。「それじゃ、署まで来て供述書に署名してくださいますか？」

「いいや、そう簡単に給料は稼がせないさ。その方が楽しめるからな」

ジムで一人になったあと、グラッソは初めて、コロンボが自分の質問に答えなかったことに気づいた。あいつは、本気で俺がウォッシュバーンを殺したと思ってるのか？　あのイタリア野郎には、どんなに用心してもしすぎることはなさそうだ。


コロンボは、ウェスタン通りにある〈ニュートラル・コーナー〉というバーに入っていった。狭い店内は、手入れこそ行き届いていないが活気に溢れている。席はカウンターのみ。バドワイザーの看板とビリヤード台が一つ。今は誰もプレイしていない。

モーゼス・ショーターは、カウンターの隅にぽつんと坐り、シングルの酒をチビチビと舐めていた。

ショーターは六十代後半、ごま塩頭をした細身のアフリカ系アメリカ人だった。

コロンボは隣のスツールの前に立ち、楯型の記章がついた財布を開いてみせた。「コロンボ警部、殺人課です」

ショーターは、品定めするようにコロンボを横目でじろりと眺めた。「チャックが殺された事件を捜査してるんだな？」

「そうなんです」アフリカ系アメリカ人のバーテンダーが現れ、コロンボに眉を上げてみせた。

「そうだなあ。ジンジャーエールをくれる？」

バーテンダーはショーターに訝しげな一瞥をくれると、カウンターの反対端にいる客たちの方へ歩いていった。

「あなたは、長いことウォッシュバーンさんのトレーナーとマネージャーを務めてましたよね」とコロンボは言った。「あたしも、けっこう年季の入ったボクシングファンでしてね」

ショーターは、小さく呻くと、ショットグラスの中の氷を指でかき回した。

「何かご存じありませんか」コロンボは尋ねた。「こんなことをしでかす人間に心当たりは?」

「あいつは白人だったが、俺にとっては息子も同然だった」舌がもつれている。開店からずっと、こうして飲み続けているのだろう。「孤児院育ちでな。父親も母親もいない、みなしごだった。サクラメントでアマチュアボクシングをしているところを見つけたんだが、そのときにはもう、ここの見事なカウンターみたいに完璧《クリーン》だったよ」

「一目惚れというやつですな」

その言葉を聞いたショーターは、スツールの上で向きを変えると、初めてコロンボをじっと見た。「そう、その通りだ。あんた、チャックの試合を観たことは?」

「何度も。残念ながら、テレビでですがね。一度ぐらい生で観たかったですよ」バーテンダーがジンジャーエールをカウンターに置いた。「ああ、ありがとう」

「俺はさ、オークランドにいるおまわりだって、ここから嗅ぎ分けられるんだぜ」バーテンダーが、まんざらでもなさそうな口調でコロンボに言った。「私服を着てたって、この目はごまかせねえさ」さっきより少し長く、やはり訝しげな視線をショーターに送ったあと、バーテンダーはその場を離れていった。

「あなたの愛弟子《まな》を殺す動機のある人物は？　リングの上で、という意味だけではなく――」

ショーターは、残りの酒を飲み干すと、薄暗い鏡に映る自分の顔を見た。

「エディ・グラッソを当たってみなよ」

「なぜそう思うんです？」

「チャックが奴をこてんぱんにしたからさ。奴がパンチを繰り出すたび、チャックはそれを跳ね返した。あんたもファンなら観てただろう？　それに、あいつは傲慢《ごうまん》そのものだ。ボクサーになって負けたのはたったの二回だというのに、それすら認めたくないんだからな」

コロンボはジンジャーエールを一口啜った。「ああして試合に負けたぐらいで、本当にあんなことをすると思います？」

「さあ。だがね、傲慢さってやつは、ときにはガン細胞と同じくらい手がつけられなくなるもんだよ」〝傲慢さ〟と〝ガン細胞〟と言うところでは、もう呂律が回っていなかった。

「他にも誰か？」コロンボは先を促した。

「ルイ・サヴェージだな。知ってるだろう？　ライトヘビー級の」

「あの大男ですね、刺青を入れた」

「ああ。心臓《ハート》の周りに蛇が巻きついた刺青を左腕に彫ってる」そう言うと、バーテンダーにお代わりの合図を送った。「もうちょっと飲むつもりなんだが、いいかな？」

コロンボは微笑んだ。「ええ、あたしは構いませんよ。ルイの動機は？」

「分からん。だが、奴はチャックのことをよくは思っていなかった」

バーテンダーが酒を運んできた。ショーターは、こぼさないように注意しながら、きっちり半分だけ飲んだ。「勘弁してくれよな。普段はこんなに飲まないんだが、あれがあってから……」視線が鏡へと戻っていった。そうすることで、悲痛な現実にかろうじて自身をつなぎとめているのだ。「俺は……あいつが好きだった。あいつも俺に言ってくれたんだよ。『あんただけが俺の……ただ一人の……父親だよ』ってさ……」

ショーターはゆっくりとカウンターに突っ伏した。コロンボは、立ち上がると、自分と彼の両方のグラスの前に勘定を置いた。そして、その肩を優しく叩き、静かに店を出ていった。

グラッソ邸のダウンフロアスタイルのリビングで、二人は再び対峙していた。

「オーケイ、俺が奴を殺したんだ」グラッソは冗談口を叩いた。「これ以上、何を知りたい？いいかコロンボ、逮捕状なしでまたここに現れてみろ、今度はうちの子供部屋にぶち込むからな！　さぞかし気に入るだろうよ、壁中に色とりどりのキリンの絵が描いてあるんだ」

「エディさん、あたしは自分の職務を果たそうとしてるだけなんですよ」

グラッソは煙草に火を点けた。「トレーニング中は吸わないんだが、ちょっとだけズルだ。俺がこの発がんスティックを咥えるのは、精神的にプレッシャーを感じたときぐらいなんだぜ。まあ、あんたなら、俺たち殺人犯の行動パターンはお見通しだろうがね」

マッチを吹き消し、灰皿に投げ込む。「そうだ、靴を調べたんだろう。何か見つかったか？」

「サンタクララ周辺の土が検出されました。エディさん、これをどう説明されますか？」

グラッソは肩をすくめた。「行ったよ。去年の初めごろだったか、イヴァン・カザキアンのトレーニングキャンプを見たくてね。ウォッシュバーンが買い取る前は、奴があそこの所有者だったんだ」

コロンボは、気分を害したようだった。「どうして先に仰ってくださらなかったんです？」

グラッソはにやりと笑った。「税金を払っている善良なる一市民として、あんたらには汗を流して給料を稼いで欲しい――そう思ったからだよ。前にも言わなかったか？」

コロンボは何も答えず、ビロード張りの柔らかいソファに腰を下ろすと、クッションの感触を味わった。「いやあ、すばらしい坐り心地ですなあ。カミさんに言っときますよ。リビングには少なくとも一つ、いいソファを置くべきだって」

「そうしてくれ。さて、俺はミーティングに行かなきゃならん」

コロンボも立ち上がり、帰るそぶりを見せた。

「他に誰か容疑者はいないのか？　まったく！」

「捜査中です、エディさん。捜査中なんですよ」

ルイ・サヴェージは、ダウンタウンのメインストリートにあるタトゥー・パーラーで見つかった。

身分証を覗き込むサヴェージの傍らで、刺青職人《タトゥー・アーティスト》が、何も彫られていない方の腕に刺青を施《ほどこ》している。Tシャツから伸びる両腕を見て、ノックアウト勝ちの多いハードパンチャーにしては細いものだと、コロンボは驚いていた。

「チャック・ウォッシュバーンかエディ・グラッソか、どっちの件で来たんだ?」しわがれたバリトンの声だ。「それとも両方か?」

「どうしてグラッソさんの名前を出したんです?」

サヴェージは肩をすくめた。「先週、偶然あいつを見かけたんだよ。顎ひげを盛大に伸ばしていたから、試合の合間の休養時期だったんだろうな。リングの上じゃ、ごく短いひげしか認められないんだ」

「ちょうど会ってきたところですがね、ひげはきれいに剃ってましたよ」

「じゃあ、結局ひげ面は気に入らなかったんだな。それとも、女房に嫌だと言われたか」サベージはため息をついた。「ウォッシュバーン殺しの件で来たのかい?」

「そう、まだ捜査中なんです。実は、あなたが彼のことをあまりよく思っていなかったと聞きましてね」

職人が静かに、そして慎重に刺青を彫っている様子を見ながら、サヴェージは答えた。「ああ。だが、もう済んだことだ。ずいぶん前の話だよ」太い首に支えられた大きな頭をコロンボに向け、眉をひそめて問い返す。「俺が殺したと思ってるわけじゃないよな?」

「はい。でも、彼のことをよく思っていなかっただろう人物は、全員調べなきゃならないんです」

「いいか、確かに奴は、俺の女を奪って結婚した。でも、俺は別の女と出会って、もう長いこと幸せな結婚生活を送っているんだ。ニューヨーク出身の、優しい心を持った最高の女だ」

「そいつはよかった」コロンボは言った。

「過ぎたことは気にしねえ、それが俺のモットーなんだ」そこでしばらく考え込み、一瞬ためらったあとで口を開いた。「一つ噂があるんだが……」

「ほう、どんな噂です？」

「ウォッシュバーンが他人《ひと》の女房といちゃついてたって話さ」

警部の顔から眠たげな様子が消えた。「そのお相手ってのは？」

サヴェージは、徐々に彫り込まれていく刺青から目を上げて答えた。「名前はケイトリン。ケイトリン・グラッソだ」

彼を見るコロンボの視線が鋭いものになった。「単なる噂？　それとも根拠のある話？」

「信憑性は高いぜ。ウォッシュバーンは遊び人だったし、相手が結婚していようがいまいが、お構いなしだったからな」そこで薄笑いを浮かべる。「俺も同じようなもんだが」

「で、グラッソさんはそれに気づいていたと思います？」

サヴェージは肩をすくめようとしたが、腕に針が当てられているのを思い出し、言葉を返した。

「さてね」笑いながら続ける。「本人に訊いてみろよ。でも、不意討ちの速いパンチには気をつけるんだぜ」

コロンボはしばらく何か考えていたが、やがて口を開いた。「諒解。十分気をつけますよ」

「いっそのこと、こうしなよ」サヴェージの顔に笑みが広がった。「ボディガードを連れていくんだ」

その夜、エディ・グラッソは、妻が眠るのを待って、パークマン総合病院へと車を走らせた。院内のレイアウトは判っていた。何度か、特に荒れた試合のあと、傷の治療のために来たことがあるからだ。

がらんとしたエレベータで四階に上がると、看護師の交代時間の隙を衝いてナースステーションの前を通り、廊下を進む。グラッソは、大型の濃いサングラスをかけ、古着をまとい、ロサンゼルス・レイカーズの帽子を目深にかぶっていた。めざす病室の前には護衛の警官が坐っていたが、幸いにも居眠りをしている。まったく、運ってやつは必要なときにはちゃんとついてくるもんだ。

ビリー・ヘンダーソンは熟睡していた。人工呼吸器が、その横で静かな音を立てている。かわいそうに、お前はツイていないな。身をかがめて呼吸器のプラグを抜きながら、グラッソはそう考えた。ケーブルに指紋が残ることはまずないだろう。ヘンダーソンの額に素早くキスすると病室を出る。これこそ、まさに〝死の口づけ〟というやつだ。

翌朝五時、指揮を執るパガーノ巡査部長が病院からかけてきた電話で、コロンボは事件を知った。

「人工呼吸器のプラグが抜かれてたって？」コロンボはパガーノに尋ねた。

「ええ、警部。自然に抜けたとは思えません」

「病室に近づいた人間を、誰も見てないんだね？」

「はい。面会時刻は午後九時までで、そのとき、看護師が容態を確認しています。ヘンダーソンの生きている姿が目撃されたのは、それが最後でした」


コロンボは、鑑識課に電話を一本入れてから、グラッソの自宅へ向かった。到着したとき、グラッソは裏庭で、子供たちに何やら複雑そうなゲームを教えているところだった。

「ここには来るなと警告しなかったか？　殺人犯だって、警察の態度を腹に据えかねることはあるんだぜ。そうだろう？」

「お邪魔して申し訳ありません、エディさん。オフィスでお話ししたいんですが」

グラッソは幼い息子の肩を叩いて言った。「お姉ちゃんと遊んでおいで。二、三分で戻るよ。そうだろう、警部？」

「もうちょっとかかるかもしれません」

「おいおい、脅かさないでくれよ」

二人は狭いジム兼オフィスに入っていった。「そこに坐ってくれ」グラッソが言った。

コロンボは腰掛けたが、ブラインドの下りていない窓からの直射日光が当たる椅子に坐らされたのだと気づき、位置をずらした。

グラッソはあくびをした。あくびの真似だったが、本物に見える自信があった。「それで、ご用は何かな？　もうすぐダウンタウンのジムに行かなきゃならないんだが」

「けさ早く、悪い知らせがありましてね」

「何だ？」

「昨夜、ビリー・ヘンダーソンさんの人工呼吸器が停止したんです」

グラッソは、驚きと憂慮の表情を浮かべてみせた。フェイントのパンチよりずっとたやすい芸当だ。歩み寄ると、坐っているコロンボを見下ろした。「何てこった。どうしてそんなことに？」

「これは殺人です——紛れもなくね」コロンボが答える。「誰かが彼の口を封じたんですよ」

「本当に？」グラッソの口調には痛烈な皮肉がこもっていた。「いったい、どこの誰がそんなことを？」

「自分が殺人犯だ、あなた、ずっとそう仰ってましたよね」

グラッソがさらに顔を近づける。「からかってたのさ。あんたなら、あんなフェイクのパンチは本気にしないと思っていたがな」

「ヘンダーソンさんは、息を引き取る前に、傍らのテーブルにあったあるものを摑んでいたんです」

グラッソは、コロンボの目の前で笑い声を上げた。「チョークか？　それで黒板にでも俺の名前を書いたんだろう」

「グラスなんです。グラス——グラッソ。ダイイングメッセージですよ」

グラッソは再び、今度はコロンボの頬につばがかかるほど大笑いした。「冗談だろう？　でたらめを言ってるのか？　俺をはめようってのか？　そんな戯《ざ》れ言を法廷に持ち込むだと？　コロンボ、あんたはもっと利口な男だと思っていたよ」

コロンボは、片手で日光を遮りながら、椅子からゆっくりと立ち上がった。「あなたはチャック・ウォッシュバーンも殺害しました。現場にはたぶん列車で行ったんでしょう。だから、あなたや奥さんの車からは何の証拠も発見できなかったんです。念には念を入れて、ひげを生やしたり、サングラスをかけたり、作業服に身を包んだりもした。列車の中でファンに気づかれないようにするためです」

グラッソの顔に笑みが戻った。「俺が変装を？　こいつはシャーロック・ホームズ物まがいの茶番だ。どうして俺がひげを伸ばしてたなんて言えるんだ？」

「ルイ・サヴェージから聞きました。先週、偶然あなたを見かけたそうです」

「あいつは生まれながらのホラ吹きさ」

コロンボはドアを顎で示した。「奥さんをお呼びしましょうか？　先週、あなたがひげを伸ばしていたかどうか確かめるんです」

グラッソは無言のまま煙草を取り出したが、火は点けなかった。

「まあ、今度もあなたのために嘘をつくでしょうがね」コロンボが続ける。「この間も、ウォッシュバーンが殺された朝、あなたはずっとここにいたと偽証したんですから」

グラッソが怒鳴り声を上げた。「俺を侮辱するのは構わん。だが、妻を侮辱することは許さんぞ！」彼は、顔をさらにコロンボに近づけた。

コロンボは怯まなかった。「あなたはウォッシュバーンさんが毎朝ランニングするコースを知っていた。それで、近くの林に隠れていたんです」

「証拠を見せてみろ。それに、告訴されたときの準備もしておいた方がいいぞ、嗅ぎ回り屋の友人くん」

「ただ、その朝はヘンダーソンさんも一緒だというところまでは知らなかった。だから、彼も射たざるを得なかったんだ」

「それじゃあ俺はまるで――まるで狂人じゃないか」

「いいえ。立派な動機を持つ殺人犯です。リングの上と同じですよ。違いは、九ミリ口径のコブラがその手にあるかどうかだけです」

「立派な動機と言ったな。試合でやられたから俺は奴を殺した、そう言いたいのか?」

「それだけじゃない。本当の動機は、ウォッシュバーンさんがあなたの奥さんに手を出したからだった。そう睨んでるんですが、どうです?」

グラッソは、何も答えずに目を逸らした。

「ヘンダーソンさんの意識が回復すれば、自分が犯人だと分かってしまう。そこであなたは昨夜、そうさせまいと先手を打ったわけです」

「黙れ、コロンボ」グラッソはそう言うと、ついに煙草に火を点けた。「それを証明するものは何もない。あんたにもそれは分かってるだろう」

「ウォッシュバーンさんが姿を見せるまで、あなたはしばらく待ち、そして彼を撃った。鑑識課が小道の近くで煙草の吸殻を見つけましてね。ＦＢＩのＤＮＡデータベースに照会したんですが、登録されている誰のものとも一致しませんでした」

グラッソはコロンボを睨みつけた。「そりゃそうだろうよ」なぜそんな馬鹿なことを口にしてしまったのか、自分でも分からなかった。

「お分かりでしょう？　現役の優秀なボクサーは煙草など吸わない。で、その吸殻のことが頭の隅にあったので、あたしは、あなたが殺したという確信がどうしても持てなかったんです。しかし昨日、あなたは煙草に火を点けて、プレッシャーを感じたときには吸うのだと言った。そう、今のようにです。そしてウォッシュバーンさんを待っている間も、あなたは緊張に押しつぶされそうだったに違いない。つまり、あなたの喫煙の習慣が決め手になったわけです」

グラッソは、灰皿で煙草を揉み消した。その手は震えていた。コロンボは気づいているだろうか。

「あなたの口内の組織を採取させていただきます」とコロンボは続けた。「間違いなく、発見された吸殻のものと一致するでしょう」

グラッソは再び押し黙り、青い螺旋状の煙が消えかけの煙草から立ちのぼるのを見つめていた。あれは完璧、百パーセント完璧な計画だと、あのときは思えた。だが、気づくべきだった。この世には完璧なものなど存在しない――おそらくは、この俺の左フックを除いては。

今では、聞こえてくるのは、外で遊ぶ子供たちの無邪気で幸せそうな声だけだった。

「戻ったらゲームの残りを教えてやる、子供たちにそう言ってもいいか？」

コロンボは、困ったような表情を浮かべた。「それはいけません。二人にキスしておやりなさい、エディさん。ケイトリンさんにもだ。当分、ここには戻ってこられないでしょうから……」

第7話　黒衣のリハーサル

いつもと同じ月初めの月曜日、キャシーは、五千ドルを入れた封筒を持ち、男の家を訪ねた。何度かベルを鳴らすが返事はない。指示されている通り、封筒をドアの下に滑り込ませると、彼女は車へ戻った。

翌月の第一月曜日、キャシーは男に電話をかけ、今日はどうしても外出できないので、夜、金を受け取りに家まで来てほしいと告げた。

「冗談じゃない」男は言った。「どうして俺が行かなきゃならないんだ」

「大した距離じゃないでしょう。お金は用意しておくわ。直接渡すから、ここまで来てちょうだい」

男は低く呻き、しぶしぶ承知した。「いいだろう。何時だ?」

「今夜八時。監督と新作映画の脚本の読み合わせをしてるはずだけど、大丈夫よ。家の前でクラクションを鳴らしてくれれば、すぐにお金を持って出ていくわ」

「こいつは取り決め違反だぜ」

「いい加減にして。ガソリン代も払えないって言うの? あなたにはもう六万ドル近く払ってるのよ」

「行くよ。ありがたく頂きにな」

午後八時数分前、キャシーは自宅のガレージにいた。ゴム製の手袋をはめた手には、ガレージのシャッターを開閉するリモコンが握られている。今、シャッターは開いており、新車のメルセデスSUVのボンネットの上には、これも新品の、全弾装塡した四五口径オートマチックがあった。銃の傍らのキッチンナイフの鋭い刃に、天井の裸電球の光が反射し、輝いている。

八時ちょうど、人気《ひとけ》のない道路を男の車が近づいてきた。周囲には、大きな邸宅が間隔をおいて建っているだけなので、普段から人通りはほとんどない。車は、新型のBMW・M3だった。強請《ゆす》った金で買ったのだろう。男がクラクションを鳴らした。

一分後、男はもう一度クラクションを鳴らすと、待ちきれずに車を降りた。すぐに、ガレージで手を振る女の姿が目に入った。

キャシーは車の傍らに戻り、男が現れるのを待った。ボンネットの上の拳銃を手に取り、脇腹のあたりでしっかりと握る。

近づいてきた男は、いったん立ち止まったあと、ガレージの中へと足を踏み入れた。薄暗い灯りの中、キャシーの姿を見て怪訝そうな表情になる。「外で会うと言ったじゃないか。いったい何の真似だ？　金はどこにある？」

キャシーはリモコンのボタンを押して電動シャッターを閉め、男をガレージに閉じ込めた。反射的に振り向いた男は、困惑し、パニックに陥りながら、自分が一瞬にして相手の支配下に置かれたことを悟った。

「あんた、いったいどういう……」男はそう言いかけ、そこで自分にまっすぐ向けられている銃口に気づいた。

キャシーは引き金を引いたが、弾は逸れた。猛然と向かってくる男に、もう一度発砲する。今度は命中し、男は声もなくコンクリートの床に崩折れた。

キャシーは、ボンネットから、こぶ状の柄のついたキッチンナイフを取り上げた。男は、すでに息をしていなかった。そのジャケットのポケットにナイフを収めると、ズボンをまさぐって家と車のキーを見つけ出す。そこで時刻を確認した。

路上に駐められた男の車へと向かう。キーで運転席のドアを開けると、それをイグニッションに差し込んでおいた。ポケットから、レース飾りのついた黒いパンティを二枚取り出し、助手席に放り投げる。ばたんと閉めたドアにもたれ、キャシーはしばらく考えをまとめた。木々が影を落とす道路に人の姿はなく、車も通らない。彼女には時折、何もかもうまくいくほどツイていることがあるのだった。


それから十五分のうちに、キャシーは男の家まで走っていった。家は、目立たない小さな通りにあり、玄関脇にまばらに植わったハイビスカスだけが彩りを添えていた。中に入ると、真っ暗なリビングで照明のスイッチを探す。ようやく見つけ、灯りを点けた。

キャシーは、持参した小さな書類入れから、8×10インチサイズの自分の宣伝用スチールを数枚取り出し、ゴム手袋をはめた手で、その中の一枚をリビングに残した。次に寝室に移ると、映画のポスターが並んだ壁に二枚、写真をテープで貼りつける。そのうちの一枚に油性鉛筆《グリースペンシル》でサインをすることも忘れなかった。

化粧台の上に数枚の百ドル札があった。強請り取られた金に違いない。キャシーはそれを摑み、ジャケットのポケットに押し込んだ。

再び時計を見る――立ち去る時間だ。周囲を見渡し、何か忘れていないかを確かめる。そうだ、リビングの灯りだ。でもこれは、男が点けっぱなしで外出したと思ってもらえるだろう。

帰宅すると、寝室の化粧だんすの一番上の引き出しに百ドル札をしまい込んだ。そして、ヒステリックに叫ぶリハーサルを行ったあと、受話器を取り上げ、九一一に通報した。


コロンボは、映画スターの扱いに慣れていなかった。同じ人間だと分かってはいても、通りを歩いていたりドラッグストアで歯ブラシを買っていたりする近所の人などとはやはり違うのだ。一度、シドニー・ポワチエ（『夜の大捜査線』等で知られる映画俳優。『野のユリ』で、黒人俳優初のアカデミー主演賞を受賞）が処方薬を調剤してもらっている場に出くわしたものの、照れくさくてカミさんのためのサインを頼めず、あとで大いに悔やんだこともあった。

それに、この人は本当に美しい。天然のブロンド。吸い込まれてしまいそうな薄茶色の大きな瞳。カミさんならテレビで芸能情報を追いかけているし、この女性が誰だか知ってるだろう。だけど、あたしには皆目見当もつかない。

キャシー・コール。パガーノ巡査部長によれば、まだ売れっ子というほどではないが、もう一本話題の映画に出演したら、おそらくはトップスターの仲間入りをするだろうとのことだった。パガーノでさえ、そのくらいは知っているのだ。

彼らはキャシーの家のガレージにおり、傍らでは鑑識課の連中が仕事を進めている。遺体はすでにシートで覆われているが、コンクリートの床にはまだ血が漏れ出ていた。キャシーは入口近くに立って、赤く腫れた目にティッシュペーパーを押し当てている。前の道路では、列をなす物見高い隣人たちが制服警官に押し留められており、中継車が数台、家の近くに駐める場所を見つけようとうろうろしていた。

「中に入られますか？」できる限り優しい声でコロンボは尋ねた。

「――え、ええ」

邸内に通じるドアへ向かう途中、コロンボは鑑識課員の一人から証拠品袋を受け取るために立ち止まり、それから彼女に続いて入っていった。

二人は、汚れ一つないキッチンから短い廊下を通り、煌々と照明の灯った豪華なリビングにたどり着いた。

「どうぞお掛けください、コールさん」コロンボが言った。

キャシーは椅子に腰を下ろし、再びティッシュで涙を拭った。

「こんなときに大変申し訳ないのですが、いくつか伺わせていただきます」そう告げるコロンボの声は、先ほどまでとはがらりと変わっていた。

キャシーはうなずいた――構いませんとも。電話で話していた刑事が通話を終え、リビングを出ていった。

「まず、亡くなった人物ですが、札入れにあった免許証によれば、レイ・マトスという名前です。あの男をご存じですか？」

「はい。あの人、この何週間か、わたしにストーカー行為をしていたんです」

「ストーカーですか。通報はなさいましたか？」

「いいえ」キャシーはティッシュを脇にのけ、怒りのこもった表情でコロンボを見た。「わたしが馬鹿でした——あの男のことをエージェントに話して、わたしたち、通報はパブリシティ上マイナスになるだろうということで意見が一致したんです。ああいう連中は、無視していれば、フラストレーションが留って、そのうち他の誰かをつけ回すだろうって」

「そうはならないものなんですよ」

「ええ、ええ、分かってます。だから、わたしが馬鹿だったんです」

「前にも直接姿を見せたことはありましたか？」

キャシーは徐々に落ち着きを取り戻しつつあった。「最初は、レストランを出ようとしているときでした。もう一度は、わたしの弁護士の事務所が入っているビルの地下駐車場で。本当に怖かったわ——ええと、ごめんなさい。刑事さん、お名前は何と仰いましたっけ？」

「コロンボ。コロンボ警部です。その二度のどちらかで、マトスは脅迫するようなことを言いましたか？」

「いいえ——言葉では何も。でも、外見はひどく怪しかった。ひげは伸び放題、服のまま寝ているような感じで、お風呂にも長いこと入っていないようでした」

「なるほど」コロンボは何やら考え込むようにうなずいた。まるで頭のどこかで鳴っているラジオ番組でも聴いているようだ。「で、今晩ですが、あなたは帰宅され、ガレージで車を降りた。そのとき、彼がまたしても現れた。ガレージの入口に突然現れたんですね」

「そしてポケットから何かを取り出したんです。すぐに分かりました、ナイフだって！」

コロンボは透明な証拠品袋をキャシーに差し出した。中のキッチンナイフがはっきりと見える。

「こんな感じのやつでしたか？」

「そうよ！　だからわたし、あの男を撃ったんです」

コロンボは袋をテーブルに置いた。「すぐ手の届く場所に銃があったのはどうしてでしょう？」

「遅くに一人で帰ってくるときは、いつも助手席に置いているんです。何度かパパラッチに追いかけられたことがありましたが、本当に身の危険を感じたことはありませんでした。けれど、今回のあのストーカー――名前は何だったかしら。マトス？」

「マトスです」

「あの男は本当に怖かった」

電話が鳴った。私服刑事が素早く部屋に入ってきて受話器を取った。

「あの恐ろしいナイフをポケットから出して向けられたら、その相手に何をしたって不思議ではないでしょう？」

ほどなく、刑事がこちらに顔を向けた。「コールさん、エージェントのクレイマーさんがお話ししたいそうです」

「警部さん」キャシーは言った。「彼女と話さなくては。今度のことは、わたしのキャリアに大変な影響があるはずですから」

「あとでかけ直す、と言ってくれ」

刑事は電話の相手にそれを伝えると、再びリビングを出ていった。

コロンボが口を開く。「女性にとっては恐ろしい出来事だったことはよく分かります。でもコールさん、あなたは今晩、人の命を奪った。そして、あたしたちは、何が起きたかその全貌を摑まなきゃならんのです」

キャシーは主導権を握っており、それをどう行使すべきかも正確に知っていた。それは、撮影所のお偉い男性たちと渡り合うときに最も重要なスキルだった――喩《たと》えるなら、相手の喉元につきつけたナイフのようなもので、あの連中は、そういう〝ナイフ〟の意味をよく知っているのだ。

「警部さんも、正当防衛は尊重なさっていると思いますけれど」

「もちろんです」

「わたしの銃は登録されています。お調べになれば、許可証を持っていることも分かりますわ」

そう言って、手のひらにティッシュペーパーを握りしめる。「これ以上何を聞きたいと仰るの？わたしは恐ろしい体験をしたんですよ。睡眠薬を飲んで少しでも寝たいし、その前に山のように電話をかけなければ。明日の朝から新作映画の撮影が始まるので、ベストの状態でいなくちゃならないんです」

コロンボは感心した様子だった。徐々に表れてきているキャシーの強さに気圧《けお》されているようにさえ見える。警部は、ぶ厚いカーペットを踏みしめて立ち去りかけたが、そこで急に立ち止まり、振り返って再び彼女の方を見た。「すいません、もう一つだけ——まったく別のことなんですが」顎を掻きながらそう切り出す。

「何です？」

「単純な質問です。さっきこう仰ってましたね、『銃はいつも助手席に置いている』って。なのに、車から降りたとき——男の姿に気づく前にですよ、どうして銃を手に持っていらしたんですか？」

キャシーはため息をついた。涙が再び目に滲み始める。「今夜は、友だちとホテル・ベルエアで食事をしました。帰り道、ストーン・キャニオン通りを走っているときに、尾けてくる車があるような気がしたんです。サンセット大通りに入ったところで見えなくなったんですが、家にたどり着くまで怖くて仕方ありませんでした」

コロンボは、顎を掻き続けている。「相手はマトスだったと思われますか？」

「たぶん、そうだったんでしょう」

「帰宅されたのは、だいたい何時ごろでしたか？」

「七時半。正確に憶えています」

コロンボは再び立ち去る素振りを見せたが、またしても見せかけだった。「おかしいですな、そんな大事なことを、さっき仰らなかったなんて」

そうでしょうとも。たった今でっち上げた与太話なんですからね。撮影所の大物たちとの〝接近戦〟の経験が、このうすのろにも大いに役に立ちそうだわ。

「あと、もう一つだけ」とコロンボが続ける。「彼を何発撃ちましたか？」

「一発撃ったけれど外れて、二発目が命中しました」キャシーは洟をすすった。「他には？　警部さん」

「いえ、もうこれで。どうぞ少しでもお休みになってください」

「ええ、そうしますわ」


エージェント会社の巨大なビルは、ウィルシャー大通りにあった。その中の、キャシー・コールのエージェント、ロニ・クレイマーのオフィスで、コロンボは彼女に会っていた。コルク張りの壁には、品のいい額縁に収まった、曲がりくねった線で構成された抽象画が飾られており、一方、彼女の机の上には、本当は誰もそこで働いていないのではないかと思われるほど何も置かれていなかった。ああ、自分の机もこんな状態を保てたらいいのに、とコロンボは考えた。

ロニはおそらく五十歳直前で、三十五歳に見せるべく努力をしている。真っ黒な髪はごく短く、黒いTシャツの上にエレガントなアイボリーのジャケットを羽織っている。

「まったく恐ろしい事件ですわ、警部さん。キャシーはすばらしい人――正直で、責任感があって、まるで聖者のような仕事相手。こう言っては何ですけど、この街じゃ、ああいう人にはめったに出会わない」

コロンボはうなずいた。室内はエアコンが効きすぎており、レインコートを着込んでいるのは幸いだった。「あのマトスという男にストーカー行為をされている、コールさんは、そうあなたにお話しになったとか」

「その通りよ。以前はパパラッチにつきまとわれたけど、キャシーは馬鹿げた恋愛ごっこなんてしないし、ナイトクラブへも行かない。それに飲酒運転だってしたことはない――ネタになることなんて何もなかったわ」

「それで、パパラッチも近寄らなくなったわけですな」

「ああいうハイエナどもにとって、キャシーは獲物にはならないの。つきまとっていた時期もあったけど、まったくの無駄だった。彼女はアイダホから来た子羊のようなものだもの。ストーカーっていうのは、ダーウィンのいう自然淘汰のように、進化中のその生物の一番弱いところを嗅ぎつけるんでしょうね」そう言って澄んだ声で笑う。「わたしったら、自分の言っていることが半分も理解できないの。でも、キャシーのことはちゃんと分かってるわ」

コロンボも同じ意見のようだった。「イメージに傷がつくので警察には通報しなかった、そうキャシーさんは仰っていましたが」

「勧めたのはわたし。以前、ストーカー被害に遭った若い女優がいてね、タブロイド紙の取材が押し寄せて彼女のキャリアを滅茶苦茶にしたのよ。で、黙っていることにしたの、少なくとも――」

「少なくとも何です？」

「もう少し深刻な事態になるまでは。そしたら警察に行くつもりだったわ」

コロンボはコートの襟を立てた。「コールさんが銃を持っていることはご存じでしたか?」

「ええ」そして、優しい口調になると「警部さん、寒いんですの? わたし、夜でも窓を開けっ放しにして寝る人間なものだから」そこで笑う。「少なくともニューヨークに住んでいたときはそうしてたわ」

「いえいえ、大丈夫です。昨日の晩、仕事相手の方とディナーに行かれてませんよね?」

「ええ、行ってないわ。どうして?」

「コールさんが仰ってるんですよ。ディナーに出かけて、その帰りに家まで後を尾けられたような気がしたって」

「知らなかったわ。きっとマトスは彼女がどこで夕食をとるか知っていたのね」

コロンボはその言葉に興味を示した。「どうしてそんなことが分かったんでしょう?」

「ああいう連中はね、パパラッチと同じなの。レストランだろうとジムだろうと飲み屋だろうと、どこに出かけようがなぜかお見通し。パパラッチたちは、ホテルのフロント係とかリムジンサービスとか、獲物の首に鈴をつけるのに役立ちそうな相手には、誰かれ構わず金をばらまくのよ」

コロンボは、そこで突然、勢いよく立ち上がった。「実に勉強になりましたよ、クレイマーさん。こういう世界なんですな、うちのカミさんがテレビで夢中になっているのは」

クレイマーは、警部に大らかな笑みを向けた。「その間、あなたは何をしてらっしゃるの?」

「スポーツを観てます。ボクシングなんかをね」そう言ってドアへと向かう。その後ろを空気がふわりと動いて追っていった。「ありがとうございました」

「お役に立てて何よりよ、警部さん」


ユニバーサルスタジオ裏手の野外セット。家族が言い争うシーンの撮影で、キャシーは、手のつけられない娘という役どころの女優を相手に、一歩も引かない母親を演じていた。監督の「カット！」という声が響いたあと、彼女は、コロンボがセットの隅からこちらを眺めているのに初めて気がついた。

「OKだ」監督がキャシーに笑顔を向けた。「すぐ次のシーンを準備しよう」

キャシーは、しばらくの間、てんやわんやで行ったり来たりする撮影スタッフの波に揉まれていたが、やがて、自分に手を振っている警部の姿を再び目に留めた。

「どうしてここだとお分かりになったんです？」セットの隅の静かな場所に落ち着くと、キャシーは尋ねた。

「ランカーシム通りに面した正面入口の守衛さんが、その日に行われる撮影のスケジュールと場所を全部把握してましてね。そういや、その人、ベラ・ルゴシ（一八八二～一九五六　ホラー映画の名優として知られる）が『魔人ドラキュラ』を撮ったのもこのスタジオだって言ってましたけど、本当ですかね？」

「わたしは知りませんわ。とにかく今は忙しいんです、警部さん。新作の撮影初日なものですから」

「ええ、分かってます。お手間は取らせません。どこか、お話しできる静かな場所がありませんか？」

「わたしのトレーラー。こっちよ」

キャシーのウィネベーゴ社製トレーラーは、撮影所のメインストリートを百メートルばかり行ったところに駐めてあった。コロンボが折りたたみ椅子に窮屈そうに坐っている横で、セットから一緒についてきたメイク係がキャシーの化粧を直している。

「で、ご用件は？」キャシーが尋ねた。「助監督が呼びに来る前に台本をさらいたいので」

「大したことじゃありません、コールさん。はっきりさせたいことがあるだけです。あたし、物事をはっきりさせなきゃ気が済まないたちでしてね」

キャシーは、化粧台の円形の鏡越しにコロンボを見た。まったく気取らず、自信を持てないかのように謙虚で内気な人物。これまで、映画の中の警察官と数え切れないほど対峙してきたけれど、こんなタイプは初めてだわ。「さあ、仰って」キャシーは言った。「どんなことですの？　はっきりさせたいことって」

「もし間違ってたら、そう仰ってください。昨晩、あなたは、最初に撃った弾は外れ、二発目が命中したと仰いましたね？」

「ええ。言いました」

「そこなんですよ、コールさん。解剖の結果、マトス氏の心臓からは、弾丸が一つ発見されました。ところが、外したと仰る一発目の弾がどうしても見つからないんです」

キャシーはその言葉を心の中で検討した。メイク係が目の下に小さくカバーを施し、昨夜の涙でできたダメージを隠している。「一発目は外した、そう言ったでしょう。わたしの記憶違いだとでも仰りたいの？」

「いえいえ、とんでもない」コロンボは脚を組もうとしたが、狭い椅子の上でもがいただけで、結局あきらめてしまった。

「わたしの銃は確認なさいました？　撃つ前、弾は八発全部入っていた。残りは何発でした？」

コロンボは顔をしかめると、「二発なくなっています。薬莢も二つ、床で発見されました。ですから、こいつが何とも謎でしてね。もう一発の弾丸は、いったいどこなんでしょう。うちの連中がそこいら中、それこそガレージの外まで捜したんですが、見つからないんですよ」

「分かりませんね。ひょっとするとリスがくわえて持っていったのかもしれませんわ」

キャシーは、ブラウスを覆った紙製のエプロンを外しながら言った。「キティ、終わった？」

「終わりました」道具をしまいながら、女性が答えた。

「金属好きのリスなんてのは聞いたことありませんがね」その言葉に、キャシーはまた、鏡越しに警部を見た。この男、わたしをからかってるの？

「わたしもないわ。でも、わたしもあなたもリスの食習慣のエキスパートというわけじゃありませんしね。でしょう？」

「それもそうですね」コロンボは、そう言いながら何とか椅子から立ち上がった。「コールさん、もうお戻りになった方がいいでしょう」

キャシーも立ち上がったが、そのとき初めて、相手の背が自分より低いことに気がついた。

「また何かあれば、いつでもどうぞ。わたしの居場所を教えてもらえる場所もご存じのようですし」

「昨晩、あなたが射殺した男ですが」コロンボが出し抜けに言った。「彼もこの業界の人間でした」

これはキャシーにも驚きだった。「じゃあ俳優!? あの男、俳優でしたの?」

「いいえ、エキストラです。あなたの映画にも出ていたかもしれません。群衆シーンとか、そんなところにね」

「かもしれませんけど、記憶にありませんわ。他に何か?」

「いいえ、今日のところはこれで十分です」

キャシーはコロンボに微笑んでみせた。「じゃあ明日は?」

コロンボも笑顔を返す。「こういう仕事なもんで、明日のことはあまり考えないようにしているんですよ」


しかし、その晩、コロンボは再び彼女の前に現れた。八時すぎ、キャシーはすっかりくたびれて帰宅した。酒と、一日一本と決めている煙草が恋しかった。グラスに酒を注いでいるとドアベルが鳴り、彼女はうんざりしながら玄関へと向かった。

「明日って仰ったじゃない」自分の脇を通って入ってくるコロンボに、キャシーは声を上げた。同時に、彼女の目は、他人の動作を観察するいつもの習慣で、その姿を追っていた――この男は、小さな足で、思いがけず優雅に動いている。それにしても、この靴ときたら！「ちょうど飲んでいたところですの。あなたも一杯いかが？」

「いえ、結構です。夜分遅く申し訳ありません。それもこんなお疲れの日に。ですが、もう一つはっきりさせたいことができましてね」

この男のやり方に慣れるのよ、キャシー。苛々する相手だけど、集中力を失わないこと。「あなたの頭の中って、まるで何かの情報センターみたいね」

「ええ、中はほとんどがらくたですけどね」

「だけど、時にはそのゴミの中に、黄金や、きらきら輝く何かがあったりするんでしょう？」

「まあ、たまには」

キャシーはライターを点け、炎越しにコロンボを見た。「で、今夜のゴミは何ですの？」

「今朝、弾丸のことをお話ししましたね。発砲され標的から外れたにもかかわらず、見つけられずにいたやつです」

「ええ、憶えてますわ」

コロンボはうろうろと歩き回っている。集中できないからどこかに坐ってくれないかしら。あるいは、わたしをこうしてイライラさせるのが狙いなのかも。

「どこにあったと思います？」発見時の興奮がいまだ冷めやらぬ様子で、コロンボは尋ねた。

「あたしが見つけたわけじゃなく、こいつはルイス刑事のお手柄なんです。実に優秀な若者でしてね」

「早く仰って」これもコロンボの計略の一つだと分かってはいたが、キャシーは、大事なシーンの撮影を待つときのように、知らず知らず緊張していた。

「ガレージのシャッターに食い込んでいました。それもシャッターの内側にです。信じられますか?」

その言葉はキャシーに大きなショックを与えたが、表情には出さないよう何とか押さえ込んだ。

「そうね、でも――」

「つまりですね、マトスがガレージに入り込み、ポケットからナイフを取り出したそのとき――あなたはシャッターを閉めていたことになるんです」

キャシーはしばらく間を置いてから答えた。「そんなことをした憶えはありません」

「でも、他に閉められた人はいませんからね。車に発信器がついてるんですか? それともリモコン装置?」

「リモコンよ」

「どこに置いてあります?」

気をつけて、そう、気をつけるのよ。「車の中。運転席のサンバイザーに挟んであります。大事なことですの?」

コロンボは、ようやく二人掛けのソファに腰を下すと、キャシーを見上げた。「銃を手に取ったと話されたとき、リモコンのことは仰いませんでしたね」

「うっかり忘れていたんです」

今度はコロンボがしばらく黙っていた。やがて、「なぜガレージのシャッターを閉めようなんて思ったんです？　そんなことをすれば、あなたを脅している男と一緒に閉じ込められてしまうのに」

「わたし、思ったんです――シャッターを閉めればあの男は入って来られないだろうって。でも、あいつの方が素早かったの」

「なるほど……。もしシャッターを閉じるのが間に合って閉め出せていたら、彼も生きていられたでしょうに」

キャシーは、悲しげな表情を浮かべてみせた。このあいだの映画ではこれがとても上手くいったのだ。「本当にそうですわね……さあ警部さん、他にも何かありますの？　スープでも作って、明日の分の台詞をおさらいしないといけないんですが」

コロンボは、黒いシルクのパンティが二枚入った透明な証拠品袋を、レインコートのポケットから取り出した。まるでアダルトグッズを手にしたかのようにどぎまぎしている。「これに見覚えはおありですか？」

キャシーは袋を受け取った。「出してもよろしい？」

コロンボはうなずいた。「鑑識の検査は済んでいます」

キャシーはパンティを取り出し、内側についたラベルを見た。「わたしのだわ。どこにあったんです？」

「マトス氏の車の中にありました。どうやってそんなものを手に入れたんでしょう？」

「何てこと。あの気色悪い変態男、きっとわたしのゴミ袋をあさって見つけたんだわ。二枚とも、ちょっと綻びができたので捨てたものですから。裏口のすぐ前の路地にゴミ箱があって、ゴミはそこに捨てているんです」

「つまり、彼はそこを物色してあなたの肌着を見つけたというわけですな」

コロンボが〝パンティ〟という言葉を口に出せないのが、キャシーにはおかしかった。「ええ。でも本当にいやだわ。あの男、わたしに夢中だったのね。だからこんないやらしいものが欲しかったのよ……」（思った通り、もじもじしているわ！）「そうだわ！　やっと分かりかけてきた。そうじゃありません？　警部さん」

コロンボはうなずき、再び考え込んだ。この人、本当に真面目なんだわ――とキャシーは思った。ほら、集中しようとして、もじゃもじゃの眉毛の間に小さな皺まで寄せちゃって。これからも、ときどきこの手を使ってあげましょう。

キャシーはパンティを袋に戻すと、コロンボに手渡した。

「何だってこんなものを車の中に置いていたんでしょう？」コロンボが尋ねる。

「頭がおかしいのよ。あんないかれた男が何を考えていたかなんて分かりっこないわ」

コロンボは玄関へと向かいながら、「ああ、もう一つだけ。コールさん、レストランからあなたを尾けたのは、マトス氏ではありませんでしたよ」

キャシーは訝しげにコロンボの方を見た。

「車のガソリンが満タンだったんです。で、ビバリーヒルズにある一番近いガソリンスタンドを調べましてね。店員たちは、彼が七時半ごろに給油したのを憶えてました。その時間、あなたはレストランから車で帰る途中だったと仰いましたよね」

「たぶん彼だろう、と言ったのよ。絶対にマトスだったなんて断言できるはずがないでしょう。わたしを尾けているように見える車は、みんなあの男のに思えたわ」

コロンボは玄関のところで立ち止まり、ドアを開けた。「まだマスコミの連中がいますね」

「いつだってアリみたいに湧いてくるのよ。よい夜をね、警部さん」

「ありがとうございます」そこで、うんざりした表情になると「あんまり大勢残っていないといいんですがね」

表に出たコロンボは、まだパンティ入りの証拠品袋を手にしたままなのに気づき、顔を赤くした。袋をレインコートのポケットにそそくさと突っ込んだ警部は、記者たちの叫ぶような質問を無視しながら、無表情のまま重い足取りで車へと歩いていった。

キャシーは、ほっとした表情でため息をつくと、キッチンへ行った。わずかに残っていた食欲は、コロンボのせいでどこかへいってしまっていた。

戸棚からトマトスープの缶を取り、じっと見つめていると、電話が鳴った。明日の撮影に関することで、プロダクションマネージャーがかけてきたのだろう。

キッチンの受話器を取った。「もしもし？」

男の低い声が聞こえた。何となく聞き覚えのある声だ。「コールさん？」

「ええ。どなたです？」

「ファンの一人ですよ。カメラを持ったファンです」

〝カメラ〟という言葉でピンときた。名前はピグノッティ。ハイエナのようなパパラッチの中でも、一番やっかいだった男だ。ひどく痩せた青年で、黒い髪を逆立て、首からは宇宙時代の装飾具か何かのように何台ものカメラをぶら下げていた。一時期は、昼夜を分かたずキャシーを追い回し、まるで血の代わりに彼女への接近を求める神出鬼没のヴァンパイアのようだった。その、特徴あるイタリア訛りの発音は変わっていない。

「どうしてこの番号が分かったの？」キャシーはきつい口調で尋ねた。

「我々には、手に入らないものはないんです。すぐに済ませますよ、コールさん。新作の撮影中で忙しいでしょうからね。俺が電話を切ったら、パソコンの前に行ってください」

「なぜ？」

「暗号化したファイルを送っておきました。パスワードは〝money〟。お分かりですか？」

「どうしてあんたの言う通りにしなきゃならないの」不快そうな声になる。しかし、用心深く身を守ろうとする頭の中のある部分が、相手の言う通りにしろ、と囁いていた。

「とにかく見てください。それからまた話をしましょう」その一言とともに電話は切れた。

キャシーは、オフィスとして使っている部屋に行き、灯りを点けると、パソコンのスイッチを入れた。パソコンはここしばらく調子が悪く、こんなときにクラッシュなんかしないでよ、と祈らずにはいられなかった。

メールソフトを起動すると、ファイルをクリックしパスワードを入力する。現れたのは、夜間に撮られた薄暗い写真で、写っているのは彼女自身だった。マトスの家の玄関に立ち、鍵穴に鍵を差し込んでいる。後ろ姿だが、髪はブロンドで、カジュアルな黒のジャケットは、昨夜彼女が着ていたものに見える。何てこと。あいつ、写真を仕込みに行ったときに、わたしを尾けていたの？

電話が鳴った。

首筋のあたりが総毛立っているのを感じつつ、受話器を取る。

「そのレディに見覚えは？」滑らかな、ほのめかすような口調だった。

「何が望みなの？　ピグノッティ」

「俺のことを憶えていてくれたとはね。光栄ですよ」

「何が望みなの!?」

「三千ドル。現金で。あさってイタリアに戻るんで——」ピグノッティは笑った。「ちょっとばかり金が要るんです」

「断ったら？」

「地方検事が写真を受け取ることになります。ポルノ映画にも同じ言葉があったな——〝マネー・ショット〟でしたっけ？（マスコミ用語での〈決定的瞬間〉とポルノ映画の用語でいう〈射精の瞬間〉をかけていると思われる）」

「お金を払えば、あなたがファイルを完全に消去するって保証はどこにあるの？」

「選択肢はないんですよ。俺を信用してもらわなきゃ」

「脅迫者を信用するですって？」

「いいか、あんたには、選択の余地はこれっぽっちもないんだ」その言葉は、電話口に吹き込まれた煙のように響いた。「俺はこの国を出て、もう戻ってこない。これは一回こっきりの取引だ。俺は写真を消去する。脅迫なんかにかかずらう気はないんだよ。人生は短いからな」

「名前通りの男ね、あんた」そう言ってしまってから、キャシーは後悔した。

「豚《ビッグ》ってことか？　小学校のころからずっとそのあだ名で呼ばれてるぜ。ああ、俺は確かに豚だよ。だがな別嬪さん、あんたはどうなんだ。それ以上の悪党じゃないか。何の話だか分かるよな？」

キャシーは、自分を破滅に追いやるだろう写真を凝視したまま、しばらく黙っていた。「お金は、どうやって渡せばいいの？」

「いい子だ。まず金を用意してくれ。受け渡しはそれから考えよう。でも、一つだけ先に言っておくぜ――取引場所は人が大勢いるところにするからな」

コロンボは、一人きりでマトスの家の中を見て回っていた。葉巻を吹かし、のんびりくつろいだ様子だ。リビングで、コーヒーテーブルに置かれたキャシー・コールのスチール写真を眺めていると、玄関のドアで鍵の回る音が聞こえた。

入ってきたのは若い女性だった。人目を忍ぶかのように顔を伏せている。後ろ手にドアを閉め、視線を上げた途端、彼女は危うく鍵を落としそうになった。「誰？――あなた誰なの？　どうやって入ったのよ」

「こちらもね、同じ質問をしようと思ってたんだ」コロンボは穏やかに言った。

「あたしのボーイフレンドの家なの。昨晩《ゆうべ》、殺されたのよ」年齢は二十歳そこそこだろう。ほっそりとした体に流れるような黒髪という、魅力的と言えなくもない容姿だった。

コロンボはうなずくと、札入れを開けて警察バッジを見せた。「コロンボ警部。この事件を捜査しているんだ」一拍置いて、「どうしてここに来たの？——ええと、お嬢さん、お名前は？」

「ジャニスよ。ジャニス・カーペンター。セントルイスにいるレイのおばさんから電話があったの。すっかり元気をなくしちゃって来られないから、代わりにレイの持ち物を整理したり、家の様子を調べたり、遺体をセントルイスに送る手続きをしたりしてくれって」

再びうなずいた警部は、テーブルにあるキャシーの写真を見下ろし、ジャニスにもそれを見るよう身振りで示した。

「この——この映画女優」と、怒りがこみ上げる。「この女がレイを撃ったのよ！」

「そうだ。で、君のボーイフレンドはなぜ、彼女の写真を持っていたんだろう？　寝室の壁にもね、もう二枚貼ってあるんだ」

ジャニスはコロンボを見た。彼女の目には怒りにも増して当惑があった。片手で長い黒髪を引っ張っている。「そんなのおかしい。この家のどこにもそんな女の写真なんて貼ったことなかったもの。あたしの写真だって貼らなかったのよ。二日前の晩にも一緒に寝たけど、寝室にこの女の写真はなかった。こっちの一枚も絶対見てないわ！」

コロンボは、葉巻の煙をゆっくりと吐き、ジャニスの方へ向かう煙を手で払った。「彼がこの女性について口にしたことは？」

「ないわ。レイもあたしも映画なんてほとんど行かなかったし。彼、言ってたわ。自分にとって映画は、出て金をもらうものであって、観るためのものじゃないって。二人ともテレビの方が好きだったのよ」

「彼女の昔の映画が、ケーブルテレビで放映されたのかも」

ジャニスは、何とか落ち着こうと努力していた。「言ったでしょ、映画だろうと何だろうと、こんな女、二人とも見たことがないって」

再び考え込むように一服し、再び手で払う。「実はこの女性に夢中で、君には隠していたのかもしれないよ。カーペンターさん、その可能性はないかな？」

憐れむような笑みがかすかに浮かぶ。「男って、いろいろ隠したがるものよね。特にセックスのこととか。でも、あたしはレイのことをよく知ってたし、それにあたしたち結婚するつもりだったのよ。第一、その女のことを知りもしないのに、夢中になれたはずがない。あたしの意見、分かった？」

コロンボの浮かべた笑みもかすかだったが、そこには同情が溢れていた。「分かったよ。君の言う通りなんだろう。他に何か知ってることは？」

ジャニスは、こざっぱりと片づいているリビングを見渡して言った。「ないわ。レイはとってもいい男性《ひと》だった。俳優に、それも一流の俳優になるのが夢だったの。でも、その他大勢の一人で終わっちゃった。お金も全然なかったし」

「こんないい家に住んでたじゃないか」

「彼のママが残してくれたのよ」

「それに、いい車にも乗ってたよ」

ジャニスはしばらく考えていた。「そうね。最近、お金が入ってきてたみたい。月初めの月曜日にいつもね。いくらかは預金して、あとは手許に置いていた。よく寝室の化粧台の上に置いてあったわ。どうしたのって訊いたら、別のおばさんの遺産、みたいなことを言ってた。信じなかったけどね」

「どうして？」

「理由なんてないわ。レイの夢はお金を——それも大金を貯めて、若い俳優のための学校を建てることだったの」ジャニスは泣き出しそうな顔になった。「それを、あのコールって女がぶち壊したのよ」

「さあ」コロンボは言った。「そろそろおばさんに頼まれたことをした方がいいな。もし、君ともう一度話がしたいときは——？」

「これが携帯の番号よ」

コロンボは玄関まで歩くと手を振り、そして出ていった。

受け渡しの場所は、メイプル通りに最近できた人気のレストランに決まった。ピグノッティは、建物内に駐車できることを彼女に教え、キャシーはそれで、相手を殺す方法に思い至った。

キャシーは、通りに車を駐めて待った。やがてピグノッティの車が前を通り過ぎ、レストランがあるビルの屋内駐車場に入っていった。キャシーの車は、スタジオの車両置き場から〝借用〟してきたものだった。この車がダメージを受けたことに誰かが気づくのは、おそらく何週間も先のことだろう。

ピグノッティが駐車しエレベータに乗るまでは五分、とキャシーは見積もった。時間がくると、車をビルへと走らせ、機械から駐車券を抜き取った。

車が並ぶ通路を進んでいき、一つ上の階層でピグノッティの車を見つけた。いったん通り過ぎてからゆっくりとUターンし、その車がよく見える位置に駐車した。

キャシーはひたすら待った。ダッシュボードの時計を見る。午後の撮影が始まるまであと三十分しかない。ランチを食べ損なってしまったが、空腹は感じていなかった。ラッキーだわ、と彼女は考えた。極度に緊張したとき、猛然と食欲が湧く俳優は多いのだ。

ピグノッティがエレベータから出てきた。キャシーにすっぽかされ、陰気な浅黒い顔には怒りの表情が浮かんでいる。

その姿が車に近づいた瞬間、キャシーはアクセルをいっぱいに踏み込み、ピグノッティめがけて突進した――。

くそったれは、ぎりぎりのところで身をかわした――コンクリートの床に倒れ込むと、脇の安全な場所へと這っていき、車のフェンダーに頭をぶつけた。その場を離れながら、キャシーは、わずかなところで相手を取り逃がしたことを悟った。

キャシーは、タイヤを軋らせながら下の階層へと降りていった。呪いの言葉が口をつく。この馬鹿！　こうなったらもう、あのいまいましい写真が地方検事に届くのを止められないじゃないの。

ブースの駐車係に券を渡すキャシーの頭の中で、さまざまな考えが渦を巻いていた。あの写真を、いったいどう説明できるっていうの？

トレーラーに戻ったキャシーは、撮影セットからの呼び出しを待ちながら、ノートパソコンのモニターを見つめていた。見れば見るほど、自分が玄関前に立ったこの写真にはおかしなところがあるような気がする。でも何かしら？　そのとき、まるで頬に平手打ちを受けたように、彼女は突然、答えを悟った。

マトスの家に行ったとき、彼女は、自分のスチール写真が入った書類入れを持っていた。写真に写ったドアの前の女の手には書類入れなどない。片手は鍵をドアに差し込んでおり、反対の手には何も持っていないのだ。しかも、キーホルダーに他の鍵はぶら下がっていない。この写真は偽物だ。ピグノッティは、誰か別のブロンド女に同じようなジャケットを着せ、あの写真をでっち上げたのだ。でも、コロンボに書類入れのことを話すわけにはいかない。そんなことをすれば、あの家に行ったのを認めることになる。ピグノッティのくそったれ！　地獄に堕ちるがいい！　あいつ、わたしが本当にあの家に行ったかどうか知らないんだわ。わたしを罠にかけ、警察が嗅ぎつける前に金を巻き上げて国外に逃げるつもりだった――きっと、仲間のパパラッチ連中が集めた有名人のゴシップネタの中から、何かを嗅ぎつけたに違いない。マトスがわたしを相手にやっていた汚い行為に、あいつは便乗しようとしたのだ。


その日の撮影は長引きそうだった。ユニットマネージャーが、出演者やスタッフに夕食券を配り始めている。キャシーはアドレナリンの欠乏でふらふらになっており、その日最後のシーンの撮影に向けてエネルギーを絞り出そうとしていた。

皆がばらばらと夕食をとりに出かける中、キャシーもスタジオ内の大通りまで歩いていった。と、暮れなずむ空の下で葉巻に火を点けているコロンボの姿が目に入った。「お話しできませんか？　コールさん」いつもの慇懃な口調だった。

「いやだと言っても駄目なくせに」そう言って、キャシーは通りを歩き出した。その後をコロンボが走って追いかけてくる。

「お疲れなのは承知してますが――」

「でも、また『はっきりさせたいこと』ができたんでしょ？　その台詞、あなたのスローガンになりつつあるわね」

「どこへ向かわれてるんです？」コロンボは、地獄の門へと連れていかれるかのような口ぶりで尋ねた。

「別にどこへも。なぜだか分からないけど、早足で歩くと元気が出るんです。今晩の撮影は、夜中まで続きそうな気配なので」

コロンボは、ついてくるのも大変そうだった。巨大な、納屋のような形のスタジオをいくつも通り過ぎる。いくつかの扉の前には、赤いライトが灯った金属製のスタンドが置かれていた。ゼイゼイ、ハアハア。「一つ伺ってもいいですか?」コロンボが口を開く。「あの赤いライトは何です?」

「撮影中、という意味ですのよ。ライトが点いているときは、近くで大声を出したり、中に入ったりしちゃいけないんです」

「本当に大したもんだ。何でもご存じなんですねえ」

キャシーは気を引き締めた。この刑事の底なしのシルクハットから、次にどんなウサギが跳びだしてくるのか、見当はついていた。

ゼイゼイ、ハアハア。「ええと――我々は、マトス氏の自宅を調べてみました。それが――」さらに呼吸が荒くなる。「それが、あなたのお宅の近所なんです。ご存じでしたか?」

「そんなこと、知っているわけがないでしょう」

「それでですね、リビングと寝室に、あなたの写真が何枚かあったんです。いわゆる宣伝用スチールってやつですかね」

「そう、じゃ、やっぱりあの男はわたしに夢中だったのね」

「でも、ここが奇妙でしてね」早足のせいで、警部は息も絶え絶えだった。「あの人の……ガールフレンドが、こう言ったんです。そんな写真は見なかったって。二日……二日前の夜にもあそこにいたのにですよ」

「当たり前じゃない。どこの世界に、自分のおかしな妄想をガールフレンドに見せたがる男がいると思うの?」コロンボが持ち出したのがもう一つの写真、ピグノッティの写真についてではなかったことに、キャシーは安堵していた。

ゼイゼイ、ハアハア。「奇妙なことが、もう一つあるんです――その写真からは、指紋がまったく検出されませんでした」

二人はスタジオの正門近くまで来ていた。コロンボはそこで立ち止まり、「すっかり息を切らしてるじゃない!　あまり健康体とは言えないわね、警部さん」

「そうなんですよ。昔はもっと歩いていたんですがね。最近は頭を使う仕事ばかりで」

「わたしがあなただったら、もっと運動するわ。大事なことよ。それに、葉巻も絶対やめなきゃ」

コロンボは、さっき火を点けた葉巻のことをすっかり忘れ、まったく吸っていなかった。「はい、努力しますよ」そう言って、かすかな光を頼りにキャシーの姿を細目で見た。「いったいどうやったら、指紋も残さずに写真をリビングに置いたり、寝室の壁に貼りつけたりできるもんでしょう?」

コロンボは確かに、キャシーのミスを捉えていた。だが、彼女も引き下がる気はなかった。「どうしてわたしなんかにお訊きになるんです?　残念ながらお役には立てませんわ」そこで満面の笑みを浮かべる。「それこそ、あなた方のご専門でしょう?　そういうことはお手の物のはずですわ。でも、例えばですが、カメラマンがわたしのポートレートを扱うときは、たいてい白い手袋をはめていますよ」

「そうかもしれません、コールさん。きっとそうです」だが、とコロンボは考えた。それは彼らがプロだからだ。マトスは違う――。警部は、そこでレインコートのポケットに手を入れた。

ああ、いよいよ。キャシーは全身を硬くした。まったく、この男が相手では、精神安定剤が必要だわ。さあ、出てきた。

コロンボは、問題の写真を取り出し、キャシーに見せた。

「何ですの、これは?」

「今朝、地方検事のオフィスに匿名で届けられたものです。送ったのがピグノッティという男だということは分かっています。彼をご存じですか?」

「聞いた名前のようだけど、思い出せません」

「パパラッチですよ――実にいかがわしい人物です」

話を逸らせた方がいい、キャシーはそう判断した。「これを送ったのがその人だなんて、どうして分かったんです?」

「ピグノッティは、五年前に飲酒運転で捕まっていたんです。そのとき、連行した署で指紋を採ったんですが、封筒の指紋と、データベースにあるその指紋が一致しました」

「お見事ですわ」キャシーは、皮肉をかけらも感じさせない声で言った。

コロンボは写真を指さした。「これはマトス氏の家の玄関です。この女性に見覚えはありませんか?」

「意地悪な方ね。後ろ姿だけど、これ、わたしに似てるじゃない。でもそんなことはあり得ませんわ。だってお話ししたでしょう、彼がどこに住んでいるかさえ知らないって。これがわたしである可能性はゼロですわ」

コロンボはようやく呼吸が元に戻った様子で、葉巻に火を点け直していた。「そうですね。あなたであるはずはない。これはマトス氏のガールフレンド、ジャニス・カーペンターだろうと、我々は睨んでいます。それにしても、ピグノッティはどうしてこれをあなただと思わせたかったんでしょうな？」

「分かりませんわ」キャシーは困惑した表情を浮かべてみせた。カメラが回っているときもそうでないときも、自然に湧き上がった感情に従うのが一番なのだ。「いったいどうしてこんなことを？」

「いい質問です。実にいい質問です」コロンボは言った。そのとき、何台もの車が猛スピードでやってきて、二人は道の脇に寄った。車の列は傍らを通り過ぎ、正門から走り出ていった。「さあ、お戻りになった方がいいでしょう、コールさん。進展は逐一お知らせします――進展があれば、ですが」

「きっとありますわ、警部さん」キャシーは皮肉めいた口調になるのを抑えつつ、そう答えた。「その言葉、信じてます。でも約束よ、もっと運動して、葉巻もやめてくださいね」

サンディエゴ・フリーウェイの入口ランプから近い、サンタモニカにあるコーヒーショップ。

コロンボはジャニスに、そこへ来てくれるよう頼んでいた。警部が到着し、向かいの席に坐ったとき、ジャニスはハンバーグを突っついていた。

「まだ何か訊きたいの?」ジャニスは言った。「昨日、みんな話しちゃったけど」

コロンボは、コーヒーのポットを持ってきたウエイトレスにちらりと笑顔を送った。「あることが頭に引っかかっててね。蚊のようにぶんぶん飛び回ってる感じなんだ」

「あたしの言ったこと?」

警部は、もじゃもじゃの髪をかき回しながら、「化粧台の上にいつも新しい金を置いているようだった、そう言ったよね。それから、彼から聞いた、その金がどこから来たかという話は信じていないって」

ジャニスは嘘をつく必要はなかった。「ええ、そう言ったわ」

コロンボは、彼女の方に身を乗り出した。「ここからが大事なとこなんだけどね、君がマトス氏と最後にいたとき——つまり一晩一緒に過ごしたとき——そこにお金はあった?」

「ええ、あったわ。どうしてそんなこと訊くの?」そう尋ねたとき、ジャニスはコロンボの目の奥で何かが光るのを見た。何かを確信したような輝きだった。

「我々がマトス氏の寝室を調べたとき」とコロンボは言った。「化粧台にも家のどこにも金はなかった」

ジャニスはフォークを置いてコロンボを見つめた。「誰かがそのお金を盗ったっていうの?そんなこと不可能だわ。鍵を持ってるのはわたしだけなんだから」そして、怒りがこみ上げたように、「まさか、あたしを疑ってるんじゃないでしょうね？」

「いいや、とんでもない」そう言って、ジャニスがまだ手をつけていない、冷たい水の入ったグラスを手に取った。「いいかな？　暑いんで喉が渇いちゃってね」

「ええ、どうぞ」

コロンボは時間をかけ、ごくりごくりと水を飲んだ。「他の誰かが家に入ったんだよ」

「でも――どうやって？」

コロンボは手の甲で口を拭った。「レイの鍵を使ってさ」


スタジオから帰宅したキャシーは、疲労のあまり、簡単な食事を作る気にもならなかった。もっと大きな家を買って、家政婦を雇おう。そう自分自身に宣言する。これだけ稼いでいるのに、今のままじゃまるで、まだ故郷のアイダホで暮らしているような気がするわ。

玄関のベルが鳴ったとき、神経に電気が走るような感覚を覚えた。あの刑事に違いない。やはり、そうだった。いつもの申し訳なさそうな態度、いつもの葉巻くさい息。その後ろには二人の私服の男女がいた。

「今晩は、コールさん」コロンボは言った。

「どなたです？　この方たち」

「指紋採取係です。入ってもよござんすか？」

キャシーはドアを半分閉めて答えた。「お断りします。クタクタで、頭痛もするんです。いま寝ようとしていたところなんですよ」

「裁判所命令です」コロンボは手にした書類を開き、彼女に見えるように掲げた。

それでもキャシーはコロンボたちの前から動かなかった。「どういうご用なんです?」

「喜んでご説明しますが、まずは中に入れてください。これは命令です」書類はキャシーの前で開かれたままだ。

キャシーはドアを広く開けた。「ご勝手に」

中に入ると、指紋採取係の二人はコロンボの方を見た。警部が視線で何かの合図を送ったのだろう、彼らは廊下を奥へと進んでいった。

「あの人たち、どこに行くの?」彼女は声を荒らげて尋ねた。「そんなことをする権利は——!」

「残念ながらあるんです」コロンボが書類を畳みながら答える。「彼らには、裁判所からこの家を捜索する権利が与えられています」

この言葉にキャシーはやむなく一歩後退することにし、意図的に声のトーンを落とした。「あの人たちは何を捜してるんです? 警部さん」

コロンボは婉曲な表現を使わなかった。「あなたはレイ・マトスを射殺しました、コールさん。そして、彼はストーカーなんかじゃなかった」あれほど愛想のよかった口調が、厳しいものに変わっている。「ありゃあ、あなたが我々をだまそうとでっち上げた嘘です」

キャシーは視線を逸らした。「今日一日、映画の中の人物を演じてきたんですよ。あなたは、わたしが他にも架空の人物を演じたと仰るの?」

「マトス氏はあなたを強請っていました。支払いは毎月、最初の月曜日。あの人の銀行口座がそれを証明しています」

「それだけ？　そのお金がどこから来たものかなんて分からないでしょう」

コロンボは、その言葉が耳に入らなかったように先を続けた。「彼が何を摑んでいたのかは分かりません。でも、あなた方二人は同じ小さな町の出身ですし、たぶんそこで何かがあったんでしょう。あなたが隠そうと努めてきた何か、あなたのキャリアを脅かし、場合によっては破滅に追いやる何かがね」

キャシーは腰を下ろし、無造作に脚を投げ出した。何も言わなかった。

「あなたはずっと金を搾り取られていて、それが永遠に続くかもしれないと考えた。だからマトス氏を殺したんです。ところが、そこに別の脅迫者が——あのピグノッティという男が現れた。要領は悪かったですがね。彼は、後ろ姿があなたに似ている女の写真を撮った。それであなたを強請り、あなたとマトス氏との関係を暴こうとしたんですな」

キャシーは口を開いたが、その声はひどくしわがれていた。「証明できっこないわ」

「あなたは、マトス氏のことなど知らないと言った。だからそれが嘘だったと分かれば証明できます。必要なのは、それだけなんです」

指紋採取係の男が、廊下からコロンボの方を見ていた。「金を見つけました、警部。寝室の化粧だんすの一番上の引き出しにありました」

「さっそく照合を頼むよ」

「お安いご用です」男は廊下を戻っていった。

すべてのエネルギー――抗おうとする気力が、キャシーからゆっくりと失われていった。立ち上がってコロンボと対決したかったが、それ以上に、そのまま坐っていたかった。彼女は、本当に疲れきっていた。

「たとえ天才じゃなくとも」とコロンボは続けた。「マトス氏を殺したあと、あなたが鍵を取って彼の家に向かったことは分かります――車にパンティを残してからですな。そして、リビングと寝室にスチール写真を置いた。手袋をした手でね。そいつがまずかったのはお認めになるでしょう？　つまり、まったく指紋のない写真を残してしまったことです。マトス氏がいつも手袋をはめていたとは考えられませんからね」

「そう、利口じゃなかったわ」

「そして、化粧台の上に置かれた金を見つけた。あなたが支払ったお金です」

キャシーはようやく、コロンボが何を摑んだのか、そして話がどこへ向かうのかを理解した。喉が締めつけられているようで、もうこれ以上話せそうになかった。あるいは、もう話したいことなどないのかもしれない。

「あなたは、自分がむしり取られた金を見つけ、それを摑むと、ここに持ち帰った」

気づくと、彼女は無意識にうなずいていた。コロンボの言葉には、思わず同意してしまう何かがあった。クローズアップを撮るときのソフトな照明、コロンボの控えめな態度は、それによく似ていた。

指紋採取係が部屋の入口に戻ってきた。「一致しました、警部」

「残念ですが」コロンボはキャシーの方に向き直った。「紙幣からマトス氏の指紋が見つかりました。あなたを逮捕します」

キャシーは、呆けたようにうなずき続けている。首の中に仕掛けがあって、それで動いているかのようだった。「どうしてわたしを疑い始めたの?」彼女は力ない声で尋ねた。

「大したことじゃないんですよ。四五口径の銃を手近なところに置いていた、という話がどうしても気になったんです。まるで待ち伏せしたようにも思えましてね」

コロンボは正しかった。しかし、それを認めて彼を満足させようとは思わなかった。キャシーは何とか立ち上がったが、足に力が入らず、ふらついてしまう。そして、ふざけるように両手を差し出してみせた。

「手錠をおかけになる?」

コロンボの微笑みはいつも通り控えめだったが、この時ばかりは悲しげだった。「映画の観すぎですよ、コールさん」

第8話　禁断の賭け

コロンボ警部が現場に到着したのは午後遅くだった。砂漠を越えてくる高温の季節風《サンタ・アナ・ウィンド》が、孤独な妖精〝バンシー〟のように泣き叫びながら渓谷を吹き抜けている。口の中が渇いて仕方なかった。

殺人が起きたのは、ウエストレイクに建つ住宅の一つ。被害者のチャーリー・ビヴァンズはロス市警の刑事であり、第一発見者のメイソン・キンケイドも、同じくコロンボの同僚だった。

通りでは、隣人たちが呆然とした様子で捜査を見守っている。血に飢えたメディアの連中も、今ごろこちらへ向かっているはずだ、とコロンボは考えた。こんなスローガンを聞いたことがある――血のあるところトップ記事あり。確かに血は流れたし、警官殺しとくれば、例によって大々的に報道されることだろう。

鑑識課員たちが家の中を調べている間に、コロンボはキンケイド刑事を、人目につきにくい警察のバンの後ろへと連れていった。「メイス、何があったのか話してくれないか。――それから、どこかで水が飲めないかなあ。この乾いた風ときたら、水なしじゃいられないよ」

キンケイドは生え抜きの刑事で、一分の隙もないいでたちが自慢だ。高価なものではないが、常にサージのダークスーツを着込み、趣味のいいアクセサリーを身につけている。まるで卒業証書を受け取りにいく高校生のようだ。胸許から覗くポケットチーフも、ネクタイの色に合わせてある。彼の背中を押す野心の風は、サンタ・アナに劣らず強かった。「冷蔵庫に飲み物がありますよ」

コロンボは車の陰でため息をついた――今日もまたダークスーツだ。この男のクローゼットには、同じ服が何着掛けてあるんだろう？「で、何があったんだい？」

「チャーリーは非番でした。僕も今日は夜勤だったので、一緒に遅めの昼食でも、と思ったんです」キンケイドは、いつも通りの生真面目な表情で答えた。

「自宅を知っていたの？」

「ええ。月に二回はここに集まって、皆でポーカーをやっていました。あいつが女房に離婚される前からです」

この風では難しいだろうと思いながら、コロンボは葉巻に火を点けようとしていた。「それで、発見時の状況は？」

「家の前に車を駐めて、玄関へ向かう途中で銃声が聞こえました。家の中からです。ドアには鍵がかかっていたので、やむを得ず破って入ると、チャーリーはリビングの床で死亡していました。頭部に銃痕が二つ――あんな死に方をしやがって……」

「馬鹿げた質問をするようだけど、じゃあ現場には誰もいなかったんだね？」

キンケイドはうなずいた。「銃を抜くと、まず家中を確認しました。勝手口が開いていたので、台所から外に飛び出して庭もチェック。それから裏手の路地に出ると、突き当りまで行き、ぐるっと回って表通りを調べながら戻ったんですが、誰もいませんでした」

コロンボはもう一度葉巻に火を点けようとした。「実は、近所の住人の一人が、銃声を聞いて九一一に電話してるんだ。君から応援要請があったのはその約四分後――。ちょっとばかり時間がかかりすぎな気がしてね」

「チャーリーを殺したやつを追っていたんですよ。あのときは、それしか頭に浮かばなかった」

キンケイドは苛々した様子でそう言い返した。

「オーケイ。その後は？」

「二分もしないうちにパトカーが一台到着しました。緊急無線が入ったとき、ちょうど近くにいたんでしょう。殺人犯が逃走中だと伝えて、応援を呼んでもらいました」

コロンボは、木々がまだらに影を落とす、家の前の通りに目をやった。何人もの捜査官が、長い通りに並ぶ家のドアベルを一軒一軒鳴らし、住人たちから話を聞いている。

「どこかに隠れているなら、彼らが燻《いぶ》り出してくれるでしょう」キンケイドはそう言うと、ポケットチーフを取り、額の汗を拭いた。「チャーリーのやつ、気の毒に。さっきから僕に思い出せるのは、ただ、あいつのポーカーがへたくそだったってことだけなんですよ。おかしいでしょう？」

コロンボはしばらく考え込んでいた。「彼はいい刑事だったよ。ちょっと融通のきかないところもあったみたいだけどね。とにかく、運がよければ、この界隈で犯人を捕まえることができるだろう」

そうは言ったものの、コロンボには分かっていた。この日、何かが首尾よく運ぶとしたら、葉巻に無事に火が点くことぐらいだろうと。三度めで、ようやく火は点いた。

ハウランド本部長の言葉はコロンボの予想通りのものだった。「残念だが、逃げられたようだ。犯人《ホシ》はチャーリーを殺《や》ったあと、待たせてあった車で逃げたのかもしれん。チャーリーはマフィアがらみの事件を捜査中だったからな」

二人はハウランドの塵一つないオフィスにいた。壁を飾る表彰状、受賞の記念品、そして家族の写真——すべてが所定の場所にきちんと収まっている。コロンボのお気に入りは、ハウランドの孫たちのカラー写真が入った小さなスノードームだった。あれを揺すったら、子供たちは小さな吹雪の中に消えてしまうのだろうか？　大いにそそられる試みだったが、いまだ実行したことはなかった。

ハウランドは自分のデスクに坐り、コロンボは向かいの椅子に腰掛けていた。デスクにはルーズリーフ式のバインダーの山がいくつもそびえ立っており、相手の顔を見るには、その間から覗き込まねばならない。「感触はどうだ？」ハウランドが尋ねた。「君はいつも、早くから何かを感じているだろう」

「お聞きになりたい話かどうか分からんのですが——実は、キンケイドが昇進すると目されているポジションをビヴァンズも狙っていたという噂がありまして」

「おいおい、警部。気づいていないなら教えてやるが、この建物にはピラニアがうようよしているんだ。お前さんがとりわけ好かれてるのは、他《ほか》の人間のポジションを横取りしようとしないからさ」ハウランドの目は、その口ぶり以上に笑っていた。

「あたしはただ、耳にしたことをお伝えしているだけで」

ハウランドは、コロンボの顔がよく見えるよう、書類の山を一つ横にずらした。「チャーリー・ビヴァンズは昔気質《かたぎ》の刑事だった。長年の間に作った敵の数は、うちの女房の母親にだって負けないはずだ。あいつが刑務所《ムショ》送りにした山のような連中の誰かが出所してきて、その頭に二二口径の弾を二発撃ち込んだのだとしたら、特定は難しいだろう」

「犯人は捕まらず、凶器も見つからない――」コロンボは言った。「そこがどうにも妙なんですなあ。あたし、特別捜査班の連中に、通りをくまなく調べてもらったんです。一軒一軒、家も庭も。犯人が、植込みか裏通りのゴミ容器に凶器を隠したかもしれないと思ったもんですからね。まあ、もし仲間が車に乗せたのなら、銃を持ったまま逃げたのかもしれませんが」

「近所の住人たちは何と言っているんだ？」

「家には誰も入ってこなかったし、気づいた限りでは庭に隠れている様子もなかったと言ってます。何たって、数分で警官が駆けつけていますしね」そこで深いため息をつく。「マスコミの吊るし上げはかなり厳しいでしょう。新人のマルティネスとカーステアーズが、いま、周辺の植込みやゴミ容器を徹底的にチェックしていますが、終わったら二人とも、うんと遠回りして記者連中をまきながら引き揚げさせる方がいいでしょうな」

コロンボはスノードームを手に取ってみたが、それを揺すらないだけの分別はあった。「キンケイド刑事の銃は調べましたか？」

ハウランドは目を細めた。「彼がやったと言いたいのかね？」

「いいえ、そんなことは。ただ、現場近辺にあった唯一の銃ですから」

「おい、そのドームはいじらんでくれ。参考までに言うと、キンケイドのリボルバーに発砲の痕跡はなかった。規則に従って調べたまでだがね。他に銃を持っていなかったことも確認ずみだ。だいたい、キンケイドがなぜ友人を殺さねばならん？　二人は十年来のつき合いで、気の合うポーカー仲間だった。それに、キンケイドは刑事としてはピカイチだ。もしチャーリーが彼のポジションを狙ったとしても、キンケイドは気にも留めなかっただろう」

激しい風が窓を震わせた。「いや、ちょっと思いついただけでして」とコロンボは言った。

「そいつはたぶん、科学では説明のつかん能力なんだろうな」

コロンボは初めて笑顔を見せた。「うちのカミさんは、テレビで読心術だの予知能力だのを披露してる有名な男の大ファンでして。死んだ人間に話しかけたりもするそうですよ。彼によれば、死体の方も何か言い返してくるとか――」

「言い返してくる？　警部、うちの女房はその点にかけちゃまさにエキスパートなんだが、テレビでひと稼ぎできないものかね？」

コロンボは、チャーリーの元妻に会うべく、彼女が看護師として勤めているパークマン総合病院を訪れた。

「チャーリーのことは聞きました、警部さん」小柄な女性で、整った顔は青白くやつれている。

「最近も彼と連絡を？」

「ええ、一週間前に。幸せなことに、離婚後も友人として親しくできていましたの」

医師が二人、急ぎ足で通り過ぎ、コロンボは慌てて道をあけた。「そのとき、チャーリーは何か悩んでいる様子でしたか？　心配事があるとか――」

「いいえ。それどころか、誰かを告発してやるんだと息巻いていました」

コロンボは目をぱちくりさせた。「告発する？　誰か署内の人間をですか？」

「いえ、誰とは言いませんでしたが」

コロンボはうなずきながら考え込んだ。「告発する、確かにそう言ったんですね？」

「間違いありません。何か心当たりがおありですの？」

コロンボは肩をすくめた。「今のところは何とも」そう言いながらも、どうにも引っかかるというように考え込み、立ち去る気配を見せない。「チャーリーから、メイソン・キンケイド刑事の話を聞いたことは？」

「ええ。メイスのことは知っています。よくうちに来て、チャーリーたちとポーカーをしていましたから」

「そのようですね」どこからか、また別の医師が突進してくるのではないかと、コロンボはあたりを見回した。「お忙しいでしょうから、このへんで失礼しましょう」

「警部さん、少しでもお役に立てました？」

「もちろんです。とても参考になりました」

翌朝、コロンボは、カルヴァーシティにあるメイソン・キンケイドの自宅を訪ねた。木々の茂る閑静な通りに面した、ケープコッド様式の簡素な家だった。

玄関の前まで来たとき、急にドアが開くと、白いTシャツにピンストライプのスーツを着た、ずんぐりした強面の男が二人飛び出してきて、コロンボの脇をかすめるように立ち去っていった。

コロンボは、面食らったまま呼び鈴を鳴らした。

応待に出たのはキンケイドの妻だった。スタイルのいい魅力的な女性で、歳は夫と同じくらいだろうか。不安げな表情だった。

「今の男たちは?」コロンボは尋ねた。

「メイスがリノにいたころの刑事仲間ですわ」

彼女はコロンボを、狭くて質素なリビングに案内した。質素というよりは、家具が少なく殺風景な部屋だな、とコロンボは考えた。キンケイドはそこで新聞を読んでいた。いつものダークスーツ姿ではなく、ごく普通の、趣味のいいスポーツシャツにジーンズという恰好だ。

コロンボは、勧められるのを待たず、ワイド画面テレビのそばの背もたれの硬そうな椅子に腰を下ろした。

「本部長が、今日はゆっくり休むようにと言っていたよ」と警部は口を開いた。「昨日のことは、さぞショックだったろうとね」

「お心遣い、ありがたいです」キンケイドはマグカップでコーヒーを飲みながら言った。

「コーヒーをお持ちしましょうか、警部」と夫人が声をかけた。朝早くというのにきちんと化粧をしているが、口や目のあたりに強い緊張が見て取れた。

「そりゃ、ありがたいですな――もしお手数でなければ。うちのコーヒー沸《パーコレーター》かしがいかれちゃいましてね。カミさんがウォルマートで買ったやつで、まだ新品同様だってのに。ドイツ製は、車と同じで性能がいいはずなんですがねえ」

「この時代、あてになるものなんかありませんよ」キンケイドはぶっきらぼうに言った。「昨日のことで、まだ何か訊きたいんですね」

「逃走した犯人がまだ見つかっていないことは聞いてるね。今も、現場周辺を大勢で捜索中なのも。ところが、犯人が捨てていったと思われる銃さえ発見できていないんだ」

「犯人の方がツイていることだってありますよ。ええ、警部、全部聞いています。他に何か、僕がお話しできることが？」

　コロンボは自分の両手に目を落とし、再び顔を上げた。「銃声を聞いてドアを破った。つまり、ドアには鍵がかかってたんだね？」

「かかっていました。体当たりして、蝶番から外したんです。ドアは床に倒れました。チャーリーの身に何かが起こった予感がして、無我夢中でした」

「なるほど。それから犯人を追って、家の裏手に出た――」

「その通りです」

　夫人がコーヒーを持って戻ってきた。手渡された警部は、受け皿に少しこぼしてしまった。

「ありがとうございます、奥さん。お気遣いどうも」

「わたしもいた方がいいですか？」

「いえいえ、ご主人だけで結構です」

少しほっとした表情になると、彼女はわずかに微笑んで部屋を出ていった。

コロンボはサイドテーブルにコーヒーを置き、レインコートのポケットから綴じた紙を取り出すと、確かめるように目を通した。「こいつはラミレス巡査部長の報告書でね。彼は隣の一家から話を聞いているんだが、ご主人の証言では、銃声を聞いた数分後に、君が家の前を走っていくのを目撃したんだそうだ」

キンケイドは、コロンボのそばにある椅子に移った。「それで？」

「つまりだね、メイス、犯人を追って裏の路地に出たのなら、どうしてそのお隣りさんは、表通りを走る君を見たんだろう？」

「いいですか」キンケイドは言った。「何もおかしくはありませんよ。僕は、裏の路地から犯人を捜して表通りに回ったんですから――その話は、もうしたはずですよ」

「いや、ただちょっと頭を整理したくてね」

キンケイドは立ち上がった。「失礼ですが、警部は確信していらっしゃるようだ――僕がチャーリーを殺したと」

コロンボは心外そうな顔になった。「そりゃ誤解だよ、メイス。そんなつもりじゃないんだ」

キンケイドは笑った。「勘弁してください。こっちは警部のそのやり口を何度も何度も見てきているんですから。書類をごそごそやったり、注意を逸らしたり、奥さんの話をしたり、それに今回は壊れたパーコレーターの話ですか。僕に照準を合わせたのなら、もっとましな手を使わないと」

コロンボは懇願するように両手を大きく広げながら立ち上がった。「あれにはそんな意味はないんだよ。確かに、ちょっと脱線したのは認めるけど、演技なんかじゃないんだ。信じておくれよ」

「そうそう、それもいつもの台詞ですよね。さて、もう一度言いますが――僕に何を訊きたいんですか？」

コロンボは親指を立ててみせた。「もう話してもらったよ。家の前なのか裏なのか、その食い違いを確かめたかっただけだからね」

キンケイドは平静さを取り戻していた。「お役に立てて何よりでした」そして皮肉っぽくこう続けた。「今後はチャーリーを殺した犯人の発見に全力を注いでいただきたいものです。もうお目にかかることはないでしょう――捜査の対象としてはね」

コロンボは曖昧な笑みを浮かべながらこう答えた。「メイス、あたしの方は、いつでも好きなときに会いに行くよ」

翌日、コロンボが執務室に入っていくと、キンケイドは電話の最中だった。部屋には他に誰もいなかった。

壁に掛かったクリップボードを順に眺めながらしばらく待っていると、ようやく通話は終わり、キンケイドは受話器を置いた。

「会計士からの報告にはいい加減うんざりだ」キンケイドは吐き捨てるように言った。「サクラメントの役人連中ときたら、納税申告書に必ずケチをつけてくる」

そこで、ゆっくりと壁から自分に向き直るコロンボの姿が目に入り、キンケイドの顔に大きなクエスチョンマークが浮かんだ。「また何か食い違いでも？　しばらくは会わずに済むと思っていたんですが」

「メイス、もう一つだけいいかな」

「例の目の悪いお隣りさんが新たな証言でもしましたか？　今度は、僕がまだ煙の出ている銃を持って走っていたとでも？」

「いやいや、別の話なんだ。この間、チャーリーの別れた奥さんに会ってね。彼女の話では、チャーリーは誰かを告発すると言っていたらしい」

キンケイドは、部屋に入ってこようとした警官に気づくと、手を振って追い返した。「そりゃあ興味深いですね。相手が誰かは言ってたんですか？」

「名前は言わなかったそうだ。でも、チャーリーが優秀な刑事で、仕事が生き甲斐のような男だったことを考えれば、相手は同僚だったと思っていいだろう」

「また妙なことを。それが僕だと言うんですか？」

「まだ調査の途中でね」

キンケイドは疑いの表情を隠さなかった。「チャーリーの友人の中にいると?」

「あるいは敵の中に」

その言葉にキンケイドは噛みついた。「あいつには敵なんていなかった。そんなたわごとは信じませんよ、コロンボ警部。あなたのやり口は熟知していると言ったでしょう」

「誰にでも敵はいるものだよ。君だって優秀で経験もある刑事なんだから知ってるだろう」

キンケイドは、坐ったまま、落ち着かない様子で身じろぎした。「じゃあ、僕のことは措いておいて、警部は、皆にも同じように聞き込みをしてるわけですか?」

コロンボはうなずくと、キンケイドの隣に親しげに腰を下ろし、彼の方に身を乗り出した。

「本当にそうかどうか確かめますよ」キンケイドは言った。

コロンボはもう一度うなずいた。

「で、もう対決は始まってるんですか?」

「対決だって?」

キンケイドは、苛ついているというジェスチャーに首を振ってみせた。「またそれですか。犯人の目星がついたからダンスを始めるんでしょう?」

コロンボは愛想のいい笑みを浮かべた。「対決、と言ったのかと思ったよ」

キンケイドは、何とか平静と無関心を装った。「好きにするといい——僕は、彼を殺していません」

コロンボは、再びチャーリーの家を訪れていた。風は、もうすっかりおさまっている。家の前には現場を保全する黄色のテープが張られており、玄関のドアは開いていた。警部はテープをくぐると、小ぢんまりとしたバンガロー式の住宅の中をつぶさに見て回った。離婚した人物や、人生を独身で通した人物の住まいに特有の、隅々まで漂う寂寥感《せきりょう》には、いつも驚かされる。チャーリーの家も例外ではなく、何とも寂しげな空気が感じ取れた。

裏口をチェックする。ドアは、キンケイドがそこから飛び出して犯人を追ったと証言した小さな裏庭へと続いていた。コロンボも外に出て、並んだ家沿いに続く裏道を端まで歩いていった。突き当たりまでくると、左に折れて表通りに出る。角の郵便ポストの前に郵便配達人がいた。

「ちょっといいですか?」コロンボは、配達人に近づきながら声をかけた。眼鏡をかけたヒスパニック系の青年だった。眼鏡の配達人を見るのは初めてだ、とコロンボは考えた。必要そうに思える年配の配達人ですら、これまで一人も見たことがない。

「この道を通るのは、いつも午後のこのぐらいの時間?」

「そうだけど。何でそんなこと訊くんだ。あんた誰?」

コロンボは、財布についた警察バッジとＩＤを青年に見せた。

「ああ、あの殺人事件を調べてるんですか」

コロンボはうなずいた。「じゃあ、あの日も事件が起こったあとに、このあたりを通ったんだね。何かいつもと違うことはなかった?」

「大ありですよ」皮肉な口調だった。「刑事さんみたいな人がそこら中にいました。質問もされましたよ。警察の人って、お互いに話をしないんですか？」

コロンボはきまり悪そうに笑った。「うちの連中以外には、何も変わったことはなかった？」

「ええ、まったく何も」青年の口調がきつくなる。

コロンボは後ずさりしながら手を振った。「邪魔して悪かったね」


その日の午後遅く、自分のオフィスにいるコロンボを、キンケイドが訪ねて来た。「たまには逆さまもいいでしょう？」と、ドアを閉めながら言う。「あなたが邪魔しに来ないので、容疑者の方があなたを邪魔しに来たってわけです」

回転椅子に坐ったコロンボは、ゆっくりと向きを変えた。「何の用だい？」

「パガーノに聞いたんですが、チャーリーの家を調べたそうですね。で、何か見つかったかと思いまして」

「何も出てこないよ。郵便配達の人とも話したけど、そっちも空振りだった」

キンケイドは冷たい笑みを浮かべた。「簡単にはいかないと言いましたよね？」

「メイス、仕事があるんだよ。他にも何か？」

「ええ、あります。だから寄ったんです。何日か前から僕に尾行をつけてますね。煩《わずら》わしくて仕方がないんで、理由を伺おうかと」

コロンボはにっこり笑った。「君も知ってるじゃないか、容疑者には捜査方針を教えられないんだ」

キンケイドは勝ち誇った表情で拳を机に叩きつけた。「やっぱり僕が容疑者か！〝本命〟というわけですね」

「こういうことかい、対決って？」コロンボは、何か考え込みながら答えた。

「そうです。さあ、これで隠し立てする必要はなくなったんですから、その見えすいた策略はもうやめにしませんか？」

コロンボは答えなかった。やがて――「仕事があるんだ、メイス」

「うまくいくわけがない。尾行されてるのは分かってるんですから。何を目論んでいたとしても無駄に終わるに決まってますよ」

長い沈黙が続いたあと、コロンボはこう答えた。「そうかな？」

「もうゲームは終わりだと言ってるんです。ここからは真っ向勝負でいきましょう」

「そうしたいのなら」コロンボは、ひょいと肩をすくめてみせた。

キンケイドは怒りをエスカレートさせ、机に両手をついて身を乗り出したが、コロンボは眉一つ動かさず無表情なままだった。

「あの使い古しのうっとうしい手管が使えない以上、あなたに解決できるとは思えませんね」

「犯人を捕まえるためなら、あたしはどんな手でも使うよ」

「いつも捕まるとは限らない」

コロンボは椅子の背にもたれ、頭の後ろで両手を組んだ。「捕まるとは限らない。その通り。まったくその通りだよ」

キンケイドはドアに向かって歩き出した。「こいつは、隙のない事件です。そして、あなたは手がかり一つ摑めていない」

コロンボはもう一度肩をすくめただけだった。


翌日、コロンボは、再びキンケイドの自宅を訪れた。通りでは子供たちがスケートボードで遊んでおり、前回ほど静かではなかった。家の前には、かなり古い型のシボレーが駐められている。キンケイドはビュイックの高級車に乗っていたはずだが、売ってしまったのだろうか？

キンケイドの妻がドアを開けた。午後二時だというのに、まだガウン姿だ。彼女はコロンボを見て驚いたものの、嫌な顔もせずリビングに案内した。そこでコロンボを当惑させたのは、前回よりもさらに家具が少なくなっていたことだった。

「奥さん」コロンボは言った。「こんなことをお訊きしちゃ失礼かもしれませんが、マントルピースの上に銀の燭台が二つありませんでしたか？」

彼女は口ごもり、笑顔を繕《つくろ》った。「警部さんは、ずいぶん――ずいぶん目ざとい方なんですのね。メッキの直しに出したんです。去年亡くなった母の遺品なんですよ」

「そうですか。暖炉にも、すてきな真鍮の薪載せ台があったはずですが」

「片づけましたの。メイスが好きじゃないって言うもので」彼女は狼狽を隠そうとしたが、うまくいかなかった。「何かお持ちしましょうか？　コーヒーか、冷たいソーダでも」

「いえいえ、お構いなく。署でコーヒーを飲んできたばかりでして――おや、あの立派なワイド

「画面のテレビはどうされました？」

　彼女が答えかけたとき、玄関のドアに鍵が差し込まれる音が聞こえた。

　コロンボが振り向くと、入ってきたキンケイドが、妻といる彼の姿に驚いて立ち止まるところだった。

「またあなたですか。〝容疑者宅への訪問は慎重に〟が、最近の方針じゃないんですか？」

　夫人は、容疑者という言葉に驚いたらしく、困惑した表情でキンケイドを見つめている。

「〝恋と捜査は手段を選ばず〟というじゃないか」コロンボは肩をすくめた。

「そんなの聞いたこともありませんね。マリオンから何を聞き出そうとしていたんです？　僕が留守の間にこそこそと」

「大したことは訊かれていないわ」マリオンが言った。

　キンケイドは探るような鋭い目で妻を見た。「本当か？」

　コロンボは、キンケイドが閉め忘れた玄関のドアの方へ一歩踏み出した。外からはスケートボードの音と子供たちの興奮した声が聞こえている。

「ちょっと見たいものがあって来たんだよ」

「見たい？　いったい何をです」

　コロンボの答えは、いかにも彼らしい謎めいたものだった。「ここにはない〝あるもの〟さ」

　家を出たコロンボは、二軒先に駐まっている覆面車へと歩いていった。助手席にはパガーノ、運転席にはラミレスがいた。

「郵便局は当たってくれてるかい?」コロンボがパガーノに尋ねる。

「はい、今朝から。まだ報告はありません。もう少し時間をください」

コロンボは、スケートボードで行ったり来たりしている子供たちを眺めていた。「いいとも――でも、急いでおくれよ」


コロンボはハウランド本部長のオフィスにいた。ハウランドは上着を脱ぎ、シャツの袖を肘までめくり上げている。いつになく不機嫌でぴりぴりしたその様子に、コロンボは、雷でも落ちるのではと不安になった。

「すでに市警本部中の噂になっとるぞ」ハウランドは切り出した。「君がキンケイドをしつこく探ってるとな」

「状況はすべてご存じのはずですよ」コロンボはやんわりと反論した。「毎日、報告書を上げてるんですから」

「ああ。だが、これ以上噂が広まり、署の全員が昼飯時や仕事帰りのバーで話題にするようになるのは避けなければならん。秩序が保てなくなる恐れがあるからな」

「それは承知してますが、ここの人間はみんな家族みたいなもんで、他の誰かが今何をしてるか、ちょいと覗き込むのはいつものことです。まあ人間の本性ってやつでしょう」

「人間の本性の講釈などしてくれんでいい。何でも君は、自宅にまで押しかけて、やっと奥さんに嫌がらせをしたそうじゃないか。そいつはやりすぎだろう、警部」

「嫌がらせとは、ずいぶんな言われようですな」

携帯電話が鳴った。ハウランドは、不吉なものを見るような視線をコロンボに向けた。

「あたしのだ、すいません」コートのポケットから電話を探し出して開くと、磁石のようにぴったりと耳につけた。「はい、コロンボ。うん、うん——本当かい⁉ そりゃ抜群のタイミングだよ。どのくらいで戻ってこられる？ オーケイ。よくやってくれた」

コロンボは、閉じた携帯を手に、黙って考えをまとめ始めた。本部長は、待ちきれない様子で、その姿をじっと見ている。

「誰からだ？」ハウランドが口を開いた。苛立ちの末という以上に、好奇心に負けたという口調だった。

「パガーノ巡査部長です。連中が、捜していたものを見つけてくれました。これで一件落着です」

「その一言を聞くのが怖かったんだ」ハウランドは仏頂面でデスクの椅子に坐り込んだ。「犯人は身内だと分かってみろ、この市警本部中が大混乱になるぞ」

コロンボはドアへと歩き出していた。「そうそう、もう一つだけ——彼が殺した相手も、我々の身内なんです。本部長も、その点をどうかお忘れなく」

ハウランドはしぶしぶうなずいた。残念ながらそれは、この上なくもっともな指摘だった。

三十分後。コロンボのオフィスのドアがノックされた。その少し前、警部はパガーノから証拠品袋を一つ受け取っていた。

「どうぞ」コロンボは答え、デスクに置かれたその袋に目をやった。

キンケイドが、警戒するように室内を見回しながら入ってきた。いつものダークスーツに白いシャツ、そこに黒っぽい柄のネクタイを合わせている。「僕にご用だそうですが？」わずかに緊張した声。得意の皮肉な調子は影を潜めている。

「坐ってくれ、メイス」コロンボは、明るくそう言って椅子を示した。

「よろしければ、立ったまま伺います」

数秒の沈黙。そして、コロンボはこう切り出した。「対決は終わったよ」

「そいつは、『ついに事件解決の決め手を掴んだ』という意味ですか？」皮肉な口調が戻ってきたが、いつもの勢いはなかった。

「メイス、君は歯止めのきかないギャンブル狂だ。たぶんずっと以前からなんだろう。何日か前、君の家から出てくる用心棒たちを見たよ。借金をごまかしたりすれば、腕の一本もへし折ろうという連中だ」

「それはただの臆測でしょう」

「奴らは執拗に迫ってきている。燭台や薪載せ台やテレビがリビングから消えているのを見たとき、それが分かったよ。ビュイックも安い車に替わっていた。きっと他にもいろいろ手放さなきゃならなかったはずだ。そこまでひどいギャンブル好きだと知られたら警察を追い出されかねないし、そうなれば給料がもらえず、ますます借金を返せなくなる」

キンケイドは、重心を反対の足に移しただけで何も言わなかった。

「さらに困ったことに、チャーリー・ビヴァンズがそれを知ってしまった。正義感のかたまりのような最悪の相手だ。チャーリーは君を告発しようとした。だから君は、家へ行って彼を撃ち殺したんだ」

「これ、録音しているんですか？」キンケイドの声は震えていた。

「いや、その必要はないんだ。チャーリーを撃ったあと、君は裏の路地を走り、回り込んで表通りに出た。初めから考えていたんだろう？　パトカーが駆けつけてくる前に、拳銃は——犯行に使った出どころ不明の二二口径は、どこかに処分する必要があるとね」

「現場周辺は徹底的に捜したはずですよ」キンケイドの口調には、いつもの挑戦的な響きが戻っていた。「でも、何も見つからなかった」

「そう、見つからなかった。なぜなら君は、郵送用の緩衝材入り封筒を用意していたからだ。銃はそこに入れられ、通りの角にあるポストに投函された。君があそこまで走ったのはそのためだったんだ」

キンケイドは無言だった。

「となれば、可能性は一つしかない。おそらく君は、どこか近くの郵便局に私書箱を持っている——それなら、銃を自分宛に送っておいて、ほとぼりが冷めたころに回収できるからね。そこであたしは、事件の直後から君に尾行をつけた。それに気づいた君は、封筒を取りに行けなくなった。なぜなら、動かぬ証拠を手にしたところを取り押えられる恐れがあるからだ。ここまでは合ってるかな?」

キンケイドは、黙ったまま窓の外を見ていた。

「その上で、裁判所命令を取って、街中の私書箱を調べさせたんだ。私書箱を開設するには身分証明書の提示が必要で、本名を名乗らざるを得ないからね。そして今朝、スタジオシティにある局で君の私書箱を見つけたよ。拳銃の入った封筒もね」

コロンボは、デスクの上の証拠品袋を指さした。キンケイドは、ちらりと見ただけで、すぐに窓の方へ視線を戻した。

「施条痕検査を行う時間はなかったが——」コロンボは続けた。「チャーリーを殺害した凶器に間違いないだろう。調べれば、銃からも封筒からも君の指紋が出てくるはずだ。でもそれは、アイスクリームサンデーに乗っかってる飾りのチェリーみたいなもんだ」

キンケイドは、ようやく窓から向き直った。うつろな表情に笑みが貼りついている。「仰る通り、対決終了ですね。あなたの捜査方法は熟知していたはずなのに、これまでの犯人たちと同じミスを僕も犯してしまった——あなたを見くびってしまいました。コロンボ警部、あなたはすばらしい。まさしく名刑事です」

コロンボはため息をつくと、椅子をくるりと回し、外の景色を眩しそうに眺めた。「その呼び名は、犯罪者を残らず捕えたときにでも、ありがたく頂戴するよ」

第9話　暗殺者のレクイエム

アリソン・コープランドがその男と会うのに選んだのは、ウッドランドヒルズのヴァントーラ大通りにあるレストランだった。仕事を早退し、約束の時刻より早めに着くと、前菜からシュリンプカクテルを選ぶ。飲み物は頼まなかった。

男は、ほぼ時間通りに現れた。ありふれた風貌の男。ありふれたスポーツコートを着て、アイロンのかかっていないカーキ色のスラックスを穿いている。素性を窺わせるものがあるとすれば、わずかに細めた目の端にかすかに漂う、穏やかならぬ気配ぐらいのものだろう。

男は、店内の幾人かの客を素早く値踏みしたあと、彼女のテーブルにやってきた。アリソンが選んだのはフロアの隅、内密の話をするのに打ってつけの席だった。男が坐ると、すかさずウエイターが現れ、カクテルかワインはいかがかと尋ねた。いや、結構。

いい傾向だわ、とアリソンは考えた――ビジネスの席にアルコールは禁物よ。

そのときアリソンは、自分がまだ相手の名前を知らないことに思い至った。彼女と夫の名前を聞いたあとも、男は名乗らなかったのだ。それに、さっき席に着くとき、彼女の名を呼んでから自己紹介することもなかった。

アリソンは、男が無言でメニューに目を通す様子を眺めていたが、やがて笑顔になって尋ねた。

「何とお呼びしたらいいのかしら」

「ジャックだ」

それが偽名なのは彼女にも分かった。

ウエイターが再びやってきた。

「ランチをいかが？　ご馳走するわ」

「コーヒーで結構。長居をするつもりはない」

アリソンは、男の方を示しながらウエイターに言った。「こちらにコーヒーをお願い」

〝ジャック〟はメニューを閉じた。「で、やるのはいつがいい？」ヘビースモーカーのような、しわがれた耳障りな声だった。

「明日の夜はどうかしら。お忙しい？」アリソンはもう一度、さらに明るく笑ってみせた。殺し屋の暮らしってよく分からないけれど——と、彼女は心の中で軽口を叩いた——依頼人が希望した日に歯医者の予約が入っていることだってあり得るわよね。

「〝どうかしら〟は困る。はっきり指定してくれ」

「では、明日の夜に」アリソンは男を嫌い始めていた。その方がいい。

「時刻は？」

「八時。夕食が終わって、主人は書斎で本を読んでいるはずよ。家にいる晩はいつもそうするの」

「書斎の——」男はそこで口をつぐみ、コーヒーを運んできた若いウエイターが別のテーブルに歩き去るまで待った。「書斎の位置は？」

「勝手口からキッチンに入って、廊下をまっすぐ進むと、右手がリビング。そのリビングの奥が書斎よ」

アリソンはハンドバッグから封筒を取り出し、男の方へと滑らせた。

男は手に取って重さを量った。「鍵か？」

「勝手口の鍵よ。家を出るとき必ず持ち帰ってね」

男は、その指示を自分の能力を疑うものと取ったのか、彼女をきっと睨みつけた。「あんたはいないんだな」

今度は、アリソンがきっと睨み返す番だった。愉快な気持ちで、嘲《あざけ》るような表情を作ってみせる。「当たり前でしょう。どこか遠くの場所で完璧なアリバイをこしらえてるわ」一呼吸置いて尋ねた。「主人を殺す理由を訊かないの？」

男は肩をすくめた。

「あの爺さんはね、うんと年下の若い女——弁護士の助手とデキてるのよ。もし捨てられたら、私は遺産を受け取れなくなるというわけ」

まったく興味がない様子で、男はコーヒーを一口すすった。「金は？」

演出されたようなアンニュイな態度に、アリソンは嫌気が差してきた。もう一つの封筒をテーブル越しに滑らせる。「多めに入れておいたわ」

男は無言のままコートの内側に封筒を押し込んだ。〝心付け〟への礼すらなかった。コーヒーを押しやって席を立つと、大またで足早に、入口へと向かう。

「あてにしていいのね？」アリソンは背中に呼びかけた。
反応はなく、男はそのまま店を出ていった。

翌晩の七時半ちょうど、ヴィクター・コープランド判事は書斎にいた。お気に入りの椅子でくつろぎ、本を広げると、判事はたちまち物語の世界へと引き込まれていった。妻のアリソンより少なくとも二十は年上だろう。雲のような白い毛が、シャツの後ろ襟を覆っている。肉づきのいい二重顎の顔は、温厚そうで邪気がなく、被告弁護人たちから〝物判りの悪い判事〟と呼ばれている人物とはとても思えない。気は短く申し渡す刑期は長いことで有名なその判事も、今は、一人の老人として、被告の運命を決することより読書の方を楽しんでいるようだった。

アリソンは、二階の寝室で、ベッドの夫が寝る側のサイドテーブルの一番下の引き出しから、三八口径リボルバーを取り出した。確認は昨日のうちに済ませてある。銃には詳しくない彼女の目にも、オイルがしっかり差され、すぐ使える状態らしいことは分かった。

武器を片手に、裏庭を見渡せる窓辺へと近づく。一分もしないうちに、芝生の上を黒い影が動いた。月灯りの中、どんな人物かはほとんど分からなかったが、やがて、勝手口へと近づいてくる〝ジャック〟の姿が浮かび上がった。アリソンは、急いで寝室を出ると、階段に向かった。

殺し屋はキッチンを抜け、滑るような足どりでリビングを横切ると書斎に入った。顔を上げた判事が驚きの表情を浮かべる間もなく、銃弾は本を貫通し、心臓を砕いた。叫び声一つ上げず、判事の体はそのまま椅子の上で崩折れた。本は、奇跡的にも床に落ちることなく、膝の上で静かに血まみれのページを開いている。

〝ジャック〟は死体に歩み寄り、膝をついて脈を確認した。そのとき、戸口にアリソンが現れた。背中に銃を隠し持ち、探るような目で〝ジャック〟を見ている。

彼女に気づいた〝ジャック〟が驚いて立ち上がった瞬間、アリソンは彼を撃った。銃を握ったまま、〝ジャック〟は床に倒れた。

アリソンは、三八口径をハンカチで念入りに拭うと、死んだ夫の右手に握らせ、引き金に人差し指をかけた。

万全を期すべく、〝ジャック〟に近づいて手首に触れた。脈はない。さらに、上着の胸許に手を差し入れ、心臓を確認する。鼓動もない。鍵はスポーツコートのポケットからすぐに見つかった。最後にキッチンへ行って、窓を数インチ開けた。見事だわ――汗ひとつかいていない。そう、こういうことが生業じゃないにしてはね、と考えながら、彼女の顔には笑みが浮かんでいた。

壁の電話から受話器を取り、大きく深呼吸をしてから、アリソンは九一一に通報した。


アリソンは、その刑事に見覚えがあった。オフィスに彼女の上司を訪ねてきたか、あるいは階下の廊下で同僚の刑事たちと群れていたのだったか。そうだ、コロンボだ。にわかに記憶が甦った――それがあの刑事の名前だ。コロンボは、ふらふらと歩き回り、誰とも口をきかず、迷子のように屋敷のあちこちを覗き込んでいた。

二つの死体がストレッチャーで運び出されていくところで、周囲では、何人もの鑑識課員が、サンタクロースを手伝う妖精《エルフ》たちのように動き回って仕事を進めている。

コロンボ刑事が、アリソンに歩み寄ってきた。「他の部屋に移られちゃどうです？」優しい口調だった。「ここにいるのはお辛いでしょう」

彼女はうなずいて、ハンカチで目許を押さえた。拳銃から指紋を拭い取ったのと同じハンカチだ。

リビングは暗かったが、アリソンにはその暗さが好ましく思え、灯りは点けなかった。コロンボも気にしていない様子だった。

「どうぞおかけください、奥さん」

アリソンは崩れるように袖つき椅子に腰を下ろすと、再びハンカチで目許を押えた。今もまだ汗はかいていない。

「うちの刑事が伺ったところでは、二階の寝室でお休みになっていて、銃声を聞かれたとか」

「はい。ぐっすり眠っていたんですが、それで目が覚めました」

「なるほど。判事は、夕食後に書斎で本を読むのを日課にされていたんですね」

「ええ」アリソンは悲しげに微笑んでみせた。「読書は消化にいいというのがヴィクターの持論でした。殺人を扱ったミステリが大好きで、残酷であればあるほどいいそうです。わたくしには理解できませんけれど」よしなさいアリソン、刑事相手にくだらないお喋りなんか！

「そうですか。で、銃声をお聞きになってからは？」

「先ほどお話しした通り、それで目が覚めました。それから……どこにそんな勇気があったのか自分でも不思議なのですけれど、階段を下りていきました。そしたら――」アリソンはそこで言葉をとぎらせ、今度はハンカチで口許を押さえた。

「銃声は二発でしたか？　一発目のあとにもう一発？」

「ええ」

「ほぼ同時に？」

アリソンはうなずいた。

「コープランドさん、こいつはできればお訊きしたくないんですが、これも仕事でして。階段を下りて書斎に入られたとき何をご覧になったか、詳しく伺わせていただけますか」

「あなた方が駆けつけたときにご覧になったのとまったく同じものですわ。スポーツコートを着たあの恐ろしい男が夫を撃って、ヴィクターがその男を撃ったように見えました」

「確かに、その通りのことが起きたようですな」コロンボは手探りで椅子の背を探すと、そこに手を置いて体を支えた。

「ごめんなさい。灯りを点けましょうか？」

「いいえいえ、お気遣いなく。こんなことのあとですからね、明るいところはお辛いでしょう」

「お優しいんですのね、警部さん――でしたわね？」

「ええ、奥さん。コロンボ警部です。前に一度お目にかかって、ご挨拶しました」コロンボはそこで手帳を取り出したが、読むにも書くにも暗すぎることに気づき、結局、またポケットに押し込んだ。「もしご主人が、くつろいで読書をされていたんだとしたら、どうして銃をお持ちだったんでしょう。三八口径のリボルバーなんか」

「少し前から、殺すという脅迫を受けている、とヴィクターは言っていました。だから、家にいるときにも身を守る必要があるんだと」

「殺すという脅迫……」コロンボはその言葉をくり返した。「手紙ででしょうか。それとも直接？」

「それはどちらとも――でも、ご存じの通り、主人は長く判事を務めて、数えきれないくらい大勢の人たちを刑務所に送ってきましたから、恨みに思っている人は少なくないはずですわ」

コロンボはじっと考え込んだ。「確かに、判事というのは、一つ間違えれば命を狙われかねない危険な職業ですな」

アリソンは、ハンカチでまた目頭を押さえた。

「さて、もうお休みになった方がいいでしょう。大変な夜でしたから。もし寝つけなさそうでしたら、うちの医者に睡眠薬を出させますよ」

「お気遣いに感謝します、警部さん。でも、自分の薬がありますから」アリソンは、もう一度、悲しげに微笑んでみせた。今回の笑顔には、さすがに本物の疲れが混じっていた。「今夜はもう、お訊きになりたいことはありませんの？」

「ええ。こんなところでしょう」コロンボは、まだ暗さに慣れていない様子だった。「またご連絡します」

翌朝、アリソンは、睡眠薬が抜けきらないぼんやりした頭で目を覚ました。昨夜《ゆうべ》は薬を飲まなくても眠れたかもしれない。日曜なので、オフィスに連絡を入れる必要はなかった。いずれにせよ、夫が殺害されたとなれば、今週は休んでいいとボスは言うだろう。おかしなものね、とアリソンは考えた。自分の仕事が好きで、結婚で一生働く必要がなくなったときにも辞めようとは思わなかったのに。

家の中は心地よい静けさに包まれ、あの狒々じじいがいなくなった今、空気もすがすがしく感じられる。十時すぎ、軽めの朝食を作ったところで、玄関の呼び鈴が鳴った。戸口には、昨夜の鑑識課員たちがおり、もう少し調べなければならないことがありまして、と丁寧に用向きを告げた。アリソンが物憂げにうなずいてみせると、彼らの大半は書斎に向かい、二人だけは、ぶらぶらとキッチンに入っていった。

コロンボが現れたのは、鑑識の連中が帰り支度を済ませたころだった。彼らと少し話したあと、リビングに入ってきた警部は、眩しそうに目を細めながら、陽差しの溢れる室内を見回していたが、やがてアリソンが立っているのに気づくと、その目を見開いた。

「こんなにすぐ、またお邪魔してしまい、申し訳ありません」とコロンボは言った。「どうぞお掛けください。手短に終わらせますんで」

アリソンは椅子に腰を下ろした。「わたくしでお役に立てることでしたら」

「昨夜は、いくらかでもお休みになれましたか?」心から彼女を案じている口調だった。

「とぎれとぎれでしたが、おかげさまで」

コロンボは、ひと呼吸置くと用件に入った。「あの男がどうやってこの家に侵入したか、お心当たりはありませんか?」

「いえ、まったく」

「顔に見覚えは?」

アリソンは椅子に坐り直した。「床に倒れているところをちらっと見ただけですから。それに、あまりに恐ろしかったので、よく憶えていないんです」

コロンボは写真を一枚手渡した。「昨夜、安置所で写したものです」

アリソンは不快そうにそれを眺めた。「いいえ、見たこともありません。どういう男なんですの?」前科者かしら、とつけ加えようとして思い留まった。

コロンボは写真を受け取ると、レインコートのポケットに滑り込ませた。「それが、まだ分からんのです。写真と指紋をあちこちの司法機関に送っているんですがね」

「そういえば、昨夜、ヴィクターが判決を下した人物の一人かも、と仰っていましたわね」

「そいつも、いま当たってるところなんですが、なんせ名前も何も分からないもんで……。財布も身分証明書もない。あったのは、ズボンのポケットにモーテルのものらしい鍵が一つだけ。スポーツコートは、ラベルから、ニューヨークの店で買ったものだと判明しました」

「一つ伺ってもよろしいかしら、警部さん」

「もちろんですとも」

アリソンは身振りで戸口を示した。「あの方たちはキッチンで何を?」

コロンボは、彼女の向かいに腰を下ろした。「キッチンで？　ああ、ええ、冷蔵庫の横の窓が少し開いていたもんですからね。ご存じでしたか？」

「いいえ、まったく。週に二回、通いの家政婦に来てもらってるので、ひょっとすると、彼女が空気を入れ換えるために開けたのかもしれません。訊いておきますわ」

「窓台や、窓枠の下から指紋が見つかったんですが、さっき連中から聞いた話では、そのうちのいくつかはあなたのものらしいんです」

アリソンはコロンボを見つめた。「――いったい、どうやってそれを？」

「あなたの指紋は登録されてるんですよ。ほら、お勤めを始められたときの手続きでね」

アリソンは、相手に悟られないように、必死で頭を働かせた。「そういえば、夏の間に何度かあの窓を開けたことがありましたわ。キッチンにはエアコンがないものですから」

「そうでしたか」コロンボは、絨毯に両足を投げ出し、自宅にいるかのようにくつろいでいた。

「我々は、犯人はあの窓から侵入したんではないかと見ています。鍵のかかってない窓がないか、一つずつ見て回ったのかもしれませんな」

「キッチンの窓からは犯人の指紋も見つかったんですか？」

「いいえ。でも、拭き取ったとも考えられます」

コロンボはそう言うと、真剣な面持ちでうなずいた。「男の素性が判明すれば、捜査も大きく進展するはずなんですがね」

今度はアリソンが、同じぐらい真剣な表情でうなずいてみせる番だった。

午後になると、友人たちからひっきりなしに電話がかかってきた。うちに来ない？　夕食を一緒にどう？　と、彼女たちは口々に誘ってくれたが、いまは少しでも眠りたいからと、アリソンは丁重に断った。

その夜、アリソンは海岸沿いに車を走らせ、ステーキハウスで申し分のないディナーとワインを楽しんだ。その店なら顔見知りと出くわす恐れはなく、記録が残らないよう、支払いも現金で済ませた。

なぜこんなに用心深くなっているのかしら、とアリソンは自問した。たぶん、あの刑事を疑っているせいだわ。あの、あまりにも刑事らしからぬ人のよさが信用できないのだ。アリソンが間違いを犯す瞬間を捉えようと、眠そうな分厚いまぶたの下で目を光らせている気がする。まるで、眠たいふりをした猫が、小鳥が芝生に舞い降りるのを虎視眈々と狙っているようだ。もしあの刑事がステーキハウスの勘定書きを手に入れたら、「ご主人が殺害された翌日に、どうしてそんなに食欲があったんですか？」と尋ねに来るだろう。

家に戻って十分も経たないうちに電話が鳴った。アリソンは、暗いままのリビングで受話器を取った。「もしもし？」

「ミセス・コープランド？」

聞き覚えのない声だった——少しかすれた耳障りな女の声。「そうですけど」アリソンは、内心の動揺が表れないよう用心して言った。「どちらさま？」

「録音があるのよ」女は言った。

「いったい何の話です?」

かすれた笑い声。「そうよね、分からないわよね。じゃ、あなたにジャックと名乗った男が録音した、と言えばピンとくるかしら。ねえ、ディア」

「あなたに〝ディア〟なんて呼ばれる筋合いはないわ」アリソンは声を荒らげたものの、胃は別の反応を示していた。「ジャックという名の知り合いもいないわ。これで失礼した方がよさそうね」

「その判断はあなたに任せるわ、ディ、ア。二日前にウッドランドヒルズの〈アリーゴス〉ってレストランで会ったこと、もう忘れちゃったの? アルツハイマーを患うには若すぎるわよ。ねえ、ディアリー」

アリソンは乱暴に受話器を置いた。その場に立ち尽くし、軽いめまいを覚えながら、いま言われたことを呑み込もうとした。正しかった。男の名前も、レストランも、女が言った通りだった。だからこそ、アリソンはこうして考え込み、胃のむかつきを覚えているのだ。

再びベルが鳴った。アリソンは電話をじっと見つめたまま考えた——出るべきか、無視するべきか。女がしつこくかけてくるようなら、家中の回線を切ればいい。それで煩わされることはなくなるだろう。

だが、彼女の心を決めたのは、抑え難い好奇心の方だった。

「もしもし?」

「あたしよ、ディア。話の途中で切るなんて、ずいぶん無作法なのね。あなた、名の知れた判事の未亡人なんでしょう？」

「さっさと用件を言ってちょうだい。あなた誰なの？」

笑い声が聞こえた。「やっと食いついたってわけ？　あたしがいう録音っていうのはね、あなたにジャックと名乗った男が録《と》ったやつ。彼、隠し録りのマニアで、特に商談はすべて記録していたのよ。それに〝殺し《ヒット》〟の様子もね」

「だから用件を言えって言ってるでしょう」そう言い返したものの、アリソンは殴られたような衝撃を受けていた。再びめまいに襲われ、今回は、バランスを失うと、受話器を耳に押しつけたまま傍らのソファに坐り込んでしまった。「あなたも、この電話を録音してるの？」

「子供のころよく言わなかった？　〝知りたきゃ自分で調べなよ〟って」

アリソンは、震える手を伸ばして受話器を置いた。

次の電話を待ちながら、アリソンは一心不乱に考えた。あの女が今のやりとりを録音していたとしても、犯行を認めてしまうような話は一切していない。それに、ジャックという男に心当たりはないと全面的に否定した。でも、もしレストランでのやり取りを録音したものが本当に存在しているとしたら――？

電話が鳴った。さっきよりも音が大きく聞こえる。意味ありげでうっとうしいベルの音。アリソンは恐怖の発作に襲われながら受話器を取った。

女の声が言った。「今夜は落ち着いて話し合える気分じゃなさそうね、ディア。たぶん、愛するご主人の思いがけない死を嘆き悲しんでいるんでしょう。明日、かけ直すわ。言っとくけど、出た方が身のためよ」電話はぷつりと切れた。

アリソンは、混乱した頭で呆然と坐り込んだまま動けなかった。

気づくと、汗をかいていた。


翌朝、アリソンは、またしても睡眠薬による靄《もや》がかかった状態で目を覚ました。こうしていつまでも薬に依存しているわけにはいかない。今夜は何としても飲まずに済まさねば――なかなか寝つけなかったり、仮に一睡もできなかったとしてもだ。

そのとき、記憶が甦って、アリソンの眠気はいっぺんに吹き飛んだ。今日、あの女からまた電話がかかってくるはずだ。

昼前になって、またしてもコロンボが訪ねてきた。

「今度は何ですの？」アリソンは、わざと苛立ちを露わにして尋ねた。コロンボは、昨日と同じ椅子に腰を下ろし、再びくつろいでいる。「一つだけ伺わせてくださいな。そしたら、すぐに退散しますんで」

コロンボは上機嫌だった。いまいましいことに、彼女の不機嫌さを気にも留めていない。「男の身許が判明したんです。ロイ・プロチェク。ニューヨークから来た殺し屋でした。どうやら、何者かが五万ドルを払って、あなたのご主人を殺害させたんですな」

「どうやってお調べになったの？」

「ポケットに入っていた例の鍵、あれはヴァレーの安モーテルのもので、そこにクライド・トンプソンという名前で宿泊していたんです。ちなみに、クライド・トンプソンってのは、古い映画に出てくる殺し屋の名前だそうでして――なかなかユーモアのセンスがある男だったんですな。ともかく、部屋にあったのは着替えとスーツケースだけでしたが、スーツケースに航空会社のタグが残っていて、ニューヨークから来たことが判明しました」

「さすがですわね」

コロンボは強い陽差しから顔をそむけた。「まいったな、朝から仕事をさぼって日光浴してたんじゃないかって、カミさんに疑われちまいますよ」そう言いながら警部は窓から離れていく。

「お邪魔したのはですね、一つ伺わせていただきたいからなんです」

皮肉の虫が頭をもたげた。「たった一つ？　あなたともあろう方が？」そのとき、アリソンは突然、夫を安全な地中にさっさと埋めてしまうため、葬儀屋に電話をかけなければならないのを思い出した。

「あなたは、二発の銃声で目が覚めたと仰いましたね。その一発目と二発目なんですが、どのぐらい間隔が空いていましたか？」

アリソンは天井を見上げた――この男は袖の中にどんな奥の手を隠しているのかしら。この、よれよれのレインコートの袖の中に。「数秒だと思いますけれど、本当に、よくは憶えていませんの」

「プロチェクは、スポーツコートのポケットに小さなレコーダーを持っていたんです」

女から聞いていたにもかかわらず、アリソンはこの事態を予測していなかった。「でも、死体から見つかったのは鍵だけだって、あなた仰ったわ」

コロンボはこの疑問に答えなかった。「そいつを再生してみたところですね、コープランドの奥さん、まず銃声が一発、これは間違いなくプロチェクのものでしょう。そして、それからたっぷり十五秒も経ったあとに二発目が――判事の方の銃声が聞こえてきたんですよ」

「わたくしには何のことだかさっぱり。いったい何を仰りたいんですの?」とっさに困惑してみせたその反応の速さに、彼女は自分で驚いていた。

「ご主人はどうやってプロチェクを撃ったんでしょうね。もし、先に撃たれていたとしたら」

「たぶん……最後の力を振り絞ったんじゃないかしら、命が尽きる前に」

今やコロンボの視線はまっすぐアリソンに向けられていた。「つまり、殺し屋であるプロチェクが、十五秒かそこらもご主人に撃たれるのをじっと待っていたと仰るんですか?」

アリソンは、力なく肩をすくめた。「分かりません。本当に、見当もつきませんの」

コロンボはなおも食い下がり、この問題を引っ込めようとしなかった。「一発目はプロチェクが撃ったに違いない。つまり、ご主人の不意を衝いたんですな」

「確かに、殺し屋が先に撃ったと考える方が理にかなっていますわね」アリソンが言った。

「そう。そういうこってす」

「あなたは、とても論理的な方のようですわね、警部さん。いかが?」

コロンボは、ちょっと照れたようだった。「ええ――まあ、そうかもしれません」

今度は、アリソンがコロンボをまっすぐに見つめた。「でしたら、その時間差の問題に関しては、あなたが答えを出してくださいな。わたくしは、そんな取るに足らないあれこれにおつき合いする気はありません」

葬儀屋との打ち合わせを終えて受話器を置いた直後に、電話のベルが鳴った。恐怖で、アリソンの心臓は早鐘を打ち始めた。

「おはよう、ディア」あの女が言った。「時間を無駄にしたくないから、さっそく本題に入るわね。昨日《きのう》言った通り、わたしの手許に、あなたとジャックが交わした会話の録音があるの」

「ロイのことね」アリソンは言った。

「そう……警察が身許を突き止めたのね」女は、驚いたように一瞬言葉を詰まらせた。「その録音のことで――」

「本当に存在するという証拠は？」

笑い声が上がった。「ちょっと聞かせろってわけ？　中毒患者がマリファナを買う前に味見するようなもんね」

今度はアリソンが言葉に詰まる番だった。不安を紛らわすようにカーテンの紐を指でつまみ、それを捩《ね》じっている。「そうよ、早く〝味見〟させなさいな」

がさごそという音に続いて、女性の声が電話の向こうから聞こえてきた。「何とお呼びしたらいいのかしら」それは、間違いなくアリソンの声だった。

プロチェクの声。「ジャックだ」

再びアリソンの声。「ランチをいかが？　ご馳走するわ」

アリソンは、電話の向こうの女に言った。「もういいわ」

「当社の製品に、きっとご満足いただけますわ」女は愉快そうにアリソンをいたぶり、再生を止めた。

「それで、どうするつもり？」アリソンは落ち着きを取り戻していたが、それでもカーテンの紐を命綱のようにしっかりと摑み、捩じり続けていた。

「次はランチが順当でしょうね。〈アリーゴス〉はどう？」

「冗談でしょう？」

「本気よ」決定権は自分にあることを知っている、有無を言わせぬ物言いだった。「明日の午後一時でどう？　予約を入れておくわ」

「そこでの会話をあなたが録音しないという保証はないわよね？」

「ないわ。でも、だから断るっていう選択肢はもうないのよ、ディア」

アリソンは大きく息を吐き、カーテンの紐を離した。「で、お金の話になるわけね」苦々しい声で言う。

「きっと楽しいランチになるわ、ディアリー。一時よ」電話は切れた。

翌日、出かける支度を整え、ハンドバッグの中の携帯電話を確認していると、玄関で呼び鈴が鳴った。こんなときに、いったい誰かしら。そこで思い直す――決まってるじゃないの。

コロンボが、火の点いていない葉巻を手に、玄関先に立っていた。

「何度もすいません。奥さん、ちょっとだけお邪魔を――」

「今は時間がありません。約束に遅れそうですので」

「あたしがお送りしましょうか？　道々お話しもできますし」

「いいえ！」

思いがけない激しい剣幕は、コロンボだけでなく彼女自身をも驚かせた。

「ご用事は、どのくらいかかります？」腕時計を見ている。「ランチミーティングですか？」

「違います。どのくらいかかるかは分かりません。夕方にでも出直してくださいな」アリソンは横を通り抜けようとしたが、コロンボは無邪気そうに彼女の行く手を遮った。

「じゃあ、待ち合わせ場所まで車でついていって、そちらのお仕事が終わるまで、いくつか用事を片づけてますよ」

いまやアリソンは怒りで自分を見失いかけていた。こぶしをきつく握りしめ、目の前の刑事を殴り飛ばしたいという衝動をかろうじて抑え込む。「どのくらいかかるか分からないと言ったはずよ」

「ああ、そうでした。朝のコーヒーが足りないと、どうも頭が働かないんですよ。カミさんの父親に言わせますとね――」

アリソンが遮った。「約束に遅れると言ったでしょう！」

「諒解しました、コープランド夫人」もし帽子をかぶっていたなら、つばを軽く持ち上げてお辞儀したに違いない。

アリソンは、わざと肩をぶつけて、コロンボの横を足早に通り過ぎた。


レストランに入っていくと、奥の席に坐っていた女性が、指で招き寄せる仕種をした。アリソンはテーブルに歩み寄り、女を睨みつけた。三十代後半だろうか。平凡な顔立ち、くすんだ褐色の髪、ほどほどの値段だろう地味なパンツスーツ。

「どうしてわたしだと分かったの？」言いながらアリソンは店内を見回し、声が届く範囲に他の客がいないことを確認した。

「見れば分かるわよ」女は言った。「とても優雅で、いかにも判事夫人って感じだもの。絵に描いたようなビバリーヒルズの奥様——未亡人ね、正確に言えば」

「〝ディア〟はもうやめたの？」アリソンは嫌味たっぷりに言った。

「あら、やめないわよ」女が答えた。テーブルの上に伏せて開いた手の指がぴんと伸びている。

ウエイターがやってきた。この間と同じ若い男だ。アリソンに向けて、映画スター顔負けのまばゆい笑顔を見せる。「いらっしゃいませ。先日お越しいただきましたよね？」

アリソンはうなずいた。次には自分の名前を告げ、〝本日のおすすめ料理〟を諳《そら》んじるつもりだろう。「メニューを」とそっけなく言うと、女に尋ねる。「それともその前にお酒？」

「いいえ、やめとくわ。飲むと眠くなっちゃうから」

ウエイターは、かすかに落胆した面持ちになると、メニューを渡し、のんびりした足どりで離れていった。

「ランチを食べないの?」アリソンは訊いた。

「いいえ、結構よ。コーヒーだけで」

プロチェクみたいね。ちょっと待って——アリソンは、改めて女を注意深く観察した。席に着いたときは気づかなかったが、女の顔には間違いなくあの殺し屋の面影があった。二人は、きょうだいなのだ!

「ロイ・プロチェクは、あなたのきょうだいね」アリソンは無表情のまま言った。

長い沈黙のあと、女はようやくうなずいた。「ひとつ上の兄よ」

「彼が何をしているか知っていた?　つまり生業としてってことだけど」ふざけていると思われないよう、アリソンは真剣な口調で言った。

「疑ってはいたわ。でも、確信はなかったし、尋ねもしなかった。わたしたちはニューヨークでポーランド人の父と母の間に生まれたの。ロイとわたしが小学生のとき、父親は破産した。父はよくロイを殴っていたわ——それは酷いものだった」

「お気の毒に」アリソンはメニューを手に取った。「貧困、そして虐待。親の愛に飢えた少年が殺し屋になったというわけね。そんなフロイト流の陳腐な話は結構よ。ところで、あなたのことを何と呼んだらいいのかしら」

「ジェーンでいいわ」

「そう。わたしはランチをいただくわ」アリソンが合図をするとウエイターがやってきた。食事と〝ジェーン〟のコーヒーを注文し、彼が厨房に消えるのを待って、アリソンは口を開いた。

「何が目的なの、ジェーン？」

「あなたはロイを殺した。でも、わたしを殺そうとはしないわ」

アリソンは面食らって尋ねた。「そうなの？」

「ええ、できないの。あなたはあの録音を表沙汰にしないために、そしてわたしを黙らせておくために、わたしにお金を払うのよ。兄はね、安全なところにしまっておくようにと言って、小さな荷物を渡していたの。兄があなたに殺されたあと、包みを開けてみたら、小さなレコーダーが入っていたというわけ。わたしはそれを聴いて、内容をCDにコピーした。いま、そのCDとレコーダーは、わたしの親友の手許にあるわ。小包にしてあって、差出人としてわたしの名前と住所を書いてある。中には、あなたがわたしを殺さなければならない理由を詳しく説明した手紙も同封してあり、宛先は、地方検事のミスター・ウィラード――エドガー・ウィラードの事務所よ」

アリソンは唖然とした――そして、頰がゆるみそうになるのを懸命に堪《こら》えた。すばらしい。こんな奇跡みたいなことが起きるなんて。アリソンは、今の状況にふさわしく意気消沈して見えるよう演技を続けた。「ずいぶん用心深いのね」

「あなたは血も涙もない殺人鬼だもの、ねえ、ディア。もし脅迫を受けたら、すでに手にかけた兄と同様、妹を始末するのにも躊躇したりしないでしょう？」

「まるでガラガラヘビ扱いね」

女は微笑んだ。口紅を塗っていない。そればかりか、化粧っ気というものがまるでなかった。

「コブラがいちばん危険な蛇だと何かで読んだわ。相手の目を狙って毒を吐き、その毒は数秒で視細胞を破壊するの。その一方、最も危険なのはサンゴヘビだという説もある。フロリダで発見された蛇だそうよ――何でそんなものを発見しようとするのか理解できないけれど。でも、きれいよ。表面が虹色に光っていて。ちょうどあなたのブレスレットみたいに」

「あなたは爬虫類《レプタイル》（reptileには「下劣な人間」という意味もある）の専門家なのね、ミス〝ジェーン〟。直接手ほどきを受けたんでしょう、あなたのヘビ――つまりお兄さんから」

女が怒って言い返す前に、コーヒーが運ばれてきた。ウエイターは、アリソンの食事もすぐにお持ちしますと告げて〝任務〟を終えると、立ち去っていった。

「要求はいくら？」アリソンが尋ねた。

「五万ドル」

「それで、どうやって受け取るつもり？　わたしのことを毒ヘビみたいに恐れているのに」

「ここで受け取るわ、人が大勢いる前で。もっとも、お金を渡す前であれ後であれ、あなたがわたしを殺すなんてそんな馬鹿な真似をするとは思わないけれど。わたしの友人が検事にCDを送ると知っているんですもの。こういうのを何と呼ぶのかしら――抑止力？」

アリソンは、胸の中の密かな笑みが、暖かく強い酒の酔いのように体中に広がっていくのを感じていた。「五万ドルなら何とかかき集められると思うわ。いつ欲しいの？」

「明日、ここで、同じ時刻に。また予約を入れておくわ」

「明日はヴィクターのお葬式なのよ。一日中抜けられないと思う」

〝ジェーン〟はあっさりと変更に応じた。「じゃあ、明後日《あさって》のお昼にしましょう。愛するご主人のお葬式を中止させるわけにはいかないわ」その歪んだ笑顔は、アリソンを苛立たせた。「さっき言った通り、わたしが予約を入れておくから」

ウエイターが遠くから二人を見ている。

アリソンが言った。「あら、わたしに美味しいランチをご馳走させて。蛇は何を食べるのかしら——雑草とか、他の爬虫類？」

ジェーンはコーヒーに口もつけていなかった。「会えてよかったわ、ディアリー」

そう言って席を立つと、まっすぐ出口へと向かう。彼女の兄とまったく一緒だった。

コブラが、とアリソンは考えた。コブラがわたしにコーヒーを譲っていったわ。何て気がきく蛇なのかしら……。


葬儀は、フォレストローン墓地で行われた。霧の濃い日で、アリソンはロンドンの陰鬱な冬の朝を思い出していた。墓地からは映画の撮影所を見渡すことができる。ヴィクターが気づいたら、さぞかしいやな顔をするだろう。あなたは死んだのよ、お爺さん。何が見えようと、もう関係ないでしょう。

友人たちと涙ながらの挨拶を交わしたあと、自分の車に戻ってくると、駐車場にはコロンボが佇んでいた。ひしゃげたような葉巻を吸っているその姿は、例によって冷静で油断なさそうに見える。個人的には魅力を感じない相手だが、この刑事には何やら不思議な説得力が感じられた。

アリソンは、近づいてくるコロンボをじっと見ていた。「尋問は勘弁していただけませんか」前置きなしに切り出す。「夫を埋葬したばかりですのよ」

「ええ、ええ、そりゃあもう」とコロンボは言った。「尋問なんてとんでもない――ただ、二、三、お伝えしたいことがありまして」

「電話をくだされはいいのに」アリソンは、早く車を出したくて苛立っているのを分からせようと、キーをガチャガチャいわせた。

「あの二重殺人が起きた晩なんですがね。近所の方が、おたくの近くで犬を散歩させていたそうなんです」

アリソンは鍵を鳴らすのをやめた。「何という方ですの?」

「ジョージ・ハーベソンという、あの通りの先に住んでいるお年寄りです」

「存じ上げない方ですわ。その方は、何と仰ってるんです?」

コロンボは葉巻を吹かした。「二発の銃声の間にはある程度の間《ま》があったと。おそらく十五秒かそこらは空いていたと言うんですよ」

「その話なら前回もう伺いましたわ」アリソンは乱暴に車のドアを開けた。

「でも、これで、あの録音の裏づけが取れたわけです」

アリソンは車の方に向き直った。「これはれっきとした尋問だわ。こんな日によくもそんな話ができるものね！」

彼女の憤慨を、コロンボは意に介していない様子だった。「でも、どう考えても矛盾するんですよ。そう思われませんか？」

アリソンは、怒りに満ちた表情でコロンボを振り返った。「警部さん、わたしはあの銃声で目を覚ましたんです。朦朧としていて、たぶんまだ半分眠っていたでしょう。二発の銃声の間には、もしかすると間隔があったのかもしれませんが、今となっては何も思い出せません。とても辛い体験でしたし」

コロンボは沈痛な面持ちでうなずいた。「お察しします、コープランドさん。それに、こんなぶしつけな質問をせにゃならないことも、本当に申し訳なく思ってます。しかし、こいつは重要なことでして——」

「よりによって今朝、こんなところまで押しかけてきたことも、悪いと思っていらっしゃる？」

「もちろんですとも。でもどうかご理解くださいな、あたしはただ職務を果たしてるだけなんでして」コロンボは、足で砂利を弄《もてあそ》びながら言った。「まったく因果な商売だ」

アリソンはかぶりを振った。このしつこい刑事ときたら、まるでレインコートを着た蠅取り紙だわ。「他にも何か？」

「判事の手にあった拳銃ですが、引き金には人差し指の第一関節がかかっていました。しかし、それなりに重量のある銃を撃つとき使われるのは、普通、第二関節なんです。つまり、申し上げにくいんですが、あの銃は誰かが判事の手に握らせたようなんですな……」

アリソンは怒りをぐっと呑み込んだ。「関節？　引き金？　そんな馬鹿げた話は、これまで聞いたこともありません」そう言って運転席に乗り込む。「今度いらっしゃるときは、もっと意味のある話を聞かせてくださいな。そうしたら喜んでお相手しますわ」

アリソンはエンジンをかけると猛然と車をバックさせ、駐車場の出口に向かった。後方でコロンボが何か叫んでいたが、彼女には聞こえなかったし、聞くつもりもなかった。

アクセルを踏み込み、霧に煙る、墓に埋め尽くされた緑の丘を走り抜ける。認めざるを得なかった。コロンボの指摘はどれも正しく、核心に迫るものであった。

ウィロー通り八一四は、下層中産階級が集まる地区に建つ、古びた木造住宅だった。コロンボは、車を通りに駐めると、伸び放題の芝生を横目に見ながら、短い私道を玄関へと歩いていった。ベルを鳴らすと、待ち構えていたかのようにドアが開き、ジーンズにTシャツ姿の平凡な外見の女性が現れた。

「あら？」女性は驚きの声を上げた。「てっきりキム――友だちかと思ったわ」

コロンボは彼女に身分証を示した。女性は、コロンボを中に入れたあと、もしや友だちが来ているのではと、通りに目をやっていた。

「お兄さんの殺害事件を捜査していましてね、プロチェクさん。彼が何をして金を得ていたかは、もうご存じかと思いますが――」

二人は、掃除の行き届いた小さなリビングに立っていた。室内には洗剤の香りが漂い、壁際には掃除機が置いてある。

「ねえ、ちょっと待って」と女性が言った。「わたし、新聞で知ったんです。兄があんなことで生計を立てていたなんて、まったく知りませんでした。死ぬほどびっくりしたんですから」

「親密にされてはいませんでしたか」そう言いながらコロンボは、コーヒーテーブルの上で灰皿が誘いかけているのに気づいた。

「ええ。わたしたちが生まれ育ったのは、言うならば〝機能不全に陥ったポーランド人家庭〟で、ロイは気を失うまで父に殴られたものです」彼女はふと口をつぐみ、何かを思い出している様子だった。「兄は株の取り引きで稼いでいるんだと、ずっと思っていました。ときどき株の情報を教えてくれましたから。わたしには、そんなギャンブルに使うお金はありませんでしたけど」

コロンボは、おそるおそる尋ねた。「葉巻を吸ってもいいでしょうか?」

「ええ、どうぞ。別れた夫も吸っていました。わたしは愛していたのに、彼は女を作って出て行ってしまって――。こんなことを言うのは何ですが、葉巻の煙はいつも、わたしの人生では数少ない、幸せ《ハッピー》だったころの何かを思い出させてくれるんです」

コロンボは微笑んで、コートから葉巻を取り出した。「そう仰っていただけて、とてもありがたいですよ。本当によござんすか?」

「構いませんよ」思わず笑顔になった彼女は、この気のいい刑事にすっかり心を許していた。

「他にお役に立てることがあるかしら?」

「お兄さんに敵がいたかどうか、ご存じありませんか?」

「人の命を奪うのが仕事だった人間に敵がいたかですって？　犠牲者のご家族たちが、もし兄のしわざだと知ったら、その中の何人かは復讐しようとするはずよ。そうじゃなくて？」彼女は顔をしかめて答えた。

コロンボは葉巻に火を点けた。「ええ、そいつは仰る通りですな。ところで、お兄さん、ご結婚は？」

「わたしの知る限り、していないはずよ。兄はコールガールが――つまり娼婦が好きだった。それ以上に女性を好きになったことはないと思うわ」

「その娼婦の中の誰かをご存じで？」

「いいえ。兄が〝デート相手〟の話をすることはほとんどなかったから。そう呼んでいたのよ。彼女たちのことを、兄はデート相手って言っていたの」

コロンボは黙って葉巻を吹かしている。

「もう質問は終わりかしら？」

コロンボはためらいがちに口を開いた。「怖くはありませんか？　つまり、お兄さんを殺害した犯人が、ひょっとすると次は自分を狙うのでは、と」

「恐ろしいことを言うのね」彼女はにやりと笑ってみせた。「よかったわね、警部さん。わたしが被害妄想とかの持ち主じゃなくて。質問の答えはノーよ。怖くないわ。兄とはほとんど接点がなかったから」

コロンボが何か尋ねようとしたとき、彼女はこう続けた。「実は万一に備えて――友人に小包を預けてあるの。わたしに何かあったら、それを地方検事に送ってもらう手はずよ」もう一度にやりとしてみせる。「だからね、警部さん、心配はご無用ってわけ」

「そりゃあいい。それから、お兄さんのご遺体は、いつでもお渡しできますからね」

「お金を工面できたら東海岸まで運んでもらわなくちゃならないわ。兄がそれはそれは愛した父親の隣に埋葬するのよ」

コロンボは葉巻の煙をもうもうとさせながら玄関に向かった。軽く会釈して暇を告げかけたとき、彼女が言った。「少なくとも、これで兄が誰かを殺すことはなくなったわ」そこで笑い声。

「それが慰めといえば慰めかしら」

「そう――確かにそうですな」葉巻を挟んだ手を掲げて挨拶すると、コロンボは玄関から出ていった。

数分後、誰かが勝手口のドアを強くノックした。キムかしら？　でも、彼女なら、いつも玄関から入ってくるのに。

戸惑いと好奇心を抱きながら、彼女はキッチンへと向かった。

コロンボが再びそこを訪れたのは、同じ日の夕刻だった。呼び出しがあったのは夕飯の真っ最中で、カミさんが午後いっぱいかけてこしらえたご馳走を放り出してくることになってしまった。彼女が大いにむくれたのも無理はない、と警部は考えた。

死体はキッチンの床に横たわり、殴られた頭部からは血が流れ出していた。流し台の上の窓から見える薄紫色の空が暗さを増していく中、指紋係の連中は、ライトで手許を照らしながらお定まりの作業を続けている。

「凶器は何だい?」コロンボはパガーノに尋ねた。

「まだ分かりません。おそらくはハンマーのようなものではないかと」

「押し入った形跡は?」

パガーノはかぶりを振った。「ありません。彼女が勝手口から招き入れたんでしょう。たぶん顔見知りの犯行ですね」

コロンボは、採取を終えて車に戻っていく指紋係の一人にうなずいてみせた。「第一発見者は?」

「被害者《がいしゃ》の友人です」パガーノが答えた。「アジア系の若い女性で、確か、キム何とかです。ご存じでしょう、どうも僕、外国人の名前というのは苦手で――。かなり取り乱していましたが、証言は取りました。もし直接話を聞かれるのでしたら、住まいは通りを渡ってすぐのところです。ティッシュペーパーの大箱を持っていった方がいいですよ」

〝ジェーン〟殺害から四日後、アリソンは、ようやく以前の自分に戻れたような気がしていた。よく眠れるし、もしかするとこれで危機を脱したかもしれない、と思い始めている。あの殺し屋の妹は、自分の能力を買いかぶっていた。愚かで傲慢なタイプにはよくあることだ。

アリソンは、事務所の自分の席でパソコンに向かい、上司であるエドガー・ウィラードの手紙をタイプしていた。緊張で背中をこわばらせ、壁の時計をときおり見上げる。郵便物は、いつも十一時きっかりに、ランディという配達人が届けに来ることになっていた。

もしかすると——もしかすると、あれが届くのは今日かもしれない。あの女が殺されたことを、彼女の友人はすでに知っているはずだ。どこか別の惑星でぼんやりしてでもいない限り知らないはずはない。そして、郵便物はここしばらく、一日二日遅れたり、思わぬ時間に配達されたりしていて、いつ何が届くか予測がつかないのだ。

時計の赤い針が、じわじわと十一時に近づいていく。すると、ドアはちゃんと開き、ランディが姿を現した。

「調子はどうだい、アリソン」ランディは、彼女に渡す郵便物をさっと選び出しながら尋ねた。このオフィスがいつも最初の配達先なのだ。アリソンは、チェーンのついた眼鏡を外すと、手渡された郵便物の束に夢中で視線を走らせた。他のものより厚みのある一通が目に留まった。

出ていきかけたランディがドアの前で立ち止まって言った。「どうしたアリソン。今日はやけに口数が少ないな。検事にこっぴどく叱られたのかい？」

「ううん、違うのよ」アリソンは微笑むと、「重要書類が届くのを検事がお待ちかねなものだから」と嘘をついた。

ランディはドアを開けた。「その中にあるといいけど」そう言ってウィンクする。「そりゃあ木っ端役人と無駄話してる場合じゃないよなあ！」

ランディが出ていくと、アリソンはデスクの上に置いた郵便物をかき分け、小さな小包を選び出した。

心臓が早鐘を打っている。これだ！　アリソンはそれをしっかり摑むと、左上に記された差出人の名前と住所を確認した。アンナ・プロチェク、郵便番号九〇〇三六、カリフォルニア州ロサンゼルス市ウィロー通り八一四――。

そのとき、再びドアが開いた。アリソンは、ランディが戻ってきたのかと思ったが、現れたのはコロンボだった。いつものようにちょっと躊躇した様子で立っている。二日前から、コロンボはこの時刻になるとやってきて、彼女とお喋りをしてから上司のオフィスに入っていくのだった。

アリソンは小包を他の郵便物の下に滑り込ませようとしたが、視線を上げると、コロンボはその動きを目で追っていた。

「おはようございます、警部」アリソンは、手許の小包を見ず、普段と変わらぬ口調で挨拶しようと試みた。

「どうも」コロンボはぼそりと言い、片手をさりげなくデスクの方に下ろすと、突然、彼女が隠した小包を抜き取った。差出人の名前と住所を読み上げる。

「アンナ・プロチェク、ウィロー通り八一四。なるほど」手に取ると、さらに念入りに確認する。

「返して！」そう訴えるアリソンの声は震えていた。「ウィラード検事宛の極秘文書なのよ」

コロンボは、縁を持つと封筒をためつすがめつした。「検事はこいつに並々ならぬ興味をお持ちになると思いますよ。むろんあたしもです」コロンボは封筒からゆっくりと視線を上げて、アリソンと目を合わせた。彼女は目を逸らした。逸らさずにはいられなかった。

コロンボは、デスクの脇を通り、オフィスのドアのところまで行くと、一度だけノックした。「どうぞ」という検事のぶっきらぼうな返事を待って、小包を手に中に入っていく。アリソンの方をちらりとも振り返らずに。

アリソンは、徐々に緊張が解けていくのを感じながら、椅子に坐り込んだまま、もはや避けようのない結末を待った。勾留前に、着替えを取りに帰れるんだったかしら。最高の弁護士を一人雇わなければ。費用はいくらかかっても構わないわ。でも、ウィラード検事が陪審員たちにあの忌まわしい会話を聞かせたあとで、弁護士にまだ何か打つ手があるものかしら。

突然、ある考えが頭に浮かび、アリソンはくすくす笑いを漏らしたが、それはすすり泣きに近いものだった。どうか、死んだ夫とは正反対の、慈悲深い判事に当たりますように……。

第10話　眠りの中の囁き

毎年恒例の、警察によるチャリティイベントが、土曜の晩に開催された。収益は地元の恵まれない子供たちの施設に寄付される。警察官とその家族たちでごった返す中、出し物は午後七時にスタート。会場には、ジュリアというティーンエイジャーの姪を連れたコロンボ警部の姿もある。コロンボ夫人は、教会の慈善くじの抽選会がかち合い、残念ながら参加していなかった。

腹話術師と歌手が舞台に立ったあと、いよいよその晩のスターが登場した。天才的催眠術師のマーク・ウィットフィールドだ。

端整な顔立ちのウィットフィールドは、身長六フィートの舞台映えする容姿で、四十代だろう。黒い髪に、そこだけ銀色の頬ひげをたくわえた姿は会場内の誰よりも威厳があり、客席に居並ぶ警官たちも形なしだった。彫りの深い顔に収まった、力に溢れた真っ黒な瞳が、獲物を求めて会場を見渡していく。

やがて選ばれた二人を見て、観客たちは爆笑した。バート・ソーヤー巡査部長とアーニー・マクミラン巡査部長は、ともに署内の人気者だった。対照的な二人の容貌は、お笑いコンビさながらだ。

ソーヤーは、がっちりした体格の快活な好男子。対するマクミランは、丸顔に太鼓《たいこ》腹という愛嬌のある男で、以前から〝減量しないと懲戒処分だぞ〟と警告されていた。

ウィットフィールドは、二人を折りたたみ椅子に坐らせると、マクミランに尋ねた。「子供のころ、自転車に乗ったことはありますか？」

「あるよ。十二歳のクリスマスにもらったんだ」

「結構――」

二人は、一分足らずで催眠状態になった。優しく親しげな口調で二言三言囁《ささや》き、それぞれの額を軽く一度つついただけで、今や椅子の上で前かがみになり、頭を垂れている。ウィットフィールドが彼らに告げた〝深く安らかな眠り〟に入ったようだった。

催眠術師はそこで、肉感的な若い女性を舞台に登場させ、二人のそばの椅子へ導いた。

「ミズ・モニカ・ホールです」と観衆に紹介する。「ミズ・ホールは、ここロサンゼルスとニューヨークで、モデルとして活躍しています」

彼女に続いて、ウィットフィールドの助手が自転車を押しながらステージに現れた。

ジュリアがコロンボの腕をこづいた。「おじさん、こういうの、前にも見たことある？」

「いや、ないなあ」

ウィットフィールドは、催眠状態の二人に立ち上がるように言った。「マクミラン巡査部長」静かだが力強い口調だ。「あの、ぴかぴかの新型スポーツカーが見えますか？」と言いながら、自転車を指さす。「あれに乗って一回りしてもらえますか？」

マクミランは従順に自転車に跨《また》がった。

「では、ゆっくりと慎重にペダルを踏んで、ステージを回ってください。くれぐれも気をつけて」

マクミランはふらつきながら、催眠術師とソーヤー巡査部長の周りに大きく円を描き始めた。

「ソーヤー巡査部長。あなたの近くで猛スピードを出しているスポーツカーが見えますか？　あいう無謀なドライバーを停めて違反切符を切るのが、あなたの仕事なのでは？」

それまでは、ほとんどの観客は見とれるばかりで、細君たちの数人がくすくす笑っているだけだったが、ソーヤーが手を振ってマクミランの自転車を停めさせると、会場全体がどっと沸いた。ソーヤーが、ありもしないメモ帳に何か書き、マクミランに渡す仕種をする。当然ながら、マクミランは相手を睨みつけていた。観衆は拍手したが、二人には聞こえないようだった。

「たいへん結構」ウィットフィールドはソーヤーをねぎらい、マクミランには自転車から降りるよう指示した。「坐りなさい」マクミランは、言われた通り椅子に戻った。

「さて、ソーヤー巡査部長。私には分かっていますよ。あなたは、たった今切符を切った無謀なドライバーを逮捕したいのですね。彼に手錠をかけるのが、あなたの職務だ。違いますか？」

ソーヤーは、ベルトの後ろから手錠を取り出すと、マクミランに近づき、その両手にかけた。

マクミランは静かに坐ったまま、にこにこと笑っている。

「それでは、ソーヤー巡査部長」ウィットフィールドは続けた。「今度は鍵を隠さないといけません。右の方に女性警察官が見えますか？」

観衆は笑ったが、ウィットフィールドがどうするつもりなのかは予測がつかずにいた。

「彼女のところに行って、鍵を隠してもらいましょう」

ソーヤーはゆっくりとミズ・ホールに歩み寄り、鍵を渡した。挑発的な笑みを浮かべながら、彼女は胸許に鍵を落とした。

観客たちが爆笑する。

「何をするつもりなの？」ジュリアに訊かれたコロンボは肩をすくめるしかなかった。

催眠術師はマクミランに何か囁いてから、二人に向かって話しかけた。「お二人とも、目を覚ましてください。海辺ですばらしい一日を過ごしたあとのように、心からリラックスして爽快な気分になるのです」

顎の下でパチンと指を鳴らされると、マクミランは徐々に催眠状態から覚めていった。観衆の喝采に気づくと、にっこり笑ってみせる。そして、そこでようやく、自分の手に手錠がかけられていることに気づいた。

観客の一人が野次を飛ばす。「おい、アーニー。罰金を払った方がいいぞ！」

会場が沸いて、別の野次が飛んだ。「減量も忘れるなよ！」

次にウィットフィールドは、ソーヤーの顎の下で指を鳴らした。相手が少しずつ目覚めてきたところで、催眠術師は話しかけた。「手錠を貸してもらえますか？　巡査部長」

ソーヤーは、後ろ手にベルトを探り、困惑した表情になった。「て……手錠がない」呂律が回っていない。それからにやりとして、ウィットフィールドに言った。「厄介なことをしてくれたらしいね。手錠はどうした？」そこでウィットフィールドは、マクミランの方を指さした。客席が笑いに包まれる。

「手錠の鍵は、」とウィットフィールド。「どこにあるんでしょうね？　ソーヤー巡査部長」

ソーヤーはミズ・ホールにつかつかと歩み寄った。彼女が防ぐ間もなく、胸許に手を伸ばそうとする。

「巡査部長ったら！」ミズ・ホールは嬌声を上げると、自分で鍵を取り出し、ソーヤーに手渡した。

会場に、この日一番の笑い声と喝采が響きわたった。

「上手いもんだねえ」コロンボは姪に言った。

「おじさん、ひょっとしたらあの人たち、うまく調子を合わせてたんじゃないかな？　本当は、催眠術になんか、ちっともかかってなかったとか」

「いやあ、あたしには本物に見えたけどな」

ソーヤーが、同僚にかけた手錠を外す。ウィットフィールドが二人に礼を言うと、拍手と喝采が湧き起こった。二人を客席に帰し、ミズ・ホールに感謝の言葉を述べ、観客たちに深々と頭を下げるまでずっと、拍手は鳴りやまなかった。

「サインってもらえると思う？」ジュリアが尋ねる。

「頼んでごらんよ」

〈バーニーの店《バーニーズ・ビーナリー》〉で軽い食事を済ませると、コロンボは姪を家に送り届けた。そのあと、もうすぐ自宅に着くというところで、警察無線が雑音混じりに呼びかけてきた。「コロンボ警部？」

「どうしたの?」

「ノース・リンウッド七二三番地に急行してください。殺人事件の通報がありました」

コロンボはあくびを嚙み殺した。やれやれ、今日はもうクタクタだっていうのに。「すぐに向かうよ」

七二三番地は、庭つきの高級アパートだった。低い植込みの中に設置された小さな照明が、風変わりなラベンダー色の光を投げかけ、木々の葉がまるで濡れているように見える。コロンボの車が到着すると、パトカーの隊列に加え、救急車が一台、アパートの前の通りに駐まっていた。

コロンボはあくびを堪えながら、周囲でそこだけがざわざわと騒がしい建物へと入っていった。腕時計の針は午前零時近くを指している。

リビングも寝室も、鑑識課の連中でいっぱいだった。家具がみな真新しい。青白いフロアランプの周りを、蛾が一匹飛び回っている。課員の一人がコロンボに気づき、寝室の方を手で示した。

寝室に入っていったコロンボを、パガーノ巡査部長が出迎えた。ダブルベッドの脇に遺体があり、カメラマンが写真を撮っている。被害者は女性のようだ。くすんだ色のカーペットの上で、鮮やかな金髪がひときわ目を惹いた。

「今夜のショーに行かれたんですよね?」とパガーノが訊いた。

「うん。その帰りに無線で捕まっちまったんだよ」

パガーノが声を上げて笑う。「それで浮かない顔なんですね。ほら、昔から言うじゃないですか。雨の日も雪の日も、ええと……あとは忘れちゃいましたが」

コロンボも笑みを浮かべた。「そいつは郵便配達人のモットーだよ」

「ああ、そうでした！　ところで、ショーについて伺ったのには理由があるんですよ。被害者は女性、三十代後半、死因は絞殺。そして氏名は――アイリーン・ルイーズ・ウィットフィールドなんです」

コロンボは目をぱちくりさせた。疲れは一瞬にして吹き飛んでいた。「ウィットフィールド？　今晩出ていた催眠術師の名は確か……マーク・ウィットフィールドだった。じゃあ、奥さんかい？」

「いま確認中です。マーク氏の所在も捜しています」

そのときコロンボは、捜査員が行き交う部屋の片隅で、マクミラン巡査部長が聴取を受けているのに気づいた
「あれはマクミランじゃないか」当惑したように声を上げる。「いったいここで何をしてるんだろう？」

「遺体を発見したと言っています。ショーが終わったあと、自分でもなぜだか分からないうちにここへ来ていたそうです。そして女の遺体を見て逃げ出した、と。そのあと、近くを呆然と歩き回っている彼の姿を見た近所の住人が通報してきました」

「ちょっと待ってくれ――」コロンボはますます混乱したようだった。「どうしてここに来たのか、本人も分からないんだって？　被害者とは知り合いだったのかな？」

「見たことのない女だと言っています」今度はパガーノの方が困惑してみせた。「マクミランの

目に光を当ててみたんですが、ドラッグをやっているか、あるいは催眠状態のように見えましたよ」

コロンボはその言葉に反応した。「催眠状態……そいつは面白いね」

「と言いますと？」

コロンボは遺体に近づきながら言った。「さっき、ウィットフィールドはマクミランに催眠術をかけたんだよ。そのあと催眠からは覚めていたけどね。それで……」言葉はそこで途切れてしまった。

「それで？」パガーノが先を促した。が、コロンボは絨毯をじっと見下ろしている。

「何だ、こりゃ？」床に膝をついたコロンボは、何かを凝視したまま独りごちた。「真珠みたいだ」

「その通りです。首を絞められたとき、被害者のネックレスが切れて、真珠が絨毯に飛び散ったんでしょう」

コロンボは、大儀そうに立ち上がると、ベッドのそばにあるクローゼットの方へ歩いていった。扉は閉まっている。ポケットから取り出したハンカチで手を包むと、扉を開けて中を覗き込んだ。

「こいつはどういうことだろう」つぶやく声が聞こえた。「真珠が一粒、この中にまで飛び込んでるよ」

「コロンボ警部」パガーノは、怠けている子供を相手にするように、苛立ちを隠して呼びかけた。

「もうこんな時間です。それに、殺しの捜査中なんですから」

コロンボはパガーノの傍らに戻り、ハンカチをポケットに押し込んだ。

「いったい何が気になるんです？」

「いや、何も。カミさんが教会の慈善くじで何か当てたかなあ、と思ってるぐらい」

パガーノは首を振った。まったくこの人ときたら――。「いいですか、もうお帰りください。ベッドで少し眠ることです。今できるのはこんなところでしょう」

コロンボはうなずいたものの、まだ深く考え込んでいた。パガーノの方をよく見ないまま、もう一度うなずくと、ゆっくりリビングへと歩いていく。と、そこで突然立ち止まり、振り返った。

「お前さん、どう思う」と警部。「催眠状態の人間が人を殺すってのは、あり得るもんだろうか」

パガーノは大きな声で笑った。「そういう状態については、よくご存じのはずですよ。警部は、しょっちゅうそんな感じになるじゃないですか」

「まったくだ」コロンボも笑顔になる。「あたしはね、いつだって、そういうときに最高のひらめきをモノにするんだよ。じゃあ、お休み、巡査部長」


翌朝、コロンボは、取調室でマクミラン巡査部長と向かい合っていた。コロンボは、夫人が昨夜、五百ドルを当てていたので上機嫌だった。これで、リビングに置く四十二インチの大型テレビが買えるだろう。

一方のマクミランは、睡眠不足と不安でひどい状態だった。持ち前の快活さは、現場のアパートで失くしてしまったようだ。彼についてコロンボが知っているのは、ずいぶん前に離婚したこと、そして、大学生の一人娘がいることぐらいだった。

「催眠状態になっていたときのことを話してくれないかな」警部は椅子に腰を下ろしながら言った。この狭い部屋では葉巻に火を点けられない。葉巻の煙はいつだって、ただでさえまずい立場にある人間に余計なストレスを与えてしまうのだ。コロンボは考えた。警察には〝取調官〟という言葉があるが、それが反対側に坐ったときは何と呼べばいいのだろう？〝被取調官〟？それも何だか妙だ。

「自分でもよく分からないんです。ショーが終わったあと、会場を出て自分の車に乗りました。それから……それからまるで、永遠に運転しているような気分になって……どこかへ行かなければ、という気持ちになりました。これって変ですよね？」

「どこかへ誘導されているようだった、ということ？」

マクミランは、顎が胸にぶつかるほど大きくうなずいた。「そうそう！まさにその通りです。自分が何をしているかは分かるのに、なぜそうしているのかは分からなかった。いったいどういうことなんでしょう？」

コロンボは、もの思わしげに口許に手をやり、そこでようやく自分が葉巻を吸っていないことに気づいた。「あのウィットフィールドという男は、ショーでお前さんに催眠術をかけた。でも、最後には解いていたよね」

「ええ。とてもいい気分でした。あとで同僚から、彼がしたことを聞きましたよ。不思議なものですね」

「あたしもそう思うよ」

コロンボは椅子にもたれ、天井の長い蛍光灯を見上げた。そうすると、いくぶん気持ちが落ち着いた。「大事なことを訊くよ、巡査部長。ウィットフィールドがお前さんを催眠状態から覚ます前、あの男がお前さんに何か囁いていたのを見たんだけどね」

マクミランはぎょっとしたようだ。丸々とした青白い顔に赤みが差す。「その……実は、あの男が私たちに何をしたのか、全部憶えているんです。まるで、私も客席にいて、ステージの上の自分自身を見ていたかのように。ですから、あいつが私に何か言ったのも憶えています」

コロンボは椅子を動かし、相手に少し近づいた。「で、彼は何と言ったの？」

「それは……憶えていません」

「何と言ったか思い出すな、そう言われたのかい？」

マクミランは机の上で両手をもぞもぞと動かした。「分かりません。そうだった気もしますが」

コロンボは立ち上がったものの、歩き回れるスペースはなかった。仕方なく、机のまわりを一周して椅子へと戻った。

「ひょっとして」とコロンボは言った。「催眠から覚めたあとに効果が表れるような暗示——後催眠と言ったっけ——をかけた、なんてことはあり得るかな？」

「そんな例があるのは聞いたことがあります。でも、いったいどんな暗示をかけられたんでしょう？」

「例えば、彼の奥さんを殺すように言われたとか？」

マクミランの指が、争っている二匹の蛇のように絡み合った。それに気づくと、ばつが悪そうに両手をテーブルの縁まで滑らせ、膝へと落とす。疲れ果てた兵士のような恰好になった。「私は断じてやっていません、警部。本当です！」

「あのアパートに行ったこともなかった？」

「一度も。それに、あの女にも会ったことはありません」

「ともあれ、お前さんはあの家に誘導された」コロンボは間を置き、考えを巡らせた。「どうやって中に入った？」

「鍵がかかっていなかったんだと思います」

コロンボは机に両手を置いた。「寝室に行ったのはなぜだい？」

「分かりません。直感でしょうか？　そこで遺体を見つけて、逃げ出したんです。そう遠くまでは行かず、少し歩いた程度ですが。そして、私を見かけた近所の女性にアパートに連れ戻されました」

「お前さんが、その人に遺体のことを話したからだね」

「ええ」

「オーケイ」コロンボは立ち上がった。「今日はここまでにしよう、巡査部長」

マクミランは目を見開いた。「留置しないんですか？」

コロンボは首を振った。「お前さんは自由の身だよ。通常勤務に戻っておくれ」そう言うとドアへと向かう。

「待ってください、警部。ウィットフィールドが、奥さんを殺すよう私に暗示をかけたと、本当に思っているんですか？」

「まだ分からないね。でも、もしそうだとしたら——催眠術師とお前さん、二人とも殺人に関与したことになっちまうなあ。そうだろう？」

マクミランが啞然としている間に、コロンボは出ていった。


マーク・ウィットフィールドの住むマンションは、ウェストウッド近郊のウィルシャー大通り沿いに建ち並ぶ古いビルの一つだったが、いまだにモダンに見える造りをしていた。コロンボが九階でベルを鳴らすと、ほどなくしてドアが開いた。

もう正午だというのに、ウィットフィールドはガウン姿で、その派手やかな髪も乱れたままだった。不安げな、ひどく落ち込んだその様子は、昨夜ステージ上にいた堂々たる名催眠術師と同じ人物とは思えない。コロンボは身分証を見せ、リビングルームに通された。ブランド物のブラインドが強い陽差しを遮っている。

「どうぞ坐って」ウィットフィールドは言った。「すまないが、まだ頭がぼうっとしていてね。アイリーンが殺されたなんて、まったく信じられない。しかも、よりによって、あの巡査部長が第一発見者だなんて！」

コロンボは、額に手を当てるウィットフィールドをじっと見ていたが、やがて口を開いた。

「奥さんとは別居されていたんですか？」

「ええ。私たちには、その……見解の相違があってね、それで妻は出ていった。ここから十五分ほどのところにアパートを借りたよ」

「そこへ行かれたことはありますか？　ウィットフィールドさん」

「いや、ない。ここしばらくは、もうまともに話もできなかったんだ。私は戻ってきてほしくて、話し合いを求めたんだが、アイリーンは頑として受けつけなかった」

「差し支えなければ結構なんですが……見解の相違というのは、具体的にはどういったことで？」

ウィットフィールドは傍らのテーブルからカップを取り、コーヒーを飲んだ。「私にはプロとして成功した仕事がある。それで妻は、自分は女優になりたいと言い出したんだ。きっと私を腹立たしく思っていたんだろうな」苦々しく笑う。「女優になりたがる妻なんて持つもんじゃないよ、警部」

「そいつはどうも。うちのカミさんなんか、家の掃除とガーデニング、それに教会のボランティアで十分満足してますけどねえ」

カップを受け皿に戻すウィットフィールドの手は震えていた。「私は今でも妻を愛しているんだ。だから、こんな仕打ちはとうてい我慢できん」そう言うと、さっと姿勢を正す。「何だって私にそんなことを訊く？　さっさとここを出ていって、アイリーンを殺した犯人を捜したまえ」

コロンボはにこりと笑った。「昨夜のショー、あたしも拝見したんですがね、ウィットフィールドさん」

催眠術師はむっつりした顔でうなずいた。

「一つお尋ねしたいのは、奥さんのご遺体を最初に発見したマクミラン巡査部長のことです。彼はまだ催眠状態にあったんでしょうか？」

ウィットフィールドはコロンボの顔をまじまじと見た。「我々は太陽系第三惑星にいるんだが、警部、あんたはどうやら別の太陽系の住人らしいな。私はあの男を催眠状態から解いた。その場で観ていたのに憶えていないのか？」

「ええ、ええ、もちろん憶えてますとも。でも、しばらくあとにまた催眠状態に戻るということはあり得ないもんでしょうか？」

「催眠術師がそう暗示した場合だけだ。普通そんなことはしないがね」

「そう、まさにそれを言いたかったんですよ。彼を起こす前に、あなた、何か囁いていましたでしょう。その内容が気になりましてね」

ウィットフィールドは今にも吹き出しそうな表情になり、椅子の背にもたれた。不機嫌そうな様子はどこかへ消えてしまっている。「彼に囁いていただって？　いったい何を？　妻を殺しに行くように命じたとでも言うのかね？」

「そんなことは言ってません。じゃあ、本当のところ、彼に何と囁いたんですか？」

ウィットフィールドは、テーブルからポットを取り、コーヒーを注ぎ足した。「目を覚ましたら手錠に気づいてください、と言ったんだ。観客のウケを取りたかったんでね」

この答えを聞き、コロンボはじっと考え込んだ。

「どうもご不満のようだね、警部。何か問題でも?」

「あたしにもよく分からんのですが……もうちょっと何か話されていたように見えたもんですから」

ウィットフィールドは立ち上がり、リモコンで電動式のブラインドを巻き上げた。ウィルシャー大通りを行きかう車の騒音が突然はっきり聞こえ、陽の光が部屋中に降り注いだ。

「昨夜のステージを録画しておけばよかったよ」ウィットフィールドは椅子に戻りながら言った。「マクミラン巡査部長に囁いたのはほんの短い間だったのが分かったはずだ。あんたも警察官なら、目撃者の証言する時間が実際より長かったり短かったりするのはよくあることだと知っているだろう。正確な長さを記憶している目撃者なんて、まずあり得ない」

コロンボはまだ思案顔だった。「じゃあ、巡査部長は何だって、会場を出て奥さんのアパートに行ったんでしょうねえ? 彼はそれまで一度もあそこに行ったことがないと言ってるんですが」

「私が催眠術師ではなくミステリ作家なら、その質問に答えられるかもしれないがね。マクミラン本人に訊いてみればいいだろう」

「ええ、もう訊きましたよ。催眠術か何かにかかったような状態で、現場まで行ってしまった、と言ってました」

「コーヒーはどうかな」ウィットフィールドは言った。「ちょっと冷めてしまったから、温め直そう」

「いえ、結構です。マクミランは、どうして現場までの道が分かったんでしょうね？」

ウィットフィールドは笑顔になり、すっかりくつろいでいた。「私が妻の住所まで彼に囁いたと言いたいのかな？　私自身行ったこともないのに、道順まで教えたと？」

コロンボは肩をすくめるしかなかった。


コロンボは、サンタモニカにある行きつけの食堂でパガーノと待ち合わせ、ランチをとることにした。警部がお気に入りの席で待っていると、パガーノが現れ、腰を下ろすなりこう報告した。

「マクミランはアイリーン・ウィットフィールドを知っていましたよ」

思いもよらない知らせだった。店内は禁煙だというのに、コロンボは葉巻を取ろうと胸ポケットを探ってしまった。

「いったいどこで知り合ったんだい？」

「この件については前々から疑いがあったんですが、裏づけになる証言がどうしても取れずにいました。それが、今回の殺人で、すべて明るみに出たというわけです」

パガーノが報告を楽しんでいるのが分かったので、コロンボは先を促さなかった。

「マクミランは、ビバリーヒルズを舞台にした売春組織に関わっていたんですよ。超一流のホテルで超高級娼婦と、ってやつです」

「あのマクミランが……」人好きのする、丸々と太った男の姿を思い浮かべながら、コロンボはつぶやいた。「そんなことはしそうにもないタイプだけどなあ」

「ええ、まさにそれが理由で、やつだという確証を摑むのにさんざん時間がかかったわけです。ようやく判明したんですが、アイリーン・ウィットフィールドが娼婦をスカウトして事業を切り盛りする一方、マクミランは捜査の手が及ばないように手を打っていました」

「それでマクミランは、アイリーンの住所を知っていたわけか」

「その通り。でも、マクミランが彼女を殺害したいと思う動機については、依然として不明ですね」

コロンボは火の点いていない葉巻をくわえると、「彼は今どこ？」

「今朝は勾留しませんでしたが、大至急見つけ出して連行します」少し間を置いて、「この展開から、僕が何を考えたかお分かりですか？」そう言うと、パガーノはウエイターに合図した。

「ああ、分かるとも。マクミランは『ウィットフィールドから後催眠をかけられ、彼の奥さんを殺すよう命じられた』と主張することができる。そしたら彼は、真犯人に単なる手足として操られただけ、ということになる。そんなところかな？」

パガーノは大きくうなずいた。ウエイターがオーダーを取りに来ると、二人ともチリを注文した。コロンボは「トッピングに玉ねぎを」と言い添えた。

「法的にはどういう扱いになるのか、専門家の意見を聞くことにしよう」とコロンボ。「それから、心理学者の意見もね」

パガーノはにやりとした。「そう仰るだろうと思って、いつもお願いしている精神科医のレーヴェンタール博士をランチにお誘いしておきました」

二人がちょうどチリを平らげたところに、ロレイン・レーヴェンタール博士が到着した。つやのあるブルネットが印象的な四十代の女性で、黒い角縁の眼鏡をかけていなければ、今よりもっと魅力的に見えるだろう。

短い世間話のあと、博士はサンドイッチを注文し、話は本題に入った。

「博士は催眠術にはお詳しいですか?」コロンボは葉巻を手にして尋ねた。

「火を点けないでくださいね」博士は釘を刺した。

「もちろんです。ここは禁煙ですから」

「質問にお答えすれば、わたしは催眠術についてはとうてい専門家とは言えません。それで警部、どんなことをお知りになりたいんですの?」

「もし誰かが後催眠をかけられたとしたら、その人間は必ず指示通りに行動するものでしょうか?」

レーヴェンタール博士は、運ばれてきたサンドイッチが置かれるのを待って、こう答えた。

「それは指示の内容によりますね」

「じゃあ、誰かを殺せという指示だったらどうです?」

博士は、しばらく思案したあと、口を開いた。「お断りした通り、わたしは専門家ではありませんけれど――それは、被術者、つまりかけられる側の道徳的・倫理的志向と制御要因によるでしょうね」

「つまり?」とパガーノ。

「つまり――殺人が被術者にとって忌まわしい行為であるならば、その人はいかなる状況でも、それを指示する後催眠に従ったりはしないということです」

パガーノはコロンボを見やった。「やれやれ、これでめでたく振り出しに戻っちゃいましたね。マクミランは、確かに被害者と非合法のビジネスに手を染めていました。でも、彼女を殺したいと思う動機は何でしょう？　逆に、ウィットフィールドがマクミランをそそのかして妻を殺そうとしたとするなら、その動機は？　そしてその場合、彼はどうして、マクミランが指示通りに実行すると確信できたんでしょう？」

「ひとこと言わせておくれ、巡査部長」とコロンボは答えた。「お前さん、そいつは、どれも実にいい質問だよ」


照りつける太陽の下、コロンボはウェストウッドにあるファーガソン葬儀場の前に立っていた。中から年配の男が出てきて、隣接する駐車場で車に乗り込んだ。続いて、優雅な喪服に身を包んだウィットフィールドが姿を現し、コロンボに気づくと、ぴたりと立ち止まった。

「あんた、ここでいったい何をしているんだ？　妻の葬儀の手配をしているときぐらい、そっとしておいてくれてもいいだろうに」

「ええ。そう思って場内にはお邪魔せず、ずっと外でお待ちしてたんですが。いや、暑いですなあ」

ウィットフィールドは、あきれたように首を振ると、脇をすり抜け、足早に駐車場へと向かった。コロンボがそれを追いかけ始める。「ご一緒してもよろしいですか?」

ウィットフィールドは観念した。「どうしてもというなら」

二人が乗り込んだウィットフィールドの愛車は、旧型だがぴかぴかに手入れされた黒のベンツだった。

「美しい車ですなあ」コロンボが言った。

車は駐車場を抜け、ロスではお馴染みの渋滞が待つウェストウッド大通りへと出ていった。

「どうやらこいつは洗車したてのようですが、でもあれですよ、最愛の人が殺されたとしたら、ふつう、とても車を洗おうなんて気にはならないんじゃないでしょうかね」

ウィットフィールドは顔色ひとつ変えなかった。「週に一度、洗車してくれる男性を頼んでいるんだ。つまり私は、君に嫌味を言われるほどの冷血漢ではないということだな。さて、それでは、何をしに来たのか教えてもらおうか」

「単なる捜査の一環ですよ。ところで、奥さんがマクミラン巡査部長と売春組織を経営していたのはご存じでしたか?」

ウィットフィールドの車は、危うく車線からはみ出しかけ、対向車にクラクションを鳴らされた。信じられん、と言わんばかりに、コロンボにちらりと目をやる。

「どうやらご存じなかったようですね」

「頭がどうかしているぞ、君は」

「奥さんが急に大金を手にするようになったとき、ちょっとでもおかしいとは思われませんでしたか？」

「夫婦仲は冷えきっていたと言ったろう。妻が出ていってからは、ほとんど顔を合わせてもいない」

「それでも、何かに関わっているという兆候にだけでも、お気づきにならなかったかと」

ウィットフィールドは深くため息をついた。「私の頭もどうかしていたに違いない」そのとき、ある考えが頭に浮かんだ。「マクミランと組んでいたのか。そう、それだよ。それなら、あいつには妻を殺す動機があってもおかしくない」

コロンボは、無邪気な表情で尋ねた。「なぜそう思われるんです？」

「その手のビジネスなら、仲間内のトラブルもあり得るだろう。揉め事はつきものじゃないか」

「そうとは限りませんよ。ただし、彼が催眠状態だったとしたら――」

ウィットフィールドは遮った。「またその話か。だったら反論させてもらおう。仮にマクミランが催眠状態にあったとしたら、逆にそれは、あの男がアイリーンを殺す恰好の口実になるだろう。そもそも殺害の動機があったんだから」

その言葉にコロンボは相槌を打った。「ええ、ええ、ごもっともです。ただですね、そうすると、やっぱり最初の疑問が残るんです。なぜあなたはマクミランを催眠状態にしたんですか？あの囁きは何だったんでしょう？」

ウィットフィールドはうんざりしていたが、そこでにこりと笑ってみせた。「これからセンチュリーシティの弁護士事務所へ行くんだ。どこでも好きな所で降ろしてあげよう」

「いけね！」コロンボが突然大声を出す。「うっかりしたなあ。車を葬儀場に置いてきちまった」

ウィットフィールドの笑顔に、わずかに意地の悪さが加わった。「さすがにあそこまで戻るわけにはいかんよ。もうすでに遅刻なんだ」

「どうぞご心配なく。うちの若いのに拾ってこさせますから」

「よかろう」笑みを張りつかせたまま、相手を見下すように応える。「電話一本で来てくれる若いのがいて、羨ましい限りだよ」意地の悪い笑みに皮肉が加わった。「もしかしたら、今度の事件も、その子たちが解決してくれるんじゃないのか？」


コロンボは、取調室で再びマクミランと対峙していた。その日の巡査部長はオレンジ色の囚人服姿で、ひげ剃りと弁護士が必要なように見えた。もっとも、弁護士の手配はもう済んでいるだろう。

「アーニー」コロンボの口調には心からの同情が感じられた。「何だって売春なんかに手を染めたんだい？　お前さんは勤務評定もよかったし、誰からも好かれていた。何も不満はなかったろうに」

「娘のカレンのためだったんです。どうしてもいい大学に行かせてやりたかったんですが、ご存じの通り、近ごろは恐ろしく学費がかかります。年に四万ドル。加えて書籍代に寮費、他のくだらないあれやこれやも。その上――カレンには我々の離婚がひどく堪《こた》えてしまい、この二年、精神科医にかかっています。その診療費もかさむ一方で……いや、こんなことが言い訳にならないのはよく分かってるんです、警部」

コロンボは何も意見を述べなかった。「被害者とはどうやって知り合ったの？」

「うちで連行した売春婦が、以前、アイリーン・ウィットフィールドに雇われていたと言ったんです。それが……それがきっかけで、アイリーンと私は一緒に仕事をするようになりました。でも、用心に用心を重ねましたよ」

「それは、お前さんが現役の警察官だったからかい？」

マクミランは、ひどくうぶな人間を見るような目つきになった。「もちろんそれもありましたが、もう一つ、彼女の旦那――あの催眠術師が、異常なほど嫉妬深かったんです。アイリーンが誰かに電話すると、必ず聞き耳を立ててるほどで。彼女は〝夫が家の電話に盗聴器を仕掛けているのではないか〟と疑ってさえいました」

コロンボはテーブルを指でこつこつ叩いていた。「それで奥さんは、あのアパートに引っ越したんだね？」

「ええ。それが自由になる早道だったわけです」

コロンボが指を折り曲げる。「話は変わるけどね、アーニー。あの晩、寝室に入ったとき、何か気づかなかった？　催眠状態だったのは分かってるんだけど」

マクミランは記憶をたどるようにじっと考え込んだ。「ええと、どうでしょう。もちろん、最初に目に入ったのは遺体です。目がひどく膨らんでいたので絞殺だと思いました。見たところ血も出ていませんでしたし。それから――床に小さなビーズが散らばっていました。真珠のネックレスから外れたようなやつです」

「被害者がネックレスをつけてたんだ」コロンボは言った。「首を絞められたとき、それが切れて、真珠が周りに散らばったんだろう……。寝室に入ったとき、他には誰もいなかった？」

「もちろん。誰もいませんでしたよ。お話しした通り、私も、火事に遭ったみたいに動転して、すぐ逃げ出しちゃいましたけど」

コロンボは立ち上がり、指を曲げたり伸ばしたりした。「ありがとうアーニー。お前さんを助けられるよう、できるだけやってみるよ」

マクミランは思わず腰を浮かせかけた。「じゃあ、警部は私がやったとは思ってないんですか？」

コロンボは、にっこり笑った。「言うなら〝陪審員はいまだ審議中〟というところだけどね。本当に陪審員が集められるようなことにはならないよ」


葬儀のあと、ウィットフィールドは、自宅に友人や近親者を招いて小さな会を催していた。白いバーコートを着た数名のアフリカ系アメリカ人が給仕を務め、テーブルにはつまみや軽食、ソフトドリンクが並んでいる。

ウィットフィールドが親類の一人と話していると、コロンボが入ってくるのが見えた。玄関ホールに立ち、自分の居場所を探すかのように招待客たちを見渡している。

催眠術師は、相手に「ちょっと失礼」と断ると、コロンボに歩み寄った。「君を招待した憶えはないぞ」

「警察の捜査に招待状が必要とは思いませんが」

コロンボの口調にこれまでにない断固とした響きを感じ、ウィットフィールドも硬い口調で返した。「一緒に来たまえ」

コロンボと連れ立ち、弔問客の間を縫って書斎に入ると、ウィットフィールドはドアをしっかりと閉じた。デスクの奥の椅子に腰を下ろし、手に取ったペーパーナイフでもう片方の手のひらを何度か叩く。「いったいなぜ、妻のための催しにまで押しかけてきたのかね?」

窓辺に立ったコロンボは、ウィルシャー大通りを行きかう車の流れを見下ろしている。

「警部――私が何を考えているか分かるかね?」

「いいえ」

「君は私が犯人だと考えている、ということだ」

コロンボは無表情のまま窓から向き直った。「どうしてまたそんなことを?」

「アーニー・マクミランという極めて有力な容疑者がいるにもかかわらず、君は何とも不可解な理由で私をつけ回している。君たちは、身内のマクミランを守ろうとしてるんだろう?」

コロンボは、しばらく考えたあと、口を開いた。「あなたがそう仰ったので伺います。ウィットフィールドさん――こいつは単なる確認なんですが、ショーのあとはどちらに行かれましたか?」

ウィットフィールドは相変わらずペーパーナイフで手のひらを叩きながら、にやりとした。

「よろしい。ようやく本音を吐いたな。では、確認のために言おう。あの日のショーには妹が来ていてね。一緒に彼女の家に行って、そこで一、二時間ほど過ごしたのさ。やがてそこに、何らかの方法で私の居場所を突き止めた君のお仲間が、妻が殺されたことを知らせてきたというわけだ」

「それは面白いですな。妹さんの電話番号を教えていただけますか？」

ウィットフィールドは、突然勢いよく立ち上がった。「もっといい方法がある」足早に部屋を横切るとドアを開け、来客たちの誰かに向かって何か呼びかけた。

ほどなく、喪服を着た小柄で控えめな印象の女性が入ってきた。ウィットフィールドより若いが、歳はそれほど離れていないようだ。兄とは違い、傲慢そうなところは微塵もなかった。

「ノーマ、こちらはコロンボ警部だ。アイリーンの事件を捜査してくださっている」

コロンボは、女性の顔を見てうなずいた。「こんな際に大変申し訳ないんですが、いくつかお尋ねしたいことがありまして」

ノーマがうなずく。

「お兄さんが警察のイベントに出演なさった晩、あなたも客席にいらしたそうですね？」

「はい……いました。いったいどういうことですか、警部さん？」

「なに、時間の経過を確認してるだけでしてね。ショーが終わったあと、あなたとお兄さんは、会場を出てからどちらへ行かれましたか？」

「わたしの家です」背恰好に似合った小さな声だが、驚くほど強い口調だった。

「それで、お二人はどのくらいお宅にいらっしゃいました?」

　記憶をたどりつつ、「そんなに長い時間ではありません。警察からマークにあの恐ろしい電話がかかって、義姉が……義姉が亡くなったと知らされるまでです」

「それより、ほら」ウィットフィールドが口を挟んだ。「妹に、私がずっと一緒にいたかどうか訊いたらどうだ」

「どうですか?」

　ノーマは困惑していた。「はい、もちろんです。いったい何なんですの?」

　コロンボが口を開く前に、ウィットフィールドが答えた。「警部殿は殺人の容疑者を捜しているんだが、どうやら私を疑っているらしいんだ」

　彼女はコロンボを睨みつけた。「どうやったら、そんなことを思いつけるんです!? 兄は義姉を愛していました。確かに二人は別居中でしたが、だからといって、兄が彼女を殺したがっていたなどということはあり得ません」

「分かってますとも。お兄さんはどうも早合点なさってるようですな」

　ノーマは逆襲した。「早合点なさってるのは、あなたの方じゃありません? 警察というのは、何でもそんな風に決めつけるんですか?」

　ウィットフィールドは彼女の腕を取り、ドアの方へ向かせた。「警部からの質問はもうないと思うよ。どうだね、警部?」

　コロンボは窓際に戻った。「ありません。ありがとうございました。ご協力に感謝します」

ノーマは、きっぱりとした口調で言った。「兄は善良な人間ですわ」妹が部屋を出ていくと、ウィットフィールドはドアを閉めた。

「ご満足いただけたかな？」

コロンボは、再び車の流れに目を向けた。「妹さんは嘘発見器の検査を受けてくださいますかね？」

ウィットフィールドはデスクに戻ると、突然、ペーパーナイフをそこに叩きつけた。「あんた、本当の人でなし野郎だな」

コロンボは、彼の前へと歩み寄った。「妹さんですからね、ウィットフィールドさん。あなたを愛するがゆえに、ひょっとしたら嘘をついてるかもしれない。家族ってのはそういうもんでしょう？　あたしのおばのアンナは、酔っ払った旦那が階段から転げ落ちて死んだのをその目で見たんですが、あくまで『夫はしらふそのものだった』と言い張ったもんです。聖書に誓いさえしましたよ」

ウィットフィールドはコロンボの方にぐっと身を乗り出したが、そのあと、椅子に腰を下ろし、黙り込んだ。ややあって、「ノーマは検査を受けてもいいと言うだろう。私から話しておこう」

「そいつは助かります。裁判所命令を取る手間が省けました」

ウィットフィールドは再び黙り込んだあと、「では、私への疑いは晴れていないわけか。背中に大きな射的の的でも背負っているような気分だよ」

「あたしとしちゃ、あらゆる可能性を想定しなきゃならないんで」

「君のような相手を何と呼んだものかな？　〝強情〟か。まあ、健闘を祈るよ。おおかた、袋小路へまっしぐらだろうがね」

署内の廊下で、コロンボはパガーノに声をかけられた。「サリヴァンが、ある女性を嘘発見器にかけるよう警部に指示されたと言ってましたよ。ノーマ・ウィットフィールドというのは、もしかして、あのウィットフィールドの妹ですか？　それとも姪とか」

「妹だよ」

パガーノの表情が険しくなった。「何があったんです？」

「奥さんが殺された時刻にウィットフィールドがどこにいたのかを知りたくてね。本人は、妹と一緒だったと主張してるんだ」

険しい表情が皮肉っぽいものへと変わる。「〝主張している〟ですか？」

「あり得る線をすべて押さえてるだけさ、巡査部長」

その日の夕方近く、コロンボはノーマ・ウィットフィールドが嘘発見器の検査を通ったことを知らされた。専門家の見解によれば、「事件の晩、兄は自分と一緒にいた」という証言に関して、彼女は嘘をついていなかった。催眠術師のアリバイは成立したのである。

空は、すっかり暗くなっていた。走るコロンボの車のボンネットに、とうとう雨粒が落ち始める。気がつくと警部は、サン・ヴィンセント大通りを走っていた。アイリーン・ウィットフィールドのアパートの近くだ。潜在本能が、磁石のようにコロンボをそこに引き寄せたのだが、もちろん催眠状態というわけではない。切れたネックレスのイメージがくり返し頭に浮かんでくる。なぜだろう？

アパートの前には警官が立っており、ドアの鍵は開いていると身振りで教えてくれた。

コロンボは邸内に入った。リビングの様子は前回と変わっていないようだ。今や本降りになった雨の音が天井から響いてくる。

寝室にもほとんど変化はなかった。違いといえば、遺体がないことと、絨毯に真珠が散らばっていないことぐらいだ。コロンボは、しばらくの間、戸口に佇《たたず》んでいた。外では雨が植込みを激しく叩いている。と、その視線が、閉じているクローゼットの扉のところで止まった。扉の下に隙間はなく、開いていなければ真珠が転がり込むことはあり得ない——ほんのわずかでも開いていなければ。

警官がコロンボを追ってアパートに入ってきた。「何かお手伝いしましょうか、警部？」

「いや、いいんだ。ちょっと確かめたいことがあっただけでね。あそこの電話は使える？」

「そのはずです」

コロンボは鑑識課の担当者に短い電話をかけた。受話器を置いたとき、雨脚はますます強くなっていた。

「通り雨《スコール》がやむまで待たれては？」外へ出ようとするコロンボを見て、警官が言った。

「大丈夫さ」コロンボは風雨の中で声を張り上げた。「レインコートを着てるからね！」

　ウィットフィールドが取調室に入り、そのすぐうしろからコロンボが続いた。催眠術師は席に着くなり尋ねた。「何だってこんなところに私を連れてきたんだ？　妹は嘘発見器の検査を通ったと聞いたぞ」

　コロンボは、向かいの椅子に腰を下ろした。「仰る通り。通りました」

「じゃあ、これは何だ、新手の嫌がらせか何かか？」

「そんなもんじゃありません。もうちょっと重要なことです」

　ウィットフィールドは大声で笑った。「そいつは何とも控えめな表現だな。いかにも君らしい」

　コロンボはにこりともしなかった。「奥さんを殺したのはあなたです、ウィットフィールドさん。あなたはひどく嫉妬深い方だ。そして、奥さんがマクミラン巡査部長と密かに性的関係を持っていると思い込んだんでしょう。二人の関係がビジネスライクなものだとは知らず、やがて奥さんが家を出ていったとき、あなたの自尊心は砕け散ったんだ」

「いったい何様のつもりだ？　素人の精神分析など聞きたくもない」

「あなたは、ショーでマクミランを舞台に上げると、奥さんのアパートに行くよう後催眠をかけた。まさに完璧な復讐計画だったわけです――奥さんは他殺体で発見され、マクミランが第一容疑者になる。もし自分に容疑がかかったとしても――」

「現にかけられてるじゃないか」ウィットフィールドが口を挟んだ。

「――それでもあなたは安全だった。妹さんが嘘発見器の検査を通れば、あなたのアリバイは証明されます」

「その通りだ。できるものなら覆してみるがいい」ウィットフィールドは挑発するように言った。

「ええ、たやすいことです。あの晩、ショーが終わり、家で二人きりになったところで、あなたは妹さんに催眠術をかけたんでしょう。そして、ずっと自分と一緒だったという暗示をかけた。妹さんはあなたを信頼していますから、被術者には完璧だったはずです。彼女が術に落ちると、あなたはアパートへ行って奥さんを絞殺した。あたしの見るところでは、現場を立ち去ろうとしたちょうどそのとき、あなたはマクミランが到着した音を聞きつけたんでしょう。そして、慌ててあたりを見渡したところ、扉の開いたクローゼットが目に入り、その中に隠れたんです。寝室に入ってきたマクミランは、遺体に出くわし、一目散に逃げ出した——それで、あなたも警察が来る前に抜け出すことができた、というわけです」

ウィットフィールドの表情が、突然真剣なものになった。「それで、いったいどんな証拠があるのか訊いてもいいかね？」

「あなたが奥さんの首を絞めたとき、ネックレスの紐が切れました。それで真珠が一粒、クローゼットの中に転がり込んだんです。その一粒を見つけたとき、ピンときましたよ。犯人は、マクミランが入ってくる音を聞いて、ここに隠れたんだろうとね」

ウィットフィールドは無理に笑顔を作って言い返した。「同じことを何度も言わせるんじゃない——証拠はあるのか？」

「もちろんですとも。ついさっき、指紋採取係に調べさせたところです——クローゼットの内側の取っ手をね」

「で、指紋はあったのか?」

「はい」

笑顔は消え去った。「私の指紋と一致したんだな」

「はい。一度も訪ねていないと仰る家の中にあった指紋がです。妹さんの家を出たとき、あなたは手袋をしていなかったんですな」

「それで、私の指紋は、いったいどこで手に入れたんだね?」

コロンボは席を立った。「あの晩のショーのあとですよ。あたしの姪が、サイン帳にあなたのサインをもらったんです。そのページに、あなたの指紋がいくつも残っていました」

ウィットフィールドは、机に両手をつくと、もの憂げに立ち上がった。「まったく何て男だ。〝執拗〟。それをあんたの、いまいましいミドルネームにするといい」

第11話　歪んだ調性《キー》

土曜の夜、自宅にいたコロンボ警部は、ホテル・タキで事件が発生したとの連絡を受けた。コロンボ夫妻は、専門チャンネルで映画を——しかも面白いやつを——楽しんでいるところを邪魔されたのだった。

その日系のホテルはラ・シェネガ大通りにあり、ひんやりとした夜の空気の中、美しい白砂岩の建物が、慎ましく気取らない佇まいを見せていた。警部は、勤務中に幾度となくその前を通っていたものの、中に入るのはそれが初めてだった。いま、建物の前には警察車両が群れをなし、映画の撮影が行われているかのように、色とりどりの光が白い正面部《ファサード》に投げかけられている。

ロビーで、コロンボは思わず息を呑んだ——ミルク瓶の中に迷い込んだかと思うほど、何もかも真っ白だったのだ。あちこちで、宿泊客が数人ずつ固まって会話をしているが、その中の何人かも白いバスローブに白いサンダルという恰好だった。フロント係の無表情な青年がエレベーターまで案内してくれ、彼が階数ボタンを丁寧に押して歩き去ると、当惑気味なコロンボの目の前でドアが閉まっていった。

連絡では、犯行現場は六〇一号室とのことだった。エレベーターからはちょっとした距離があり、長い廊下はやはり真っ白だったが、天井に並ぶ照明の合間にできた影の部分が、ほっと息をつかせてくれた。めざす部屋の前には、幾人かの警官や私服刑事の姿があった。廊下のさらに先の方では、宿泊客が数人、ひそひそと話しながらうろついている。警官の一人がコロンボに、パガーノ巡査部長が中で待っていると声をかけた。

ありがたいことに、室内は白くなかった。鑑識課員たちが現場検証を行っており、カメラマンがフラッシュを焚くたびに、趣味のいい調度品や、ベージュ色の壁に飾られた日本の版画が浮かび上がっている。ドアの近くに横たわる遺体には覆いがかけられ、白衣を着た救急隊員たちが、傍らで担架を準備しているところだった。

パガーノ巡査部長が、周囲からの質問にたびたび中断させられながらコロンボに状況を説明した。

「被害者はエレイン・モリサキという若い女性で、絞殺と思われます。警部、この事件はきっと、かなりの注目を集めますよ」

コロンボの視線は救急隊員に向けられていた。「その人、まだ動かしちゃ駄目だよ。分かった？」と言ってから、パガーノに向き直る。「ごめんよ。で、注目を集めそうってのは？　つまりマスコミが騒ぎそうってこと？」

「被害者は、有名なアレグロ弦楽四重奏団のヴァイオリニストなんですよ。このホテルでリハーサルを行っていて、明日の晩、ディズニー・ホールで演奏会を開く予定だそうです」

コロンボは、客室が禁煙だと気づき、葉巻を手の中に隠した。「そりゃ、キャンセルするしかないんじゃないの？」

「僕もそう思いますね。すぐに代わりの奏者が見つかれば別ですけど」そこでコロンボをじろりと見る。「そういえば、警部って、ヴァイオリンが弾けませんでしたっけ？」

「ああ。やってたのは高校のころだけどね。そのあと続かなかったんで、親父は死ぬほどがっかりしてたなあ。パガニーニが大好きだったんだ」コロンボは、覆いをかけられた遺体に目をやった。「被害者は結婚してたの？」

「ご主人と一緒にチェックインしています——アーサー・モリサキ氏。所在は不明です」

「発見者は？」

「客室担当のメイドです。八時ごろ、ベッドメイクにきて発見しました」

コロンボは、遺体の傍らの救急隊員に歩み寄った。「ちょっとだけ見たいんだけど」

かけられた覆いに手を伸ばすと、端の方をめくり上げる。若く美しい女性で、おそらくは三十代だろう。黒くしなやかな髪。首のまわりに痣と変色が見られる。服の上からでも、ほっそりしているが筋肉質の体であることが分かった。

覆いをかけ直した警部は、携帯電話で話しているパガーノの近くへと戻った。

「電波が悪いんだ——いや大丈夫、ちゃんと聞き取れたよ」パガーノは電話を切ると、コロンボに向き直った。「下からの報告で、モリサキ氏はバーにいるそうです……あの、警部から話をしていただけませんか。こういうのはお手のものでしょう？」

コロンボは、当惑した表情でパガーノを見返した。

「ご主人はまだ、ここで奥さんの身に何が起きたかを知らないでしょうから」

コロンボはかすかに笑みを浮かべた。「先入観は禁物だよ、巡査部長」

バー〈タキ・ルーム〉はロビーのすぐ近くにあった。エントランスを通り抜けようとしたコロンボは、カウンターの若い女性に呼び止められた。「お客さま――」

「はい？」

女性は愛想よく笑いかけた。「お履物を」

コロンボは、わけが分からないまま足を止めた。「この靴が何か？」

「こちらでお履物を脱いでお預けください。日本の伝統的な風習でして、当ホテルではその風習を守っております」

「あたし、警察官なんだけど」

女性はもう一度にこりとした。「恐れ入ります。お履物をお預かりいたします」

負けを悟った警部は、一声唸るとかがみこんで靴を脱ぎ始めた。傷だらけでぼろぼろの上、一年以上磨いていない代物だ。コロンボは、か弱い孤児を扱うような手つきで女性に靴を手渡した。彼女は、そのひどい状態にも表情を変えず、預り証を差し出した。

「ありがとう」コロンボは、女性の気遣いに感謝しながら小声でそう言った。

店内は、いかにもバーらしい薄暗さで、壁の色は白ではなかった。三味線のＢＧＭが控えめに流れている。何組かのカップルに交じって、一組だけ三人連れの客がいた。日本人の男性と、女性が二人。女性の一人は若く、もう一人は年配だ。

コロンボは三人の席に近づくと、バッジを見せて自己紹介した。「アーサー・モリサキさんですか？」

　男は不機嫌そうな表情でうなずいた。つやのある黒髪と、丸々としているが情熱溢れる顔立ちが印象的だ。情熱的な丸顔とは珍しい、とコロンボは考えた。

「どんなご用件でしょう、警部さん」モリサキはそう尋ねながら、連れの二人に不安げな視線を投げかけた。年配の女性は、六十代だろうか。柔和な顔立ちで銀色の髪がわずかに乱れている。感じのいいお婆さん、といった印象だ。宝石を山のように身につけているが、結婚指輪はなかった。もう一人は若くて美人。髪は小麦色がかったブロンドだった。

「皆さんのお名前も伺えますか？」コロンボは年配の女性に尋ねた。

「シルヴィア・ローゼンシュタットと申します。いったい何事ですの？」

「職務上の質問でして」若い女性へと視線を移す。「あなたは？」

「ジェニファー・アダムスです」仕立てのいいツイードのスーツを着ているが、ロスの気候には暑すぎるだろう。モリサキのグラスの脇に、彼女のものらしいレコーダーが置かれ、録音ランプが赤く点灯している。

「モリサキさん」とコロンボは切り出した。「実は、たいへん悪いお知らせがありまして」モリサキはグラスから顔を上げた。「あなたがお泊まりの部屋で、奥さまが……」コロンボは口ごもった。「……遺体で発見されました。何者かに首を絞められたようです」

　モリサキは無言のままテーブルから身を離し、表情を凍りつかせた。女性たちが小さな悲鳴を上げる。コロンボはモリサキの腕に手を置いた。「もう少し飲まれた方がいいかもしれません。

お代わりをお持ちしましょうか？」

モリサキは激しくかぶりを振った。シルヴィアが体を寄せ、いたわるように彼の肩を抱く。

ジェニファーが訊いた。「犯人は分かったんですか？」

「いいえ。まだ捜査を始めたばかりでして」続いて、警部はモリサキに尋ねた。「奥さんを最後にご覧になったのは何時ごろですか？」

答える前に、グラスの酒をあおった。「ここに――ここに下りてくる前です。そう、八時ごろだった」

「それからは、こちらのお二人とずっとご一緒で？」

「ええ、その通りですわ」シルヴィアが言った。「わたしはモリサキのエージェントで、ジェニファーは彼をインタビューしていました。〈ニューヨーカー〉誌の記事を書くためにね。警部さん、大ショックですわ――特にアーサーにとっては」

モリサキの手がテーブルの上で彼女の手を握る。「私は大丈夫だ、シルヴィア。刑事さんにはできるだけ協力したい」そして、コロンボに向き直ると、「妻に会わせてください」

「残念ながら、今は無理でして。奥さまはもう――」遺体安置所に運ばれたと言いかけて、警部は口をつぐんだ。「明日の午前中にはお顔を見られるでしょう」

モリサキがひどく動揺しているのは明らかだった。威厳と自信に満ちた態度は影を潜め、にわかに年老いたかのようにうなだれている。シルヴィアが水の入ったグラスを押しやり、彼の手に握らせた。

コロンボは、靴下を滑らせながら立ち上がった。「お話を伺うのは明日にしましょう。心からお悔やみを申し上げます」

モリサキはうなずいただけだった。


靴を取り戻したコロンボは、ようやく落ち着いた状態になって、パガーノ巡査部長との打ち合わせに戻っていた。指紋係がまだ採取用の粉末を振りかけて回っているが、他の鑑識課員たちはすでに引き揚げたあとだった。時刻は午前零時近く。室内は、まるで部屋そのものが息を潜めているような静けさに包まれている。

「モリサキ氏は、このスイートには戻りたくないと言ったようですね」パガーノが言った。「まあ無理もありませんが。三一二号室へ移ったそうですから、もう一度事情聴取をされるのでしたらそちらへ。彼からは何か聞けましたか？」

「めぼしい話はなかったねえ。八時ごろからマネージャーと一緒に若い女性のインタビューを受けていたそうだよ。その前は七時ごろから一時間ほど、ラジオ局の取材を受けてたってさ」

「アリバイは完璧。でもそれって、僕には逆に怪しく思えてしまうんですが、何でですかね？」

コロンボは、外に葉巻を吸えるテラスがないか目で探しながら笑顔になった。「そりゃあたぶん、お前さんが刑事だからだよ。まずは旦那を疑うべし――長年この仕事をやってると、そう身につくものさ」

パガーノはあくびをすると、腕時計に目をやった。「それじゃあ、僕もそろそろ引き揚げても

――」

「お前さん、犯人はどうやって入ったんだと思う？」

「顔見知りの犯行で、被害者がドアを開けたんじゃないですか。ホテル側の話では、渡したルームキーは一つだけで、それはモリサキ氏が持っていたと思われます。あれ？　おかしいな」

「何がだい？」

「被害者は空手のエキスパートだったらしいんですよ。だとしたら、犯人はどうやって彼女を押さえつけて首を絞めたんでしょう」

今度はコロンボがあくびをした。「気になって眠れなくなる話がもう一つ増えちまったね」


翌朝、コロンボがホテルに着いたのは九時だった。家を出る前、警部がおんぼろ靴を脱がされる羽目になった顚末を話すと、コロンボ夫人は、今日はローファーで行くべきだと主張した。そちらも相当くたびれていたが、他に道はなかった。

ロビーに入るなり、コロンボはシルヴィア・ローゼンシュタットに捕まってしまった。彼女が、昨晩同様、宝石で飾り立てているのを見た警部は、「あれは全部本物だろうか」と考えた。いつだったか、カミさんが通販でイミテーションを買ったことがあったが、彼の目には本物にしか見えなかったのだ。

「コーヒーを一杯ご馳走させてくださいな」シルヴィアは言った。どうやらニューヨークあたりによくいる仕切り屋タイプらしかったが、コロンボは気にしなかった。

地下の喫茶店でも、入口で靴を脱がされてしまった。あらゆるものが真っ白な店内で、二人はプラスチック製のテーブルについた。蛍光灯のジーッという音が、コロンボを少しだけ落ち着かせてくれた。

「あんまり長居はできないんですよ」コロンボは言った。「四重奏団の他のお二人にもお話を伺わないといけませんので」

「それは難しいと思いますわ、警部さん」ボリュームたっぷりの朝食を注文したあと、シルヴィアはそう言いながら、四パックの砂糖をコーヒーに入れた。「今夜の演奏会に向けて、もうリハーサルを始めていますから」

「へえ。あたしゃ、てっきり中止されるものと思ってましたよ」

「音楽家気質をご存じないようね。アーサーは〝やる〟と言って聞かなかったわ。芝居の世界でも『舞台は続けなければ《ショー・マスト・ゴー・オン》』とよく言うでしょう」

コロンボはコーヒーをかき混ぜた。「確かに、モリサキさんにとっては悲しみが紛れていいかもしれませんね。でも、ヴァイオリニストが欠けた状態でどうやって演奏するんです?」

「アーサーの兄弟が、今朝、サンフランシスコから飛行機で駆けつけてくれたんです。世界的なヴァイオリニストで、彼らのレパートリーも熟知していますのよ。今夜は、バルトークの弦楽四重奏曲の一番と二番を演奏します。チケットをお取りできますけど、お聴きになります?」

「ありがとうございます。でも、カミさんに相談しませんと。あたしたちはオペラが大好きでしてね、まだチケットが安かったころには、しょっちゅう聴きに行ったもんです」愉快そうに笑う。

「今じゃ、高すぎて二人分なんてとても買えませんがね」

シルヴィアはわずかに表情を曇らせると、空になったカップを脇に寄せた。「内輪の話なんてすべきじゃないのかもしれないけれど、今朝のリハーサルはね、たぶん和気藹々からは程遠い雰囲気になっているはずなの。アーサーたち兄弟は、いつも諍《いさか》いばかりで、まるで敵《かたき》同士。昔ながらのテーマね、兄弟の対抗意識といがみ合い――」

「どちらが年上なんです？」

「アーサーよ。弦楽四重奏団には、高度な連携と精妙さ、そして互いへの献身が必要なんだけれど、弟のニールは、そこへ加わるには、ちょっと奔放すぎる」

ウエイトレスがシルヴィアのベーコンエッグを運んできた。「ニールさんがバルトークの曲を演奏できるって、どうして分かるんですか？」コロンボは尋ねた。

「彼は、あらゆる曲を演奏できるの」彼女が、お代わりを注いでもらうためにカップを滑らせると、金のブレスレットについた飾りが音を立てた。「アーサーもニールもプロなんです。どんなに仲が悪くても、お客さんを失望させることは絶対にない。刑事さん、本当に何も召し上がりませんの？」

「朝食は済ませてきましたんで」

「アーサーが、日本の面白い諺《ことわざ》を教えてくれましたわ。〝初物食いは、七十五日も寿命を延ばす〟」

「もし永遠に寿命が延びるとしても、あたしゃスシを食べてみる気にはなれませんねえ」コロンボは笑いながら立ち上がった。「コーヒー、本当にご馳走になってもよござんすか？」

「あなた、あの四重奏団が一年間のヨーロッパ公演だけでいくら稼ぐかご存じ？　その十五パーセントがわたしに入ってきますのよ」笑いを堪えている。「コーヒー代ぐらいはたぶん大丈夫」

「一つ、個人的な質問をいいでしょうか？」コロンボは、内密の相談でもするように身を乗り出した。

シルヴィアはおどけて、色っぽい目つきをしてみせた。「それは質問の内容によりますわ――警部さん」

「その宝石――みんな本物ですか？」

満面の笑み。「答えはもう申し上げましたわ。十五パーセント契約だって」

「そりゃすごい。どうやら、あたしは仕事を間違えたようですな」


リハーサル用に占拠された部屋は、ホテル内のスポーツジムの隣にあった。コロンボは、入口にずらっと並べられた靴の列に、自分のローファーをうやうやしくつけ加えた。場違いな白い靴下を履いているのが気になったが、その朝は、どうしてもそれしか見つからなかったのだ。

広々として音のよく響く、白一色の室内に入ると、四重奏団は、激しく荒々しい楽章の真っ只中だった。レコーダーを膝の上に置いたジェニファー・アダムスが、壁際に坐っている。

ヴァイオリンを演奏しているのがニールだということは一目で分かった。アーサーとよく似た容姿。これも兄とそっくりの、まっすぐな黒髪が肩まで伸び、汗びっしょりだが無表情なその顔を縁取っている。アーサーも演奏に没頭しており、その隣では、ひょろりとした長身の青年がチェロをかき鳴らしている。年配の男性が白髪の乱れるのも気にせず奏するヴィオラの凶暴な音色も、見事に制御された混沌《カオス》の一部となっている。やがて音楽は、クレッシェンドの頂点で、突然、思いがけない結末を迎えた。

「ニール」ヴァイオリンを置きながら、アーサーが口を開いた。「着いたばかりなのは分かるが、一緒に楽譜をさらわないといかんな。検討すべき箇所が山のようにある」

「兄さんは幸運だ。僕がどんな曲でも演奏できてね」ニールは嘲りのこもった口調でやり返した。

「あんた、音大の先生か何かのつもりかい」

「私は妻を亡くしたばかりなんだぞ。少しは労《いた》わろうという気持ちがないのか」

「そりゃ、まあ気の毒だけどね。でも、何といったって僕はあんた方を救おうとしてるんだから、猶予と敬意を要求したっていいだろう」

アーサーは無言のままそっぽを向くと、コロンボの方に歩み寄った。「あれが、我が親愛なる弟ですよ。いつでも思いやりに溢れていてね。警部、ご兄弟は？」

「いいえ、あたしは一人っ子で」コロンボはにこりと笑った。「ああいう経験はせずに育ちましたよ」言いながら、入口近くに置かれたサーバーの前でコーヒーを飲んでいる痩身のチェリストと年配のヴィオラ奏者に目をやった。「メンバーのお二人とお話ししたいんですがね。お名前を教えていただけますか？」

「チェリストがコーバー、スティーヴ・コーバーです。それから、モンロー・ミラー。戦闘的なヴィオラ奏者のね。どうして彼らと？」

コロンボは肩をすくめた。「奥さまのことをご存じで、昨夜このホテルにいた方からお話を伺えればと」

「まさか、エレインの死にうちのメンバーが関わっているなんて言うんじゃないでしょうな」少し間を置いて、「どうなんです？」言いながら、額へ流れ落ちる汗を拭う。

「どこかに取っかかりを見つけませんとね」

「二、三分休憩したら練習を再開したいんですが、警部さんの〝問い質し〟にはそれだけあれば十分ですか？」

「こいつは新鮮だ。問、い、質、しなんて言われたのは初めてですよ」コロンボは面白そうにうなずき、にやりとした。「問い質しは、二、三分で必ず終わらせましょう。お約束します」

コロンボはコーヒーカップを手にした二人にゆっくり近づくと、身分証を見せながら自己紹介した。「昨夜の事件について、何かお気づきのことがあれば伺わせていただけますか？」

「恐ろしいことです」コーバーが言った。「今でも信じられませんよ。どこの誰がエレインを殺そうなどと考えたのか……」

コロンボは、そこで、口もとに皮肉な笑みを浮かべた年かさのヴィオラ奏者へと視線を移した。

「どこの誰が？」大仰な口調で、ミラーはその言葉をくり返した。「我々全員かな、もしかしたら」

「そいつはどういう意味ですか？」

「あの女はものすごい癇癪持ちだったんだ。すばらしい音楽家だったが、それだけじゃ満足できないようだった」

「ちょっと待った」コーバーが言った。「じゃあ、僕たちは満足してるとでもいうのか？　あんたはどうなんだい？」コロンボに向き直る。「彼女は、この四重奏団を解散させると脅していたんです」

「でも、ローゼンシュタットさんから、演奏活動は大成功を収めていると伺いましたよ。なぜエレインさんはそんなことを言い出したんでしょう？」

「彼女にとっては、大したことじゃなかったんですよ」コーバーは言った。「サンフランシスコ交響楽団とロサンゼルス・フィルハーモニックでも演奏していましたから。もしかしたら、次はニューヨークを狙っていたかも――ステータスも収入もさらに上ですからね」

「大事なことを忘れてるぞ」ミラーが言った。「あの女の実家は大金持ちだ。聞いたところでは、不動産会社を経営していた父親が莫大な遺産を残したそうだ。彼女はただ、アーサーの人生をめちゃくちゃにしたかっただけかもしれん。まあ、今となっては確かめようもないがね」

　コロンボは、自分もカップを取るとコーヒーを少し注いだ。「どうしてそう思われるんです、ミラーさん？」

　皮肉な笑みが顔中に広がる。「警部、悪いが、これ以上は勘弁してほしい」

「ですが、そうしたことを調べるのがあたしの仕事でしてね」コロンボもにっこりする。

「大方の夫婦と同様、彼らにも見解の相違があったとだけ言っておこう」

警部がアーサーに目をやると、レコーダーを手にしたジェニファーを相手に何か語っているところだった。「例えば、ご主人が浮気をしていたとか？」

「そんなことを言ったかな？」ミラーはおどけた仕種で周囲をぐるりと見回した。「そんなことを言ったのは、いったいどこの誰だ？」

そのとき、アーサーが時計を指さしながら全員に呼びかけた。「諸君、そろそろ再開しよう」

「やれやれ」ミラーはコロンボに向かってため息をついた。「またまた苦行の始まりだ。あんたのぶしつけな質問にはこれ以上答えられないな」

コロンボはにやりと笑ってみせた。「あたしがいつでもお部屋を訪ねられるのをお忘れなく」

しかし、その一言は、背を向けて喋りながら歩き去るミラーとコーバーの耳には届かなかった。

リハーサル会場を出たコロンボは、まっすぐ三階に行くと、エレベーターのそばに立って、清掃のために客室を回っているメイドが廊下を歩く姿を眺めていた。モリサキの新しいスイートの番がくるまで、あと数分はかかりそうだ。その間にと、警部は携帯電話を取り出した。パガーノにかけると、検死結果が届いており、死亡推定時刻は昨夜の七時から八時の間とのことだった。

「これはという指紋はあったかい？」コロンボは訊いた。

「モリサキ氏の指紋の他、不鮮明なものがいくつかありました。とりあえず、清掃を担当したメイドの指紋を採取する予定です」

「性的暴行の痕跡は？」

「いいえ、まったくありません。やはり誰か力の強い者に首を絞められたようです。おそらく男でしょう」

通話を終えたところで、メイドがようやくモリサキのスイートに入っていくのが見えた。

急いで自宅にも電話を入れると、コロンボ夫人は友人の集まりに出かけようとしているところで、警部は買い物を頼まれる羽目になった――仔牛肉、極細のエンジェルヘア・パスタ、二人のお気に入りのマリナラソースの辛い方のやつを二瓶。

「まあ、予定には入れとくけどね」とコロンボ。「閉店時間までにここを出られたら、だよ」

電話を切り、もう何分か待ってから、コロンボはモリサキのスイートへと入っていった。メイドに身分証を見せたあと、窓際に立って、中庭の古風な茶屋や桜の木を見下ろしていると、仕事を終えたメイドは、訝しげな目つきのまま、不機嫌そうに部屋を出ていった。

寝室に入り、さてどこから見ようかと考えていると、廊下へのドアが開く音と、続いて低くくぐもった声が聞こえてきた。コロンボは半開きになった寝室のドアに近づいて聞き耳を立てたが、部屋に入った男女がまっすぐこちらに向かってくるのに気づき、後ずさりした。

ドアが荒々しく開けられ、アーサー・モリサキとジェニファー・アダムスが抱き合ったまま寝室に飛び込んでくると、そのままベッドへと倒れ込んだ。

コロンボは、特大の音を立てて咳払いした。

二人は慌てて身を離すと振り向いた――「コロンボ！」モリサキが叫ぶ。「私のスイートでいったい何をしているんだ？　この部屋に入る権利などないはずだ」

「あなたとお話ししようとお待ちしてたんですよ。リハーサルのお邪魔をしちゃいけないと思いましてね」コロンボは落ち着き払った声でそう言った。「それにしても――まだリハーサルの最中かと思ってましたよ」

「話を逸らすな。弟と口論になったので、しばらく時間を置いてから再開した方がいいだろうということになったんだ」

「おやおや、大変ですな」

きまり悪そうにベッドから起き上がったジェニファーは、そのままアーサーを見つめている。

「大変なことをしたのは自覚しているようだな」アーサーは皮肉な口調で言った。「私がプライバシー侵害で訴えれば、君の立場はさらに大変なものになるぞ」

コロンボは、なだめるように「いやいや、滅相もない。訴える必要などないでしょう。奥さんの殺害事件の捜査中だからという意味じゃなくてですね、ばつの悪い思いをするのはあたしだけではないでしょうから」

アーサーは、うんざりした表情で大きく息を吐き、ジェニファーの方に向き直った。「部屋に戻っていなさい。ここは私が何とかする」

怯えたようにベッドから立ち上がったジェニファーを、コロンボは手を上げて制した。「お待ちください、アダムスさん。あなたにも伺いたいことがありますので」

「何を訊くつもりだ?」アーサーは、交戦状態を終了させることに決め、尋ねた。

「まず、奥さんを殺害した人間が、あの部屋のキーを持っていたのは明らかです」

「そうとは限らんだろう。犯人が知り合いで、エレインが招き入れた可能性もある」

「そいつは、まずないと思いますよ。奥さんは強い方――空手を身につけた方でしたから。犯人も真正面から襲おうとは考えないでしょう」

「だったら、ホテルの従業員か誰かがマスターキーを使ったのかもしれない」

コロンボは首を振った。「いいえ、そうとも思えません。ここの従業員たちには動機がありませんし、キーも厳重に管理されていますから」

「では、君の見解は？」

「キーを持っていたのはあなたです、モリサキさん。誰かに渡したりしませんでしたか？」

その一言で、交戦状態は復活した。「よくもそんな馬鹿なことを！　なぜ誰かにキーを渡したりする？」

コロンボの視線が、ベッドに坐り直していたジェニファーへと移った。「そのあたりを、あなたに伺いたいと思いましてね、アダムスさん。あなたは昨日、一日中モリサキさんと一緒にいらっしゃいましたね」

ジェニファーは、頑なそうな口調で答えた。「午前十一時に彼がスイートを出た瞬間からです」

「そのあとは、ずっとご一緒に？」

「はい。全部レコーダーに録音されています。警部さん、彼が誰にも部屋のキーを渡さなかったことは、断言できますわ」

コロンボはこの言葉を頭の中で反芻しながら、両手を後ろに組み、絨毯の上を小さな輪を描くように歩き回っていた。「あなたは、モリサキさんと恋愛関係にありますね――」

「コロンボ！」アーサーが叫んだ。

「それについちゃ、認めざるを得ないと思いますがね。あたしがたったいま見た光景は――何と言うんでしょうか――そう、一目瞭然でしたから」モリサキは、黙ったままだった。「ご関係は、だいぶ前からですか？」

答えようとするアーサーを、ジェニファーが制した。「ええ、そうよ。でも、わたしたちに恥じるところはないわ。アーサーの結婚生活は、事実上とうに終わっていたんですもの。ただ、四重奏団の活動を続けるため、つまりビジネス上の理由だけで、二人は一緒にいたんです」

「なるほど」コロンボは、再び彼女の言葉を反芻した。「ですがね、もしかするとあなたは『誰にもキーを渡していない』と証言することで、アーサーさんか、あるいはキーを受け取った人物を庇おうとしているとも考えられます。そうでしょう？」

ジェニファーは、コロンボに摑みかかりそうな勢いで立ち上がった。「彼は、誰にも、キ、い、い、渡してはいません」

コロンボは、彼女の剣幕にたじろぎながらも、にこりとした。「いいですか、あたしはあなたを信じてますよ、アダムスさん。あなたは本当のことを仰っていると思います」

「よかった」彼女は安心したように微笑み、アーサーを見た。「いつでも本当のことを言うのがわたしの信条よ。そのせいで、仕事でもひどい目に遭うことがあるけれど、それは仕方のないことだわ」

コロンボはジェニファーに軽く会釈し、小首をかしげながらドアへと向かった。「モリサキさん、こんなやり方であなたを煩わせたことをお詫びします。でも、おかげで重要なことが分かりましたよ――まさに、大収穫でした」

アーサーは、コロンボを見つめたまま口を開いた。「きみの推理を当ててみようか。私が誰かにキーを渡し、その誰かが妻を殺害したというんだろう。違うか？」

コロンボは肩をすくめた。「仮説の一つというだけのことですよ。あたしは山のように仮説を立てるたちでしてね。つまり、そのほとんどは〝はずれ〟ということです」

アーサーは、コロンボの会釈を真似してみせた。「つまり、私はもう容疑者ではないということだね」

「容疑者だなんてとんでもない。そんなことを言った憶えはありませんよ」

コロンボはドアを開けながらそう答えると、上機嫌そうに手を振って部屋を出ていった。

その日の夕方近く、コロンボは――またしても靴を脱がされたあと――ホテル内のレストランに入っていった。八時からのコンサートを控えた四重奏団の面々は、そこで軽い食事をとっているところだった。バーコーナーにニール・モリサキの姿を認めたコロンボは、そちらへと歩いていった。バッジを見せながら、「コロンボ警部と申します。お義姉《ねえ》さんの事件を調べておりまして――」

ニールは不機嫌そうにうなずいた。「一杯飲《や》るかい？」

「いいえ、勤務中なので。こんなことを申し上げちゃ何ですが、演奏前に飲んでも大丈夫なんですか？」

「お袋みたいなことを言うね」つまらなそうな笑み。「一、二杯飲んだ方が落ち着くんだ。それ以上は飲らないさ」

「今晩は、お兄さんを助けるために演奏されるわけですね。今朝、サンフランシスコから飛行機で来られたとか」

「そう、ユナイテッド航空でね。あとは何か？」

「今夜のコンサートのあと、四重奏団はどうなるんです？　そのままツアーに戻るんでしょうか――あなたが加わって」

「さあ。それは、我が敬愛する兄貴次第なんでね。あっちに訊いてみるといい」

コロンボは、注文を取りにきたバーテンダーを手で制した。「そうですか。ともあれ今夜のコンサートの成功をお祈りします」

ニールは、再びつまらなそうな笑顔を浮かべたが、その後、コロンボにグラスを掲げてみせた。

「カンパイ！　警察官に成功を祈ってもらったのは生まれて初めてだ」

コロンボは、アーサーとジェニファーのテーブルを通り過ぎた。相変わらずレコーダーが回っており、アーサーが、フォークで海老を突っつきながら質問に答えている。

警部は、オードブルを前にしたミラーとコーバーの席で立ち止まった。「何か進展は？」年かさのミラーが尋ねてきた。

「今のところはまだ何も。でも、鋭意捜査中です」

「警部さん、今夜のコンサートにはぜひ来てくださいよ」コーバーがコーヒーにクリームを入れながら言った。

「何を措いても伺います。カミさんも一緒にね」

「聞いたかい?」チェロ奏者が、冗談めかした顔で仲間の方に身を乗り出す。「こいつは気合いを入れていかないと」

コロンボは、そこで、シルヴィア・ローゼンシュタットが手招きしているのに気づき、彼女のテーブルへと歩いていった。シルヴィアの前には、ワインを添えた、十分すぎる量の料理が、ところ狭しと並んでいた。

「連れのいない年配の女性はね、警部さん、今夜は誰とも共演がなさそうだというので、いろいろよくしてもらえるの」おどけた調子で言った。「あなたの分も何か頼みましょうか?」

「いえいえ、それには及びません。ところで、四重奏団は、ロスのあとはどちらへ行かれるんですか?」

「サンフランシスコ。次がシアトル。東京での公演も検討中よ」目の前のプライムリブから顔を上げ、心配そうにコロンボを見る。「まさかあなた、彼らをここに引き留めるつもりじゃないでしょうね」

「いいえ、とんでもない。あたしにそんな権限はありませんよ」

シルヴィアはフォークを置いた。「それで、容疑者は見つかりましたの？」

「いえ、今のところはまだ――」コロンボは、言いにくそうにして眉を寄せた。

「あら、何だか意味ありげね。つまり、犯人は分かっているけれど証拠がないとか？」

コロンボは手を伸ばして足を揉みほぐした。「さあ、どうでしょうか――あたし、靴がないとどうも足がムズムズしましてね」

シルヴィアは声を上げて笑った。「それなら、いいフットパウダーを使ってみるのがお勧め。または、事件を解決すれば、少なくともこのホテルにはもう来なくて済むんじゃなくて？」

コロンボは、浮かない顔のまま、ゆっくりと立ち上がった。「ぜひ、そうしたいもんです」


レストランのエントランスで、もう一つの難題がコロンボを待ち構えていた――どうやら、靴の預り証を失くしてしまったらしい。係の女性は、面白がりながらも親身になってくれた。「こういうこと、結構ありますのよ。どんなお履物ですか」

「とにかく古くてね、一言でいえばヨレヨレってとこ。棚に並んでるぴかぴかの高級品の中じゃ、ひどく目立ってると思うな」

「こちらですか？」彼女はおんぼろの靴を取り出してきた。

コロンボはにやりとした。「どんぴしゃだ」

まったく奇妙だった――ロビーに出た瞬間、コロンボの頭には、何がどのように起こったのか、事件の全体像が浮かび上がっていた。

その晩、コンサートが終わると、コロンボは舞台裏に回り、アーサーの楽屋を訪れた。照明を落とした室内で、ヴァイオリニストはメイク用の鏡台の前に坐り、顔の汗を拭っていた。

「さて」グラスの水を一気に飲み干したアーサーは、入ってきたコロンボに向かって言った。「評論家殿のご意見は？」

「いやあ、本当にすばらしかったです。弟さんが今日初めて参加されたなんて、誰一人思わなかったでしょう」

鏡から向き直ると、真正面からコロンボを見る。「今夜は、いつもとは客層がまったく違っていた。チケットは完売。あとはシャンデリアにぶら下がりでもする他ない超満員だったそうだ」

「奥さんの事件があったから、という意味ですな」

「ほう、さすがに鋭いな」皮肉のこもった笑い声。「ハゲタカども。弦楽と幻覚の区別もつかないような連中だよ。思うに、今夜の我々は、ちょっとばかり度が過ぎた。あれは何と表現すべきだろう――熱狂的？　あるいは〝ヒステリック〟か――。しかし、もしバルトークが聴いたとしたら楽しんでくれたと思うね。何にしても、音楽と殺人とは互いに何の関係もない。警部殿の見解は？」

そのとき、ドアが強くノックされ、パガーノの声が聞こえた。「コロンボ警部？」

「入っといで」

姿を現したパガーノは、氷のたっぷり入ったピッチャーから水を注いでいるアーサーに目礼した。「お二人にスコッチを差し上げたいんだが、どうだね？」アーサーは言った。「主催者がボトルを一本差し入れしてくれたんだ」

二人の刑事は、それを辞退した。しばらくの沈黙。

アーサーは彼らを代わる代わる見やった。「音楽では、こういう状態を〝休止〟と呼ぶんだ。そろそろ先に進めたらどうだね、マエストロ・コロンボ」

コロンボは、パガーノを見て眉を上げた。「誰か呼びにやってくれた？」

パガーノはうなずいた。「ボーランド巡査に頼みました。そろそろ連れてくるはずです」

コロンボが腕時計に目をやるのと同時に、再びドアが強くノックされた。

「ここだよ、巡査」パガーノが答え、ドアを開けた。

ボーランドが、ニール・モリサキと一緒に入ってきた。ニールの蝶ネクタイは解かれ、斜めに傾いている。疲れきった様子だが、表情は明るかった。アーサーは弟を無表情に一瞥したあと、視線を逸らした。

「さて、これでモリサキ兄弟が揃ったわけだ」ニールは言った。「何だか『カラマーゾフの兄弟』の日本版みたいだな」

コロンボはボーランドに言った。「目撃者も呼んでくれた？」

「はい。到着したら廊下で待つように言ってあります」

「何もかもひどく謎めいているな」アーサーが言った。「警部、説明してもらえないかな？　さっぱりわけが分からないのは好きじゃないんでね」

「あたしも嫌いです」とコロンボは応じると、人さし指でネクタイを緩めた。室内には熱気がこもってきている。

「水が欲しいな」ニールが言った。「アーサー、グラスはまだあるかい？」

「スコッチはどうだ？　酒が必要になる予感がするよ。そうだろう、警部？」

コロンボは答えない。アーサーは鏡台の引き出しからボトルとグラスを取り出した。

パガーノと視線を合わせたあと、コロンボの顔は二人の兄弟へと向けられた。「あなた方お二人を、共謀してエレイン・モリサキさんを殺害した容疑で逮捕します」

「面白い」アーサーは動じなかった。ウィスキーに手を伸ばしていたニールは、慌てて蓋を開けようとして、危うくボトルを倒しかけた。

「お酒を飲まれても結構ですよ、モリサキさん。ただし、お二人とも両手が常に見えるようにしておいてください」パガーノが言った。

アーサーは両手を開き、化粧台の上に置いた。「こんな場面を映画で観たような気がするな」

鏡の中のコロンボと視線がぶつかった。「警部、まだ説明を聞いていないんだが」

コロンボは、両手の指を曲げたり伸ばしたりしながら口を開いた。「あなたは、奥さんが邪魔だったんです、モリサキさん。あたしの見るところでは、エレインさんは四重奏団を抜けると脅すだけでなく、離婚も望んでおられたんでしょう。だから、その死はあなたにとって、まさに一石二鳥だった。遺産を相続でき、しかも弟さんをグループに迎え入れることで、音楽家としても安泰になるんですから」

「それで、ニールにその〝汚れ仕事〟を頼んだと？」

「その通りです。弟さんは、まず、サンフランシスコからここまで車を走らせました。それなら往復した記録が残りませんからね。あなたは、弟さんを自分のスイートに入り込ませ、奥さんが帰ってくるのを待ち伏せさせました。そしてご自分は、その間にラジオ局の取材を受けたり、アダムスさんやローゼンシュタットさんとバーで過ごしたりしてアリバイを作ったんです」

ニールが自分のグラスに酒を注ぐと、アーサーはその手からボトルを取った。「なぜ待ち伏せする必要があったんだね？」

「奥さんが、武術を会得した非常に強い女性だったからでしょう。不意討ちすることで、そのハンデを補おうとしたわけです。ただし、一つ問題があった。アダムスさんが一日中一緒にいて、しかも弟さんがホテルに来ていることは誰にも知られてはいけないという状況で、どうやって彼に部屋のキーを渡すかということです」

アーサーは酒を注ぎ、弟のグラスにも注ぎ足した。「かなりの難問に思えるね。私はいったいどうやったんだい？　専門家の意見を聞かせてくれたまえ」

「アダムスさんとバーへ行って、エントランスで女性に靴を預けたとき、あなたは靴の中にキーを入れておいたんです」

「僕もそれは考えたんですが」パガーノがコロンボに言った。「じゃあ、預り証を持っていないニールさんは、どうやって靴を請け出したんでしょう？」

コロンボはニールに向かって言った。「話していただけませんか？」

ニールは、視線を避けるようにグラスに視線を落とし、黙ったままだった。

「たぶん、受付の女性に『預り証を失くした』と言ったんでしょう。そして『中に部屋のキーを入れてあるやつだ』ともね」

「ちょっと待ってくださいよ」パガーノが割って入った。「本当にそんなことを言ったんでしょうか？　あとで警察が彼女に聞き込みをしたら、一巻の終わりじゃないですか」

「殺人事件の捜査で、あたしたちが彼女に事情を訊く可能性は低いだろう。まさか、そんなことがあったなんて考えないだろうからね」

パガーノは、まだ納得できない様子だった。「でも、そうすると、ニールさんはお兄さんの靴を履いたことになりますよ。サイズが合いますか？」

「二人の足を見てごらん」コロンボが言った。「ほとんど同じサイズだよ――何といっても兄弟だしね」

「なるほど――あともう一つ、ちょっと戻っていいですか？　ニールさんがキーを使って部屋に入り、モリサキ夫人を待ち伏せして殺したとします。そのあと、いったいどうやってキーを――ああ、そうか。そのあともホテル内に残って、新しく用意されたモリサキさんのスイートのドアの下に滑り込ませたんですね」

「そして、車でサンフランシスコへ戻ったんだよ」コロンボは言った。「翌朝、お兄さんからの電話を受けると、今度は飛行機でロスへと飛んできた。そうすりゃ、調べられても、サンフランシスコを出発した記録がちゃんと残ってるからね」

「お見事だ」アーサーが言った。「だが、君は一つ忘れているよ、警部。もし弟が私の靴を請け出してしまっていたとしたら、ジェニファーと一緒にバーを出るとき、私はどうやって自分の靴を受け取ったんだね？」

コロンボは、レインコートのポケットを引っかき回すと、レコーダーを取り出し、テーブルに置いた。「アダムスさんは、何一つ聞き逃さないように、インタビューの前後もずっとレコーダーを止めない習慣なんです。あなたはバーを出るとき、靴を出してもらわずにエントランスを通過していますーーここにはっきり録音されてますよ」

「ちょっと無理がありませんか？　そんなことをしたらアダムスさんが気づいたはずですよ」パガーノが再び異を唱えた。「靴を返してもらわないなんて、あまりに不自然でしょう」

コロンボは笑顔になると「コンサートの前にアダムスさんから話を聞いたところ、モリサキさんは彼女に、足に持病があって、ときどき靴下のままカーペットを歩き回って筋肉をほぐすんだ、と言ったそうだ。靴はあとで取りに戻るから大丈夫だ、ともね」

アーサーは嘲笑した。「馬鹿馬鹿しい」

コロンボは指先でレコーダーを叩いてみせた。「全部この中に入ってますよ。回してみましょうか？」

しばしの沈黙の後ーー「まだあるぞ警部。それなら、弟は自分の靴をどうしたんだ？」

「ブリーフケースに入れたか、あるいは小型の旅行鞄かショッピングバッグーー可能性はいくらもありますよ」

「それでも、馬鹿馬鹿しいことに変わりはない」アーサーは、しかし、鏡の中のコロンボから視線を逸らすと俯《うつむ》いた。

コロンボはニールに言った。「あなたは何も仰いませんね。申し立てがあれば、きちんと供述された方がよいのでは？」

ニールは無表情で酒を飲み干すと、さらにグラスへ注いだ。「供述？　警察では自白のことをそう表現するのかい」音を立ててグラスを置く。「あんたたちのくだらん御託は聞き飽きた」うんざりしたように言った。「『不思議の国のアリス』並みのナンセンスなおとぎ話だ。証拠は何もないじゃないか。どれもこれも戯言だが、僕に関する部分は特に聞くに堪えない。あとは、弁護士に相手をさせるよ」

そこで、コロンボがボーランド巡査に向かってうなずき、巡査はドアを開けながら言った。「どうぞお入りください」

バーの受付嬢が、少し怯えた様子で部屋に入ってくると、薄暗い灯りの下に居並ぶ男たちを見て、目をぱちくりさせた。

「怖がらなくても大丈夫」コロンボは言った。「お嬢さんにはただ、ある人物を特定してほしいだけなんです。〝靴の中にキーが入っている〟とあなたに言った人は、この中にいますか？　ゆっくり考えていいですよ」

彼女は、腰のあたりで両手を固く握り合わせながら、時間をかけて順に顔を確かめていった。「います」やがて、かろうじて聞き取れる声でそう言うと、細い腕を上げて指さした。「この人です。間違いありません。高額のチップをくださったのでよく憶えています」

「でたらめだ」ニールは言った。「あんたになんか会ったことはない。それに、ここは暗すぎる」

コロンボは、壁際に行くと、天井の電気を点けた。「これならどうです？」ニールにそう言ったあと、女性に向き直る。「お嬢さん？」

彼女はもう怯えていなかった。「やっぱりこの人です。キーの入った靴を見つけてあげたことも、すごいチップをいただいたことも、忘れようがありません」

「そう」コロンボは言った。「忘れないでしょうな」警部が合図すると、ボーランド巡査が歩み寄り、二人の兄弟に権利を告知した。

アーサーが首を振った。「コロンボ――あんたは本当に厄介な男だな。よくそう言われるだろう」

「うちのカミさんがそれを聞いたら、きっと賛成するでしょう。でも、一つだけ言わせていただければ、彼女は今夜のコンサートを、それはそれは楽しんでましたよ」

第12話　写真の告発

アイリス・ブラックマーがリビングでコーヒーを飲んでいると、家政婦のジャネルがその日の郵便物を抱えて入ってきた。最近では、三時半近くにならないと郵便が届かなくなってしまっている。この国は少しずつ、でも確実に、カリブ海に浮かぶ島国みたいになってきているわ、とアイリスは考えた。

手紙、請求書、ダイレクトメールと、届いたものを選り分けるうち、車両管理局から夫宛に届いた封書が目に留まった。違反切符かしら？　封筒を破って開け、中身を引き出す——一目見て、思わず床に取り落としそうになった。

予想した通り、それは召喚状だった。海辺《ビーチハウス》の別荘近くでのスピード違反。彼女自身も、違反切符を切られたことは一度や二度ではない。いつもと同じように、写真が一枚添えられている。道路脇の監視カメラは、運転席の夫の姿を捉えていた。そしてもう一人——アイリスは愕然とした。若く美しい赤毛の女性が、親しげな様子で助手席におさまっているではないか。

証拠写真を膝の上に置いたまま茫然とする彼女に、ジャネルが廊下から声をかけてきた。「奥さま、コーヒーのお代わりはいかがですか？」

答えが一拍遅れてしまった。「いえ、結構……結構よ。ありがとう」

再び写真に視線を落とす。その瞬間、アイリス・ブラックマーは、夫の殺害を決意した。

下準備には、じっくり時間をかけなくてはならない。手始めに車両管理局から届いた手紙と写真を破棄すると、次に、夫のスコットにとって恰好の密会場所となっているビーチハウスを調べることにした。そこは、夏休みや週末を夫婦で過ごすために手に入れたもので、ロングビーチから少し南の海岸沿いにあった。

次の週末、スコットがゴルフに出かけた隙に、ビーチハウスへと車を走らせた。案の定、口紅のついた煙草の吸殻が二つ見つかった。ベッドのシーツも乱れたままで、そこで怪しげな染みをいくつか目にしたアイリスは、思わず顔をそむけた。スコットは、次に自分と来るまでに洗濯させておくつもりだったのだろう。

アイリスは、十二年の結婚生活の間、夫を疑い続けていた。親友のマーシー・クレイマーに、冗談めかして愚痴をこぼしたこともあった。今日もあの人、私に隠れて何かこそこそやっていたの。これじゃ、結婚生活もいよいよ〈核の冬〉レベル。あと半年で終末が来そうよ……今ではそれも、笑えない冗談になってしまった。

スコットに汚《けが》されたすべてから逃れ、アイリスは、キッチンから浜辺へと出ていった。さわやかで清潔な風を全身に浴びたかった。あなたの会社は、私が引き継ぐことにするわ。株も、債権も、資産もね。親愛なるスコット、それと引き換えにする価値は本当にあったのかしら？　こっそりかける電話や、私の目を盗んでのお楽しみや、夜中までの残業という時代遅れの言い訳なんかに――。

海から吹いてくる強い風が、指で梳《す》くようにアイリスの髪をなびかせた。深く息を吸うと、降り注ぐ陽差しを楽しみ、自分の決断に胸を躍らせる。そのとき、彼女は、邸内で確かめておくべき大事なことを思い出した。

思った通り、スミス&ウェッソンの三八口径リボルバー〝エアウェイト〟は、今でも銃弾の箱と一緒にサイドテーブルの引き出しの奥にしまい込まれていた。引き出しには、紙マッチも何個か放り込まれている。煙草好きの女なんて、放っておいても早死してくれるでしょうけれどね、とアイリスは考えた――でも、もっと早いに越したことはないわ。

ビバリーヒルズの自宅に戻ると、アイリスはカレンダーをチェックした。来週の火曜、夫の四十回目の誕生日の午後がいい。誕生日がそのまま命日となるのだ。スコットは例年通り仕事を休み、アイリスが彼のお気に入りのレストラン〈アルマンド〉でランチをご馳走する。だが、今年の本当のプレゼントは、ビーチハウスに場所を移してから贈られるのだ。きっと心から驚いてもらえることだろう。さて、何か見落としはないだろうか、と彼女は考えた。重要なことで何か――そう、殺人だけは、こんな風に、やりながら学ぶしかないものなのだ。

犯行当日、彼女の計画は危うく頓挫するところだった。スコットがランチの途中でひどい消化不良を起こし、家に帰ろうと言い出したのだ。仕方ないわ、アイリスはそう思い、諦めかけた。明日か、もっと先か、とにかく延期することは可能なのだから。とはいえ、先延ばしするのはやはり不本意ではあった。

が、ウエイターたちが走り回ってくれ、腹痛用の調合薬が用意された。そのおかげで、スコットはまもなく回復した。私にもそんな薬が必要だわ、とアイリスは考えた。その日の朝、ひどい頭痛とともに目を覚ましてからずっと、彼女が〝殺人者の憂鬱〟と名づけた症状が続いていたからだ。

四〇五号線を走る車の中で、スコットは言った。「頼むから教えてくれよ、ハニー。知ってるだろう、サプライズは好きじゃないんだ」

「約束するわ」アイリスは答えた。「私からのサプライズ・プレゼントは、これでもう絶対最後にする。それならいいでしょう?」言いながら、サングラスを目の上にずらし、とろけるような笑顔を夫に向ける。待っていてね。その腹痛は、もうすぐ、あなたの魂と一緒に安らぐはずよ。

ビーチハウスに着くと、スコットはリビングのイームズチェアに身を預け、フットレストに足を乗せた。「僕には飲み物を作らなくていいよ。消化不良がまだ治りきっていないようなんだ」

室内は、どこを見渡しても整然としていた。夫は、自分が残した痕跡をジャネルに始末させたに違いない。

アイリスは無言のまま寝室に行くと、サイドテーブルの引き出しを静かに開けてリボルバーを取り出した。

「マティーニが楽しめるぐらい調子が戻るといいなあ」スコットが呼びかけてくる。「誕生日だからね、いつも通りマティーニで乾杯すべきだ。そうだろ?」

「もちろんよ」すべての弾が弾倉に収まっているのを確認しながら、アイリスは声を上げて答えた。「マティーニなしの誕生日なんて!」

スカートの後ろに銃を差してリビングに戻ると、スコットがにやにや笑いを浮かべながら尋ねてきた。「さてさて、どんなサプライズを見せてもらえるのかな?」

「当ててみて。チャンスは三回よ」アイリスはにっこり笑った。

「勘が悪いからなあ。ヒントをたくさんもらわないと――じゃあまず、それはパンかごより小さなものかい?」

「パンかごよりは小さくないし、もっと安いものよ。あ、携帯をちょっと貸してちょうだい」

スコットは、ポケットから携帯電話を取り出して彼女に渡すと、愉快そうに尋ねた。「その何かを買った店に電話するのかい? それとも、僕が誰かに電話するのかな?」

「そうよ。あなたが、私にね」

スコットは目を見開いた。「だって、君はここにいるじゃないか」

アイリスは片手で自宅の番号を押すと、夫の口許に差し出した。やがて回線がつながり、留守番電話のメッセージが流れ始めた。

腰に差していた拳銃を取り、彼の腹部に狙いをつける。

「おい!」スコットが叫んだ。「その銃を下ろせ……そんなもので、いったいどうするつもりだ!?」

銃口を上げ、今度は額の真ん中に狙いを定めた。

「冗談なんだろう？　まさか――」

アイリスは、銃口を少し下げると、心臓のあたりに二発撃ち込んだ。スコットは即死し、その体は椅子へと倒れ込んだ。シャツと上着に、爆発的なタッチで描かれた抽象画のように血の染みが広がっている。アイリスは携帯を切ると夫の手の上に置き、しっかりと握らせた。

室内をぐるりと見回す。近隣のビーチハウスはどれもきっと、夏が来るまで無人のままだろう。マガジンラックから〈ビジネスウィーク〉誌を取ると、それを手に、浜辺に面した裏口から外へ出た。

海は穏やかで、きらきらと輝いている。サーファーの姿は見えない。ヘリコプターが飛んでいるが、水平線の上に小さな金属製の虫のようにきらめいて見えるほどの距離で、パイロットや乗客からこちらの様子が見える心配はなかった。

ポケットからティッシュペーパーを出して銃を拭い、なるべく平らになるように雑誌に挟み込む。そして、砂に小さな穴を掘ると、雑誌をそこに入れ、上から砂をかけて埋めた。最後に、手についた砂粒を払った。さあ、いよいよここからが、最も重要な段階だわ。

アイリスは、ビーチハウスに戻ると、警察に通報した。数分後には制服警官が到着し、まもなく、鑑識課を引き連れた殺人課の刑事たちもやって来た。救急車が来て遺体が運び出されたあと、事情聴取が始まった。

一時間以上経ったころ、レインコートを着込んだ人のよさそうな刑事が現れ、小さな手帳を片手に彼女に話しかけてきた。「奥さん、どうも。コロンボ警部と申します」と身分証を見せる。「いくつかお尋ねしてもよろしいでしょうか」

「ええ、もちろんですわ」

アイリスは震える声で、夫の誕生日をレストランでのランチで祝い、その後、一緒にビバリーヒルズの自宅に戻ったのだと説明した。

「ということは、ご主人は、ご自宅から一人で車を運転してここに来られたわけですね」コロンボは尋ねた。手帳はいつの間にか開かれている。

「いいえ、誰かの車に乗ってきたんでしょう。わたしは二階でいろいろ用事をしていたんですが、気がついたら、夫はもう出かけたあとでした」そこで、ちょっとためらってみせる。「実は、お話ししておきたいことがありますの――非常に個人的なことなんですが」

「もし、事件に関係あることでしたら」

アイリスは唇を湿らせた。「夫には、愛人がいたようなんです。一人か、あるいは何人か。それでわたし、彼と女が一緒にいる現場をいつか押さえてやろうと思っていました。こんなこと、口にするのも恥ずかしいわ」

コロンボはうなずいた。「お察しします」

「で、気づいたんです、このビーチハウスがその、何ていうか、〝逢引〟の場所ではないかって――古くさい言い回しですけれど。とにかくそう思って、相手と一緒のところに踏み込んでやろうと車を飛ばしてきました。そしたら――そしたらスコットは、あんな、思いもよらない姿になっていて……」アイリスはよろめき、坐る椅子を探してあたりを見回した。

「こちらにそうぞ、奥さん」コロンボは傍らの椅子を運んできて、アイリスが腰掛けるのを手伝った。「お水を飲まれた方がいい。冷蔵庫はありますか？」

「いいえ、大丈夫ですわ。ありがとう、警部さん」額に手を当てる。「どこまでお話ししたかしら？」

「ご主人の遺体を発見されたところです。そのとき何時だったか憶えておいでで？」

「三時か三時半か、それくらいだったと思います」

目から涙がこぼれ落ち、アイリスはティッシュを出そうと、ハンドバッグの中を探った。コロンボが心配そうな顔で見ている。

「警部さんこそ」悲しみを振り払うように口を開いた。「お水が必要じゃないかしら？」

コロンボは、小さな、同情のこもった笑みを浮かべた。「いいえ、あたしも大丈夫です。ありがとうございます」

「家からここまで、ハイウェイで事故に遭ってもおかしくないぐらい飛ばしてきたんです」そう言いながら、相手の表情をさりげなく窺《うかが》う。「スピードを出しすぎるのはいつものことなんですけれど。もし間に合っていたら防げていたかもしれません、あんな――あんなことが起こるのを」

コロンボはうなずき、手帳をポケットにしまった。「到着されたとき、家の中には誰もいなかったんですね」

「スコットの姿を見て……」さあ、ここが肝心よ。もう一度涙が溢れてきてくれないかしら。「とてもショックを受けて……ひどく混乱して、他の部屋を確認するなんて考えもしませんでした」

「そりゃあそうです、それが普通ですよ」鼻筋をつまみ、コロンボは何か考えている様子だった。「今のところ、家の中で凶器は見つかっていません。それから、携帯電話がご主人の手にありました」

「部屋の中のものには触らないようにしました。ドラマでよくそう言いますものね」

「はい、テレビ番組も、たまには役に立つもんです」そこで間を置き、「それにしても、ご主人は誰に電話をかけたのか。もしかすると、あなたにだったかもしれませんよ。助けを求めてね。まあ、そいつは調べれば分かるこってす」

何とも摑みどころのない男だ。見た目は平凡な勤め人。仕事がたまたま殺人事件の捜査だというだけ。とはいえ、着ているレインコートと同じくらいくしゃくしゃの髪の下にある、一見鈍感そうなこの目つきを、そのまま信じていいものかしら。

「奥さん、手を洗われてはいかがです？　砂がついてますよ」

そう言われて手の甲に視線を落とす。確かに砂が少し残っていた。説明を求めるような顔つきで、コロンボがこちらを見ている。

「いやだわ。車から降りたときに鍵を落としてしまったんです。砂から拾い上げたので、そのときについたんでしょう」

警部はどうやら納得したようだ。「ブラックマーさん、ありがとうございました。今日のところは、これ以上ご面倒をおかけしません。少しお休みになった方がいいでしょう」

「ということは、明日はまた面倒をかけられるのかしら？」

この状況で、冗談なんて口にすべきじゃなかったかもしれない。どうやったら、映画女優みたいに自由にニセモノの涙を流せるんだろう？　それともあれは特殊効果か何かなの？

「いつだってご面倒をかけたりするつもりはないんです。つまり、気持ちとしては、ですが」コロンボは言った。「ひょっとすると、もう少しだけお話を伺いに来るかもしれません。それだけです」


アイリスがビーチハウスを出ると、数台並んだパトカーの脇に若い男が立っていた。親しげな表情を浮かべているが、誰だったろう。

「ブラックマーさん？」男が呼びかけてきた。

「そうですけど」

返事を聞き、彼女の方に近づいてくる。年令は、せいぜい三十代後半だろう。整った顔立ちで、ブロンドの髪は日光にさらされメッシュになっている。Tシャツとショートパンツ、素足にローファーというい でたちは、いかにもカリフォルニア風だ。「何かあったんですか」

「あなたは？」

「隣の者ですよ。向こうのあの家に住んでるんです。何年か前、お宅がこの別荘を買ったとき、パーティを開いたでしょう。そのときにお会いしました」

午後の強烈な陽差しに、アイリスはサングラスをかけた。「夫が殺されたんです。それで、こんなにお騒がせを――」

笑みが消え、男は真剣な表情になった。「そいつは――そいつはお気の毒に。で、警察はもう犯人を？」

「いいえ、まだ」

男はアイリスから視線を逸らし、ビーチハウスへと続く車道を見やった。「さっき、そこに車が駐まっていましたよ」

「車ですって？　それは夫のじゃありませんわ、夫のは、いま自宅のガレージですから。どんな感じの車でした？」

「グリーンのコルベット。旧式のやつです」男は答えた。「それと、お宅からすごい美人が出てきたんです。赤毛の女でした。もしかして――」

スコットのお相手だわ、とアイリスは考えた。じゃあ、私たちが着く直前に来ていたのね。

「何時ごろだったか憶えていらっしゃる？」

「何時間か前としか。時計を見たわけではないので」

「見覚えのない女性でしたのね……ええと、何と仰ったかしら？」

「ローゼンです。デール・ローゼン」彼女と握手したそうな声だった。「ええ、まったく見たことのない女でしたよ。実は、今日から健康のためにジョギングを始めましてね。それで、お宅の前を通りかかったときに、女と車を見たわけです」

「それはとても重要な情報よ、デール」サングラスを上げて男の目を見つめ、急を要することを印象づける。「警察に全部話してもらえるかしら。中にコロンボという刑事さんがいますから」

アイリスは、重々しくうなずいてみせた。「デール、夫を殺したのは、きっとその赤毛の女だわ」


その日の夕方、アイリスは市警本部に電話をかけ、「コロンボ警部をお願いします」と告げた。あいにくコロンボは不在だったので、伝言を頼むことにした。「重要な——たいへん重要なお話がありますので、ビバリーヒルズの自宅まで早急に来ていただきたいんです」

六時少し前、火の点いていない葉巻をくわえたコロンボが訪ねてきた。アイリスは彼を書斎に案内した。美しい造りの整然とした部屋で、一方の壁には家族や親類の写真が並んでいる。

デスクの横に置かれた留守番電話の装置を示し、彼女は話を切り出した。「警部さん、これを聞いてください。ビーチハウスから戻ってすぐ、ランプが点滅しているのに気づいたんです」

コロンボはうなずき、腰をかがめて装置に顔を近づけた。アイリスが再生ボタンを押すと、スコットの声が流れ出した。「その銃を下ろせ……そんなもので、いったいどうするつもりだ!? 冗談なんだろう? まさか——」銃声が二発、続けざまに響く。数秒の沈黙の後、電話は切れた。

アイリスは、装置をそのままにしてコロンボに視線を向けた。表情は変わっていないが、いくぶんこわばっているようにも見える。「ご主人はあなたに電話をしたが、応答したのは留守番電話だった――」

「そのとき、わたしはもう、車でビーチハウスに向かっていましたから」

「ええ、そういうことですな。それにしても、ご主人が携帯を操作したり話をしたりするのを、犯人はどうして許したんでしょう?」

「分かりません。そういえば、主人が誰に電話をかけたのか、電話会社の記録を調べると仰ってましたけれど」

コロンボはそこで手帳を取り出したが、それは単なる習慣のようだった。「時間がありませんでね、実はまだ調べていないんです。とにかく、ご主人はあなたに電話をした――なぜでしょう? もちろん助けを求めたんでしょうが、奥さんは数マイルも離れたところにいるというのに、どうして助けてもらえると思ったんでしょうな?」

「銃を突きつけられて、冷静な判断ができる人なんていないるかしら?」

「いいえ。まずいないでしょう」コロンボは留守電の装置を指さして、「それをお預かりしてもよろしいですか? 大事な証拠品なので」

アイリスはうなずいた。

「実は、他にも引っかかることがあるんです」とコロンボ。

にこりと笑ってみせる。「警部さんは、いつも何かしらお悩みのようね」

「ほんの些細なことなんですが。どうもあたしは、小さなことが気になるたちでしてね」

アイリスは煙草が吸いたかったが、我慢できないほどではなかった。「それで、今回の〝小さなこと〟は、いったい何ですの？」

「犯行のあと、ご主人と犯人のどちらかが携帯電話を切ったことになるんですが、こと切れる寸前だったご主人に、そんな力が残っていたとは思えません。だいたい、もし冷静な判断ができないほどの状況だったなら、電話を切ったりなんかするでしょうか？　一方、犯人の方も、犯行後に長いこと部屋にいたとは考えられません。急いで現場を立ち去ったはずです。とすれば、携帯なんか、そのままにしておくでしょう」

「見当もつきません。確かに奇妙な話ですわね」なぜ電話を切ったのか――アイリスはよく憶えていた。夫が自分の名前を叫ぶかもしれない、それを恐れたのだ。

コロンボは部屋の中を歩き回りながら、壁の写真を眺めていた。「もう一つあるんです」ぐるぐる歩く途中、警部は、アイリスの前を通り過ぎながら言った。

「何ですの？」

「携帯電話が、ご主人の左手にあったんです」

何てこと――ショックを受けたアイリスは、思わず椅子の背につかまっていた――反対の手に持たせてしまったんだわ！

コロンボは、壁の写真の一枚を指さした。「こいつは素敵な写真ですなあ。お二人の結婚式ですか？」

アイリスは近づき、コロンボの肩越しにその写真を見た。「ええ。お気に入りの一枚ですわ」

「シャンパンかワインで乾杯しているところですね。この写真のご主人は右手にグラスを持っています。つまり、右利きではないかと思うんですが」

「ええ……そうです。長年一緒にいると、そういうことって忘れてしまうものですわね」

「いや、まったくです。あたしも、誰かにカミさんの目の色を訊かれたことがあったんですが、思い出すのにまるまる一分もかかったんですよ。ひどいもんでしょう?」

この刑事、この上わたしを混乱させようというのかしら? 何にしても、コロンボの指摘は矛盾を正しく突いており、この追及は何とかはねのける必要があった。

「右利きのご主人が、いったい何だって左手に携帯を持っていたんでしょう?」

「不可解としか言いようがありませんわ、警部さん」少し間を置いてから続ける。「どうでしょう、夫はわたしに電話をして、撃たれる前にあのメッセージを残しました。そのとき、ポケットから携帯電話を取り出したのは右手だったに違いありません。それを左手に持ち替えて、右手でダイヤルした。それならあり得るんじゃないかしら?」

コロンボは彼女を、大いに感心したように見つめていた。「こいつは恐れ入りました。おそらく奥さんの仰る通りでしょう」

「警察で雇ってもらえるかしら。わたしたち、いいコンビになれそうじゃありません?」

コロンボはくすりと笑った。「早速、上司に話しておきましょう」

アイリスはデスクの上の電気時計をちらりと見た。「そろそろよろしいかしら。何本か電話をかけないといけないもので」

「ええ、もちろんです。ご協力ありがとうございました」

翌朝、アイリスは、スコットの会社に顔を出した。黒のスラックス、黒のTシャツ、そして黒のサングラスといういでたち――LA公認の未亡人用礼装だ。社員たちの慰めの言葉から逃れるようにスコットのオフィスへと向かったが、その前に受付で、社長秘書のルシンダ・ブレナーと初めて顔を合わせることになった。歯切れよく淀みのない口調の彼女とは、数年間、電話越しに話すだけだったのだ。

三十代前半だろうか。細くくびれた腰に引き締まった体つき。ぴっちりとしたブラウスの下の、野心に満ちた豊満な胸。間違いなく、車両管理局が送ってきた写真にスコットと一緒に写っていた女だ。もちろん、髪は赤毛だった。

アイリスは自己紹介したが、女の態度は淡々としたものだった。悔やみの言葉など聞けそうにもない。氷のように冷たいというほどではないものの、この人の前では電気毛布が必要だわ、とアイリスは考えた。「失礼するわ」と言って、彼女は夫のオフィスに入っていった。

デスクの椅子に坐ると、回転式名刺整理器《ローロデックス》に収められたルシンダの名刺が目に入った。お色気たっぷりの秘書にしては、ずいぶんと古めかしい名前だこと。そのとき、ドアを控えめにノックする音が聞こえた。「どうぞ」とアイリスは応えた。

ルシンダが入ってきて、反抗的な女子高生のようにデスクの前に立った。「わたし……奥さまにお悔やみを申し上げたくて」と、絞り出すように言った。「なかなか受け入れられないんです。誰かの――死というものを。しかも、ブラックマー社長が亡くなっただなんて」

でも、故人との情事はあっさり受け入れていたんじゃないの？　可愛いあばずれさん。

「いいのよ、気にしていないわ」アイリスは言った。「よく分かるのよ。わたしも同じような状態だから」

「ここ二日、わたし、インフルエンザで休んでいたんです」ルシンダが話し始めた。「なので、その間は電話で何度かお話ししただけでしたが、社長は『元気になるまでもう何日か休みなさい』と言ってくださいました。優しい方でした」

「そうね。本当に優しい人だったわ。ブレナーさん、あなたご結婚は？」

「いいえ」

「じゃあ、誰にも看病してもらえなかったのね」

アイリスは、自分を見るルシンダの目に親密さが増しているのを感じた。美しい緑色の目。ふと、こう思った。もしルシンダが、あのローゼンとかいう男が目撃する前にビーチハウスに来ていたのなら、間違いなく彼女に容疑がかかるだろう。面白いわ――あとは、緑のコルベットがこの女の車でありさえすれば。

「きっと、あなたの助けが必要になるわ」アイリスは言った。「スコットがいなくなって、これから周りは弁護士だらけになるでしょう。わたしが疲れきって倒れてしまうまでつきまとわれるに違いないわ」

ルシンダはデスク越しに手を伸ばし、アイリスの手に重ねた。「お力になりますわ、ブラックマーさん。何でもお手伝いしますから、仰ってくださいね」

じゃあ、あなたに罪をなすりつけても構わないわね。アイリスは笑いを噛み殺した。「そう言ってくれて嬉しいわ、本当に」

地下にある、会社の専用駐車場で、アイリスは、ルシンダの氏名が記されたプレートを見つけた。その区画に駐められているのは、青緑色《ターコイズブルー》のコルベットだった。この色、あの女の——あの尻軽女の目の色と一緒だわ、とアイリスは考えた。やっぱりスコットの愛人だったあんたは、これからそのつけを払うのよ。必ずね。


その日の午後、アイリスが、自宅の書斎で山のような法的手続きや電話連絡に追われていると、ジャネルがあの厄介な刑事を案内してきた。「ごめんなさい、今はちょっと手が離せないわ」アイリスは、挨拶代わりに言った。

「奥さん、たいへん重要なことなんです。どこか電話のないところでお話しできませんか？」

「分かりました。でも、長い時間は無理よ。弁護士の人たちが積み上げて帰った書類の山を片づけなきゃならないの。主人の仕事の関係なんですけど、ご存じのように本当に面倒で——」

「まったくですな。あたしのおじのカルロが死んだときも——おじは小さな金物商を営んでたんですが——遺された家族は法的なあれこれでずいぶん苦労したもんです。弁護士と話し合って、店を任せる人間か買い取ってくれる相手を見つけるまでね」

アイリスは警部を、屋敷の脇にあるタイル敷きの中庭へ連れていった。ブーゲンビリアが壁一面を這い、桃色のネットが建物をすっぽりと覆っているようだった。木の枝では鳥たちが競うように囀《さえず》り合っている。何もかもがすばらしいのに、この刑事の存在には背筋をぞっとさせられる。あの行き当たりばったりの、すぐに殺人の捜査とは関係のない話題へと脱線してしまう会話ときたら――。もしあれがお芝居だとしたら、本当に大したものね。さあ、気をつけるのよ、い、い、い。

「それで警部さん、重要なことというのは何ですの？」

「ここなら葉巻を吸っても構いませんか？」

「お好きにどうぞ。コマドリが何羽か肺がんになるでしょうけれど、構いませんわ」駄目よ、そんな無神経な言い方。あなたは夫に死なれたばかりなんでしょう！

コロンボは時間をかけて、半分吸いかけの葉巻に火を点けた。「考えていたんですが、あなたは実に勇気のある女性ですなあ」

「そうかしら。人並みだと思いますけれど。どうしてそんなことを仰るの？」

答える前に何度か葉巻を吹かす。「昨日《きのう》、警官がビーチハウスに駆けつけたとき、奥さんは外に出てませんでしたしょう」

「ええ、そうでした。だから勇気があると？」

「何と言いますか、同じ部屋にいるというのは、ええと、その、〝ご主人〟とですね――」

「警部さん、ご参考までにお話ししますわ。あのとき、わたしはキッチンにいたんです。スコットのことは心から愛していましたけれど、寄り添って手を握っている気にはなれませんでした」

携帯電話を持った手、と言わなくてよかったわ！

「ですが、警官たちが入っていったら、リビングにいらっしゃったとか」

「車の音が聞こえたのでリビングに戻ったんです。そして、ドアを開けて出迎えました」

コロンボはうなずいた。相変わらず葉巻を吹かしている。

「葉巻って、あまり深くは吸わないんですのね」アイリスは眉をひそめて尋ねた。

「いえ、医者に止められてましてね」コロンボは、そこで笑顔になると、「ところが、そう言った当の本人はスパスパやってるんです。で、どこでそんな医者を見つけたんだって、カミさんはおかんむりで。彼女に言ってやりましたよ。自分があたしに薦めたんだろうって」

「それは何よりでしたわね。ところで警部さん、ご覧になった通り、今日はとても忙しいんです。また何か引っかかっていることがおありですの？」

「実はそうなんです。ご主人の銃についてなんですが」

これは想定外だった。犯人は自分の銃を使ったと思わせるのがアイリスの狙いだったのだ。スコットの三八口径が凶器だと、なぜ気づかれたのだろう。「銃がどうかしました？」

「調べたところ、ご主人は登録済みの拳銃を一挺お持ちでした。スミス&ウェッソンの三八口径リボルバー〝エアウェイト〟です。ただ、それがご主人の命を奪った凶器なのかどうかは、今のところ確認できていません。ご主人は、その銃をビーチハウスに置かれていたんでしょうか？」

「分かりません。確かに主人は拳銃が好きです……いえ、好きでした。たぶん、この家の中にも一つくらいあるでしょう。ただ、わたしは、まったく興味がなくって」

コロンボはうなずいた。この人ったら、いつもいつも、うなずいてばかり。いったいどういう脳みそをしているの。両肩を摑んで揺すってやりたくなるわ――わたしなら一瞬で思いつくことを一年がかりでようやく考えつくんじゃないかしら。

「弾はあったんです。寝室のナイトテーブルの引き出しから、三八口径の弾丸の箱が見つかりました。たぶん、あなたはご存じなかったと思いますが」

「ええ。お話しした通り、わたしは銃にはまったく興味がありません。まして、どこにしまってあるかなんて――」

「どうも、犯人は、その拳銃がどこにあるのか知っていたように思えましてね――」

「でも、その銃が凶器かどうか、まだ分かっていないんでしょう?」

「はい、まったく仰る通りです。でも、もし、ご主人が引き出しにしまっていた拳銃が凶器だったとなれば、犯人はその置き場所を知っていた人物ということになるんです」

しまった！　夫が銃を登録している可能性を考えるべきだった。あの人は、いつだって四角四面に規則を守るまじめな市民だったじゃない。「ということは――以前あの家に入ったことがあって、銃の保管場所を知っていた人間が犯人かもしれない、そういうことですの?」

「その可能性はありますな。あそこの掃除をしているのは?」

「家政婦のジャネル、さっき、あなたを案内してきた彼女です。でも警部さん、ジャネルは夫を心から尊敬していました」憤慨した声で、「ジャネルが犯人だなんて、あり得ないことだわ」

「いえいえ、そんなことは言ってません。考えてもいませんよ。他に、あの家に入ったことがある人はいますかね?　パーティを開いたことは?」

アイリスはほっと息をついた。「もちろんありますわ。わたしたち、夏の間は、ビーチハウスで過ごすことが多いんです。週末には友人が一緒のこともありますし。夏にあそこがどんなに快適か、警部さんにもお分かりになるでしょう？」

その言葉を聞いたとたん、皺の多いコロンボの顔に、かすかな憧れの表情が浮かんだ。「ええ、分かりますとも。街中うだるような暑さのときには、カミさんもあたしも、海辺にある友人の家に行けたらなあ、と思いますから」コロンボは、そこで笑い声を上げた。「ただ、問題は、そんな場所に別荘を持っている友人が、ただの一人もいないってことでして」

そうでしょうね。それはお金持ちだけの特権なのよ、凡人さん。あなたもお友だちも、一生働き続けるか、生まれ変わってもう一生分頑張らないと、ビーチハウスを持つのは無理ね。

「もう一つ疑問があります。凶器がもしご主人のものだったとしたら、犯人は何だってそれを持ち去ったんでしょう」

まったくだわ。アイリスは白ワインを一杯飲みたい気分になったが、さすがにそれは印象が悪いだろう。

コロンボは吸いかけの葉巻を見つめていた。「奥さん、ここの地面には灰を落としても大丈夫ですか？」

「ええ、どうぞ。あなたの仰る通りね。本当に、犯人はどうして銃を持っていったのかしら」

「あたしが首をひねる理由がお分かりでしょう？　銃の指紋を拭き取って、そのまま現場に残していけば、それでよかったんですから」

よ。

「それを持ち去ってしまうなんて、ずいぶん軽率な犯人ね」気をつけて。皮肉が過ぎるのは禁物

「凶器を持ったまま逃げるのは、殺人犯にとっては決して賢いことではないんですよ」

「なぜですの？」

コロンボは、灰を落とすために少しだけ移動した。「別の殺人でもう一度使うつもりでいるなら別ですがね。付近をくまなく捜索しましたが、銃は見つかりませんでした」

凶器が発見されていないことを知って、アイリスはほっとした。同時に、コロンボの推理が回り道していることを喜んだ。「警部さんの発想って、ちょっと風変わりですのね」

「はい、うちのカミさんも同じことを言いますよ。もっともカミさんのは、誉め言葉でも何でもないんですが」

アイリスはコロンボに笑いかけた。「犯人が別の誰かも殺そうとしているなんて物騒なお話は結構ですわ。それより、警部さんはどうして、わたしは誰を犯人だと思っているのか、一度もお尋ねにならないの？」

コロンボは、さっと視線を向けた。「じゃあ、奥さんは、誰だと思われます？」

「デール・ローゼンという青年の証言はお聞きになりました？」

「ああ、あの好青年ですな、お宅のすぐご近所の。ビーチハウスから出てきた赤毛の若い女性が、旧型の緑色のコルベットに乗って走り去るのを見た、ということでした」

アイリスは膝の上で両手を組み合わせた。まるで祈るときのように。その指を見下ろし、厳粛

で寂しげな表情になる。「警部さんにはお話ししましたわね、スコットはわたしを裏切っていたと」

「ええ、伺いました」

「ローゼンさんの言う、その赤毛の女はどうかしら？　その女が夫をビーチハウスまで車に乗せていったのかもしれないわ」

コロンボは唇に指を当てた。「それでローゼンさんは、彼女が屋敷から立ち去るところを見たというわけですな」

「彼はそう言っていました。あなたにも同じように話したはずです。違うかしら？」

「ええ、その通りです。実にありがたい情報で、すでに捜査も開始しています。ですが、ロサンゼルスに赤毛の女性は星の数ほどいるし、旧型のコルベットも山のようにあるもんで――」

アイリスは少しだけ不満そうに微笑んだ。「あら、警察が最新の技術を駆使しても難しいのかしら？」

「それもテレビドラマでご覧になったんですな、奥さん。その手の捜査は今でも、一軒一軒足で回るしかないんですよ」

そうでしょうとも、とアイリスは胸の中で言った。あなたにはそれがお似合いだわ、コロンボさん。のろのろのろのろ、一歩ずつ慎重に進むんでしょう。「そうですか、そういう風に進めるものなんですのね」

「これも疑問なんですが――その赤毛の女は、なぜご主人を殺したんでしょう」

「さあ、それは——自分以外にも愛人がいることを知って嫉妬に駆られたか、スコットがわたしと別れて自分と結婚しようとしないのに腹を立てたか。もしかしたら、悲惨な事故だったのかも。よく分かりませんわ」

コロンボは立ち上がった。「ありがとうございました、またまたお邪魔しちまって。どうぞ、お仕事に戻ってください」

胃酸がこみ上げてくるのを堪え、笑顔を繕う。「どっちがましかしらね——弁護士に振り回されるのと、刑事さんから質問攻めにあうのと」

コロンボは、屋敷の入口に向かって歩き出したが、立ち止まり、こちらを振り向いた。「そうそう、もう一つだけよろしいですか、奥さん」

この男には、もううんざりだわ。「何ですの?」

「鑑識の連中が、ビーチハウスのベッドで髪の毛を数本見つけました。片方の枕に残っていたそうです」

「本当に?」アイリスは期待に胸を躍らせたが、表情には出さなかった。「夫のかしら、それとも女性の髪?」

「まだ分かりません。でも、今夜のうちには検査結果が出るでしょう」

「赤毛だったのかしら」

「祈りましょう。運がよけりゃ一歩前進です」

わずかに笑みを浮べてそう言うと、コロンボは改めて屋内に向かおうとした。

「あの、すみません、警部さん――葉巻をくわえたまま屋敷の中を通らないでいただきたいんですが。庭をぐるっと回って出てくださる?」

「ご協力、本当に感謝します」そう言って、コロンボは去っていった。

その晩、アイリスはビーチハウスへと車を走らせた。玄関には、犯罪現場であることを示す黄色の立ち入り禁止テープが張られていたが、近くに警官の姿はなかった。いったん前を通り過ぎ、Uターンして戻ってくる。慎重に確かめたが、彼女の車のヘッドライト以外に灯りは見えなかった。パトカーはなく、警官もいない。砂浜にも人影は見えない。大丈夫だ。

アイリスは車を駐めると、建物の裏手へと歩いていった。

海は騒がしく波音を立て、真っ暗だったが、月光が、まるで花粉をちりばめたようにその表面を輝かせていた。浜辺に降りると、アイリスは膝をつき、両手で砂を掘り始めた。爪の間に砂が入るが、まったく気にならなかった。

大切なものを包んだ雑誌は消えていた。

場所が違うの?　いいえ、そんなはずはないわ。裏口の階段の端からぴったり六十フィート。間違いなくここに埋めたはずよ。

そのとき、家の中で電話が鳴った。こんな遅くに誰かしら?――そろそろ十時になるというのに。

アイリスは急いで立ち上がり、キッチンから家の中に入った。電話の置いてあるカウンターに行くと、受話器を摑む。「もしもし？」

「こんばんは、ブラックマーさん」愛想のいい男の声だった。

はっきりと聞き覚えのある声だが、誰だったか思い出せない。「どなたかしら？」

「あなたの隣人ですよ――デール・ローゼンです」

「ああ、あなたね」アイリスは、わずかに間を置いて呼吸を整えた。「ご機嫌はいかが？　デール」

「気分は上々《ファイン・アンド・ダンディ》ですよ。そんな歌が昔ありませんでしたっけ？　ところで奥さん、こっちに来て一杯いかがです？　海に向かって右側の家ですよ」

「せっかくだけど、もう遅いし、家に帰らないと……」

「五分か十分だけ、いいじゃないですか。お互いにもう少しよく知り合いましょうよ」

またしても、背筋がぞっとした。今度はコロンボのせいではない。「どうして――どうして、わたしがここに来たのを知っているの？」

「見たからですよ」とだけ、男は屈託のない声で答えた。その瞬間、びくん、と体が震え、アイリスは悟った。彼に会いに行かなければ。

アイリスが二度目のベルを鳴らす前に、デールはドアを開けた。やはりカジュアルな服装だった。この前とは違うTシャツ、裸足にローファー。

デールは灯りのない短い廊下を進み、アトリエらしき部屋にアイリスを案内した。床から天井まである大きな窓の向こうには、眠気を誘う黒々とした海が広がっている。窓辺には、カンバスを立てかけたイーゼルと、絵筆や絵の具のチューブが転がる粗末な作業台。カンバスには描きかけの抽象画があった。太く荒々しい白と黒の線は、初期のフランツ・クライン（米国の抽象表現主義画家。一九一〇～六二）を思わせる。何とも醜悪な代物だ。

「そう、あなた画家なのね」アイリスは場つなぎに言った。

「ええ、ニューヨークの画商と契約してましてね、それで何とか生計を立てているんですよ」

「すばらしいわ。タフな職業ですもの」

デールは、窓辺のテーブルに酒のボトルをずらりと並べていた。「スコッチは？」

「少しだけいただくわ。運転しなきゃいけないから」

そのとき、あの雑誌がアイリスの目に留まった。デールの近くの作業台の上。少しくたびれた様子で、まだ銃を挟んでいるように不自然に膨らんでいる。

どうやってことを運ぶべきかアイリスは迷っていたが、その瞬間、心が決まった。おそるおそる雑誌へと手を伸ばしながら、飲み物を運んでくるデールを観察した。「どこで手に入れたの？」

デールは動じることなく、にこやかにグラスを手渡した。「あなたが置いていった場所でですよ」

「じゃあ、どうしてわたしが置いた場所が分かったの？」

「見たんです。ご主人が殺された日の午後、法の番人たちが到着する前にね。あなたが凶器を隠す姿に、好奇心をかき立てられましたよ」

「それが犯行に使われたとは限らないでしょう?」

デールは肩をすくめた。Tシャツを通して骨が見えるほど痩せた肩だった。「非常に有力な仮説だと思いますよ。コロンボ警部に提供したら、大喜びするでしょう。もちろん、その拳銃のことですけど」

「あなたの目撃証言も添えて、というわけね」

デールはグラスの酒をすすった。「そういう事態を避けられるかもしれませんよ」そこで、にっこりと笑い、ウインクする。

よかった、とアイリスは思った。先に切り出してくれたので、くだらない猿芝居を続ける必要がなくなったわ。「どうやって?」

「実は僕、パトロンが欲しいんです。ルネサンスのころに、レオナルド・ダ・ヴィンチやその他数多くの芸術家を支援していたようなパトロンがね」

アイリスは声を上げて笑った。「ダ・ヴィンチですって?」言いながらカンバスに指を突きつける。「じゃあ、自分はダ・ヴィンチの生まれ変わりってわけ? よくもそんな厚かましいことが言えるわね」

デールは顔を紅潮させ、反射的に自分の作品の前に立ちはだかった。

「あんたは薄汚い強請り屋よ」と言葉を続ける。「わたしが息絶えるまで生き血をすするつもりなんでしょう。そんな才能のかけらもない、ちんけな駄作を描き続けながら。それとも、大いなる駄作と呼ぶべきかしら」

いまやデールの顔は血のように赤く染まっていた。「そう言うあんたは、薄汚い人殺しじゃないか。あの刑事に何もかもばらしてやる！」

アイリスの手は雑誌に触れていた。思った通りだ。銃はまだこの中にある。彼女が素早く銃を抜き取ると、デールはぎょっとして後ずさり、後ろのイーゼルを倒しそうになった。

「ねえ、ちょっと待って――」デールは叫んだ。

アイリスは引き金を絞り、相手の頭を撃ち抜いた。今度こそデールは、イーゼルもろとも床に崩れ落ちた。何はともあれ、わたしはこの世界を（とりわけ芸術の世界を）救ったんだわ。この男の醜悪な絵が、これ以上人目に触れるのを防いだんですもの。アイリスは、二つの殺しをプロ顔負けの手際のよさでやってのけた自分に驚き、満足していた。

スコットの拳銃をハンドバッグに放り込む。立ち去る前に、グラスやドアノブの指紋を拭うことも忘れなかった。


コロンボ警部が再びビバリーヒルズの自宅を訪ねてきたのは、二日後のことだった。今回は、二階まで吹き抜けになっているリビングで応対した。白い煉瓦造りの暖炉がそびえ立ち、大きな窓は、ゆっくりと落ちていく夕暮れの陽差しで溢れている。コロンボは、火の点いていない葉巻をくわえていた。どうやら、アイリスが邸内での喫煙を許さないのを覚えたようだ。

「また悪いお知らせがありましてね」コロンボは、いつもの申し訳なさそうな口調で言った。

「奥さんも、テレビでご覧になったでしょう」

「ええ、あの近くのビーチハウスでまた殺人が起きたというニュースでしたら。殺された方の名前は何といったかしら」

「以前話題に出たあの青年ですよ――ローゼンさん、デール・ローゼンさんでしたか」

「お気の毒に」とアイリスは言った。「まったく何てことでしょう。強盗ですの？」

「いいえ、どこにも侵入した形跡はありません。さっき届いた報告によれば、被害者《がいしゃ》は三八口径の銃で撃たれていました。それが、びっくりなんです」

「びっくり？」

「彼は、ご主人が殺されたのと同じ銃で撃たれたんです」

アイリスは、すぐには反応せず、言い終わったコロンボがひしゃげた葉巻を口から離すのを見ながら、適当と思われるだけ間を置いた。「まさかそんな」と口を開く。「信じられませんわ。ビーチハウスの住人を狙った連続殺人か何かでしょうか？」

「どうも、それほど単純ではないようでして――」

ほら来た。お得意の不意討ち作戦だわ。「どういうことかしら」

「遺体の近くに雑誌がありましてね。〈ビジネスウィーク〉誌が一冊」

「それで？」

「そこにあなたの指紋があったんです」

アイリスは立ち上がるとカーテンを閉め、なかなか沈まない眩しい夕陽を室内から締め出した。グラスとドアノブは拭った。でも、あのいまいましい雑誌を拭くのを忘れたんだわ。何て素人っぽいミスなの！　「ということは、その雑誌はきっとうちのですわ。スコットは〈ビジネスウィーク〉を定期購読していましたから」

「雑誌の表紙には、ご主人の名前と住所が印字された、よくある送付用シールが貼ってありました」コロンボは葉巻の吸いさしを上着のポケットに押し込んだ。「それはいいとしてです、被害者《がいしゃ》は、何だってあなたの家に届いた雑誌など持っていたんでしょう？」

　アイリスは、拳銃と一緒に雑誌を回収してこなかったことを悔やんだ。「雑誌には、他に指紋はありませんでしたの？」

「ありました。ご主人とローゼンさんの指紋です」

　アイリスは、スカートのポケットの中でこぶしをきつく握りしめながら、窓辺から戻ってきた。

「それは謎ですわね、警部さん。ローゼンさんは、どうやってうちの雑誌を手に入れたのかしら」

「その上、どうしてその雑誌にあなたの指紋がついていたんでしょう。たしか、ビジネスと名のつくものは嫌いだと仰ってましたよね」

　ほんとに油断ならない男だわ。そんなくだらないことまで憶えているなんて！

「たぶん、配達されたとき、わたしが郵便受けから取り出したんでしょう。もちろん、退屈なビジネス雑誌をめくって時間を無駄にしたりなど、間違ってもしませんわ」

「そうですか」コロンボは、いつものように考え込むそぶりを見せたが、その目はアイリスを捉えたままだった。「それでもまだ、最大の謎は残ってますね」

「そうね。その雑誌がどうやってローゼンさんの家に持ち込まれたのか」アイリスは椅子に腰を下ろし、再びコロンボと向き合った。「もしかすると、ローゼンさんがうちに来てスコットとお喋りしたあと、雑誌を借りていったんじゃないかしら。ただの推測ですけれど。スコットが雑誌の記事か何かを見せたがって、それで持ち帰ったのかも」

「ローゼンさんが訪ねてきたのをご覧になったことは？」

「いいえ。でも、お話ししたように、スコットは一人でもあの別荘に行っていましたから。特に、仕事がきつかった日には、リラックスできるからと。それに、夫が女を――あの赤毛のような女たちを連れ込んでいたのも明らかですし。警部、わたしは夫を愛していましたが、やみくもに崇拝していたわけではありません。スコットにも欠点はありましたから」

コロンボが黙り込むのを見て、アイリスは心の中で快哉を叫んでいた。鋭く突き、素早く身をかわす。これなら、コロンボ流のトリッキーな駆け引きさえ楽しむことができそうだ。でも、決して調子に乗っては駄目よ！

「そうですか」コロンボはもう一度言うと、テーブルの上の紙マッチに目を留めた。「そのマッチをいただけますか？　もちろん、ここじゃ吸いません。そいつはお約束します。失礼したあと、車の中で一服やりたいもんで」

アイリスは、面白がりながら、マッチを警部の方へ押しやった。「夫を殺した犯人を見つけてくださる方のお役に立てるなら、何なりといたしますわ」

コロンボはマッチを手に取ると、丁重に礼を言い、少し間を置いてから言葉を続けた。「そういえば、さっき、ご主人の浮気相手の女性たちのことを仰いましたが――」

警部がそこで黙ってしまったので、アイリスは思わず先を促した。「彼女たちが何か？　コルベットに乗った赤毛の女のことはお調べになりました？」

「はい、調べました。ご主人の秘書だったブレナーさんをご存じですか？　彼女が赤毛なのを？」

「ええ。この間、初めて会ったばかりです。スコットの仕事にはなるべく関わらないようにしていたもので。でも、これからしばらく、遺産を整理する間は、嫌でも関わらざるを得ないようですわ」

コロンボは大きくうなずいてみせると、「明日の朝一番に、彼女からの事情聴取を行います」

「枕にあった髪の毛はどうでしたの？」

「女性のもので、赤毛でした。これで、今度もまた運がよければ、もう一歩前進しますよ」

アイリスはからかうような笑みを浮かべた。「前に運がよかったのって、いつでしたっけ？」

コロンボが帰ったあと、黄昏《たそがれ》がやけにゆっくりと夜空に変わっていくのを眺めながら、アイリスは頃合いになるのを待った。やがて、ジャネルが夕食をテーブルに並べ終わると、彼女に「今日はこのまま帰っていいわ」と告げた。

アイリスは、ウィルシャー大通り沿いに建つスコットの会社へと車を飛ばした。定時を過ぎており、社員はもう誰も残っていなかった。彼女に気づいた警備員が笑いかけ、エレベーターの方を手で示した。アイリスが手にしているのはハンドバッグだけで、他に荷物はなかった。

すでに作業を始めている清掃員たちは、スコットのオフィスへと歩いていくアイリスをほとんど気に留めなかった。部屋に入ると、受付の隅にあるルシンダのデスクの上にハンドバッグを置いた。廊下へのドアが閉まっていることを確かめ、三八口径を取り出す。デスクの引き出しを順に開けていくと、大きなマニラ封筒の束が見つかった。指紋を拭き取った拳銃を、新たに指紋がつかないよう注意しながら、一枚抜き出した封筒の中へ納める。それを、束の底の方へ突っ込むと、肘で引き出しを閉じた。

そのあと、アイリスは社長室へ行き、デスクの奥の椅子に身を沈めた。椅子をくるりと回すと、窓の外を眺める。相も変わらず漂うスモッグの下に、宝石をちりばめたようなロサンゼルスのダウンタウンが横たわっていた。デスクに向き直り、広々としたスコットのオフィスを見渡す。いいえ、もう彼のものじゃないわ――わたしのよ。

翌朝、アイリスは、あの刑事が尋問を行うのを静観し、結果を待つことにした。ルシンダが〝容疑者〟になれば、警察は令状を取って、あの女のアパートや車はもちろん、職場のデスクも捜索するだろう。あのしつこいコロンボのことだ、ひたすら彼女を追い回すに違いない。

コロンボが次に姿を現したのは、それから五日も経ってからだった。アイリスは、中庭で遅いランチを済ませ、コーヒーと煙草で一服していた。「こんにちは、警部さん。お昼をねだりにいらしたの？」

「まさか、そんな。来る途中で済ませてきました。うちのカミさんは常々、いい昼飯はいい朝飯より大事だって言ってましてね」

「奥さまは賢い方のようね、とてもご主人思いで。ぜひお会いしたいものだわ」

「それが、カミさんは、決して人嫌いというわけじゃないんですが、あたしの仕事《ビジネス》にはどうしても関わりたがりませんでね」

何なのかしら、この脳天気さは。「誰かに殺人の罪を着せることが〝ビジネス〟ですの？」

コロンボは顔色ひとつ変えなかった。「殺人の罪を着せるだなんて、誰もそんなことはしていませんよ」

「それを聞いて安心しましたわ、警部さん。ところで、大事なランチのあとですから、コーヒーでもお持ちしましょうか。チョコチップクッキーでもご一緒にいかが？」

コロンボは手を振って、その申し出を断った。「お気遣いなく。それより、今日はご報告があって伺ったんです」

「それはわざわざご親切に」茶化した口調になる。「わたしたち、またまた幸運に恵まれたのかしら？」

「ご主人の秘書の方から事情聴取すると先日お話ししましたね。それで、まことに申し上げにくいんですが、彼女は本当に関係があったと認めました」

失意の未亡人を演じるのにも、ずいぶん慣れてきたわ。「そうですか……彼女が赤毛と知って、そうかもしれないとは思っていました。じゃあ、彼女の車は緑のコルベットでしたの？」

「はい、そうです」コロンボは、パンかごからロールパンを一つ取ると、きまり悪そうに尋ねた。

「よろしいですか？」

「いいですとも。召し上がって」

コロンボは大口を開けてパンにかぶりつき、話を続けた。「実は、犯行を裏づける証拠がもう一つ発見されましてね。彼女のデスクの引き出しに、ご主人の銃が隠されていたんです」

アイリスは、芝居がかった仕種にならないよう用心しながら、コーヒーカップをゆっくりと受け皿に戻した。「本当ですの？　それで、やっぱりそれがローゼンさんとスコットの命を奪った銃なんでしょうか」

「我々は、まず間違いないと見ています。まもなく鑑識の結果が出るでしょう。しかし、もしブレナー嬢がご主人を殺害した犯人なら、どうしてローゼン氏まで手に掛けたんでしょうな」

「探偵役《ディテクティヴ》はあなたでしょう？　刑事さん《ディテクティヴ》」これはなかなか面白い言い回しだわ。

「これは、何とも言えないところでしてね。ローゼン氏はあの日の午後、赤毛の女がビーチハウスから出てくるのを目撃しました」

コロンボがパンをまた一口食べるのを見ながら、アイリスは言った。「そして、彼はあなたにそれを証言した」刑事さん、もう一つ食べたそうな顔でパンかごを見ているわ。

「もしかすると彼は、それをネタに彼女を脅迫できると思ったのかもしれません」とコロンボ。

「それにどんなリスクがあるか、彼女がどれほど危険な行動に出るかには思い至らなかった――」

「すばらしいわ。それで彼女はローゼンさんを殺さざるを得なくなった――どうやら、ついに決定的な答えにたどり着いたようですわね」と言いながら、パンかごをコロンボの方へと押しやる。

「それで、あらゆることがきれいに結びつくんじゃなくて？――いかが、警部さん」

「確かにそう見えますな」

「あまり乗り気じゃなさそうね」

コロンボが答えようとしたとき、ジャネルが郵便物の束と何冊かの雑誌を抱えて入ってきた。

「近ごろは、配達が早いようですね、奥さん」コロンボが言った。

「いつもこんなものですけれど。警部さんのところはもっと遅いんですの？」

「よく分かりません。あたし、日中は家にいないもんですから」

ジャネルは、ふんと鼻を鳴らすと、屋敷の中へ戻っていった。

郵便物に目を通していったアイリスは、一通の封書を見て手を止めた。車両管理局からの彼女宛の手紙だ。例の、助手席にルシンダを乗せて違反したときのスコットの罰金はまだ払っていない。その件だろう。でも、夫への督促が、何だってわたし宛に届くのかしら？

「ちょっと失礼します、警部さん」そう言いながら、封を手で破いて開ける。「近ごろ届くものといったら、ほんとに請求書ばかりでしょう？」

書類と写真を封筒から引き出す。そのとき、アイリスは、コロンボが自分の顔をじっと見つめていることに気づいた。

写真に目をやった瞬間、刺すような鋭い痛みがみぞおちに走った。それは、前回とは別の交通監視カメラが捉えた一枚――運転するアイリスと、その隣に坐るスコットの姿がはっきり写った写真だった。何食わぬ顔で封筒に戻そうとしたとき、コロンボが口を開いた。「その写真があなたを刑務所へ送ることになるでしょうな、ブラックマーさん。実は、あなたやご主人が写った写真を全部、車両管理局から送ってもらったんです。あたしがその写真を見たのは昨日で、同じものをあなた宛に発送済みとのことでした」

顔から血の気が引いていくのが分かった。アイリスは灰皿に置いた煙草を手に取ったが、すでに火は消えていた。

コロンボは手を伸ばし、彼女の手から写真を取ると、「こういうことなんですよ」と話し始めた。「あたしは、最初からあなたに目をつけていました。つじつまの合わないことがあったからです。あなたは、ご主人が浮気相手と一緒にビーチハウスにいると思って車を走らせたと仰った。でも、じゃあ、ご主人はどうやってあそこまで行ったんでしょう？　ルシンダ・ブレナーは、乗せていっていないと証言しています。つまり、あなたがご主人を乗せていき、そして殺したんです。車両管理局であなたの記録を確認したところ、この数年間に、何度もスピード違反を犯していることが分かりました。それに、スピードを出しすぎるのはいつものことだと、ご自分でも仰ったでしょう」コロンボは写真を指で叩いた。「あの日の午後も、あなたはスピードを出しすぎ、こうしてカメラに捉えられたんです。ご主人があなたと一緒だったことを示す証拠――そして刻印された日付と時刻が、あなたの犯行であることを証明しています」

アイリスはうなずいた。スコットと秘書が写ったあの写真が、そもそものきっかけだった……そして今、皮肉にも二枚目の写真が幕を下ろそうとしている――彼女自身の舞台の幕を。

コロンボは、彼女と同じように消耗しきった様子でため息をついた。「ブラックマーさん、あなたは実に聡明な方だ。間違いなくやり手のビジネスウーマンになったことでしょう。でもですね……二人の人間を殺す権利《ビジネス》は、そのあなたにもないんです」

第13話　まちがえたコロンボ

マイク・マルドは確信していた。コロンボは俺のことを憶えていないだろう。刑事が現役の間に刑務所送りにする悪党は、とんでもない数にのぼるのだ。出所してからほぼ二年が過ぎており、その間、新たな殺人の計画を練る時間はたっぷりあった。そして今、ついに、あの警部と対面しようとしている。マルドには怯えも気後れもなかった。

「ああ」顔を見るなり、コロンボは言った。「憶えてますよ。マルドさん、そうでしょう？　ファーストネームは思い出せないなあ」

二人がいるのは、サンタモニカにあるコロンボ行きつけの食堂〈バーニーの店《バーニーズ・ビーナリー》〉だった。この刑事は、相変わらず薄汚いレインコートを着込んでいる。最後に法廷で会ってから十二年が過ぎているというのに、あまり歳をとっていないように見えた。どこにでもいそうな平凡な顔立ちも、意外に素直なその瞳も変わっておらず、目尻の皺も驚くほど少ない。ふん、殺人犯を捕まえるのが若さの秘訣ってことか。

「少し前に出てきたんだよ」マルドは言った。

コロンボは、チリを忙しく口に運んでいた。「コーヒーでも？」

「いいね、もらうよ」

コロンボはウエイターに合図し、マルドのコーヒーを持ってこさせた。「仕事には就けたんですか？」

マルドはため息をついた。「そいつが一番の問題でね。でも、とりあえずはビデオショップでちゃんと働いてるよ」

「チリはどうです？　ここのチリは最高ですよ。肉がたっぷりでね」

「くだらないお喋りはやめようじゃないか、コロンボ。あんたに会いたかったのは、どうしても落とし前をつけたいことがあるからなんだ」

コロンボはナプキンで口を拭った。「オーケイ。聞きましょう」

うっとうしい夏の暑さの中、マルドはびっしょりと汗をかいていた。表では、逃走中の犯人のようなスピードで車が行き交っている。

「コロンボ、あんたは大きなミスを犯したんだ。あんたの人生で最大のミスかもしれんぞ」

「冗談でしょう」

「俺が殺したことになっている男――レイ・マグリーヴィは、まだ生きている。俺は、犯してもいない殺人の罪で十年もぶち込まれていたんだ」マルドはコーヒーのマグカップをドンと置き、怒りを露わにした。警部のチリの深皿が音を立てて揺れたが、警部本人は顔色ひとつ変えなかった。

「マルドさん、あなたを有罪にしたのは、あたしじゃありません」コロンボは言った。「陪審員が評決を下したんです」

「あんたたちの地方検事が、陪審員に証拠を提出したんじゃないか。いい加減な状況証拠ばかりの代物をだ」

「マグリーヴィは、どうして今まで名乗り出なかったんです？」

「やつは、頭を殴られて記憶喪失になっていたんだ。ずっと、自分が誰かも分からずにいたというわけさ。あの裁判のことなんて知りもしなかったんだ。これっぽっちもな」

コロンボは、ゆっくりと時間をかけてチリの上に玉ねぎを載せ、ウスターソースをたっぷり回しかけた。「でも、ギャンブルの配当を払わないからって、その男の頭を殴ったのはあんたじゃないですか。そのせいで彼は記憶喪失になったんでしょう？」

「そいつは、あの嘘つき目撃者が言ったでたらめ話さ。あんたは、俺が死体を運んで太平洋に沈めたと決めつけたんだ。死体などどこにもなかったのに」

「マルドさん、妙な話に聞こえるかもしれませんがね、死体が出なくとも殺人罪は成立するんです。別の意味で死体が存在しない殺人未遂ですら、法的には『試みられた殺人《アテンプテッド・マーダー》』と呼ばれるほどの重罪なんですよ」

「黙れ！　俺の人生を、いったいどうしてくれるんだ！」

コロンボは、心から彼を気遣っているようだった。「チリを食べないなら、ビールかウイスキーはどうです？　あたしの、いや、警察のおごりですよ」

「俺が刑務所《ムショ》で味わった苦痛の対価はその程度ってことか――ビールかウイスキーだと？」

コロンボは、食べかけのチリを脇に押しやると、ポケットをまさぐり、葉巻の吸いさしを取り出した。

「チリが好きなんじゃなかったのか」マルドが言った。

「食欲がなくなったんですよ。で、証明できるんですか？　つまり、被害者が今でも生きてるってことを」

マルドの方は、食欲が一気に甦ってきていた。ワクワクするぜ。目の前の刑事は、俺の引く糸に合わせてマリオネットのように動き始めている――すべては計画通りだ。「やつは生きている。あんたにも会わせせやろう」

コロンボはうなずいた。「どうやって見つけたんです？」

「私立探偵を雇ったのさ。そいつが、奴がグレンデールにいるのを突き止めたんだ。ケチな半端仕事をやりながら暮らしていた。女房はいない、一人ぼっちだ。自分が誰なのかは思い出していたが、過去の暮らしも俺のことも、まったく憶えていなかった。もっとも、こいつはあくまで本人の言だがな。それで気の毒になって、俺が住んでいるビルに小さな部屋を借りてやったんだよ」

「その男のせいでひどい目に遭ったっていうのに？　金も返してもらってないんでしょう？」

「コロンボ、おれは更生したんだぜ。生まれ変わったんだ。あんた、刑務所がそういう役割のところだって知らないのか？」そう言うと、マルドは苦々しさのにじんだ笑い声を上げた。

「何がそんなにおかしいんです？」

「やつはもう詐欺師じゃない。そっち方面の顔はすっかり影を潜めてるんだ。たぶん、頭を殴られたことで救われたんだろうよ。な、まったくおかしな話だろ？」

コロンボは、チリから玉ねぎをすくい上げたものの、口には運ばずにいた。「まったくおかしな話ですね。マルドさん、何だってあたしにこんな話をするんです？」

「あんたがどのくらい大きなミスを犯したか、そいつを教えてやりたいだけさ。奪われた年月は返ってこないし、国からも賠償金なんぞ出やしねえだろう。だが、あんたに、あれが全部間違いだったことを分からせりゃ、俺は満足なんだ。この気持ちが分かるか？」

「分かりますよ」とコロンボは答えた。「おかしな話だとは思いますがね」

翌日、マルドからの電話で住所と部屋番号を伝えられたコロンボは、その日の午後二時に彼のアパートを訪ねることになった。

雨が降り始めていた。ロサンゼルスお得意の、まがい物の雨だ。ニュージャージーその他、まっとうな場所から来た連中は、この、雨とも言えない雨のせいで故郷へ帰りたくなってしまうに違いない。寒い土地から誰かが引っ越してくると、マルドが決まって飛ばすジョークがあった。「それでも、お天道さんをスコップで掘り出さなくていいだけ幸せってもんさ！」ロサンゼルスでは今なお、何もかもがまがい物に見える――化粧しっくいで飾り立てられた百万ドルの豪邸たち、大嘘だらけのハリウッド、ほとんど降らない雨。こいつが終わったら――このゲームでコロンボを打ちのめして、次のヤマを成功させたら、俺も故郷に帰ろう。だが、そのためには、首尾よく事を進めなければならない。ここが肝心なところだ。他の人間が加わった計画には、いつだって細心の注意が必要なのだ。

コロンボは、約束の時間にコートの雨を払いながら現れた。警察官にはリボルバーと一緒に傘が支給されないのだろうか？　もっとも、俺が軍隊にいたときにもあてがわれた憶えはないが。

「何でお上は傘を支給してくれないんだ？」

「どうしてですかねえ。こないだ降ったときにカミさんが一本持たせてくれて、車の中に置いといたはずなんですが、そいつが見当たらないんですよ。これで風邪でも引いたら大目玉だ」

マルドは当たり障りのない話で間を持たせつつ、腕時計を見た。あの野郎、いったい何をしているんだ。「奥さんは元気かい、警部。そういや、あんた、しょっちゅう奥さんの話をしてたっけな」

コロンボは、窓の向こうの降りしきる雨を見ていた。「おかげさまで元気です。〈名作クラブ〉ってのに入ってましてね、毎週木曜に出かけていっては、文学について語り合ってますよ。あたしにまでジェーン・オースティンを薦める始末でしてね。殺人が起きる面白いミステリなら読むよ、って言ってるんですが」

ノックの音がした。マルドは玄関まで行くと、ゆっくりとドアを開けた。

戸口に立っていたのは、痩せこけた顔の陰気な小男だった。レインコートと傘から水滴を払い落としている。「本降りになりやがった」そうつぶやきながら部屋に入ってくると、探るような眼差しをマルドからコロンボへと移した。

「警部」マルドがひときわ愛想のよい口調で言った。「こいつがレイ・マグリーヴィだ」

「はじめまして」コロンボが言った。「お話は、ここにいるマルドさんから聞きましたよ」

マグリーヴィはうなずくと、また突然頭を殴られるのを警戒するかのように、マルドの方をちらりと見やった。

「警部に渡す供述書を書いてきてくれたか？」

マグリーヴィが、コートから引っぱり出したしわくちゃの紙を手渡し、コロンボはそれに目を通した。

「オーケイ、ありがとうございます。供述に心から感謝しますよ」

マルドが背中を叩くと、マグリーヴィはびくりと体を震わせた。「警部、マグリーヴィ氏に訊きたいことはないのか？」

「いや、特にありません。こいつは疑問の余地のない事実のようだ。それに、訊きたいことがあれば居場所は分かってますしね。彼はこのアパートに住んでるんでしょう？」

マルドはマグリーヴィに、にこりと笑いかけた。文句のつけようがない成績表を持ち帰った息子に見せる、愛情深い父親のような笑顔だった。「さあ、これで済んだぞ、レイ。警部は、お前さんの顔を確認できたので、あとは供述書をじっくり吟味したいそうだ。それにしても、こんな土砂降りの中を何だって外に出たりしたんだ？　すぐ階下《した》に住んでるってのに」

マグリーヴィはきまり悪そうな表情になると、コロンボの方を見たまま、ぼそりとつぶやいた。

「煙草をな」

マルドは、すでに玄関のドアを開けていた。「というわけで、呼び出しちまって悪かったな、レイ。今晩は飯《めし》をおごるぜ」

レイはうなずき、傘を引きずりながらそそくさと部屋を出ていった。マルドはドアを閉めた。

コロンボは、渡された供述書を、今度は注意深く検分し始めた。「葉巻を吸ってもいいですかね？」

「確か、個人の住居では、家主または居住者の許可があれば吸っても構わないんだったな」マルドは余裕たっぷりに微笑んだ。「俺が許可するよ、コロンボ」

コロンボはポケットをまさぐると、珍しくも、まったく手つかずの細身の葉巻を取り出した。

「あんたの友だちは、何だってあんなに緊張してたんでしょう？」葉巻に火を点けながら尋ねる。

「分からんが、あいつは重度のうつ病持ちだからな。ひょっとすると自殺を図ったこともあるんじゃないかな」

「なぜそう思うんです？」

「左の手首に傷痕があるんだよ。偉大なシャーロック・ホームズたるあんたが気づかなかったとはな。奴は右利きだから、きっと自分で左手首を切ったんだろう」

「よく見えなかったんですよ。レインコートの袖がずいぶん長かったですからね」

マルドは、見下したように、かすかな笑みを浮かべた。「まあ、あんたがレインコートのエキスパートなのは確かだな」

電話が鳴った。

マルドが受話器を取る。「もしもし。やあ、ブロックさん。え、いつだい？　冗談だろう！　分かった、いますぐ出るよ。うん、ああ、恩に着るよ」

コロンボは再び窓の外を眺めていた。ガラスを伝わり、滝のような雨が流れていく。

「ここに住んでいる友人《ダチ》からだ。このビルで火事らしい。早いところ逃げ出せとさ」

うなずいたコロンボはコートのボタンをかけ始め、マルドはクローゼットからレインコートを引っぱり出した。「くそ、俺たち二人とも——傘がないぞ」

階段を駆け下りていくと、二階の一室から煙が噴き出しているのが見えた。サイレンの音が満ち潮のように近づいてくる。

コロンボは、その部屋の開いたドアへと駆け寄り、もうもうと押し寄せてくる濃い煙の向こうに目を凝らした。

「何やってんだ！」マルドが怒鳴った。「気でも違ったのか？　さっさとここから出て、あとはプロに任せりゃいいんだよ」

コロンボはマルドを無視し、片手を目の上にかざしながら煙が充満する室内に足を踏み入れた。

「奥で男が倒れてる——駄目だ、これ以上近づけない——火だるまだ。着ているレインコートや服が——」

マルドがドアまで来たとき、階段を駆け上がってくる消防隊員の力強い足音が聞こえてきた。

コロンボは咳き込み、コートの片袖を押しつけて口と鼻を守りながら、くぐもった声で叫んだ。

「マルド、あれはレイじゃないか？　ここはレイの部屋なのか？」

「何てこった。二〇一号室——そうだ、レイの部屋だ！」そう答えたマルドをかすめるように消防隊員たちが室内に突入していき、彼は身をのけぞらせた。

「二人とも、今すぐビルから出ろ！」

コロンボは咳き込みながら部屋から出てくると、マルドの腕をつかんだ。「行こう」

通りに出たコロンボは、ちょうどビルから出てきた消防隊の隊長を捕まえた。警部と短い会話を交わすと、隊長は、ビルの中へと戻っていった。

「何と言ってた？」マルドが尋ねる。

「火は消し止めたが、男は死んだ。黒焦げだそうです。身許を確認するには、たぶん指紋かＤＮＡの照合が必要でしょう」

「何だい、隊長に言わなかったのか、あそこはレイ・マグリーヴィの部屋だって」

「言いましたよ。それでも遺体はチェックするものなんです」

コロンボは、煙のひどさに再び咳き込んだ。

雨は小降りになり、近所の住人たちが遠巻きに様子を伺っていた。歩道には、傘をさした子連れの女性たち。通りを挟んだ建物の窓から眺めている連中もいる。

コロンボは、しとしと降り続く雨に濡れながら、レインコートの襟をしっかりと合わせた。

「大事に至らなくて幸いでしたよ。隊長の話では、建物自体の被害はほとんどないそうです。まあ、最終的な判断を下すのは専門家ですがね」

「自殺だな」マルドは断言した。「あいつ、俺たちに会ったあと、部屋に戻って火を点けたんだ」

コロンボは雨に濡れた髪を指で梳《す》いた。「ホトケさんの近くに空の灯油缶があったと隊長が言ってましたよ」

マルドは、警部の反応を窺いながら、驚いたように目を丸くしてみせた。「何てことをしてくれたんだ。あの哀れないかれぽんちめ。自分で灯油をかぶったってことか?」

「その辺は検死で分かるでしょう」

マルドはアパートのブロック塀にもたれかかり、まるで祈るように頭《こうべ》を垂れた——悲嘆に暮れる演技が大げさに見えなきゃいいがと思いながら。「何てこった。俺たちがずっと部屋で喋っている間に、こんなことが起きちまうなんて」

コロンボは、雨でふやけた葉巻を歩道へと投げ捨てた。その顔には、薄《うっす》らと笑みが浮かんでいる。「なるほど。つまり、今回はあんたにはあの男を殺せなかった、そう言いたいんですね」

マルドも薄笑いを浮かべた。「俺は一度だって殺しちゃいないぜ、コロンボ。そんな風に取るなんて、あんたのちっぽけな頭の中は、よほどねじ曲がってるんだろうな」

「どうですかね。たぶん、あんたがわざわざ指摘してみせるからそう感じたんでしょう。〝ずっと部屋で喋っている間に〟あれが起こった、なんて」

「ただ思った通りに言っただけさ」マルドはそう言うと、コロンボと目を合わせようとした。

「何か気になることがあるんだな、そうだろう?」

コロンボは、もう一本欲しそうな顔で、排水溝の中のよれよれの吸いさしをじっと見ていた。

「長くこの商売をやってるもんでね、マルドさん、あたしは自殺の現場も山のように見てきたんですよ。その経験からすると、自殺のやり方はだいたい決まっていて、薬を飲むか、銃を使うか、手首を切るか。ときには窓から身を投げたり、首を吊ったりすることもある。でも、自分で灯油をかぶってマッチで火を点ける人はいないんです」

「何にだって〝初めて〟がある。そうだろう、コロンボ？」

「確かに。それから、その一方で、人を殺す新手の方法も、ずいぶんたくさん見てきましたよ。ひどく頭の切れる連中が編み出す、巧妙な方法をね」

マルドは、それについては言葉を返さないのが得策だろうと考えた。ひどく頭が切れるのは、そう言うこの刑事《デカ》の方だ。どこかに何か罠を仕掛けていないとも限らない。だが、まあいいさ。今回は俺の勝ちだ。こいつをまんまと出し抜いてやったんだ。

雨は上がり、野次馬も姿を消し始めていた。それぞれの部屋のつけっ放しのテレビの前に戻っていくのだろう。住人たちは、数名の消防士が建物から出てくると、雨の午後の謙虚なヒーローたちにうやうやしく道を譲った。

コロンボは、どんよりと曇った空を仰いでいる。幾重にも連なる黒雲の巨大な固まりが、また雨が降り出すことを予感《プロミッシング》させた。まったくロサンゼルスらしいじゃないか、とマルドは考えた。ロスはいつだって何かを期待《プロミッシズ》させるだけの街だ。「俺たち、これっきりってわけじゃないんだろう？」マルドが言った。

「ええ、もちろん」とコロンボ。「それはお約束しますよ」

その夜。夕飯を手早く済ませ、アパートの前まで戻ってきたマルドが二階を見上げると、二〇一号室の窓に灯りが点っていた。煙の臭いが充満するロビーを突っ切って階段で二階に上がる。そこで待っていたのは、予想した通りの光景だった――。

コロンボが、二〇一号室の中を歩き回っている。「ああ、マルドさん」またしても薄《うっす》らとした奇妙な笑いを浮かべながら、警部は言った。

「ここで何をしてるんだ、コロンボ。家に帰ってジェーン・オースティンを読まなくてもいいのか？」

「いやなに、ちょっと見て回ってただけで。やあ、おかげで電話をかける手間が省けました」

「誰にだい？」

「あなたにですよ。明日、会えないかなと思いましてね。〈バーニーの店〉で、昼飯でもいかがです？　もちろん、何か先約がなければですが」

マルドは、うなずいてこの誘いを受けた。二人は、再び以前と同じ――マルドがマグリーヴィを殺害したとコロンボが密かに確信していた十数年前と同じダンスを踊り始めている。だが、今回はひとつ大きく違う――とマルドは考えた――今回、吠え面をかくのはコロンボの方だ。

翌朝、雨に洗われた街は、何もかもが清らかな輝きを放っていた。もっとも、一日もすれば、いつものように灰色の汚染物質に覆われてしまうだろうが。

マルドは、何を食べるかとコロンボに訊かれる前に、チリを注文した。

コロンボは、いつもの通り〝トッピング用玉ねぎ〟を追加したチリを頰張りながら、検死の結果、死体がレイ・マグリーヴィのものと確認されたことを話した。

「じゃあやっぱり、俺が言った通りだったんだな。レイは俺たちに会ったあと、自分の部屋に戻って灯油のシャワーを浴び、マッチで火を点けたんだ」

コロンボはチリの皿の上でクラッカーを砕き始めた。「こいつは、クラッカーを混ぜると、ますますイケるんですよ」

「憶えておこう」

「実を言いますとね、マルドさん、あたしはそれが真相だとは思わないんです」

「そうなのか?」こいつは面白くなってきた。お手並み拝見といこうじゃないか。「じゃあ、本当は何があったと思うんだ?」

「検死解剖で、被害者《ガイシャ》の頭部に打撲痕が見つかったんです。たとえホトケさんが黒焦げでも、そいつは分かるんですよ」

「だったら、灯油をかぶったあとでぶっ倒れたんだろう。まさか、あんたまた、俺がぶん殴ったなんて言うんじゃないだろうな? 勘弁してくれよ、コロンボ。やつが死んだとき、俺はあんたと一緒にいたんだぜ」

「そう。今回ばかりは、やられましたよ。もう長いことこの商売をやってますけど、あたしをアリバイに使ったのは、あんたが初めてです」

単なる臆測だ、とマルドは考えた。こいつは、確証もなく、ただ探りを入れてきているだけだ。

「あんたは、怒っていた」とコロンボは続けた。「はらわたが煮えくり返るほど怒っていたんです。長年にわたってムショ暮らしをさせられたことにも、あの男を殺せなかったことにもね。そのうちに、あんたは怒りにとり憑かれてしまったんでしょう、マルドさん。そして、間違いを犯した男、つまりあたしに復讐せずにはいられなくなったんだ。毎朝、目を覚ますたび、あんたはあたしのことを考えていたに違いない」

「うぬぼれるんじゃない」

「いえいえ、これは、うぬぼれや思い込みなんかじゃない。あんたは、同じ男を殺害し、しかも今回は完璧に罪を逃れる計画を練り上げたんです。でも、傘を見落とした」

マルドは、危なくコーヒーをこぼしそうになった。「傘だと？　いったい何の話だ？」

コロンボはチリの皿を脇に押しやった。「あんたの部屋にやってきたあの男――あたしに紹介した、あの神経質そうな男は、本当にレイ・マグリーヴィだったんですか？　ありゃあ、あんたと同じ刑務所にいたアル・サンプソンでしょう。本物のレイ・マグリーヴィは、あのときにはもう、あんたに殴られて意識を失い、灯油をかけられていた。そして、偽物のマグリーヴィが、あたしらに会ったあと、マグリーヴィの部屋に行って、火の点いたマッチを彼に放ったんです」

「でたらめだ。そんなことは証明できまい」マルドは、マグカップを乱暴に置いた。「それに、さっきの傘はどう関係するんだ？」

「お友だちのアルが、あんたの部屋を訪ねてきたとき、外では雨が降っていて、彼は傘を持っていましたね」

「それがどうした？」

「マグリーヴィが死んだあと、彼の部屋へ行ってみましたか？　ご存じの通り、昨夜《ゆうべ》あたしは、あの部屋をひと通り見て回ったんですが、傘はどこにもありませんでした。仮に、あの男が部屋に戻って自殺したんだとしたら、傘はどこに行ったんでしょう？　これから死のうってときに、何だって傘を処分したりしたんです？」

マルドは、にやにや笑い始めていた。「何とも呆れたもんだ。そんなことが何かの証拠になると思ってるのか？」

コロンボはかぶりを振った。「いいえ。でも、疑問を持つきっかけにはなりました。それで試しに、あたしがマグリーヴィだと思ってる男の特徴を話して似顔絵を書かせてみたら、分署のある警官が、彼の正体を知っていましたよ――前科者のアル・サンプソンだって。たぶんあんたは、金を払うか脅すかして、サンプソンにマグリーヴィのふりをさせ、マッチで火をつけさせたんでしょう。難しい仕事じゃない。マッチを擦って、あとは家に帰るだけだ」

マルドはウエイターに合図した。「おい！　ビールだ」そして、コロンボに視線を戻した。「あんた、テレビ向けの脚本でも書いたらどうだ。そんな突拍子もない話をでっち上げられるんだから」

コロンボはチリを突っついてみたが、もう食欲はなかった。またしても。「執念深すぎるんだね、マルドさん。まったく厄介な性分だ。刑期を終えたあとでも、あんたはまだ若くて、人生をやり直す時間はたっぷり残っていた。なのにあんたはそいつをぶち壊しにしてしまった。残念なことです」

ウエイターがマルドの前にビールのグラスを置いたとき、コロンボはまだチリを突っついていた。私服刑事が、拘束したアル・サンプソンを伴って、二人のテーブルにやって来た。アルは、相変わらず神経質そうな様子で、観念したように肩を落としている。

「あんたの共犯者ですよ」コロンボは、まるで詫びるような口調でそう言った。「もう自供も済んでます。でも、もしチリを食べてしまいたいなら、待ってますよ、マルドさん」

マルドは椅子に深く腰掛けると背筋を伸ばし、ビールをぐいとあおってから、コロンボの目を見据えて言った。「厄介な問題を抱え込んだな、コロンボ。〝一事不再理《ダブル・ジョパディ》〟（同一の犯罪で同じ被告を二度裁判にかけることはできないとする法律）というのを知っているだろう？　俺は、マグリーヴィ殺しですでに刑期を終えてるんだぜ」

コロンボは椅子に坐り直し、同じように背筋を伸ばして腕を組んだ。そしてマルドの目をまっすぐに見返した。「一事不再理のことなら、もちろん知ってますよ、マルドさん。でも、うんとやり手の弁護士を雇った方がいい。なぜなら、あたしたちは、必ずその壁を吹きとばしてみせますからね」

訳者あとがき

本書は、Crippen & Landru Publishers より二〇一〇年に刊行された短編集 *The Columbo Collection*（二刷）の全訳である。今回の翻訳では、*The Columbo Collection* に掲載された十二話に加え、ハードカバー版（三二五部限定）の特典として小冊子の形で別添された第十三話 Columbo's Mistake を、ボーナス・トラックとして併せて収録した。

著者のウィリアム・リンク（一九三三〜）は、相棒のリチャード・レヴィンソン（一九三四〜八七）とともに、『刑事コロンボ』『エラリー・クイーン』『ジェシカおばさんの事件簿』等のミステリTVシリーズや、『殺しのリハーサル』『運命の銃弾』『アメリカの選択』他、数々の傑作TVムーヴィーを生み出した名脚本家・プロデューサーとして最も知られている（彼らの活躍については、宝島社のムック『刑事コロンボ完全捜査記録』に収められた小山正氏の研究エッセイを、ぜひご一読ください）。

一九八七年のレヴィンソン氏の早すぎる死のあとも、『新・刑事コロンボ』等、TVシリーズの制作に携わっていたリンク氏は、一九九三年にユニバーサルを離れ、事実上引退。が、しばらくの休養期間の後、TV界に飛躍する以前の若き日のように、〈エラリー・クイーンズ・ミステリマガジン〉や〈ヒッチコック・マガジン〉に再び短編小説を発表し始め、さらに、新作戯曲Murder Plot や Columbo Takes the Rap（コロンボ物の新作！）を上演するなど、現在も精力的な執筆活動を続けている。本書は、そのリンク氏が初めて手がけた、〈小説形式による『刑事コロンボ』物〉である。

本書を手に取ったコロンボファンの方がまず驚くのは、舞台が完全に現代であること、そして、シリーズの最大の特徴ともいうべき〈倒叙形式〉（冒頭でまず、犯人とその犯行を描くミステリのフォーマット）ではない作品が六話も含まれていることだろう。そのことをもって、大いに失望される方や、さらには「これはコロンボではない！」と断じる方すらおられるだろうことは想像に難くない。

しかし、である。逆に考えればこれは、他の作者の書いたパスティーシュやオマージュ作品では絶対にあり得ないことだともいえるのだ（それこそ「こんなのコロンボじゃない！」と一蹴されるに違いない）。すなわち、本書は、コロンボを生み出した原作者にのみ可能な――あるいは、のみに許される――いまだ奔放に〝変化〟を続ける、『刑事コロンボ』シリーズの最新作なのである。

つけ加えれば、注意深い読者は、〈倒叙〉と〈非倒叙〉の作品が、ほぼ交互に収録されていることに気づかれるに違いない。つまりリンク氏は、読者が飽きずに読み続けられるメリットの方を優先して、きちんと計算しつつ、〈非倒叙〉作品を配置しているのである。

本書刊行後のインタビューで、リンク氏は、以下のような発言を行っている。

――短編集を読んで驚いたのは、舞台が現代だったことです。コロンボが携帯電話を持っている。私は、コロンボの人気が最も高かった七〇年代が舞台になると思っていました。

リンク　いやいや、それは違うよ。現代であるべきなんだ。私にはあの時代へのノスタルジックな気持ちも必然性もない。それに、新しい読者――若い読者たちには、現代が舞台の方がいいはずだ。（略）私は、彼らのニーズにこそ応えたかった。あの本は、当時のファンに向けて書いたというわけじゃないんだ。

©Douglas Kirkland

これこそ、前述の二つの驚きへの、この上なく明快な回答であろう。本書はまさに、原作者本人による、限りなく前向きな、そして極めて潔い意志をもって書き上げられた――つけ加えれば、ややハードボイルド風味が加わった――まぎれもない〝新作〟なのである。

本書のミステリとしての魅力／面白さは、その収録作の多くにおいて、お馴染みのＴＶ版とはかなり趣きの異なるものとなっている。おそらく、短編小説版における面白さと可能性は、「映画なみの長さを持つ映像作品」であるＴＶ版とはまったく違うところにある、というのが、リンク氏の基本的考えなのだろう。

そこで思い出すのは、コロンボ物の第一作『殺人処方箋』が、本書の〈まえがき〉で語られている、生放送のドラマ～舞台劇～ＴＶムーヴィーと続く変遷の前に、さらに「短編小説」という出自を持つという事実である。「愛しい死体」（〈ミステリマガジン〉二〇一一年十一月号に掲載）と題されたその短編では、ある男が妻を殺害し、愛人と共謀してアリバイを作る〝犯行シーン〟のあと、予期せぬ事態が重なったための皮肉な結末が、ストーリーに鮮やかに幕を下ろす（刑事が登場するのは最終ページのみである）。本書の、伏線や〈詰め手〉にはそれほど重きを置かず、犯人側の描写や魅力的な会話、皮肉で洒落た――ときにはドラマチックで悲痛な――結末の方を重視して書かれたと思われる諸作は、前項で述べたように、〝活字に舞台を移しての『刑事コロンボ』シリーズの新たな展開〟であると同時に、短編小説ならではのシンプルなフォルムが美しかった、「愛しい死体」への〝回帰〟でもあったに違いない。そして、その両方を意識して読むという、ＴＶ版に囚われすぎない姿勢にこそ、本短編集を最大限に楽しむポイントがあるように思えるのである。

リンク氏は、ＴＶの著者対談番組〈Connie Martinson Takes Books〉で、「三十七作書いた（！）短編から十二作を選んで本書を編んだ」と語っており、しかも、その後も執筆を続けているそうなので、第二巻刊行の可能性は大いにありそうである（残る二十四作のうちの一編と思われる、二〇一二年に小型本として刊行されたDeath Leaves a Bookmarkが、〈ミステリマガジン〉二〇一三年九月号に「死は痕跡を残す」の題で掲載されている）。

我々ファンとしては、リンク氏のますますの健筆を心から祈ろうではないか。

そうそう、もう一つだけ——前述のインタビューによれば、リンク氏は、〝コロンボ物〟長編小説執筆のオファーを受け、前向きに検討中とのこと。現在頭の中にあるプロットは、〝元大統領が殺人を犯す〟というものだそうである。

それでは、以下、収録作品について、紙幅の許す限り述べてみたい。各話とも結末や手がかりに言及しているので、本編を先にお読みいただければ幸いである。

第1話　緋色の判決（The Criminal Criminal Attorney）

形式は倒叙（犯行の描写はない）。原題を訳せば「犯罪弁護士の犯罪」で、〝Criminal〟の重ね方が洒落ているのだが、Criminal Attorneyにあたる日本語がなく、活かすことができなかった。

〝辣腕刑事弁護士が犯人〟というのは、実に『刑事コロンボ』的であり、幕開けを飾る〈名犯人〉の設定としては申し分ない選択といえる。その一方、「レイプ犯」という要素および犯人の〝ねじくれた心理〟は、かつてない現代的な部分であろう。

ミステリ的には、〝上着の色の変化〟という手がかりの提示方法が巧みである（我々には犯行時に〝見せて〟おき、コロンボは、法廷を出る犯人の姿をニュースで観る。話題の事件なのでその姿は撮影されているのが自然であるし、何度もニュースが流れているという伏線も張ってある）。そして、この〝ニュース映像との差異〟による手がかりは、レヴィンソン&リンクが原案を書いた〈旧シリーズ〉のあるエピソードを想起させるものとなっている。

ただし、犯行後に凶器を運ぶならば、当然ビニール袋等で包んだ上でポケットに入れるはずで、犯行時に着ていたスーツのポケットに血痕が残っているという〈詰め手〉には、やや無理があるように思われる。

邦題は、記念すべき第一作であること、愛する者のための復讐譚（現代的に〝ねじくれ〟てはいるが）であることを踏まえ、シャーロック・ホームズの初登場作「緋色の研究」をもじって（そしてもちろん、〈旧シリーズ〉邦題の基本フォーマットである「〇〇の〇〇」という形式も踏襲し）「緋色の判決」とした。

もう一つ、本作で興味深いのは、リンク氏が、コロンボのスーツの色を〝グリーン系〟と描写していることだろう（35ページ）。TV版でのコロンボのスーツは、常に茶系の印象なのだが、リンク氏は、前述のインタビューの中でも、はっきり「いつも同じグリーンのスーツを着て……」と語っており、間違いなくそれが、氏の中でのイメージなのだろうと思われる。

因みに、リンク氏本人が特にお気に入りの作品は、本作と、第九話だそうである。

第2話　失われた命（Grief）

非倒叙。原題を直訳すれば、「悲嘆」「喪失」である。タイトル通り、年老いていくこと、愛するものを失うことの悲しみが、さらには交錯する人生の皮肉さが、ミステリとしてのロジック以上に前面に出た異色作となっている。非倒叙の形式、ひたすら事実を積み重ねていく展開、コロンボ視点による描写とそのモノローグ等々から、メグレ警視シリーズ的なイメージさえ感じられる。リンク氏が、前述のインタビュー中で「ディックはそうでもなかったが、自分はシムノンの大ファン」と語っていたのが思い出されるところである。

本作で、コロンボが携帯電話を使う描写と、レギュラーキャラクターとなるパガーノ刑事が初登場。また、愛犬〝ドッグ〟が、ずいぶん前に亡くなっているという警部の一言は、実にショックであった。心から冥福を祈りたい。

つけ加えると、本作にはミスが一つ存在する。コロンボが「ひき逃げ現場」に到着する場面（67ページ）で、「ひき逃げ現場」と「犯人が車を乗り捨てた現場」が同じ場所として描かれてしまっているのである。

第3話　ラモント大尉の撤退（A Dish Best Served Cold）

倒叙。完全な倒叙形式であり、魅力的な犯行シーン、新鮮な動機等、アップデート版『刑事コロンボ』の秀作といえるだろう。ミステリとしては、「ボトルに指紋をつけなかった」というミスに、「そうしてしまう合理的な理由」がなかったのが残念。〝コロンボ的〟には、犯人マニーが庭仕事用の手袋を使う理由（「歌声の消えた海」で、犯人の妻がゴルフ用手袋を荷物に入れ忘れたように！）と、コロンボがそれに気づく小さな手がかりを加えれば完璧だったように思われる。
また、姪であるトレーシーの存在により、被害者ラモント大尉の人物像に立体感を与えている〝リンク氏流〟のリアリズムにもぜひご注目を。原題の意味は、１０５ページで語られた通りである。

第４話　運命の銃弾（Ricochet）

非倒叙（犯行シーンはあるが犯人は語られない）。ホームグラウンドのロスを離れた、ニューヨーク出張編。非倒叙ではあるが、容疑者ははっきりしているので、これは、舞台をニューヨークに移したことと併せ、読み手を飽きさせない配慮を優先した結果と思われる。『嫉妬作戦』を筆頭に、解決まで含め、〝コロンボ的〟ではない現実的な展開であるが、その中で悪戦苦闘するコロンボの姿など、読み応えは十分。それ以上に、登場人物の描写とその会話が魅力的なのは、特筆すべきだろう。犯人アッシュ、二人の女性、デンプシー警部、そしてバーテンダーとコロンボのやり取りは、どれも実に楽しく、リンク氏の嗜好が、意外とハードボイルド寄りであることを改めて確認できる一編といえるのではないだろうか。一方、大富豪であるアレックスの広大な屋敷やテニスの件りは、一九七〇年代の〈旧シリーズ〉風の居心地のよさではある。

原題は、犯行の動機につながった〝跳弾〟を意味する単語である。邦題には、拳銃による悲劇をリアルに描いたレヴィンソン＆リンクの傑作ＴＶムーヴィー〝The Gun〟に敬意を表し、同作の、わが国での放映タイトルを拝借した。

第5話　父性の刃（Scout's Honor）

倒叙。父親の過剰な愛情と、そこから発生する殺人を描いた一作で、明らかに〈旧シリーズ〉の「愛情の計算」を念頭に書かれたものだろう（息子の名はどちらもニールであり、金髪の青年という外見も同じ。さらに、犯行時刻には彼は車で女性の元へ向かっていたという、犯人によって予想外の行動をとる点や、クライマックスでのコロンボの〈詰め手〉もかなり近い）。

ミステリ的には、凶器を現場近くに埋める理由がない、凶器を包むものを持参していないのは不自然、そもそも自宅にあったナイフを殺人に使うだろうか（もし使うとしても、まずは念入りに拭くのでは？）、という疑問が数えられる。

第6話　最期の一撃（Sucker Punch）

非倒叙（犯行シーンはあるが犯人は語られない）。TV版ではついに見ることができなかった〝プロのスポーツ選手が犯人〟という趣向が実現した、記念すべき一作である。

本書中で初めて〈第二の犯行〉が登場（こちらは倒叙として描写）する他、クライマックスではダイイングメッセージまで飛び出すなど、サービス満点の内容となっている。また、本作も、コロンボが関係者と交わす会話が魅力的な〈ハードボイルド風コロンボ〉になっており、警部が犯人グラッソを初対面の前から疑っているところなども、非常に現実的である。

ミステリとしては、現場に吸殻があったことがラストでやや唐突に登場する点、〝ひげを本当に生やす必要はないのでは？〟というあたり等が気になるところではある。

原題の意味は「不意討ち（不意のパンチ）」で、作中での台詞（196ページ）からとられている。

第7話　黒衣のリハーサル（The Blackest Mail）

倒叙。本書初の〈女性犯人物〉であり、映画女優という〝コロンボ的名犯人〟も楽しい一編。ミステリアスな犯行シーンや、被害者をストーカーに見せかけるトリック、「シャッターは閉まっていた」等の手がかりも、実に〝コロンボ的〟である。また、お馴染みの、脅迫者を排除しようとする〈第二の犯行〉が登場するのだが、最初の犯行の動機がすでに〝脅迫者の抹殺〟であることによって〈脅迫の連鎖〉という斬新な展開となっている点も見どころといえるだろう。

作中で、犯人キャシーは、帰宅時間について「七時半。正確に憶えています」と証言している（214ページ）が、犯行がほぼ八時で、犯人宅への往復に最低三十分はかかったはずなので、警察への通報はどうやっても八時半以降のはずであり、これは著者の勘違いであろう。

また、「しかも、キーホルダーに他の鍵はぶら下がっていない。この写真は偽物だ」（234ページ）、「あなた方二人は同じ小さな町の出身ですし、たぶんそこで何かがあったんでしょう」（243ページ）という二つの台詞には、前段での提示が欠けているように思われる。

原題は、「脅迫」を意味するblackmailに「最悪の～、極悪の～」という意味のblackestと電子メールのmailをダブらせた洒落と思われる。

第8話　禁断の賭け（The Gun That Wasn't）

非倒叙。コロンボの上司が犯人という〈旧シリーズ〉の傑作エピソード「権力の墓穴」を想起させる、部下が犯人となる一作。犯人キンケイドがコロンボを意識して犯行を行う点が新鮮であり、「こっちは警部のそのやり口を何度も何度も見てきているんですから」「あの使い古しのうっとうしい手管が使えない以上、あなたに解決できるとは思えませんね」等の台詞が楽しい。

一つ疑問なのは、現場にいた刑事の手の硝煙反応を、念のためにでも調べないものだろうかという点であるが、これは、「真犯人らしき人影をちらりと見かけた」ことにして、自分の銃を一発撃っておけば済んだようにも思われる。

原題を訳せば「存在しなかった拳銃」。レヴィンソン&リンク企画・製作総指揮によるＴＶシリーズ〝Tenafly〟（一九七三～七四）の、彼らが書いたシナリオに〝The Window That Wasn't〟というタイトルの一編があり、それを踏襲したものではないかと思われる。

第9話　暗殺者のレクイエム（Requiem for a Hitman）

倒叙。二つめの〈女性犯人物〉で、〝コロンボ的〟でありながらユニークな展開の秀作である。相討ちに見せかけるトリックは「黄金のバックル」（の発展型）、実行犯を雇う犯行と射殺の瞬間の録音を聴く件りは「第三の終章」、〝二発の銃声のあいだに間があった〟という手がかりは「逆転の構図」と、諸作のエッセンスが巧みに組み合わされている。また、〝妻が年配の法律家である夫を自宅で殺す〟犯行には「死者の身代金」のイメージも感じられる。

本作も、冒頭の犯人と殺し屋の会見から、全編で会話が魅力的であり、犯人の職場を隠したまま進行する展開や、落ちの皮肉な一文まで、短編小説らしい魅力に満ちた一作となっている。

一つ不自然な点は、殺し屋の妹〝ジェーン〟がコロンボに言う、「万一に備えて――友人に小包を預けてあるの。わたしに何かあったら、それを地方検事に送ってもらう手はずよ」という台詞だろう（３０１ページ）。それでは、命を狙われる可能性があることを語ってしまっているからで、それを聞いたコロンボが追及せずにスルーしてしまうのも〝変〟である。

今回の翻訳では、〝ジェーン〟が、実は本当である内容を、〈映画などでよくあるパターンの自衛手段を冗談めかして話す〉ように語り、コロンボもそれをジョークとして受け取る（そして、彼女が殺されたことで、その証言が解決への決め手となる）という解釈を行った。

第10話　眠りの中の囁き（Trance）

非倒叙。催眠術師という、ぜひＴＶ版で観てみたかった〈名犯人〉が登場する一作。ラストでコロンボが看破する、犯行への催眠術の使い方は、ひねりの効いた魅力的なものとなっている。コロンボファンにとっては、後催眠の使用は〈旧シリーズ〉の「５時30分の目撃者」を、切れた真珠のネックレスは同じく〈旧シリーズ〉の「ロンドンの傘」を想起させるものである。その一方、「ビバリーヒルズを舞台とした高級売春組織」という要素は、この短編集ならではの踏み込みといえるだろう。

コロンボ行きつけの〈バーニーの店〉がちらりと言及される他、コロンボの姪が登場するというサプライズも炸裂。また、コロンボ夫人が教会の慈善くじで五百ドルを当てるという楽しいエピソードが語られるが、〝カミさん〟は、〈旧シリーズ〉の「歌声の消えた海」でも、〝慈善くじ〟で豪華客船でのメキシコ旅行を当てていた（日本語版では、〝缶詰の懸賞〟と訳されている）。

ミステリ的に気になるのは、〝行ったことがない〟はずの家で人を殺すのに、手袋をしないということがあるだろうか、という点である（友人は、この箇所の改善策へのヒントとして「現場でマクミランに対し、催眠があとで解ける術をかける必要があり、指を鳴らすために手袋を脱ぐ必要があった」というアイデアを思いついたと話してくれた）。

原題は、ずばり「催眠状態」という意味である。

第11話　歪んだ調性《キー》（Murder Allegro）

非倒叙。ドラマの舞台が、ほとんどホテル内という展開が面白い。リンク氏は一九九三年のインタビューで、〈新シリーズ〉企画時に〝ふた組の双子からなる弦楽四重奏団の四人全員が犯人〟というアイデアを持っていたと語っており、そのときの記憶が本作へとつながったのかもしれない。

ミステリ的に注目すべきは、〈非倒叙〉であるだけでなく、クライマックスまで真犯人を含む事件の真相が伏せられていることだろう。その趣向と、〝いがみ合う二人の兄弟〟という設定から、〈旧シリーズ〉の「二つの顔」を思い出す方も多いに違いない。また、コロンボ夫妻がオペラファンという設定は、〈旧シリーズ〉の「仮面の男」での〝カミさん〟が《蝶々夫人》を大好きだという台詞を踏まえてのものだろうか。

本作は、実は、少なくとも大小五つという、全作中で最も多くの問題点を抱えた作品である。最も大きなもののみ指摘しておけば、真相として語られる〝ニールをスイートに入り込ませ、夫人が戻ってくるのを待ち伏せさせる〟という状況は、そもそも、夫人も鍵を持っていない限り起こり得ないのである。

原題中の『アレグロ』（Allegro）は、クラシック音楽の速度記号の一つで、〝快速に〟という意味である。

第12話　写真の告発（Photo Finish）

倒叙。オリジナルの短編集の最終話であり、三人めの女性犯人アイリス・ブラックマーの心理描写も含め、全作中最も読み応えのある一編であるように思われる。ビーチハウス、パートナー間の殺人、スピードオーバーの違反切符は、いずれも〈新シリーズ〉のエピソード「影なき殺人者」を、〝射殺される瞬間の被害者の声を留守電に録音する〟という部分は同じく〈新シリーズ〉の「4時02分の銃声」を想起させるが、意図されたものだろうか。また、〈詰め手〉は〝コロンボ的〟という以上に、『ヒッチコック劇場』的に——あるいは「愛しい死体」的に——皮肉なものだが、非常に美しい。

ミステリとして気になるのは、何より凶器である拳銃の処分について。すなわち、①海に投げ捨てるのではなぜいけなかったのか？　登録されているとは思わなかったのなら、万一見つかっても問題ないと考えるのでは？　②海岸に銃を隠すとして、雑誌に挟む必要はまったくないのでは？　という二点である。

第13話　まちがえたコロンボ（Columbo's Mistake）

前述の通り、本国では限定版のハードカバーに別冊の特典としてつけられた短い一編。コンサートでいえば、アンコールの小品というところである。が、意外にも、ビルの大火災という全作中でも最大のスペクタクルが登場。プロット的にも（タイトル通り）最もトリッキーな内容となっている。

本作で解釈が難しいのは、何といっても〝一事不再理〟がらみのラストだろう（読者の皆さんはどう読まれただろうか）。訳者は今回、論創社の黒田明氏より、高木彬光の短編にほぼ同趣向のものがあることを教えていただいたのだが、そのラストは、同様の状況を、「法律では裁けない深刻なもの」と受け止めたところで幕が降りており、そちらの解釈の方が、より筋が通っているように思われた。もし機会があれば、本作に関するリンク氏の意図を、ぜひ伺ってみたいと思う。

最後に、謝辞を述べさせていただきたい。

今回の刊行にあたっては、翻訳作業はもちろん、さまざまな段階で、本当に数多くの方に助けていただいた。心より感謝致したい。特に、中島哲也氏、飯城勇三氏、松下祥子氏、中村秀雄氏、えのころ工房のお二人、小野卓氏、挽地泰輔氏、そして論創社の今井佑氏と黒田明氏には、伏して御礼を申し上げる次第である。

©Douglas Kirkland

〔訳者〕
町田暁雄（まちだ・あけお）
1963年東京都生まれ。日本大学芸術学部卒。広告代理店勤務を経て、フリーのライター／編集者に。『刑事コロンボ完全捜査記録』（宝島社）で監修とメインライターを担当。著書は『モーツァルト問』（東京書籍、若松茂生と共著）等。参加本は『ミステリの女王の冒険　～視聴者への挑戦』（論創社）他。『私の映画史　～石上三登志映画論集成』（論創社）を企画・監修。同人誌『COLUMBO! COLUMBO!』を鋭意発行中（http://papageno.at.webry.info/）。本格ミステリ作家クラブ会員。

刑事《けいじ》コロンボ　13の事件簿《じけんぼ》——黒衣《こくい》のリハーサル
——論創海外ミステリ　108

2013年8月10日　初版第1刷印刷
2013年8月20日　初版第1刷発行

著　者　ウィリアム・リンク
訳　者　町田暁雄
装　画　佐久間真人
装　丁　宗利淳一
発行所　論　創　社
〒101-0051　東京都千代田区神田神保町2-23　北井ビル
電話　03-3264-5254　振替口座　00160-1-155266

印刷・製本　中央精版印刷
組版　フレックスアート

ISBN978-4-8460-1255-7